Lidwicc Island College of Floral Spells

Andreas Dutter

Copyright © 2021 by

Drachenmond Verlag GmbH
Auf der Weide 6
50354 Hürth
http: www.drachenmond.de
E-Mail: info@drachenmond.de

Lektorat: Michaela Retetzki
Korrektorat: Nina Hirschlehner NH Buchdesign
Satz & Layout: Astrid Behrendt

Umschlagdesign: Alexander Kopainski
Bildmaterial: Shutterstock

Druck: Booksfactory

ISBN 978-3-95991-571-7
Alle Rechte vorbehalten

Triggerwarnung

Da Margo als Straßenmädchen aufgewachsen ist, hat sie einiges erlebt, von dem sie auch berichtet. Toxische Männlichkeit, Drogen und Gewalt kommen daher samt ihren Folgen vor. Ebenso äußert Margo ihre Gedanken über das Gefühl, nichts wert oder zu viel zu sein. Ebenso wird darüber gesprochen, nicht akzeptiert zu werden. All diese Ängste beeinflussen natürlich auch manche Handlungen.

Ängste und Emotionen sind nichts, wofür man sich schämen muss. Hört auf euch und eure Grenzen. Wir sind alle auf unsere Weise stark.

Für DICH!

WAS WÄRE

OHNE DIE ZEHN EURO PASSIERT?

Eigentlich liebte ich es, neben dem Meer herzulaufen, die salzige Brise in meinem Gesicht zu spüren und das Licht zu beobachten, wie es Ornamente auf die Wasseroberfläche malte, als hätte man einen Eimer voller Sonne ausgeleert. Wäre da nicht dieser Typ, der mich verfolgte.

»Margo! Beeil dich, verdammt.« Der Wind peitschte Daphne beim Zurückschauen ihre schwarzen Haare vor die Augen. Die nächste Böe schleuderte die Strähnen wieder nach hinten und ich erkannte einen stummen Schrei. Sie bemerkte wohl, dass ich weiter zurückfiel.

»Ja, ja. Keine Panik.« Mehr brachte ich mit Seitenstechen und brennender Lunge nicht hervor. Normalerweise sollte man meinen, dass ich durch das ständige Weglaufen mehr Kondition besäße, aber mein Brustkorb, der sich verkrampfte, und meine Wackelpuddingbeine erzählten eine andere Geschichte. Neben mir hörte ich das ständige Stoppen und Anfahren der Autos, da es sich wie immer auf der Straße am Meer staute.

»Achtung!« Mit einer gekonnten Drehung wich ich den beiden jungen Frauen vor mir aus, die sich ein Pita Gyros teilten. Kurz sog ich den Duft ein, ehe ich mich wieder auf meine Flucht konzentrierte.

Nach und nach holte ich Daphne auf dem Geh- sowie Radweg ein und während sich die Wellen an der felsigen Mauer brachen, näherten wir uns dem Aristotelous Platz. Unzählige Menschen tummelten sich vor uns. Der perfekte Ort, um in der Masse unterzugehen.

Die Verwünschungen des Typen hinter uns nahm ich kaum noch wahr. Bisher hatte uns noch nie jemand erwischt. Warum sollte ich mir also Sorgen machen? Daphne hingegen blieb selten gelassen. Vermutlich, weil *uns hatte noch nie jemand erwischt,* eine Lüge war und ich die blauen Flecken sowie Prellungen verdrängte, die wir uns bisher zugezogen hatten. Hey, andere zogen sich bei ihren Hobbys auch Blessuren zu. Es könnte schlimmer sein. Wir könnten Skaterinnen sein.

»Starbucks?« Das Wort presste sich schnaufend zwischen Daphnes dünnen Lippen hindurch, als ich sie eingeholt hatte.

Meine Antwort begrenzte sich auf ein Kopfschütteln, doch das reichte ihr nicht.

»Haben jetzt ein Dings mit Code vorm Klo.«

Erkenntnis breitete sich in Daphnes Gesicht aus. Vermutlich hatten sie das neue Schloss wegen uns angebracht, nachdem sämtliche Baristas uns mit gewaschenen Haaren und neuen Outfits aus den Toiletten kommen sahen. Die Badezimmer der Straßenmenschen.

Die Frage, warum Daphne das vorgeschlagen hatte, beantwortete sich von selbst. Am Aristotelous versammelte sich die Polizei. Eine Falte bildete sich zwischen Daphnes Augen, als sie mich kritisch beäugte. Unwissend zog ich die Schultern hoch. Die konnten doch nicht wegen uns da sein, oder?

In Thessaloniki reagierte nie jemand auf »*Haltet sie! Diebe!*«-Rufe. Jeder kümmerte sich hier um seinen eigenen Mist. Ausnahmen waren vielleicht Lokalbetreiber, die auch Ärger mit uns gehabt hatten, oder ein paar wenige Möchtegernheilige. Selbst die Polizisten und Polizistinnen, die uns wie bei kleinen Familientreffen, wenn sie uns mal erwischten, Kaffee anboten, kamen nur noch selten. So auch dieses Mal nicht. Dachte ich.

Statt wie geplant mitten in der Menge unsichtbar zu werden, schnappte ich Daphne am Unterarm und zerrte sie seitlich zwischen den Marmorsäulen hindurch. Nur, warum hörte ich keine Rufe mehr hinter uns?

Wir liefen an Eisbars vorbei, überquerten die Straße zum Electra Palace Hotel, ein Ort, den ich mir nicht mal hätte leisten können, würde ich all meine Organe auf einmal verkaufen, und bogen in die Seitenstraße ein. Dort dampfte es vom Sommerregen, der vorhin so plötzlich begonnen hatte, wie er wieder verpufft war. Endlich ließen auch die Blicke, die ich auf mir gespürt hatte, nach. Komischerweise kam es mir vor, als würde meine braune Löwenmähne nachwippen. Um diese Locken zu bändigen, bräuchte ich Magie.

Daphne wollte vorwärts stürmen. Ich hielt sie fest im Griff, auch wenn sie beinah aus meiner schwitzigen Hand gerutscht wäre.

»Was?«

»Warte.« Vorsichtig linste ich um die Ecke.

Es verfolgte uns niemand mehr. Die Polizei patrouillierte seelenruhig. Sie standen dort also nicht wegen uns. Gut zu wissen.

»Weg?« Daphne drückte mich gegen die Mauer, um selbst einen Blick zu riskieren. Sie presste sich so fest an mich, dass ich ihr Herzrasen unter ihrem schwarzen Lieblingshemd mit den gelben und roten Mohnblumen spürte.

»Jap.« Es wunderte mich zwar nicht mehr, dass die meisten, die wir beklauten, oftmals aufgaben, aber so schnell? Enttäuschung machte sich in meinem Bauch breit.

Eine actionreichere Verfolgungsjagd hätte mehr Klasse gehabt. Vielleicht war es auch nicht die Enttäuschung, sondern nur der Hunger, der uns erst in diese brenzlige Situation gebracht hatte. Denn ehrlich gesagt, nervte mich das beinah tägliche Weglaufen mittlerweile.

Wie dem auch sei, ich schüttelte mein schweißgebadetes Oversize-Shirt in Batikoptik durch, das an mir klebte, und drehte mich um. »Siehst du?« Ich breitete meine Arme aus. »Nichts passiert.«

»Wie kannst du nur immer so gelassen bleiben?« Die Hände auf ihren Oberschenkeln abgestützt, lugte Daphne zum winzigen Kiosk vor uns, der mit seinen tausenden Chipstüten, Getränkepäckchen, Croissants und Kaugummis in allen Farben aussah wie ein Regenbogen. »Sollten wir nicht noch ein paar Straßen laufen, um sicherzugehen?«

»Papperlapapp. Gönn dir doch etwas. Wir sind jetzt schließlich reich.« Während ich das sagte, holte ich die zehn Euro aus der Hosentasche, die wir aus dem Trinkgeldkörbchen geklaut hatten.

Geliehen, ich meinte geliehen. Gedanklich führte ich nämlich eine präzise Liste von Leuten, denen ich etwas schuldete. Sie war völlig lückenlos. Bis auf drei, vier oder auch zehn Stellen, an die ich mich partout nicht mehr erinnern wollte. Jeder andere wäre bei dem ganzen Klauen und Fliehen wohl nicht so gelassen geblieben. Nur waren wir nicht die anderen, sondern Straßenmädchen.

Daphnes Blick schwankte mehrmals zwischen den zehn Euro, mir sowie dem Kiosk hin und her. Ein resigniertes Seufzen kam über ihre Lippen und sie packte den Schein. »Du hast meine Frage nicht beantwortet.«

Daphne stellte sich hinter die Frau, die am Kiosk darauf wartete, bedient zu werden. Ihr Lavendelparfüm drang bis zu uns.

»Welche Frage?« Natürlich erinnerte ich mich an die Frage.

»Wie du so gelassen bleiben kannst?«

Weil nichts so schlimm sein konnte wie die Qualen, die ich in Adoptivfamilien, Waisenhäusern und in Gesellschaft anderer Leute, denen ich naiv vertraut hatte, erfahren musste. »Ich bin eben ein Adrenalinjunkie.«

»Alles mit einem Lächeln abzutun, heilt keine Wunden, Margo.« Daphne sagte das nebenbei, ihre eigentliche Aufmerksamkeit galt den Leckereien im Kiosk.

Auf Zehenspitzen sah sie über die Lavendelfrau, weil sie wohl herausfinden wollte, welche neuen Croissantsorten es gab. Sie war besessen von diesen farbenfrohen Fertigcroissants in allen Geschmacksrichtungen.

»Ein Lächeln hält mich davon ab, Sachen auszusprechen. Denn dann werden sie real.« Nuschelnd beobachtete ich die schwarze Limousine, die sich durch die enge Straße zum Hotel zwängte. Vielleicht deswegen das Polizeiaufkommen?

»Hm?«

»Nichts. Schau, du bist dran.« Mit einem Nicken bedeutete ich ihr, nach vorne zu gucken.

Noch im Gehen drehte Daphne sich um, ihr ausgewachsener, wilder Pony, der einst gerade über ihren buschigen Brauen baumelte, fiel mittlerweile in ihre Augen. »Ich meine es ernst, Babe.« Nach unserem Babe-Insider schmunzelte sie, ehe sie fortfuhr. »Mit einem frechen Spruch deine Gefühle zu verstecken, bringt dich noch in Teufels Küche.«

Erstaunlich, wie perfekt Daphne mich durchschaute. Der einzige Mensch, dem ich vertrauen konnte, und selbst vor ihr versteckte ich mein Innerstes in einem kleinen, verrosteten Tresor in der Mitte meines Herzens. Zusätzlich noch mit Dornenranken verwachsen.

Vor dem Kiosk begann Daphne mit dem Besitzer Georgios zu sprechen, während ich auf die Stelle zwischen meinem Daumen und Zeigefinger blickte und das schlecht tätowierte Vorhangschloss vorfand, bei dem ich mich wunderte, dass ich mir in dem dreckigen Hinterhof keine tödliche Krankheit zugezogen hatte. Es erinnerte mich an all die schrecklichen Sachen, die meiner Seele einen Maulkorb verpasst hatten.

Ein Schaudern kroch an mir empor und leckte mir mit seiner kalten, pelzigen Zunge über den Rücken. Nicht mal die drückende Hitze konnte ihn vertreiben.

Ein Schnipsen vor meiner Nase brachte mich aus meinen Gedanken.

»Na, was is'? Suchst du dir auch was zum Essen aus? Fünf Euro hast du noch.«

Hinter ihr erkannte ich Georgios mit seinem Weihnachtsmannbart, der mich anguckte. Manchmal glaubte ich fest daran, dass er mit dem Kiosk verwachsen war. Eine Art griechischer Kioskgott. Georgios Kioskious. Würde ich mir noch eine passende, mythische Sage dazu überlegen, würde es bestimmt jemand im Internet glauben.

Er trommelte mit seinen Fingern auf den Kaugummipackungen vor ihm.

»Sorry, ähm.« Rasch checkte ich den Stand ab. »Ich nehme eine Cola-Zitrone vom Kühlschrank und die Krabbencocktailchips, Erdbeercroissant, oh, den kalten Kakao nehme ich auch noch.«

Ein Brummen erreichte mich, woraufhin Daphne ihm den Zehneuroschein aushändigte.

Bevor ich zum Kühlschrank schritt, um meine Sachen zu holen, klopfte ich noch meine Jeansshorts ab. Alles dabei. Diese Paranoia, wichtige Gegenstände zu verlieren, würde mich noch mein erstes graues Haar kosten. Bestimmt. Das … Oder der Typ, dem wir die zehn Euro geklaut hatten, der auf der anderen Seite der Gasse mit zwei weiteren Typen auftauchte, brächte uns um.

»Ähm, Georgios. Wir holen uns den Einkauf später.«

»Was redest du denn da, wieso …«, hinter mir hörte ich das Rascheln einer Plastiktüte, danach stand Daphne auch schon neben mir, »… sollten wir das dalassen?«

Nach Daphnes »*Oh*«, war ich mir sicher, sie hatte die drei ebenfalls erspäht. Mein Magen verkrampfte sich und wurde nur noch schlimmer, als ich das darauffolgende »*Ach du Scheiße*«, von Daphne wahrnahm. Warum musste sie mir immer meine Hoffnungen nehmen, dass ich nur halluzinierte?

»Da sind sie.« Spätestens jetzt hatten sie uns offensichtlich entdeckt.

Der kleine Typ mit der verdreckten Schürze stürmte mit seinen zwei Panzern hinter ihm auf uns zu. Kam es mir nur so vor oder bebte der Boden?

Daphne schmiss die Tüten in den Kiosk. »Ist jetzt Panik angesagt?«

Ohne auf meine Umgebung zu achten, sauste ich über den *Kapani* Markt, den ich besser als meine verdrängten Gefühle verstand. Die meisten hier kannten dieses Schauspiel, dass Daphne und ich mal wieder vor jemandem davonliefen. Nur war es dieses Mal ernst. Wirklich ernst. Das ahnte ich von dem Moment an, an dem ich die kleine Messertasche eines Typen an seinem Fußgelenk erblickt hatte.

Das Blut rauschte in meinem Ohr und vermischte sich mit dem Gebrüll der Händlerinnen und Händler, die sich gegenseitig in ihren Preisen unterboten. Eine Duftwolke aus unzähligen Gewürzen, Gemüse, Obst, Fische und Fleisch empfing mich, als durchbrach ich eine unsichtbare Mauer. Wie Regenbogen reihten sich Zimt, Oregano, Knoblauch, Tomaten, Wassermelonen und Fische neben uns auf. Das ließ mich alles kalt, selbst die Gedanken daran, was mir passieren könnte, waren zweitrangig. Doch Daphne durften sie kein Haar krümmen. Nicht mal die bunten *Loukoumi* konnten mich heute von meinem Ziel abbringen. Denn nur in unserem Unterschlupf waren wir sicher. Nur wenn wir es dorthin schafften, konnte ich überhaupt noch daran denken, das Zuckergelee auf meiner Zunge zergehen zu lassen.

Während ich über den Kleinpflasterboden eilte, bemerkte ich, wie sich eine Migräneattacke ankündigte.

»Warum?« Meine Frage verlor sich zwischen einem hektischen Hauchen und griechischen Schimpftiraden zweier Händler neben mir. Das reichte nicht, nein, so leicht machte es mir mein Leben nicht. Denn urplötzlich erdrückten mich Hitzewellen. Mich? Kaum einer Griechin war es jemals zu heiß. Was für eine Scheiße. War ich doch älter als gedacht und befand mich in meinen Wechseljahren?

»Margo?« Daphnes Stimme hinter mir hörte sich seltsam verzerrt an. Selbst meine Witze retteten mich nicht. Ich schwankte. Stieß mich an einem Postkartenständer ab. Ein lautes Scheppern drang über den Markt, gefolgt von einer Beschimpfung. Eine Postkarte mit *Kalimera!* darauf rutschte zwischen meinen Füßen hindurch. Ja, nein, definitiv kein guter Morgen. Gleich danach wurde mein Sichtfeld von einem schwarzen Rahmen eingeengt und meine Beine bewegten sich nur noch instinktiv vorwärts. Spätestens als sich mein Herz anfühlte, als hätte es jemand in einen Schraubstock eingeklemmt, um danach dagegenzutreten, krümmte ich mich nach vorne.

»Was ist?« Weiche Hände legten sich auf meinen Rücken.

Sprechen gelang mir nicht, weswegen ich meinen Kopf schüttelte.

»Alles klar?« Die Männerstimme erkannte ich zwar, konnte sie aber gerade keinem Verkaufsstand zuordnen.

Der Pflasterboden unter mir verformte sich zu einer endlosen Spirale. Ein schwarzes Loch, das drohte, mich zu verschlucken.

»Hier, da rein, hinter mir«, sagte die Männerstimme, die sich mittlerweile wie durch einen Sampler gedreht anhörte.

»Danke, Alexis.« Die Worte standen nicht lange alleine da, als Daphne weitersprach: »Mist, Mist, Mist. Komm, da in die Seitengassen.«

Daphne zog mich weiter. Mein Kopf stieß gegen etwas Festes.

»Sorry.« Sie richtete mich auf.

Wir passten gerade so seitlich durch die Enge zwischen den Häusern. Nachdem wir uns endlich durchgequetscht hatten, fiel ich wie ein Sack zu Boden. Irgendetwas in mir schaffte es noch, dass ich meinen Kopf nach links drehte, um nicht im wahrsten Sinne auf die Schnauze zu fallen. Tja, hatte ich bisher noch gehofft, all das wäre nur ein Trugbild, erkannte ich am schmerzhaften Aufprall, dass ich nicht träumte. Mein Wangenknochen knallte hart gegen den Boden, woraufhin ein Dröhnen in meinem Kopf einsetzte.

»Was ist denn nur mit dir los?« Daphne kniete sich neben mich und ich schaffte es mit Mühe, sie anzusehen. Wenn ich nur selbst wüsste, warum mein Körper gegen mein Überleben rebellierte.

Ich wollte nicht sterben. Diese Erkenntnis huschte so flink durch meine Gedanken, dass ich gar nicht bemerkte, wie meine Nase zu kitzeln begann und meine Sicht sich trübte. Bitte, das durfte nicht das Ende sein.

»Steh auf.« Daphnes Flehen wäre ich gerne nachgekommen, verließen mich nicht gerade meine Kräfte nach und nach.

Irgendetwas geschah in meinem Körper. Etwas breitete sich in mir aus, machte mich schwerer, als schlüge etwas in mir seine Wurzeln. Wie ein flüssiger Amboss, der meine Adern tonnenschwer machte, klebte ich am Boden fest.

Daphne wirbelte so plötzlich herum, dass ich innerlich zusammenzuckte. Dann hörte ich es auch. Mit dem einen Ohr am Steinboden nahm ich das Getrampel wahr. Sie kamen von der anderen Seite. Doch ich würde hier nicht wegkommen, also ...

»Hau ab.« Meine Zunge verwandelte sich ebenfalls in einen kiloschweren Metallklumpen. Sie haftete ausgetrocknet an meinem Gaumen fest und jede Silbe kämpfte sich schwer aus mir heraus.

»Niemals.« Wie ein Schutzwall stand Daphne vor mir.

Meine beste Freundin. Ihre zarten Fäuste zitterten. Nein, sie würde sich nicht für mich in Gefahr bringen, das ließ ich nicht zu. Lebte man auf der Straße, schloss man Frieden damit, irgendwann überraschend zu sterben und nicht in einem kuschligen Sterbebett, umgeben von den Liebsten und Bildern in Rahmen, die so wertvoll waren, dass ich eine Woche davon Essen kaufen könnte. Daphne durfte es nicht so ergehen.

»Daphne, geh.«

Sie drehte den Kopf in meine Richtung. Ihr Blick wirkte, als versuchte sie, herauszufinden, ob ich das ernst meinte. Natürlich dachte sie darüber nach. Wer hätte das nicht? Daphne war kein Mensch, der zu sterben bereit war. Ihr zu sanftes Herz schlug ihrem Überlebenswillen abermals ein Schnippchen und so schüttelte sie mit vorgestrecktem Kinn den Kopf. »Ich lasse dich nicht allein.«

Und das alles nur wegen gottverdammten zehn Euro. Ich hatte es gewusst. Überall munkelte man, dass der neue Restaurantbesitzer am Hafen nun zur griechischen Schutzgeldmafia gehörte. Sie trieben Gelder von den Gastrobetrieben am Meer ein und dafür machten sie ihnen nicht das Leben zur Hölle. Überall in Nordgriechenland spielte sich dasselbe ab. Das gehörte dazu. Niemand redete darüber. Nie hätte ich damit gerechnet, dass die ernst machten. Vermutlich wollten sie an uns das berühmte Exempel statuieren.

All meine Befürchtungen bestätigten sich, als zwei Typen um die Ecke kamen. Die Messer nicht mehr versteckt. Der Besitzer war wohl zurückgeblieben. Mord wollte er bestimmt nicht mit ansehen.

»Wir können euch die zehn Euro wiedergeben.« Der Satz platzte aus Daphne, als hätte sie ihn die letzten Minuten in ihrem Kopf geprobt.

Die beiden Kerle warfen sich einen Blick zu, als fänden sie ihren Auftrag, jemanden für zehn Euro abzustechen, selbst übertrieben. Vielleicht würden sie uns ja nur krankenhausreif prügeln? Oder nur, na ja, ein bisschen mit dem Messer verletzen? Hach, keine Ahnung. Innerlich brüllte, strampelte und schrie ich, aber mein Dreckskörper rührte sich nicht. War das die Strafe für das Leben, das ich führte?

»Dafür ist es zu spät«, sagte der Typ mit der Vollglatze.

»Ihr habt eure Chance gehabt«, beendete sein Zwillingsbruder.

Ihre schwarzen Tanktops waren über ihre Muskeln bis zum Zerreißen gespannt. Diese Schränke spaßten nicht. Wir, nein, ich hatte mich mit den falschen Leuten angelegt.

Daphne durfte nicht wegen mir sterben, das konnte ich nicht zulassen. Eine unglaubliche Hitze brannte in meiner Speiseröhre, als schösse die schlimmste Sodbrennattacke der Welt in mir hoch.

»Ich, wir. Es tut uns leid. Wir haben nicht nachgedacht und wir haben Hunger, wir leben auf der Straße und –«

Der Zwilling mit Halbglatze winkte ab und Daphne stoppte, scharf die Luft einsaugend. Es kümmerte sie nicht.

Meine beste Freundin auch noch schluchzen zu hören, brachte mich – abgesehen von der fiesen Migräne – um den Verstand. Zusammen mit der Schwüle im kleinen Hinterhof, in dem Tropfen vom vorherigen Platzregen in Tonnen plumpsten, quälten mich meine Schmerzen, sodass ich mich fragte, wie diese Messerklingen das noch toppen konnten. Sie könnten es.

Sie kamen näher.

Daphne wackelte einen Schritt zurück und stieß gegen mich, als hätte sie vergessen, dass ich da lag. Ich, die ihrem Leben ein Ende setzte. Ich, die alle enttäuschte.

Das war nicht das Ende von Daphne. Mit dieser Sicherheit mobilisierte ich all meine Kräfte und stieß einen schmerzverzerrten Schrei aus. Mein gesamter Körper zitterte und kleine Lichtpunkte flogen aus meinen Poren, die um mich herum vibrierten.

Dann passierte alles ganz schnell.

2.

WAS WÄRE MIT MEHR FURCHT VOR DER MAGIE PASSIERT?

Die Kletterpflanze, die vom Dach wuchs, zog sich wieder zurück. Langsam schlängelte sich der Efeu wie eine Welle die Steinmauer hinauf, bis er an der Stelle stoppte, an der sie vorher geendet hatte. Ein paar Ziegelteilchen blätterten dabei von der maroden Fassade ab und rieselten sanft auf den Boden.

Währenddessen zeigten meine beiden Hände zu den Typen vor mir auf dem Boden. Zwei Schlafende, die aneinandergeschmiegt dalagen, sich nicht bewegten, und der friedliche Ausdruck in ihrem Gesicht machte alles noch unheimlicher. Na ja, und ich, ich stand wie festgefroren da. Daphne sog neben mir laut die Luft ein und atmete daraufhin so kräftig aus, dass ich glaubte, den Windstoß an meiner Wange zu spüren.

»Du hast nicht gerade wirklich –«

»O Gott, sag es nicht«, unterbrach ich sie.

Eine Wolke schob sich über uns und legte einen grauen Filter über das Szenario. Wieder tauchte er auf. Der plötzlich auftretende Platzregen. Wasser prasselte auf mich hinab und als die ersten Tropfen mich trafen, kam es mir vor, als zischte mein aufgeheizter Körper. Meine Finger zitterten, doch ich wollte meine Arme nicht senken.

Der kahle Hinterhof verwandelte sich in einen dunstigen Schauplatz, als wären wir in einem Londoner Thriller gefangen. Die alten

Häuser, die uns förmlich einkesselten, engten mich ein und ein wenig hatte ich die Befürchtung, dass sich die Mauern zusammenschoben. Der Spalt, durch den wir hierhergekommen waren, schloss sich und der Durchgang, den die beiden Typen benutzt hatten, wurde kleiner und kleiner, bis selbst ein Nadelöhr größer war. Okay, es war amtlich, ich drehte durch.

Ein Kopfschütteln später und alles sah wieder normal aus.

»Margo, du hast die Kerle mit zwei Ranken ausgeknockt.« Daphne ratterte diesen Satz so rasch hinunter, dass es mir unmöglich war, sie aufzuhalten.

So. Es war geschehen. Sie hatte es ausgesprochen. Zu allem Übel verließ mich die Kraft in meinen Armen und sie schlugen gegen meine Seiten. Die klitschnassen Klamotten gaben ein patschendes Geräusch von sich.

Ein Regentropfen traf genau meine Nase und spritzte in mein linkes Auge. Mit meinen Fingern wischte ich das Wasser weg und benutzte sie als Kamm, um meine feuchten Haare zurückzustreichen.

»Margo?«

Nein, noch konnte ich nicht antworten, daher legte ich meinen Kopf in den Nacken und blickte auf die Zuckerwattewolken. Zuckerwatte, die eher aussah wie dreckiger Schnee neben schmutzigen Straßen, lenkte mich für einen Moment ab. Mehr und mehr Tropfen benetzten mein Gesicht, bis ich das, was passiert war, nicht mehr verdrängen konnte.

Das Gedankenkarussell sprang an, schnallte mich ohne Erlaubnis fest und ich musste das Geschehene Revue passieren lassen.

Ein Film in meinem Kopf zeigte mir, wie Lichtpunkte mich umhüllt hatten, ich mich wieder hatte bewegen können, ich aufgesprungen war und ohne zu überlegen die Hände vorgereckt hatte.

Die restlichen Erinnerungen waren verzerrt.

Wie auf Befehl waren die Kletterpflanzen neben uns gewachsen, schlangengleich zu den Typen gekrabbelt, hatten ihre Knöchel umschlungen und ihnen dann den Boden unter den Füßen weggerissen. Zuerst hatten ihre Köpfe wieder Kontakt zum Steinboden gefunden, dann der Rest ihrer Körper.

»Margo, du … das … wow.«

»Ich habe keine Ahnung, was da gerade passiert ist.« Lange könnte ich es ohnehin nicht mehr abwenden, also guckte ich Daphne ohne zu zögern in die dunklen Augen. Was ich fand, war, was ich erwartet hatte. Furcht.

Meine beste Freundin zu verlieren, durfte nicht passieren. Sofort sauste ich zu ihr und stürzte auf die Knie. Direkt in eine Pfütze, die sich gebildet hatte.

»Daphne, keine Ahnung, was das für ein Scheiß gewesen ist. D-d-d, ähm, ich, was soll ich sagen? Kann das nicht irgendetwas Naturphänomenmäßiges sein? Du belauschst doch diese Alte vor der Kirche, die zu laut Podcasts hört.«

»Sie hört True Crime Podcasts, keine Physiklektionen.« Vermutlich wollte sie es unauffällig wirken lassen, aber ich merkte, wie sie sich stärker gegen die Steinmauer drückte.

»Daphne. Hast du Angst vor mir? Wir sind eine Familie, wir haben uns geschworen, uns so etwas nie anzutun.« Meine Empörung brach aus mir, ohne dass ich sie verbergen konnte.

»Ja. Nein. Ich weiß es nicht.«

Ihre nassen Haare rahmten ihr Gesicht ein. Verzweiflung rumorte in meinem Magen und ich wischte mir genervt das Wasser aus dem Gesicht.

»Wie, du weißt es nicht?«

»Bist du eine Hexe?«

»Mach dich nicht lächerlich, Daphne. Ich? Du faselst doch ständig etwas von Universen, Karma und Schicksal.«

»Und du streitest alles ab, wie es Hexen tun würden.«

»Ich klaue mir auch Heftromane, in denen Lords Zofen verführen und bin deswegen keine Historikerin.«

Daphnes Mundwinkel gingen nach unten und sie biss sich auf die Unterlippe, wie sie es stets tat, wenn sie ein Lachen unterdrückte. Ein, zwei Sekunden versuchte ich es auch, bis wir beide loslachten und uns umarmten.

»Scheiße, Margo. Hat uns heute Morgen jemand von den anderen etwas in den Kaffee geschmissen?« Ihre Stimme an meinem Ohr beruhigte mich.

»Schon wieder?«

»Wenn du ... *Wenn* du davon wirklich nichts gewusst hast, also von dem Hexending.«

»Daph!«

»Von dem Pflanzending. Besser? Dann, Shit, weißt du, was wir damit alles machen können?«

Wollte ich das wieder machen? Könnte ich das überhaupt wieder machen?

Ein rasselndes Husten holte mich zurück ins Hier und Jetzt.

»Sie wachen auf.« Daphnes Wispern wäre nicht nötig gewesen, ich hörte es ebenfalls.

»Komm! Weg von hier.« Ich zog sie auf die Beine und wir hauten durch den Spalt, durch den wir gekommen waren, ab.

Genussvoll leckte ich meine Finger ab, nachdem ich mir das letzte Stück *Bougatsa* in den Mund geschoben hatte. Der Blätterteig knisterte zwischen meinen Zähnen und ich schmeckte den Grießpudding mit der Zimt-Zucker-Mischung, der das perfekte Verhältnis von Süße und Würze hatte. Wie ich das genoss. Der Puderzucker, der Daphnes Mund wie ein Lippenstift zierte, zeigte mir, dass es ihr ebenso ging.

Der Coffee to go, den wir uns teilten, wog schwer in meiner Hand. *Zu teuer*, sagte mein Gehirn. Mein Herz schrie: *Das habt ihr euch nach der Aufregung verdient. Außerdem habt ihr das Geld gerade eh wieder jemandem geklaut, ihr Unbelehrbaren!*

Mit einem beherzten Sprung von der Backsteinmauer landete ich auf dem Gehweg vor der byzantinischen Kirche, die gegenüber eines neuen Einkaufszentrums stand. In Thessaloniki roch man quasi, wie sich Antike und Moderne die Hand gaben.

Die Tüte in Daphnes Hand raschelte, als sie ebenfalls neben mir aufkam und wir über die Straße eilten. Zum Glück hatten wir die Sachen vom Kioskgott abgeholt. Als wir auf der anderen Seite angekommen waren, spazierten wir unter dem uralten Galeriusbogen hindurch. Das spätrömische Relikt stellte sich meistens als idealer Platz zum Betteln heraus, da der Triumphbogen ein Touristenmagnet war. Schade nur, dass es nie lange dauerte, bis die Polizei einen vertrieb.

»Zur Seite, Margo. Die machen da ein Selfie.« Daphne zeigte zu einem Pärchen und ich huschte sofort zur Seite.

»Sygnómi.« Das Pärchen betrachtete mich verwirrt, also mussten es Touristen sein. »Sorry«, schrie ich übersetzt hinterher.

»Hach, ist die süß.« Daphne sah dem Mädchen mit den aschblonden Haaren nach, als ich sie bereits vorwärts drängte. »Ob ich auch jemals eine Freundin haben werde?«

»Klar, irgendeine von der Straße, vielleicht findest du sogar eine, die nicht durchgeknallt ist.« Ich war in Höchstform, positiv und optimistisch wie eh und je. »Wer will schon jemanden von der Straße?«

»Na, danke auch. Kannst du nicht irgendetwas machen? So als Zauberin?«

»Daph.« Wie oft sollte ich noch erwähnen, dass ich nie wieder darüber sprechen wollte. Denn: Sprach man nicht darüber, war es auch nicht passiert.

»Wir können das nicht totschweigen.«

Ich beschleunigte meine Schritte. Daphne ließ sich nicht ablenken. Nicht mal als ich runter zum weißen Turm eilte, der sich vor dem Meer auftat. Überall lagen Studierende, genossen den Tag, warfen sich Getränkedosen zu und lachten zu Handyvideos.

»Ich *Sin Boy-e* dich.«

Abrupt hielt ich an und drehte mich zu Daphne, die mich mit in die Hüften gestemmten Händen ansah. Ihre Augenbrauen zog sie beide hoch, weil sie nicht nur eine heben konnte.

»Das machst du nicht.« Das war unser geheimer Quasi-Zauberspruch. Sie nutzte unser Geheimwort, um sich einmal im Jahr etwas von der anderen zu wünschen, dafür? Nun zog sie da auch noch unseren griechischen Lieblingsrapper Sin Boy mit rein.

»O doch.« Die Sonne ging gerade unter, als das orangerote Licht auf Daphnes Gesicht fiel und sie in einem wunderschönen Ton zeichnete. Jetzt tat es mir leid, ihr gesagt zu haben, sie würde nie eine Freundin finden, die nicht auf der Straße lebte, träumte sie doch davon, von hier wegzukommen. (Weg von mir?) Diesen Anblick von Daphne würde ich hoffentlich mein Leben lang als verblasstes Bild in mir tragen.

»Fein. Was genau willst du von mir?«

»Du versuchst das mit der Magie nochmal.« Wie bei einer Verschwörung sah sie sich um, damit uns auch niemand hörte.

Konnte ich mich da noch rauswinden? Vermutlich eher nicht. Ein langes, dramatisches Seufzen kam als Antwort aus mir. »Bitte. Dann gehen wir nach Hause.«

Wenn Daphne noch länger im Kreis lief, würde sie unseren Unterschlupf durchbohren. Damit mich kein Schwindel überkam, drehte ich mich von ihr weg und blickte aus dem nicht vorhandenen Fenster des Rohbaus. Der harte Beton drückte sich in meine Unterarme, als ich mich dagegen lehnte. Selbst der Geruch von Zement hing noch in der Luft. Für unser ständiges Umziehen kam es mir jedoch gelegen, dass die Leute überteuerte Kredite zum Häuserbau bekamen, die sie dann irgendwann nicht mehr begleichen konnten und mitten im Bau stoppen mussten. Überall in Nordgriechenland ragten die halbfertigen Rohbaugebäude mitten in der Pampa hervor, die ich liebevoll unsere Villen nannte.

Der Sternenhimmel erstreckte sich über Thessaloniki und ich sah über die ganze Stadt, bis zum Meer hinunter. Dort fing das Wasser das Glitzern des Nachthimmels auf, verzerrte es und rahmte das Mondlicht ein, das über der Oberfläche tanzte.

»Lass uns doch wieder in den Keller abhauen und schlafen gehen. Hier oben ist es ziemlich windig.« Hoffnungsvoll wartete ich auf ein Ja von Daphne.

»Okay, du kannst kein Feuer machen, fliegen willst du nicht probieren …« Aus nachvollziehbaren Gründen! »Und schweben lassen kannst du auch nichts.«

»Ich habe dir doch gesagt, ich bin keine Hexe. Wer weiß, was wir uns da zusammengereimt haben.«

»Genau, beide haben wir uns gleichzeitig dasselbe eingebildet.« Daphne folgte mir mit ihren Argumenten bis in den Keller.

Dort empfingen uns unzählige Kerzen in Flaschen, in Löchern am Boden, auf Tellern, in Tassen oder Teekannen und eine Regenbogenwand aus zusammengeklebten Fertigcroissantverpackungen. Hatte ich erwähnt, dass Daphne die liebte? Das Licht des Feuers brach sich auf den bunten, spiegelnden Verpackungen. Mein Liebling war allerdings der stinkende, uralte, orientalische Teppich, den ich von einer Wäscheleine bei unserem Ausflug in Kallithea geklaut hatte.

»Vielleicht eine dieser komischen, unerklärlichen Begebenheiten. Sowas gibt es doch.« Müde ließ ich mich zurückfallen. Die Matratze quietschte und bohrte mir wie gewohnt ihre Federn in den Rücken. Ohne sie schlafen? Konnte ich gar nicht mehr. Gezielt packte ich meine bronzefarbene Kette, die auf dem Nachttischeimer lag und machte sie mir um. Das einzige Teil, das ich, seitdem ich denken konnte, besaß. Ein Teil meiner Vergangenheit. Etwas, das eine Geschichte besaß, die mir verschlossen blieb und mir, könnte es nur sprechen, sagen könnte, woher ich kam. Wer ich war.

»Da muss mehr dahinter sein.« Daphne legte die Klamotten zusammen, die wir gestern im Waschsalon gewaschen hatten. Zum Glück waren wir heute sogar in die Sporthalle gekommen, da der Aufpasser nach dem Rauchen die Hintertür wieder nicht verschlossen hatte. Wie ich eine heiße Dusche liebte.

Daphne schnappte sich die Gabel, auf die sie einen Rasierkopf gesteckt hatte, und rasierte sich ein paar Härchen von den Oberarmen weg.

»Wir müssen das weiter beobachten.«

Daphne eilte an unserer Feuerstelle, über der ein umgekippter Einkaufswagen lag, den wir als Grillrost verwendeten, und holte unser Moskitonetz von der Truhe dahinter hervor. Es wunderte mich jeden Tag, wie Daphne den Einkaufswagengrill so sauber halten konnte.

»Warum hast du dir ein Erdbeercroissant genommen?«, fragte sie, als sie die Tüte ansah. »Du magst die doch nicht.«

»Ich weiß, aber es ist deine Lieblingssorte, die du dir fast nie kaufst, um die neuen Varianten auszuprobieren.«

»Ach, Margo. Ich kann auf mich achten. Danke. Und du leiste lieber deinen Beitrag und lern besser hexen.«

Dieses Versteck gefiel mir besser als das davor. Ich verfolgte die batteriebetriebene bunte Lichterkette, die sich über den Keller erstreckte, startend bei der Croissantmauer und endend über dem Palettenstapel, der unsere Couch sein sollte. Auf ihm lag der uralte

Laptop, den wir gerettet und beim eineinhalb Augen Eric – fragt nicht – aufpoliert hatten. Es reichte zumindest, um geklaute DVDs zu gucken.

»Was erwartest du von mir, dass ich mit den Fingern schnippe und es erscheint ein Geldkoffer?« Ich verschränkte meine Hände hinter meinem Kopf und gähnte laut. Dieser Tag würde mir länger in den Knochen stecken. Nur langsam legte sich die Anspannung, die sich hartnäckig in mir hielt.

»Zum Beispiel. Du musst schon ein wenig – Machst du die Füße kurz hoch? – mitarbeiten.«

Gesagt, getan. Daphne warf das Moskitonetz über den Haken.

»Willst du das echt jeden Tag aufs Neue machen?«

»Wir haben nur das eine und wenn sich tagsüber ein Tier darin verhakt, ist es kaputt. Und: Lenk nicht ab.«

Ich schnippte mit den Fingern. »Siehst du. Kein Geldkoffer.«

Daphne hielt in ihren Kunststücken inne, die sie vollführte, um das Netz zu befestigen. »Du bist furchtbar.«

»Mit Geldkoffern kann ich nicht dienen, –«

Wer sprach da?

»Daphne, hol das Messer!« Noch während ich aufsprang und den Mann, der an der Treppe stand, nicht aus den Augen ließ, verhedderte Daphne sich in dem Moskitonetz.

3.

WAS WÄRE BEI DER ANDEREN ABZWEIGUNG PASSIERT?

So schnell konnten sich Meinungen ändern. Hatte ich mich bei unserem Umzug noch geärgert, dass wir die freie Stelle in der Außenwand für das Tor zum Keller abkleben mussten, war ich heilfroh gewesen, dass wir dadurch abhauen konnten. Ganz ehrlich? Mich kotzten diese Verfolgungsjagden an.

»Einmal fliehen hätte heute gereicht.« Meine Worte klangen gehetzt und innerlich ärgerte ich mich, dass wir von Thessaloniki wegliefen, anstatt in die Stadt hinein. Ein bescheuerter Fehler. Leider hatte mich das Auftauchen des Kerls mit den türkisfarbenen Haaren durcheinandergebracht.

»Na ja, es ist nach Mitternacht.«

Meinte Daphne das ernst? Morgen war, wenn ich aufwachte.

Nun ja, wenn ich über die Schultern guckte und Türkistyp abdriften sah, erlaubte ich mir, ein wenig gelassener zu werden. Der Schreck saß tief. Wir waren nicht zum ersten Mal in einer Unterkunft von Fremden überraschen worden. Oft jagte uns einer weg, damit wir nicht zurückkamen, indessen besetzten die anderen das Versteck. Besser wurde es deswegen nicht und wann immer ich die ständig präsente Angst davor in mir spürte, erkannte ich, dass ich eben kein normales Leben hatte, sondern mein Geist rund um die Uhr in Alarmbereitschaft war. Meine Existenz bestand aus täglichem Fliehen.

Es fiel mir zunehmend schwerer, den steilen Weg über die ausgetrockneten Hügel zu erklimmen, bis wir auch noch Oleandersträuchern ausweichen und in Zickzacklinien zwischen Aleppo-Kiefern laufen mussten. Fabelhaft. Gleichzeitig klopfte die Umhängetasche, die ich geschnappt hatte, gegen meinen Oberschenkel, was das Laufen nicht vereinfachte.

Daphne bog scharf nach rechts ab. Ich tat es ihr nach, wodurch der Kies unter meinen Füßen kratzte. Wir tauchten in das Labyrinth des kleinen Waldes ein. Der Duft von Harz lag in der Luft.

Gerade wollte sich Erleichterung in mir breitmachen, als ein Wurfmesser an mir vorbeizischte und in einem Baum stecken blieb. Shit. Wie hatte er uns so rasch eingeholt?

»Margo! Alles okay?«

»Mhm.« Mehrere Tropfen Schweiß bahnten sich ihren Weg über mein Gesicht.

Daphne preschte vor. Zwischen mehreren ineinandergeschlungenen Bäumen verschwand sie aus meinem Blickfeld. Der Gedanke, dass sie mich zurückließ, stachelte die Todesangst in mir an.

Wo war Daphne? Wie sollte ich überleben? Meine Sicht trübte sich. Der Wald verschwamm zu einem dunklen Albtraum. Gerade als ich dachte, meine Gefährtin verloren zu haben, packte mich jemand am Arm. Automatisch schlich ein Schrei meinen Hals hinauf. Eine Hand legte sich jedoch über meinen Mund, die mein Rufen unterdrückte. Zarte Haut, die nach Erde roch.

»Shht.« Es dauerte Sekunden, bis ich Daphnes Stimme identifizierte. Binnen weniger Augenblicke legte sich eine drückende Stille um den Wald, die so laut in meinem Kopf dröhnte, dass ich nicht wusste, ob man sie nicht doch wahrnahm. Das Knacken eines Astes sowie das Rascheln mehrerer Blätter änderte das.

»Hättest du nicht mein Angebot annehmen und mit mir mitkommen können?«

Warum wollte er, dass ich mit ihm mitkam? Suchte er Frauen, die er verkaufen konnte? Neue Leute für seine Bande? Wieso nur ich?

Herzklopfen übertönte meine Gedanken. Ein Surren breitete sich in mir aus. Ich hörte nichts mehr. Bewegte ich mich auch nicht zu viel? Atmete ich zu laut? Immer stärker presste ich meine Lippen und meine Augen zusammen. Alles in mir spannte sich an. Meine Zähne biss ich so fest aufeinander, dass ich Angst hatte, meine Kieferknochen würden brechen.

Ein leichtes Ziehen an einer Haarsträhne versetzte mich in Aufruhr. War das Daphne? Was wollte sie sagen? Mist, ich wollte die Augen nicht aufmachen. Nochmal ein beherzteres Ziehen.

Okay. Ich öffnete meine Augen und sah zu Daphne. Sie deutete mit ihrem Kinn nach vorne. Langsam, ganz langsam, bewegte ich meinen Kopf in die Richtung. Nur einen Millimeter. Dann noch einen. Ich schluckte, aber die Spucke blieb mir im Hals stecken, als ich es auch erkannte. Meine Kehle schnürte sich zu.

Hunderte kleine Äste und Wurzeln schlichen sich in der Luft beinah lautlos auf uns zu. Sie schwebten näher in meine Richtung. Ein Ruck zuckte durch meinen Körper und ich wollte loslaufen. Daphne hielt mich. Bis ich erahnte, warum. Der Wald hatte uns eingemauert.

»Glaubt ihr, ihr könnt euch vor mir verstecken?«

Krächzend verbog sich das Pflanzenwerk. Ein kleiner Durchgang öffnete sich. Türkistyp schritt hindurch und nahm einen Zylinder ab. Einen Zylinder! Er musste ein Psychopath sein. Selbst sein Bart leuchtete türkis im Mondlicht.

Daphne ließ mich los. Es war ohnehin vorbei.

»Was willst du von uns?«

Meine Bewunderung für Daphne, dass sie noch sprechen konnte, schoss höher als jeder Aktienkurs.

Er schüttelte den Kopf. »Von dir will ich gar nichts, sondern von ihr.« Sein langer, dünner Zeigefinger deutete auf mich. Sein Fingernagel lief spitz zu.

Da mir die Worte im Halse stecken blieben, zeigte ich auch nochmal auf mich.

»Ja, genau.«

»Was willst du von Margo?«

»Margo. Na, ob das dein Name ist?«

Was meinte er? Woher wusste er, dass ich meinen richtigen Namen nicht kannte?

Was oder wer er auch war, ich ließ mich nicht verarschen. Eine Energie in mir köchelte, doch tief in dieser Energie erkannte ich

Potenzial für mehr. Also schritt ich zu ihm vor, bis ich bei seinem Dolchfingernagel zum Halten kam.

»Was willst du?«

»Dass du mit mir kommst. In meinem Zuhause kann ich dir alles besser erklären.«

»Und wenn ich nicht will?« Abwehrend verschränkte ich meine Arme vor der Brust.

»Ohhh.« Zylindertyp betrachtete mich wie ein kleines Kind und schnippte mit den Fingern.

»Margo!« Daphnes Aufkreischen ließ alle Alarmglocken bei mir losschrillen.

Als ich mich umdrehte, schlang sich Wurzelwerk der Bäume aus dem Boden um sie, bis sie völlig eingewickelt war. Nur alles oberhalb ihrer Nase war frei. Sie konnte nichts sagen. Dafür schrien ihre Augen Panik.

Die köchelnde Energie in mir brodelte.

»Du willst mitkommen.« Er baute sich vor mir auf und wie er da stand, mindestens zwei Meter groß, spindeldürr und mit einem Grinsen auf den Lippen, das den Teufel erschaudern ließe, ahnte ich: Dieser Tag würde nicht friedvoll enden.

Etwas in mir ließ mich glühend heiß werden. Die Konturen meines Körpers wurden von Lichtpunkten eingerahmt. Sie pulsierten, färbten sich gelb, dann rosa, später lila, ehe sie mit mir verschmolzen und die Blätter um uns zu rascheln begannen. Sie stellten sich auf, versammelten sich, wirbelten wie ein Hurrikan um mich und erschufen einen Schutzwall. Meine Haare nahmen die Aufforderung des Blätterstrudels an und tanzten in der Mitternachtsmusik des Waldes.

Was geschah nur mit mir?

»Hübsch.« Erstaunt sah er sich um. »Nur leider wirkungslos.« Mit einem Kopfnicken erstarrten die Blätter und wiegten sich in der Luft in den Schlaf, ehe sie zu Boden glitten.

Er bekam, was er wollte, und umfasste mein Gesicht. »Du bist der Schlüssel.«

»Lass sie in Ruhe!«

Wer war das nun wieder? Rettung? Noch jemand Schlimmeres?

Bei der Stimme zuckte der Zylindertyp zurück. Seine Augen weiteten sich und Todesangst zeichnete sich in seiner Mimik ab. In

Windeseile wirbelten die Blätter und Äste auf, legten sich um ihn, bis er von ihnen umhüllt wurde.

»Zeig mir dein Gesicht.« Die Frauenstimme näherte sich uns. Sie stellte sich vor mich. Ihr Haar war zu einem Turm hochgesteckt. »Geht es dir zumindest okay?« Sie warf nur einen knappen Blick über die Schulter.

»Äh, ja, ich denke schon.«

»Wer bist du?« Sie näherte sich ihm. Unmöglich mit dieser Kutte und der Kapuze zu erkennen, wie die Frau aussah, außerdem spielte die Nacht ihr in die Karten.

Er wich zurück. Trotz ihrer Deckung wirkte es, als erkannte er sie.

»Hat er seinen Namen genannt?«

»Nein, nicht dass ich wüsste, oder Daphne?«

Ihre Augen straften mich mit einem bösen Blick. Oh, ja, sie konnte gerade nicht sprechen.

»Können Sie meiner Freundin helf-« Noch bevor ich meinen Satz beendet hatte, schnappte mich ein Ast, der meine Hand umklammerte, und zog mich seitlich weg.

Mein Kopf schlug gegen etwas Hartes. Schon wieder. Der Schmerz zog sich wie ein Blitz von oben bis unten. Langsam wurde meine Sicht Schwarz. Schon wieder.

»Liebes! Darf ich dich retten? Darf ich dich mit mir nehmen?«

Mitnehmen? Retten? Ich konnte keinen klaren Gedanken fassen.

Jammernde Geräusche drängten sich aus mir heraus. Angst schwoll in mir an. Lange konnte ich mein Bewusstsein nicht mehr aufrechterhalten, also musste ich mich beeilen.

»Sag! Sag es!«

Wie sollte ich in diesem Augenblick entscheiden, wie ich wählen sollte? Daphne war sonst der Kopf in diesen Dingen. Niemandem trauen. Mit dieser Devise lebte ich seit Jahren besser als früher, als ich naiv gedacht hatte, es gäbe nette Menschen.

»Ich brauche deine Erlaubnis.« Stimmfetzen flehten mich an und auch, wenn ich es bereute, kam ein unmissverständliches Geräusch aus mir: »Mhm.«

Nachdem ich ihre Frage bestätigt hatte, fraß mich die Dunkelheit mit Haut und Haar auf.

WAS WÄRE OHNE DIE KLIPPE PASSIERT?

Getrocknete Rosenblätter gemischt mit frisch gemähten Grashalmen. Diese Duftkombination kam mir als Erstes in den Sinn.

Nach und nach wachte mein Bewusstsein auf und die unendliche Schwärze, die mich in ihrem Nichts gefangen hielt, wurde weniger schwer. Ein Lichtstrahl inmitten der Dunkelheit. Trotzdem konnte ich nicht diesen einen Gedanken fassen, der mir sagte, warum ich schlief. Ich wusste, tief in mir steckte die Gewissheit dessen, was passiert war. Leider gelang es mir nicht, sie zu fassen.

Immer mehr Sinne erwachten. Ich fühlte, dass es feucht war. Meine innere Stimme taute auf. Das krächzende »*Wach auf, du blöde Kuh*«, hallte in meinem Kopf, erzielte nicht den gewünschten Effekt. Irgendetwas in mir hatte sich fest verschlossen, als wollte mich meine Seele vor etwas schützen.

»Margo!«

Daphnes Stimme? Daphne! Da war doch etwas.

Ich kniff die Augen fester zusammen. Der kleine Finger zuckte. Die Freude darüber hielt jedoch nicht lange, als ich merkte, wie die Migräne an meine Schläfen klopfte.

Abrupt kehrten all meine Kräfte in meinen Körper zurück und ich schreckte hoch. »Daphne!«

Die Helligkeit überraschte mich und es dauerte, bis meine Augen sich an die Umgebung gewöhnt hatten. Verschwommen erblickte ich Grün, Braun und andere bunte Farben.

War es nicht eben noch Nacht gewesen?

Mein Magen zog sich zusammen und die Hektik, die in mir einen Marathon lief, heizte mich auf. Was war hier los? Ich wollte Antworten. Ich rieb meine Augen, riss sie auf, zog die Lider mit den Fingern hoch. Ich wollte sehen. Ich wollte erkennen. Und ich wollte es jetzt.

Ein Garten? Ein Garten. Warum wachte ich in einem Garten auf?

Das konnte doch nur ein Scherz sein, oder? Hatte mich diese Frau hierhergebracht? Vorsichtig stand ich auf. Wohin ich meinen Kopf auch drehte, überall empfingen mich Bäume, Gras, Kletterpflanzen, die sich unter einer Kuppel aus milchigem, schmutzigem Glas als Decke durch den Garten schlängelten.

Ich stand vor einem weitläufigen Blumenfeld mit den verschiedensten Arten, einige, nein, viele, die ich noch nie zuvor gesehen hatte. Die Farbenpracht erschlug mich. Wie konnte ein Indoorgarten derart groß sein?

»Gefällt dir der Ursprungsgarten?«

Ich zuckte zusammen. Diese Nacht ließ einen lebensveränderten Geschmack zurück und doch hatte ich die Hoffnung, wieder in mein altes Leben zurückgleiten zu können.

»Wo bist du?« Die Stimme war überall und nirgends.

Langsam drehte ich mich um und tat, als verfolgte ich eine Spur von Gänseblümchen, während ich meine Hände knetete. Sie sollte nicht denken, dass ich nervös war.

»Weshalb so nervös?«

Verdammt.

»Bin ich nicht.« Kopfschüttelnd seufzte ich. Das brachte doch nichts. »Weil du mich entführt hast?«

»Entführt? Ich habe dich gerettet.« Ihre Stimme tauchte hinter mir auf. Wie konnte das sein? Ich wandte mich zu ihr.

Der schwarze Umhang samt Kapuze auf dem Kopf passte nicht zum Bild des bunten Blumenfeldes.

»Wo ist meine Freundin?« Die Fragen explodierten in meinem Kopf und ich hatte keine Ahnung, wo ich anfangen, welches Thema ich verfolgen sollte.

Ihre Finger verhakten sich ineinander und sie hielt die Hände gelassen vor sich. »Ich weiß es nicht.«

Fältchen umgaben ihre Lippen, die ich durch den nach unten hin mehr transparent werdenden Schleier erkannte.

»Warum nicht?«

»Soll ich dich anlügen?« Dass sie so ruhig und gelassen sprach, ließ den Zorn in mir hochkochen.

Sie tat, als wäre nichts, und doch war so viel.

»Warum zeigst du dich mir nicht? Nimm deine Kapuze ab.«

Andächtig umfasste sie mit ihren dünnen Händen, deren Haut beinah durchsichtig war, die Kapuze und zog sie zurück. Darunter offenbarte sich mir nur der Schleier. Ein Schleier, der ab der Nase fast blickdicht war. Wollte die mich verarschen?

»Lady –«

»Callidora Poutachidou.«

Je ruhiger sie blieb, desto mehr geriet ich in Rage. Ich konnte nicht mehr an mich halten und begann, von links nach rechts hin- und herzulaufen. »Lady, ich ...« Ja, was wollte ich überhaupt sagen? Ich strich mit meinen Fingern meine feuchten Haare zurück. »Lady Poutachidou. Ich will wieder nach Hause.«

»Du bist zu Hause.«

»In einem Garten?«

»Wäre das wirklich dein schlechtester Schlafplatz? Das ist doch nicht so. Außerdem habe an dem Morgen, an dem ich dich gerettet habe, gespürt, dass etwas in Thessaloniki nicht stimmt, wie eine Vorahnung. Okay, und eine Prise Tarotpflanzenhilfe. Bin extra mit der Limousine angereist. Zum Glück – so konnte ich rasch bei dir sein.« Wie eine Statue stand sie vor mir, während ich wie ein störrischer Esel im Kreis wanderte.

Ach, war sie das in der Limousine vor dem Hotel gewesen? Die musste ja Asche haben.

»Überheblichkeit mag ich nicht.« Mit meinem Zeigefinger fokussierte ich sie, ehe ich erneut kopfschüttelnd weiterlief.

»Wie hast du es geschafft, deinen magischen Fußabdruck zu verwischen?« Ihre Worte blieben ein Rätsel und ich verstand nichts.

»Meinen, was?«

»Okay, das habe ich mir gedacht.« Sie legte ihren Finger an ihr Kinn. »Trinken wir einen Lavendel-Baldrian Tee, der bringt dich runter.«

»Oh! Wohoho! Nein, nein. Ich trinke keine *Tees* mit dir.« Über das Wort *Tees* hängte ich mit den Fingern Gänsefüßchen dran. »Und dann wache ich in einem Folterkeller auf.«

Jetzt seufzte sie.

Nervte ich sie?

Ich, sie?

»Dann fangen wir von vorne an. Setz dich.« Callidora zeigte neben sich.

»In die feuchte Wiese?«

Sie verneinte. »Sieh genau hin.«

Zwei Bäume. Sollte ich auf den Baum klettern? Ich verstand die Welt nicht mehr. Bis sich etwas bewegte. Ein fragender Blick zu Callidora.

Die Äste der Eichen wuchsen. Sie streckten sich, bewegten sich schleifenförmig nach unten, bis ich erkannte, was dort geschah. Die Äste formten sich zu zwei Stühlen.

Callidora drehte ihre Handfläche nach oben und hob sie an. Gleichzeitig mit dieser Bewegung platzte der Boden zwischen den Aststühlen auf und ein Pilz in der Größe eines kleinen Bistrotisches zeigte sich.

»Setz dich.«

Ein Traum. O Mann. Das war's. Ich blöde Kuh. Ich träumte noch. Meine Finger hatte ich in Zwickstellung gebracht. Während Callidora zu einem Stuhl schritt, näherte ich mich meinem Unterarm.

»Bitte zwick dich nicht und vergeude nicht noch mehr Zeit. Denkst du, das bringt dir etwas? Das ist doch nicht so.«

»Was? Ich ...«

»Das Gras unter dir. Es überträgt deinen Herzschlag bis zu mir. Du hast diesen typischen, nervösen *Träume ich?*-Herzschlag.«

Das Gras? Es tat was?

Ich zwickte mich. »Au.«

»Siehst du.«

Fein, ich ließ mich auf das Spiel ein. Anders käme ich nicht weiter. Vor dem Stuhl hielt ich an. Ob er mich aushalten würde? Ich zog eine ängstliche Grimasse, als ich mich auf die Stabilität des Stuhls verließ. Er knarrte etwas, blieb aber sonst heil.

»Also?«

»Also, was?« Diese Frau raubte mir den letzten Nerv.

»Du hast gesagt, wir fangen ganz von vorne an. Wo wäre das denn?«

»Ah, das meinst du. Du musst anfangen, dich deutlicher auszudrücken.« Ihre emotionslose Art trieb mich bis ans Ende meiner ohnehin schon kurzen Zündschnur.

»Ich gebe mich geschlagen. Bitte, hör auf mit diesem Herumgeeier. Erzähl mir, wer du bist, wo ich bin, was hier vor sich geht.«

Callidora, die mich an eine Nonne erinnerte, hob den Kopf leicht an, badete ihr Gesicht im Sonnenstrahl, der durch die mit Ornamenten verzierte Glasdecke hindurchschien. »Ich bin die Leiterin des Lidwicc Island College für Pflanzenmagie. Callidora Poutachidou. Und du – auch wenn du das nicht gefragt hast – bist eine von uns.«

Nach meiner Flucht sah ich mich in dem Gebäude um. Zwischen meinem Fingernagel und dem Abbild davon auf dem Spiegel blieb ein kleiner Spalt. Ein Trick einer Ex-Agentin, die aufgrund ihrer Paranoia auf der Straße gelandet und mir in Athen öfter über den Weg gelaufen war. Berührten sich Fingernagel und das Spiegelbild direkt, stand man vor einem Monitor oder einer Einwegscheibe, hinter der man beobachtet wurde, oder Ähnlichem. Niemand beäugte mich gerade.

Ich drehte mich um und rutschte mit dem Spiegel im Rücken zu Boden. Der goldene Rahmen drückte unangenehm gegen mich. Die Verwirrung schmerzte in meinem Kopf einen Hauch mehr als die Verzierung, weswegen ich nicht zur Seite rutschte.

Weglaufen stellte sich zwar nicht als die erwachsenste Lösung heraus, aber ich hatte es bei dieser Frau nicht mehr ausgehalten. Da es auch nur eine Tür aus diesem Kuppel-Garten in das Gebäude gab, war die Flucht kein großes Problem gewesen. Mir unterbewusst stets einen Plan zum Fliehen anzufertigen, zählte ich zu meinen besseren Eigenschaften. Komisch, dass sie mich nicht verfolgt hatte.

Pflanzenmagie? Alles klar. Kack Möchtegernnonne. Obwohl ich mir abgewöhnt hatte, mir mit den Händen ins Gesicht zu fassen – auf der Straße wusste man nie, in welche Bakterien und Viren man griff –, massierte ich meine Stirn, meine Augenlider, meine Wangen und hielt die Luft an.

Wo zum Teufel befand sich Daphne? Wie sollte ich das ohne sie überstehen?

Der Korridor glich der Unendlichkeit. Der lila Läufer, die dumpfen Lampen an der Wand, die Kletterpflanzen, alles wiederholte sich. Wohin ich auch blickte, verflochten sich Efeu, Blauregen, Kletterrosen und Hopfen zu einem Zopf aus Pflanzen, die wirkten, als wuchsen sie mir hinterher. Und warum zum Teufel erkannte ich diese Pflanzenarten?

»Ich will doch nur hier raus. Mist, verdammter.«

Meine innere Unruhe zeigte sich an meinen Beinen. Das Zittern bekam ich nicht unter Kontrolle. Diese Stille machte mich noch nervöser. Mein Kopf auf meinen Knien, meine Haare, die um mich fielen. Alles war dunkel und ich hoffte, wenn ich hochsah, war ich wieder in unserem Versteck.

Ich stellte mir Daphne vor, wie sie die Nase hochzog – ich kannte niemanden, der sonst ganzjährig Schnupfen hatte – und sagte: »*Wirst schon sehen, morgen scheint wieder die Sonne.*«

Was gar nicht stimmen konnte, da sie das noch nie gesagt hatte, aber es wäre bestimmt schön. Wie ich ihre rostbraunen Augen vermisste.

Argh! Meine Gedanken waren so laut.

»Ich will raus.«

Ich richtete mich auf. Noch immer in diesem Korridor. Etwas hatte sich verändert. Die Kletterpflanzen vor mir bildeten neue Blätter und formierten sich zu einem Pfeilmuster. Es zeigte nach rechts.

Das war doch Quatsch.

»Ich geh dem doch nicht nach.«

Ich ging dem nach.

Was sollte ich auch sonst machen? Durchgeknallt war ich ohnehin bereits.

Das Flackern von Kerzen, die auf den goldenen Halterungen zusätzlich Licht gaben, malte Schatten an die Wand. Sie machten mir natürlich keine Angst. Okay. Vielleicht ein bisschen.

Meine Schritte beschleunigten sich, wodurch ich sie beinah verpasst hätte. Eine kleine Holztür. Wind zog durch das morsche Holz.

Rasch zog ich daran. Nichts. Ich drückte sie nach außen und sie öffnete sich. Die Frische umwirbelte mich und mein Verstand beruhigte sich. Die Luft tat gut. So gut. Endlich konnte ich nach draußen fliehen.

Meine Beine trugen mich nicht mehr lange vorwärts. Ich spürte, dass mein Gang holprig wurde. Öfter als es normal war, knickte mein rechter Fuß weg, der dank eines Treppensturzes beleidigt genug war.

Für meine Umgebung hatte ich gar keinen Blick mehr. Irgendwann bemerkte ich, dass ich wieder durch einen Wald eilte. Flashbacks von der Flucht mit Daphne schnürten mir die Kehle zu und ihr Gesicht vor meinen Augen brachte mich endgültig aus dem Konzept.

Als ich stürzte, landete ich sanft. Hatte sich das Gras verdichtet und mich aufgefangen? Das konnte doch nicht wahr sein, oder? Ich rollte mich auf den Rücken. Mitten auf einer Lichtung sah ich zur Sonne hoch. Das Licht brannte mir in den Augen, bis ich es nicht mehr aushielt und sie schloss.

Um mich herum hörte ich Geräusche. Wind, Geraschel und Wellen. Mit dem Meer in meiner Nähe fühlte ich mich nicht mehr ganz so allein. Nein, das stimmte nicht. Die Einsamkeit verschlang mich vollkommen. Seit Langem spürte ich das Verlorensein wieder extrem.

Niemandem durfte ich vertrauen. Denn sie alle verließen oder hintergingen mich früher oder später. Keinem konnte ich es erlauben, mir mit seinen Worten den Verstand zu verdrehen. Nicht einmal meinen eigenen Augen konnte ich mehr glauben. In welchem Wald auf der Welt gab es sonst einen Mix aus unzähligen Baumarten? Da stand eine Eiche neben einem Kirschblütenbaum, der sich neben einer Palme sonnte, und eine Schwarzpappel – woher kannte ich diese Namen? – gleich daneben.

Wieder mal stand, na ja, besser gesagt, lag ich völlig allein da. Allein und offenbar mit einem Gehirnschaden.

Daphne? Weg. Meine Familie? Nicht existent. Es gab nur noch mich.

Ich stieß ein jammerndes Geräusch aus, gefolgt von einem langen Seufzen. Meine Augen brannten, meine Nase kitzelte und ich spannte mich an.

»Komm schon.« Ich fächerte mir Luft in die Augen. »Komm! Weine!«

Nichts. Manchmal trübten Tränen meinen Blick, mehr nicht. Die Fähigkeit zu weinen. Wann hatte ich wandelndes Desaster auf zwei Beinen es verlernt, loszuheulen?

O Mann, ich brauchte dringend eine Therapie. Nur wann hätte ich mir die gönnen sollen? Der Therapieplatz der Straße lag genau dort. Auf der Straße, wenn man Betrunkenen seine Probleme anvertraute, von denen man wusste, sie hatten sie bis zum Morgengrauen vergessen.

Mein Gehirn spuckte die passende Erinnerung an meine letzte Heulsession aus. Unmittelbar danach verdrängte ich das Bild wieder. »Danke, Kopf. Ich wollte nicht wirklich eine Antwort darauf, wann ich zum letzten Mal geheult habe.«

»Margo, gib nicht auf.« Daphnes Flüstern sauste durch meine Ohren wie ein flüchtiger Windhauch.

Daphne sprach die Wahrheit. Allein durchstand ich Kämpfe, Fluchtversuche, Ohrfeigen und Schlimmeres. Trotzdem dauerte es ewig, bis ich wieder auf den Beinen war.

»Pflanzenmagie, Kapuzenfrauen und sich bewegende Äste, die Pfeile und Stühle formen, auch das schaffe ich. Und sei es nur, um Daphne zu finden.« Es laut auszusprechen, half mir, es zu meinem Mantra zu machen.

Ich folgte dem Ruf des Meeres. Die Wellengeräusche zogen mich magisch an. Die Zypressen ragten in die Luft, als kitzelten sie den Himmel. Überall der Geruch von salziger Meeresluft, Harz, Erde und Holz. Das Knacken der unterschiedlichsten Blätter unter mir begleitete mich, obwohl ich mir manchmal einbildete, ein *Aua* zu hören. Ich brauchte Schlaf. Schlaf und eine Flasche Ouzo.

Dass die Umgebung mit satten Farben und den Pflanzen glänzte, konnte ich nicht abstreiten, aber es genießen? Fehlanzeige.

Um mich fühlte sich alles vertraut und zugleich fremd an. Vor mir offenbarte sich eine Klippe. Nur noch ein paar Schritte bergauf und schon stand ich vor dem Abgrund.

Das Erste, woran ich dachte: Lidwicc Island College. Island. Eine Insel.

Das Meer bewegte sich ruhig in seinem gewohnten Rhythmus, als wollte es mich beruhigen, begrüßen und in Sicherheit wiegen. So sehr ich auch versuchte, dieses Gefühl anzunehmen, irgendetwas passte nicht. Wirkte fehl am Platz. Nein, nicht ich. Etwas anderes. Vor mir. Dort schimmerte die Umgebung. Nicht immer. Manchmal. Wenn der Wind drehte und die Sonne auf eine bestimmte Stelle schien, flirrte ein beinah durchsichtiger Regenbogenschleier umher.

Sachte streckte ich meinen Arm aus, reckte mich weiter nach vorne und spreizte meine Finger. Nichts. Ein bisschen noch in die Richtung beugen. Nichts. Auf einem Fuß balancierend reckte ich mich dem Schein entgegen.

Gleich hatte ich es. Ein, zwei Zentimeter noch und … Mist! Ich verlor das Gleichgewicht.

»Ahhh!« Viel zu spät bemerkte ich, wie weit ich mich über die Klippe gebeugt hatte.

Ich kippte vorne über nach unten. Mit dem Kopf voraus.

Der Sturz passierte so plötzlich, dass mir mein nächster Schrei im Halse stecken blieb. Panik ließ mich um mich schlagen, nach dem Nichts greifen, in der Hoffnung, mich retten zu können.

Ich ging, wie ich gekommen war. Allein. Einsam. Mit einem Lächeln. Vielleicht sollte das mein Ende sein.

Die Felswand, an der ich vorbeiflog, bereitete mich auf mein Ende vor. Wie eine absichtlich platzierte Falle ragten spitze Steine aus dem Wasser hervor. Nach ein, zwei Augenblicken hörte ich mit dem Herumfuchteln auf. War es nicht besser? Hatte ich nicht seit Jahren auf mein Ende gewartet? Ein Ende von diesem schwarzen Loch der Einsamkeit in mir, das selbst Daphne nicht füllen konnte.

Ich schloss die Augen und wartete auf den Schluss, der meine Existenz zum Platzen brachte.

Wartete, wartete und wartete. Vorsichtig öffnete ich ein Auge in voller Erwartung, mich gleich aufgespießt wiederzufinden, während mich das Leben auslachte, dass ich noch nicht hinüber war. Doch was ich sah, brachte meinen Verstand erneut an die Schwelle des Durchdrehens.

Ich hing in der Luft. Kurz über dem Schlund der Felsenfalle, der mir mit seinen Steinspitzen entgegenlachte.

»O mein Gott.« Sofort blickte ich nach oben und erspähte eine Art Liane, die sich unbemerkt um meine Beine geschnürt und mich aufgefangen hatte.

Jemand lugte über den Rand der Klippe. »Sag mal, bist du bescheuert oder so?«

»Ja!«

»Wolltest du dich umbringen?«

»Nein. Wollte mir die Felsen genauer angucken.«

»Aha, na dann. Tschüss.« Der Kopf verschwand. Er haute einfach ab.

»Hey!«

Grinsend tauchte er wieder in meinem Blickfeld auf. »Na, Schiss?« Ja! »Nein. Zieh mich hoch.«

»Was bekomme ich dafür?«

Die Sonne glänzte auf seinen platinblonden Haaren.

»*Me douléveis?*«

»Ich will dich nicht verarschen. Auf der Welt bekommt man nichts geschenkt.« Er legte den Kopf schief. »Hol dich doch selbst hoch. Oder kannst du das nicht?«

»Ich habe nie Seilklettern mit Panikattacke gehabt in der Schule.« Die Schule, in der ich nie gewesen war.

Schweiß tropfte von meiner Nasenspitze und meiner Stirn. Er vermischte sich mit dem Meer. Die Hitze um mich und in mir verschlimmerte die momentane Situation, weswegen es mir schwerfiel, ruhig genug zu bleiben.

»Also?« Der Kerl meinte es ernst.

Fieberhaft überlegte ich, was ich zum Tausch bieten konnte. Was mir in meiner Situation nicht so leichtfiel. Etwas löste sich unter meinem Shirt und purzelte auf meine Nase. Meine Kette.

»Ich habe eine besondere Kette für dich.«

Ruckartig sackte ich nach unten.

»Langweilig.«

»Soll ich für dich kochen?« Musste ja niemand wissen, dass ich keine Spitzenköchin war.

Zack. Wieder weiter unten. Ein hoher Schrei stahl sich aus meinem Mund. Das brachte nichts. Ich musste mir etwas überlegen. Okay, ich tat mal so, als wäre diese Magiekacke real. Dann musste es etwas Außergewöhnliches sein.

Ah!
»Ich stelle dich einem Gott vor.« Hastig kniff ich die Augen zusammen.
»Welchem?«
»Georgios Kioskious.«
Schleppend schaffte ich es wieder nach oben. Bevor ich die rettende Klippe erreicht hatte, raste die Liane, an der ich hing, wieder nach unten. Jeder Mucks, den ich hätte machen können, verlor sich in meinem Schockzustand. Als ich die spitzen Felsen schon in mir ahnte, stoppte ich abermals und es schleuderte mich vor. Zuvor hätte ich nicht gedacht, noch mehr Panik empfinden zu können, aber als mein Sicherheitsseil sich von mir löste, brach das blanke Entsetzen in mir aus. Viel zu spät erst merkte ich, dass ich über die Felsen hinweg geworfen wurde und im Wasser landete.

Salziges Nass drang in meine Nase ein und spülte mich durch. Wie ich dieses Gefühl hasste. Meine Schleimhäute brannten und mir fiel es schwer, mich zu orientieren.

Nach und nach beruhigte ich mich, schloss meine Augen und zwang mich, einen kühlen Kopf zu bewahren. Meine Lider öffneten sich und die schaumigen Bläschen um mich lösten sich auf.

Dieser Kerl hatte mich ins Meer geworfen. Einfach so! Der Zorn in mir verlieh mir einen Düsenantrieb und schneller als mir lieb war, kam ich an die Oberfläche. Tiefes Einatmen wurde von einem Hustenanfall abgelöst.

»Du hättest dein Gesicht sehen müssen.« Seine freche, strolchige Stimme ließ mich nicht los.

»Du hast sie doch nicht mehr alle, du Arsch!«
»Ich habe dir das Leben gerettet.«
Leider hatte er irgendwie recht.
»Kannst du mich hochholen?«
»Was bist du denn für eine? Bist du eine *áchristi mageía*? So eine ohne Magie brauchen wir hier nicht.«
Wieder so sinnloses Geschwafel.
»Keine Ahnung, vielleicht? Holst du mich rauf?«
»Was bekomme ich dafür?«
Meine Hände ballte ich zu Fäusten und strampelte voller Wut, sodass ich bald nicht nur oben schwamm, sondern selbst hochfliegen würde.
»Vergiss es!«

5.

WAS WÄRE

OHNE DIE PUSTEBLUME PASSIERT?

»Drakon, und du bist?«
»Margo.« Oh? Der zornige Unterton, der mitschwang? Ja, der war bewusst gewählt.

Tat mir die Abkühlung gut?
Ja.
Hatte er mir das Leben gerettet?
Ja.
War ich trotzdem sauer, weil er mich bloßgestellt hatte?
Ja.
Hörte ich auf, mich wie ein Sturkopf zu benehmen?
Nein.
»Hey, tut mir fast leid, dass ich dich so hops genommen habe.«
»Na fast danke.«

Drakons Augen schmälerten sich, bis nur zwei Halbmonde übrig blieben, als er breit grinsend auf meine nassen Klamotten sah. Seine zartgrünen Augen, die so eindrucksvoll tief in meine Seele blickten, faszinierten mich.

»Ganz ehrlich, Margo. Warum hast du dich da eben fast aufspießen lassen?« Drakon fummelte an seinen Hosenträgern herum, die an seiner engen, dunkelblauen Chino hingen, und ließ sie mehrfach gegen das weiße Hemd schnalzen.

Wie weit konnte ich bei ihm gehen? Sollte ich ihm die Wahrheit sagen oder mich anpassen?

»Bin neu. Ist bisschen überwältigend.« War nicht völlig gelogen und verriet nicht zu viel.

»Verstehe, du stammst von armen Pflanzenbegabten ab. Du hast vorher noch keinen Fuß auf die Lidwicc Insel gesetzt?«

Pflanzenbegabten. Insel. Drakon sprach wie die Nonne über all das.

»Was hat das mit arm sein zu tun?«

»Wollte dir nicht zu nahe treten. Obwohl irgendwie ja schon.« Selbst wie er nach dem bescheuerten Satz seine platinblonden Haare zurückstrich, besaß einen überheblichen Touch.

»Lass dir lieber deinen Ansatz nachfärben.«

»Der ist gewollt dunkler.«

»Aha.« Ich musste von dieser Insel weg. Wie war ich überhaupt hierhergekommen?

Am liebsten wäre ich ausgerastet und im Kreis gelaufen, während ich ständig »*Das darf doch nicht wahr sein*«, wiederholt hätte, aber das verriete mich. Also ließ ich mich zurückfallen und spürte das Gras unter meinen Fingern, die Sonnenstrahlen auf meiner Haut, den angenehmen Wind an meiner Nasenspitze und beruhigte meinen Herzschlag.

»Du bist ziemlich seltsam. Sonderlich nett bist du auch nicht, ich bin nämlich ein Olivsson, weißt du?«

Nö, ich setzte mich jetzt nicht auf, da ich mir auch so vorstellte, wie er das Kinn vorreckte, die Nase noch höher trug und sanft mit dem Kopf wackelte.

»Und ich bin ein psychischer Totalnotfall.«

Hörte ich da ein belustigtes Schnauben?

Selbst die Wolken über mir kamen mir merkwürdig vor. Drehte ich durch oder sahen sie alle aus wie Blüten, Blätter, Bäume oder Pilze?

»Wenn du neu bist, was machst du dann allein so weit weg vom Schloss?«

»Schloss?« Innerlich zuckte ich zusammen. »Ich meine, klar, das Schloss. Ich bin nur gern allein, dann kann ich meine Batterien besser aufladen.«

Lange folgte nichts. »Spüre ich. Mach ich auch oft so.« Warum hatte er so lange für seine Antwort gebraucht?
»Kann ich dir etwas anvertrauen, Margo?«
»Warum mir?«
»Du wirkst nicht wie jemand, dem man glaubt, etwas über mich zu wissen, falls du es weitertratschst.«
Meine Lippen öffneten sich, ich beschloss jedoch, nicht zurückzuschießen. Immerhin hatte ich Schlimmeres gehört und er war ehrlich.
»Schieß los.«
Nachdem ich meinen Satz beendet hatte, zog etwas meinen Magen zusammen. Ich sah hinunter und entdeckte etwas, das sich wie ein Gürtel um mich schlang.
»Das ist nicht gut.« Erst jetzt erkannte ich, dass auch Drakon von der Ranke umschlungen wurde.
»Was –« Bevor ich nachhaken konnte, riss es mich vom Fleck weg und ich schoss hoch in die Luft.

»Und nur so kann ich meine Freundin retten?«
»Wen?« Calliope, die mich vorhin nun doch noch erwischt hatte, drehte sich von ihrem bunten Mosaikfenster weg und glotzte mich an. Nein, warte, sie hieß nicht Calliope. Callidora! Das war's.
»Daphne.«
»Äh, ja, genau. Du musst dieses Schicksal annehmen. Wir wissen noch nicht, wie deine Magie versiegelt sein konnte. Noch nie ist uns das untergekommen und das wirft Fragen auf. Gibt es mehr wie dich? Du bist definitiv eine von uns.« Den letzten Satz sagte sie eher zu sich selbst.
Diese Infos fütterten meine Migräne und die freute sich darüber, noch mehr Kraft zu tanken, um mir gegen die Schläfen zu boxen.
»Und diese Insel ist eine Zauberschule, so wie in Büchern?«
»Denk gar nicht daran. Du bist auf Lidwicc Island und wir sind ein College. Außerdem ist das kein Märchen, sondern deine Vergangenheit, Gegenwart und Zukunft.« Ihr Schleier verwehrte mir jeden Blick auf ihre Mimik. Ihre Stimme überzeugte mich davon, dass sie mich nicht veralberte.

»Wie kann das alles …«, ich breitete meine Arme aus, »… wahr sein? Wie kann es das überhaupt geben?« Wichtiger: Wozu Callidoras halbtransparenter Brautschleier?

»Ich finde es modisch.«

Okay? Konnte sie Gedankenlesen?

»Normalerweise wachsen wir damit auf. Wir werden von Eltern oder Familienmitgliedern unterrichtet, in Kursen oder in der nächstgrößeren Stadt. Das College ist für Pflanzenbegabte nach ihren Zwanzigern. Für jene, die gerne eine magische Laufbahn einschlagen wollen.« Callidora spaßte, oder?

Das konnte doch nicht wahr sein.

»Trink das.« Callidora schüttete ein Pulver aus einer winzigen Glasflasche in ein grünes Glas.

Das Pulver färbte sich pink, ehe es orange wurde. Sie stellte das Fläschchen zurück in einen antiken, dunkelbraunen Apothekerschrank. Überhaupt, warum konnte man Magie wirken und arbeitete dann in einem muffigen, dunklen Büro mit uralten Möbeln, die nach Uroma rochen und mit Kirchenfenstern ausgestattet waren?

»Ich will nicht unhöflich sein, aber ich trinke nicht gerne Pulverchen von Leuten, die mich entführen –«

»Entführen? Das ist doch nicht so. Retten!« Sie setzte sich hin, obwohl dort gar kein Stuhl stand. Doch während sie sich niederließ, wuchs die Rose auf ihrem Schreibtisch, der beinahe das gesamte Büro ausfüllte, an und glitt unter ihren Hintern.

»Ähm, ja, retten.« Es verlangte mir einiges ab, nicht staunend aufzuspringen. Würde ich mich daran jemals gewöhnen? »Gerettet haben und sagen, ich sei eine Zauberin.«

»Du bist keine billige Straßenzauberin, die Tricks vollführt und die Magie in den Schmutz zieht!« Ihr Zischen hallte durch das Büro, als wären alle ihre Topfpflanzen Lautsprecher, aus denen ihre Stimme in mich drang.

»*Sygnómi.*«

»Du wirst zu nichts gezwungen.« Mit ein paar Handbewegungen brachte sie andere Pflanzen zum Wachsen und stellte mit ihrer Hilfe das Glas auf eine Kommode.

»Außer hier zu bleiben.«

Callidora räusperte sich. Ich strapazierte ihren Geduldsfaden.

»Margo. Das ist zu deinem Besten. Ja, wenn es ein Gesetz gibt, dann, dass du verpflichtet bist, deine Magie kontrollieren zu können. Bei Menschen gibt es doch auch eine Schulpflicht.«

»Ich bin auf der Straße aufgewachsen.«

»Oh. Deine Eltern ... Du kennst sie nicht?«

»Nope.« Dieses Thema stieß einen fetten Dolch, nein, einen Säbel in mein Herz. Anmerken ließ ich mir das selbstverständlich nicht.

»Weißt du, Margo, ich will dich nicht überfordern. Das ist doch *wirklich* nicht so. Ich hole jemanden, der dir deine Unterkunft zeigt und er bringt dich auf dein Zimmer, okay? Dort kannst du dich erstmal akklimatisieren. Vermutlich fällt es mir schwer, unsere Blase, in der wir leben, jemandem wie dir beizubringen. Das habe ich noch nie gemusst.« Die Stimme der Collegeleiterin schlug um, wurde wärmer, verständnisvoller.

»Danke, das wäre toll.«

Die Wand neben mir stabilisierte mich. Der Schwindel verschwand leider nicht so zügig, wie ich es mir gewünscht hätte. Alles drehte sich. Die altmodische Blümchentapete vermischte sich mit dem cremefarbenen Hintergrund. Hoffentlich merkte Donald, der die Tür zu meiner neuen Bleibe aufsperrte, die er mir zeigen sollte, nichts.

»War's für dich 'ne große Umstellung, hierherzukommen?« Hoffentlich hörte ich mich normal an.

Donald zog den Schlüssel ab, öffnete die Tür und hielt inne. Vorsichtig musterte er mich. Die Skepsis in seinen zusammengezogenen Augenbrauen sprach Bände. Vermutlich dachte er, ich sei betrunken. Was sollte ich machen? Sorry, dass ich zuvor noch nie einen Turm betreten hatte, der statt Treppen eine gigantische Kletterpflanze an den Steinmauern besaß, die einen in den gewünschten Stock emporhob.

»Nich' wirklich. Hab ja gewusst, worauf ich mich einlass. Joa, vielleicht, wenn ich von hier aus Thessaloniki besuche. Die Umstellung zwischen der arabischen Sprache meiner Family in Nordafrika und der Griechischen. So viel habe ich mit denen dort ohnehin nicht zu tun.«

»Denen?«
»Menschen, die keine Pflanzenmagie haben?«
»Oh.«
»Und deine Family? Vermisst du sie?«
»Eventuell würde ich das, wenn ich noch eine hätte.«
»Ich, oh, sorry, wusste nicht. Ich habe auch keine *richtige, enge* Familie mehr. Wir sind jetzt deine Familie.« Donalds Grinsen folgte dem Aufschwingen der Tür.

Besaß ich nun eine Familie? Noch nie hatte ich eine gehabt. Oder doch. Daphne. Aber sie war weg. So wie sie immer alle verschwanden. Alle versprachen sie unentwegt, zu bleiben. Dass sie anders wären. Dass die anderen mich nicht geschätzt hätten. Bis auch sie verschwanden, sich selbst aus meiner Biografie ausradierten. Egal, wie ich mich auch benahm. Tat ich alles für andere, war ich zu aufdringlich, zu selbstverständlich, für mich musste man sich nicht mehr bemühen. Oder ich war zu viel. Ging ich auf Abstand, warf man mir vor, unnahbar zu sein. Nein, nirgendwo gab es eine Familie für mich. Wie sollte mich auch jemand haben wollen, taten es nicht mal die Menschen, die mich auf die Welt gebracht hatten. Tat ich es ja nicht einmal selbst.

»Kommst du endlich?« Donald sah um die Ecke. »Oder hast du da Wurzeln geschlagen?« Er kicherte. »Das ist witzig, weil wir Pflanzenmagier- und Magierinnen sind.«

»Hab ich verstanden, Donald.« Ich folgte ihm.

»Nenn mich Don.«

»Don.« Mit meinem Fuß stieß ich die Tür hinter mir zu.

Als sie zuschlug, wackelte das Bücherregal neben mir und eine Pflanze kippte um. Ich wollte gerade einen perfekten Hechtsprung ausführen, da schlang die Pflanze sich um den Globus daneben und rettete sich selbst.

»Warst du das?«

»Jup.«

Perplex blinzelte ich meinen Schock weg und verfolgte die dunkelbraunen Querbalken an der Decke des senfgelben Raums. Ich stellte mich auf den bunten Webteppich und drehte mich im Kreis. Keine Ahnung, wann ich das letzte Mal in einem richtigen Raum gewesen war, in dem ich sogar leben sollte. Ich freute mich so übertrieben, dass ich in mich hinein grinste, was ich niemals zugeben würde. Äußerlich blieb ich gelassen. Selbstverständlich tat ich das.

»Kommst du, ich zeig dir, wo du pennst.«

»Bin gleich hinter dir.«

»Warum grinst du so, Margo?«

»Tu ich doch gar nicht.«

Wir eilten an einem kleinen Raum vorbei, der sich als Küche mit zusammengewürfelten Möbeln herausstellte. Nur kurz erhaschte ich einen Blick auf den türkisfarbenen Kühlschrank. Gleich daneben stand die Tür zum Badezimmer offen. Ich bestaunte den Duschkopf, der wie eine riesige Tulpe aussah, sodass ich in Don hineinstolperte.

»So eilig?«

»Sorry.«

»Kein Ding. Kann mir gar nicht vorstellen, wie das auf dich wirken muss.«

»Ziemlich abgedreht.«

Don öffnete lachend die Tür zum Schlafzimmer und das könnte widersprüchlicher nicht sein. In der einen Hälfte stand ein Bett mit Nachttisch und einem Schrank. Daneben fand sich ein halber Dschungel. Unzählige Pflanzen hingen von der Decke, an den Wänden, standen am Boden oder lagen sogar im zweiten Bett. Darauf saß die Sonne.

Ja, die Sonne. Anders konnte ich es nicht beschreiben. Ein kleines, zierliches Mädchen winkte mir mit seinen gelben Fingernägeln zu. Ihre knallgelben Haare und Sonnenohrringe schwankten dabei hin und her.

»Das ist Yellow.«

»Thää? Dein Ernst?«

Das Mädchen schmunzelte – mit hellorangem Lippenstift.

»Nein, das ist Harmonia«, sagte Don zwischen zwei Lachern, bei denen auch Harmonia mit einstimmte.

»Witzig. Ich bin Margo.«

»Hallo, Margo, schön, dass wir uns kennenlernen. Du bist meine Zimmergenossin. Obwohl das klingt irgendwie beansprucht. Ich bin ja auch deine. Ich wollte nicht klingen, als wäre ich etwas Besseres, weil ich zuerst hier gewesen bin. Wir sind Zimmergenossinnen.

Sagt man noch Genossin?« Sie trug gelb, sie strahlte die pure Lebensfreude aus und quasselte wie ein Wasserfall.

»Ähm, ja, hi.«

Ein Klatschen brachte mich dazu, von der personifizierten Sonne wegzusehen. Don rieb seine Hände. »Ich bin dann mal weg.« Er zeigte hinter sich. »Man sieht sich.«

»Bye und danke«, rief ich ihm hinterher, da er schneller weg war, als ich Pita Gyros sagen könnte.

Als ich das Zimmer betrat, stellte ich mich vor das Fenster und blickte bis zum Meer. »Wie ist es hier so?«

»Bin selbst erst angekommen. Bisher ganz cool. Viele kenne ich jedoch von früher. Irgendwo hat man sich meisten schon gesehen. Feste, Bälle oder über die App. Ähm, stehst du da noch lange?«

»Warum?« Jetzt wandte ich mich zu ihr.

»Die Pflanzen auf meinem Bett standen genau im Sonnenschein, nun verdeckst du ihn.« Die Lippen schmollend verzogen und einen Dackelblick aufgesetzt, deutete sie unbeholfen auf ihre Pflanzentöpfe am Bett.

»Tut mir leid.« Ich huschte einen Schritt zurück und setzte mich auf das freie Bett.

Meine Hände und Füße fühlten sich an, als würden kleine Ameisen darin herumlaufen und Eiswürfel transportieren. Die Informationen, die es zu verarbeiten galt, entzogen mir all meine Energie.

»Sonnenblumenkerne?«

Ehe ich darauf antworten konnte, zuckte ich zusammen und sog scharf die Luft ein, da sich eine Sonnenblume mitten vor meinem Gesicht streckte.

»Upsi, wollte dich nicht erschrecken, ähm.« Ein kleiner Strang einer Kletterpflanze umschlängelte mein Handgelenk. Ganz vorsichtig und behutsam, als wäre er gar nicht da. »Dein Puls ist voll hoch. Bist du so nervös? Bist du psychisch angeschlagen? Hast du eine Sozialphobie?«

»Immer ruhig mit den jungen Sprösslingen. Ich bin keine von euch. Eine Pflanzenmagierin.«

»Das geht doch nicht, wie wärst du sonst durch den magischen Schild gekommen?« Harmonia drückte der Monstera vor sich einen

Spiegel hin und klebte sich kleine Schmetterlingssticker unter ihre Augen.

Dieser Schimmer am Abgrund, den ich gesehen hatte, war ein Schutz gegen nichtmagische Wesen? Das erklärte auch, warum ich die Insel nie vom Land aus gesehen hatte.

»Meine Magie ist wohl irgendwie versiegelt gewesen.«

»Aua!« Harmonia rieb sich ihr Auge, nachdem sie abgerutscht war, und der Blick, mit dem sie mich musterte, stellte sich als eine Mischung zwischen Belustigung und Skepsis heraus. »Soll das heißen, du hast von dem allen hier nichts gewusst?«

»Nope.«

»Heiliger Bimbam. Na dann wundert es mich eher, dass du nicht schreiend in eine magiefressende Pflanze läufst.«

»Ha, ha, ja. Ähm ...« Ich kratzte mich am Hinterkopf. »Und wo genau sind die? Diese magiefressenden Pflanzen. Ich frage für eine Freundin.«

Harmonia bürstete ihre – natürlich gelben – Augenbrauen und bestrafte mich mit einem belehrenden Blick. »Die gibt es nur im Dschungel. Denk gar nicht daran. Was soll ich nur ohne meine Zimmergen–– Nein, ähm. Kumpanin machen. Geht Kumpanin?«

Harmonia gehörte zu den Menschen, die bestimmt im Handumdrehen neue Bekannte fanden.

Ich rieb meine Oberschenkel und stand dann auf. Die Nervosität in mir ließ mich nicht lange still sitzen. Daher konnte ich genauso gut den Raum weiter inspizieren. Warum fiel mir jetzt erst die kleine Pusteblume auf, die allein in der Ecke stand?

»Was ist mit der? War die böse oder so?« Ich lachte, weil ich dachte, ich hätte einen genialen Pflanzenmagierwitz gemacht.

Harmonia lachte nicht, woraufhin auch meines versiegte.

»Hm, ich habe gedacht, die gehört meiner Zimmerpartnerin. Partnerin! Das mag ich lieber. Wie es aussieht, wohl eher nicht?«

»Nein, ich habe nicht so den grünen Daumen.«

In dem Moment, in dem ich zu Ende gesprochen hatte, wuchs die Pusteblume aufs Doppelte, dann Dreifache an.

»Offensichtlich ja doch«, kommentierte Harmonia.

Nach Harmonias Satz sprang ich zurück, bis ich mit dem Rücken am Fenster stand. »Harmonia, wenn du das nicht machst, wer dann? Ich nämlich nicht.« Furcht brachte mein Herz zum Rasen. Schon wieder.

»Warte, was?« Harmonia gesellte sich mit wenigen Bewegungen zu mir. »Zurück mit dir!« Sie bewegte ihre Finger, sodass ihre Pflanzen sich vor uns aufbauten.

»Danke. Drehen Pflanzen öfter mal durch?«

»Nein, nie. Sie sind ja nicht an sich magisch. Das steuert jemand.«

Harmonia, die diese Welt kannte, angespannt um sich blickend zu erleben, machte mir noch mehr Angst. Das war nicht normal. Ich sah mich ebenfalls um. Was glaubte ich zu finden? Für mich wäre es eher ungewöhnlich, etwas zu finden, das nicht komisch wirkte.

Zwei, drei Schritte später hatte Harmonia ihr Handy in der Hand und öffnete eine App. »Vielleicht gibt es etwas in der Notfallanzeige.«

»Ihr habt eigene Apps?«

»Oh, Darling ...«

»Was es auch gewesen ist, es hat sich erledigt.« Vorsichtig schlüpfte ich hinter Harmonia hervor und ging zu ihrer Pflanzenwand.

Ein paar kleine Lücken ermöglichten es mir, dahinter zu gucken.

»Und?«

»Nichts.«

Wieder bei Harmonia winkte ich ab. »Fehlalarm? Mach die Wand wieder weg. Ich muss ma' für kleine Pflanzenmagierinnen.«

Harmonia sagte nichts, starrte nur ihre Wand an.

»Wieder nicht witzig? Ihr seid ja echt anspruchsvoll.«

Harmonia schüttelte hastig den Kopf. »Darum geht es nicht«, nuschelte sie und zeigte hinter mich.

Als ich mich umdrehte, erkannte ich die Samen der Pusteblume, die sich ihren Weg durch die Pflanzen bahnten. Direkt auf uns zu.

»Ich schätze, dass das auch nicht normal ist?«

Harmonia, die mit mir auf mein Bett sprang, sagte nichts. Das reichte mir auch als Antwort. Ich stellte mich auf das Bett und drängte mich gegen die Wand, Harmonia vor mir.

»Kannst du nicht irgendetwas machen?« Harmonia drückte sich an mich.

»Ich?« Ich? Meinte sie das ernst?

Der erste Samen erreichte Harmonia und landete auf ihrem Unterarm.

»Puh, nichts passiert.« Sie wischte mit ihrem Handrücken über ihre Stirn. »Hab gedacht, uns –«

Von einer Sekunde auf die andere wurde sie zu einem gelben Strudel und verschwand in dem Samen, der sie berührt hatte.

Er hatte Harmonia absorbiert. Als wäre sie ein Tropfen auf einem Taschentuch.

Obwohl es keinen Ausweg gab, presste ich mich gegen die Wand, pustete den Samen entgegen, die darauf aufwirbelten, und kratzte an der Wand entlang. »Hilfe!«

Bis alle Samen gesammelt auf mich einprasselten und auch ich verschwand.

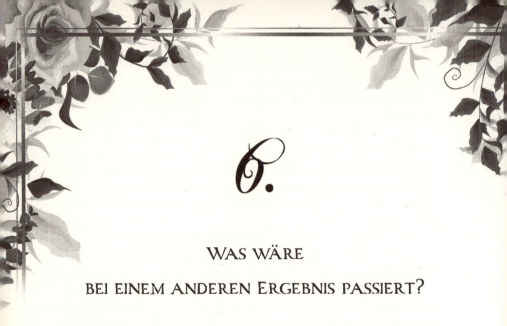

6.

WAS WÄRE
BEI EINEM ANDEREN ERGEBNIS PASSIERT?

Der Biss auf die Unterlippe hielt meinen Schrei bedingt zurück. Noch nie hatte ich diesen Schmerz gefühlt, wenn Feuer deine Haut versengte. Darauf hätte ich auch gern verzichtet. Wieder blickte ich um mich, um einen Ausweg aus diesem Todesgarten – was hatten die alle mit ihre Gärten? – zu finden, in den mich der Samen teleportiert hatte. Ja, teleportiert. Was hatte ich nur getan, um das zu verdienen?

Schmerz zuckte durch meinen Körper und erinnerte mich daran, dass es hier gefährlich war.

Also versteckte ich mich hinter einem Busch und hatte Zeit, mir die Brandwunde auf meinem Fuß anzusehen. Sofort winkelte ich meine Beine an und zog meine Schuhe sowie Socken aus.

Shit.

Der Geruch meines verbrannten Fleisches löste meinen Würgereflex aus. Ewig hatte ich mich nicht mehr geekelt. Auf der Straße bekam ich einiges mit. Meine Hand stoppte über der Wunde. Ich traute mich nicht, sie zu berühren. Mehrmals kamen meine Finger gefährlich nahe. Immer wieder zuckte ich zurück.

Keine Ahnung, was man in so einem Fall machte. Ich sah mich um. Nirgends fand ich auch nur einen Tropfen Wasser. Nachdem ich die Suche aufgab, blickte ich hinter den Busch.

Noch immer nichts. Nur dieser Baum in der Mitte, der gefühlt zwanzigmal so groß war wie ich. Die Fläche rundum stand in Flammen. Das Feuer knackte leise und hinzu kamen piepsige Schreie in meinem Ohr sowie dieser Drang, die Pflanzen vor dem Feuer zu retten.

»Verfluchter Mist, was mache ich nur?« Mehrmals schlug ich mit der Faust auf den Boden.

Okay, ich musste die Lage rekapitulieren. Was hatten wir da? Irgendwo endete dieser Garten voller Bäume an einem unsichtbaren Schild, der mich elektrisierte, sobald ich ihn berührte. Ja, ich war so dumm gewesen und hatte das ausprobiert. Das Feuer engte mich ein. Den Drecksbaum in der Mitte, der bis zum Kuppeldach reichte, umgab ab der Hälfte ebenfalls ein Schild, sodass ich es nicht schaffte, hochzuklettern. Immer wieder erinnerte mich der Todesgarten an den bei meiner Ankunft, aber sie unterschieden sich dennoch. Ein Baum, den ich noch nie gesehen hatte. Die Rinde glitzerte golden und die weinroten Blätter funkelten am Rand. Oh, und dann gab es da noch die Hitze, die mir den Schweiß aus allen Poren trieb.

Was sollte dieser Scheiß? Wie konnte mich ein fliegender Samen einer Pusteblume in einen Garten schmeißen und die wohl wichtigste Frage: Warum gerade ich?

Voller Aggressionen, die mich innerlich auffraßen und stärker loderten als jede Flamme unter dieser vermaledeiten Kuppel, stand ich auf. Mein Fuß schmerzte. Ich humpelte zum Baum in der Mitte, während das Feuer mich verfolgte, und ja, beinah genoss ich den Schmerz, da er mir die Sicherheit gab, nicht zu träumen.

»Und? Was jetzt?« Ich schrie einen Baum an.

Es war offiziell: Ich ging zu Grunde.

»Fühlst du dich toll? Wie du da stehst und mir nicht hilfst? Wenn ich brenne, brennst du auch.«

Das Feuer rollte auf uns zu, wie eine Welle, die sich ihren Weg bahnte. Alles rundum hatte das Feuer bereits verschluckt. Der Baum und ich gegen die Flammen.

Trotz all meiner Wut taten mir die sterbenden Blumen, Gräser und Bäume leid. In Griechenland gab es doch ständig Brände. Die Sommer waren heiß. Warum dann dieses Mitleid?

»Fein, ich gebe auf. Dann bin ich eben eine Pflanzenmagierin. Okay? Hier, ich sage es. Ich bin eine von euch. Das ist alles wahr. Zufrieden? Lass endlich deine Äste runter und hilf mir zu dir rauf.« Ich schlug auf den Stamm des Baumes ein und rempelte ihn an.

»Na? Gar nichts? Kein kleiner Zweig, der sich runter beugt?« Ich schnaubte belustigt. Doch das wandelte sich rasch zu einem Zischen, als Schweiß in meine Brandwunde floss.

»Au!« Das *Au* stammte nicht von mir.

Sprach die Natur zu mir? »Jetzt geht's aber los.«

Wieder dieser Schwindel, der mich verfolgte.

All das laugte mich aus. Ich ließ mich zurück auf meinen Hintern fallen. Meine Atmung beschleunigte sich. Meine Restenergie strömte aus meinem Körper und verließ mich.

Daphnes Verschwinden, meine Entführung, diese Insel, die Magie, Callidora, Harmonia, Pflanzen, die mich absorbierten, verletzten und nun dieser Brand. Nein, ich wollte das nicht mehr.

Mein Shirt stank und die Flecken darauf zeigten fast nichts mehr von der ursprünglichen Farbenpracht. Ich zog an meinem Kragen. Die Wut in mir heizte mich auf. Woher auch immer ich die Kapazitäten fand, um aufzustehen, ich schaffte es.

»Ich will nicht mehr. Ihr wollt mich brennen sehen? In Flammen aufgehen? Bitte. Nehmt mich. Warum soll ich kämpfen? Mein ganzes Leben lang musste ich mich durchbeißen, alles aushalten, mein Schicksal und das, was es mit mir macht, akzeptieren. Ich habe es satt, in einer nie enden wollenden Schlacht gefangen zu sein.«

Mein Brustkorb hob und senkte sich, brannte vom Schreien, vom Rauch und die Hitze von tausend Sonnen stach in meiner Lunge. Die Feuerpranken loderten neben mir, streckten sich zu mir und peitschten vor meine Füße. Trotzdem lenkte mich etwas ab.

Erst ein Blatt, dann zwei, die an mir vorbeihuschten.

Sofort drehte ich mich um, den Rücken zum Baum. Erst da erkannte ich, dass sich hunderte, tausende Blätter um mich versammelt hatten. Wie in einem Hurrikan begannen sie um mich zu wirbeln.

Sie legten einen Zahn zu, erhöhten die Geschwindigkeit und dann wurden sie zu einem Wirbelsturm. Meine Haare tanzten um mich. Das Orange der Flammen nahm ich nur noch verschwommen hinter dem Sturm wahr. Ich war im Auge des Wirbels. Todesmutig steckte ich meinen Finger in den Wirbel, bis ein Blatt mich aufschnitt und ich zurückschreckte.

»Verdammt.« Den Finger im Mund und schon schmeckte ich mein Blut wie flüssiges Metall, bevor es mit Speichel vermengt in meinen Rachen lief.

Machte ich das? Locken fielen mir vor die Augen. Ich schlug sie mir aus dem Gesicht.

»Hör auf!« Erst der Baum, dann der Wirbelsturm. Woran ließ ich als Nächstes meine Wut aus? »Ich will das nicht können.«

Doch umso mehr meine Wut zunahm, desto höher wurde die Geschwindigkeit des Strudels. Er breitete sich aus, riss verbrannte Strauchreste aus.

Fein, er hörte nicht auf mich? Dann fütterte ich ihn mit noch mehr Zorn. Davon versteckte sich genug in mir.

Mein Leben lief an mir vorbei. Die Waisenhäuser, die Schläge, die Gürtel, die Spucke anderer, die sich ekelhaft warm an meinen Wangen anfühlte. Meine Eltern, die gesichtslos in meinen Träumen auftauchten und sich weiter und weiter von mir entfernten. Und jetzt die Magie, die mich in Ketten legte.

»Nimm dir alles, was du willst.« Ich breitete meine Arme aus und legte den Kopf in meinen Nacken.

Das reißerische Geräusch des Sturms rauschte in meinen Ohren, der Strudel verband sich mit dem Feuer um uns. Hie und da preschten Feuerzungen in den Hurrikan, ehe sie fortgezogen wurden. Die Blätter im Windkanal fingen Feuer und die Wärme brachte mich um den Verstand. Fühlte es sich so an, stünde man auf einer Sonne?

Nun fing auch der gigantische Baum mit seinem uralten Stamm, den verzweigten Ästen und dem dichten Blätterdach Feuer. Die Schreie in meinem Kopf waren kein Piepton mehr, sondern inbrünstige Bitten um Hilfe. Tz. Wer scherte sich denn je um meine Hilferufe?

Meine Gedanken unterbrachen, als ein winziger Samen vor mir auftauchte. Scheu, unscheinbar landete er auf meiner Nasenspitze. Meine Augen taten weh, so verkrampft starrte ich darauf. Wieder diese Pusteblume. Würde ich gleich wieder verschw–

»Bin nicht so der Kleidertyp.« Mir hörte natürlich wieder niemand zu, aber was hatte ich auch erwartet, nachdem man mich ohne zu fragen in einen Todesgarten hinein- und wieder hinausteleportiert hatte?

Im Spiegel vor mir begutachtete ich das bodenlange Kleid, das mit seinem festen Stoff nicht nur schwer war, sondern auch bis zu meinem Kinn hochging und mit den langen Ärmeln keinen Platz zum Atmen ließ. Das Muster aus den großen weißen, pinken und blauen Blüten, die an schwarzen Stielen und Blättern hingen, wirkte, als trüge ich ein Haute Couture Kleid. So wie die Models, die ich nur von den Magazincovern an Kioskständen kannte. Von einer absurden Situation in die nächste. Erst von einem Feuerwirbel gejagt, jetzt Kleideranprobe. Wie lange mein Herz das noch mitmachte? Was würde zukünftig passieren? Ein Sprung ins Meer, um danach im Wüstensand aufzutauchen?

Als sie dann auch noch eine pinke Gerberablüte in meine Haare steckten, war es offiziell: Ich fühlte mich unwohl.

»Sind wir fertig?« Eine Frau um die dreißig legte ihre Hände auf meine Schultern und sah mich durch den Spiegel an, der in einem pflanzenbewachsenen Rahmen steckte.

Der strenge Dutt sowie der Feldwebelton passten so gar nicht zu ihrem zarten Gesicht und dem feengleichen Körper.

»So fertig wir in dieser kurzen Zeit sein können.« Der Junge neben mir sagte das zwar höflich, unterschwellig merkte ich, dass er genervt war.

»Prima. Gehen wir.«

Ich erhob mich und folgte der blonden Generalin. Ihr Militäroutfit, das statt Grün- Lilatöne hatte, saß perfekt und hätte ich lieber getragen.

»Ich bin Esmeralda. Alle nennen mich Mera.«

»Margo.«

Sie klopfte auf ein Klemmbrett. »Ich weiß, wer du bist.«

»Mhm.«

Der weitläufige Raum mit den Säulen und dem Stuck verlieh dem Saal historische Vibes. Hatte man mich auch noch in die Vergangenheit geschickt? Wir liefen quer über den Fischgrätenboden und erst jetzt erkannte ich Harmonia, die ebenfalls gestylt wurde. Selbstverständlich steckten sie sie in ein gelbes Kleid.

Knarrender Boden, Föhngeräusche, die Haarspraywolken verteilten, und immer mal wieder kleine Auas, wenn jemand von einem Glätteisen verbrannt wurde. Was ging hier vor sich?

»Komm, Schritt halten, Margo.«

Wieder direkt hinter Mera blieb mir keine Zeit, mich umzusehen. Die weiße Flügeltür öffnete sich und wir eilten durch einen Flur.

Dank der ständig wechselnden Geschehnisse spürte ich mich selbst nicht mehr. Ganz wie in den Zeiten, in denen Daphne und ich Bücherboxen geklaut hatten, in denen sich eine zwanzigteilige historische Romanreihe befand. Wir lasen die Nächte durch, schliefen kaum, hielten uns mit Energiedrinks wach und irgendwann fühlte man sich total benommen. Das multipliziert mit hundert beschrieb meinen Zustand.

»Du hast für Furore gesorgt.«

»Ich?« Ich deutete auf mich, obwohl sie mich gar nicht ansah.

»Ja, du. Dein Auftritt in der Simulation. Nicht schlecht.«

Dass meine Erlebnisse mit dem Feuer nicht hundertprozentig real gewesen waren, hatte ich mittlerweile mitbekommen, dennoch verstand ich den Prozess dahinter und wie sie verfolgt hatten, was geschehen war, nicht.

»Was habe ich falsch gemacht?«

»Nicht unbedingt falsch. Die Prüfung ist nur noch nie so ausgegangen.«

»Das ist eine Prüfung gewesen? Wofür?«

Mera warf einen flüchtigen Blick über ihre Schulter, wobei ich ein unsicheres Stirnrunzeln wahrnahm. Vermutlich hatte sie ohnehin zu viel ausgeplaudert.

»Das erfährst du gleich.«

»Und dafür brauche ich ein Kleid?«

Sie kicherte.

Im Gehen strich ich mit meinen Fingern über die goldenen Schnörkel auf der weißen Wand. Eine der Elefantenohrpflanzen, die über mir in Hängetopfen hingen, schlug mir mit einem Blatt auf die Hände.

»Aua. Was bist du? Eine übereifrige Gouvernante?«
»Das bin ich gewesen, nicht die Pflanze.«
»Ich habe auch dich gemeint.«
Während Mera sich umdrehte und ich mich gerade noch stoppte, um nicht in sie hineinzulaufen, beschlich mich die Sorge, zu weit gegangen zu sein. Sie hob ihre Hände. Würde sie mich ohrfeigen? Ne, im Gegenteil, sie wuschelte durch meine lockige Löwenmähne, zupfte ein paar Strähnen zurecht und musterte mich.
»Perfekt. Geh rein.« Ein Schmunzeln folgte. »Behalt dir deine Art bei. Die meisten hier machen, was man ihnen sagt.«
»Danke. Ich versuche es, aber ehrlich? Ich fühle mich ein wenig gebrochen.«
Meras Blick erweichte sich eine Sekunde, wechselte danach sofort wieder zu streng und maskenhaft. »Streng dich an.«
Ein herzhafter Schlag auf den Rücken und ich schritt mit einem grummeligen Gefühl im Magen durch die nächste Flügeltür.
Zwar hatte ich mir nicht zwingend Gedanken gemacht, was mich auf der anderen Seite erwartete, mit einem leeren Ballsaal hätte ich jedoch nicht gerechnet.
»Tritt ein.«
Woher kam die Stimme?
Drinnen angekommen, schlossen sich die Türen hinter mir und da erkannte ich auch, dass ich nicht allein war. Über mir rund um den Saal befand sich eine Empore, auf der mehrere Männer und Frauen saßen.
»Komm in die Mitte.« Ich erkannte nicht, wer sprach. Nur, dass es sich um eine männliche, tiefe, raue Stimme handelte.
Das Parkett quietschte und krachte mehr als jeder Boden, den ich je betreten hatte. Oder bildete ich mir das ein? Ach, keine Ahnung. Jedenfalls trieb mir jeder Schritt mehr und mehr die Schamesröte ins Gesicht.
Erst jetzt fiel mir auf, dass die Galerie, von der aus ich beobachtet wurde, gar keinen Halt hatte. Dort, wo der Boden sein sollte, wuchsen kleinere Bäume oder überdimensionale Blumen hoch, auf denen sie thronte.
Unweigerlich musste ich mit den Augen rollen. Konnten die hier nicht irgendetwas so machen wie normale Menschen? Okay, egal. Brust zurück, Schultern raus. Nein, wie war das? Brust re–

»Sieh nach oben.« Eine Frau.

In der Mitte des Raumes guckte ich hoch. Eine Deckenmalerei erwartete mich. Ein paradiesischer Garten in allen Farben. Es dauerte jedoch, bis die Erkenntnis einsetzte, dass die Szene sich bewegte und schließlich meine Prüfung zeigte.

»Margo.«

Stille. Ein Raunen ging durch die Menge, gefolgt von Ähs und Ähms. »Mädchen, wie ist dein Familienname?«

»Ich, ich, ich habe keinen. Nicht wirklich. Meistens nenne ich mich Margo Elláda.«

»Etwas überheblich, sich selbst Griechenland zu nennen, oder?«

»Etwas überheblich darüber zu urteilen, wenn man eine Familie, ein Zuhause und eine Zugehörigkeit hat, oder?« Scheiße, warum hielt ich nie meine Fresse? Oder dachte zumindest vorher darüber nach.

Lautes Einatmen holte mich aus meinen selbsttadelnden Gedanken.

»Wie dem auch sei. Margo ... Elláda. Du machst deinem Ergebnis alle Ehre.«

»Bin ich durchgefallen?«

»Man kann nicht durchfallen.« Callidora! Sie erhob sich von einer weißen Rose und durch ihre Bewegung erblickte ich sie. »Es gibt nur Ergebnisse.«

»Und was sagt es aus?«

»Du bist eine *Fytós*.«

»Eine Pflanze?« Ich begutachtete meine Hände. »Jetzt bin ich nicht nur kein Mensch oder Magierin, sondern nicht mal ein Lebewesen. Ich bin eine Pflanze? Was denn? Eine Brennnessel?« Ein frustriertes Lachen entkam mir. Mit erhobenen Armen drehte ich mich im Kreis, ehe sie wieder an meinen Körper klatschten. »Oder ein Unkraut?«

»Fytós ist bei den Pflanzenbegabten eine Umschreibung. Fytós sind Magier und Magierinnen, die eher im Angriff begabt sind. Deine Fähigkeit liegt darin, deine Magie aktiv im Kampf zu verwenden.«

»Oh. Sorry, ich bin manchmal etwas impulsiv.«

»Das haben wir in deiner Prüfung gesehen.« Ein anderer glatzköpfiger Mann, dem ein Löwenzahn aus der Mitte des Kopfes wuchs. Wie peinlich. Das hatten alle mitverfolgt?

»Was bedeutet das?«

»Du bekommst einen Mentor zugeteilt, der dich unterrichtet.« Callidora richtete ihren Schleier und setzte sich wieder. »Daraufhin wirst du auch einige allgemeine Kurse belegen, damit du mehr über die Geschichte und Ethik der Pflanzenbegabten erfährst. Sieh es uns nach, dass wir noch nie einen Fall wie dich gehabt haben.«

Überall stellte ich mich als besonderer Fall heraus. Eine Systembrecherin. Ein sich wiederholendes Muster in meinem Leben. Wobei *besonders* nicht nett gemeint war. Nie, sobald es mich betraf.

»Und jetzt geh durch die Tür mit deinem Symbol.«

»Mein Symbol?«

»Natürlich, du kennst es nicht. Das Tor, über dem das Wappen mit dem Wunderbaum ist.«

Wunderbaum? Ich, was? Gehörte das zur Allgemeinbildung? Ich hatte doch all die Bücher gewälzt, die man in seiner Schullaufbahn lesen musste.

Callidora schien meinen Blick richtig zu deuten. »Das rote, stachelige, runde Ding.«

»Ah, klar, wusste ich ja.«

Die Tür stellte sich als Durchgang mit Vorhang heraus. Ich hob ihn an, als mir etwas einfiel. Auch, wenn ich merkte, dass ich die werten Damen und Herren nervte, machte ich kehrt. »Wogegen soll ich eigentlich lernen, zu kämpfen?«

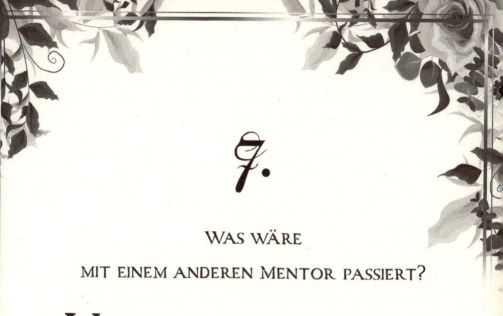

7.

WAS WÄRE

MIT EINEM ANDEREN MENTOR PASSIERT?

Und dann wächst mir eine Blume aus dem Körper?«
Morpheus kratzte sich an seinen kurzgeschorenen grünen Haaren und wie er seine Nachtaugen ins Nichts blicken ließ, ahnte ich, dass er mich als hoffnungslosen Fall einstufte.

Morpheus stemmte eine Hand in seine Hüfte und legte den Kopf schief, als suchte er in den Wolken eine Antwort auf meine Frage. Besser gesagt, eine Antwort, die sogar ich verstünde, was wohl eine Herausforderung war.

»Ähm, sagen wir so, die Magie in dir gehört dir nicht kostenlos. Die Pflanzen gehorchen uns, aber nur die Seelenblume in uns ist mit uns verbunden.« Er rang sich diese Worte ab, und dennoch: Ich kapierte nichts.

Bevor ich den Mund aufmachte, schätzte ich die Entfernung von mir zur Klippe ab, die ich ja bereits kannte, und fragte mich, ob die spitzen Felsen nicht doch die bessere Alternative waren.

»Margo?«

»Ja, sorry. Ich check's nicht.«

Ob die Träne, die er sich unter das rechte Auge hatte tätowieren lassen, bedeutete, dass er gemordet hatte? Und das Yen-Zeichen auf dem Hals, dass er Auftragsmorde beging? Wofür das ABE auf der linken Ecke seiner Stirn, kurz vorm Haaransatz, stand oder das Jessica an seinem Oberarm, konnte ich nicht ausmachen. Vielleicht war ABE sein Chef und Jessica seine Geliebte? Oder umgekehrt?

»Denkst du bitte weniger über meine Tattoos nach und mehr über deinen Unterricht?« Gemein, dennoch berechtigt.

Meine Aufmerksamkeitsspanne glich dem eines Igels, dabei hatte ich keine Ahnung, ob der Vergleich hinkte oder nicht, da ich nichts über Igel wusste.

»Es ist etwas viel. Eine Seelenblume, die in meinem Herz ist. Das klingt eklig, komisch, wie soll ich mir das vorstellen?«

Morpheus ließ das Gras unter ihm zu einem Ohrensessel wachsen und setzte sich. Ob ich das eines Tages können würde?

»Das verstehe ich. Du hast nicht viel Zeit, Margo. Ich bin dein Mentor. Die anderen haben noch fünf Tage frei und bis dorthin solltest ein bisschen die Grundlagen beherrschen. Außerdem ist unsere Magie nicht wie ein Bodybuildingtraining. Du wirst nicht unbedingt nur durch Erfahrung und anhaltendem Üben besser. Vieles wirst du einfach können, sobald du es zugelassen hast. Vieles ist oft unfairerweise der Macht der Seelenblume geschuldet. Du könntest rasch aufholen. Dein Kopf ist mehr das Problem.«

»Ja, toll. In fünf Tagen soll ich lernen, was ihr in zwei Jahrzehnten lernt?« Das erschien mir unfair.

»Normal müsstest du das auch allein lernen. Als Mentor auf Lidwicc geben wir euch nur die wichtigsten Grundkenntnisse vor. Den Rest müsstet ihr allein erarbeiten. Ich bin ohnehin eine Ausnahme, die hier lebt, weil ich euer Magiewachstum kontrolliere. Diejenigen, die euch die wichtigsten Kapitel in der Geschichte oder Kräuterkunde aufzeigen, leben nicht hier und kommen nur manchmal vorbei.«

Allein? Seine Erklärungen halfen nicht, mich besser zu fühlen. Nun brauchte ich auch einen Ohrensessel und tat, wie mein Mentor es mir erklärt hatte. Ich manifestierte das Bild eines Stuhls unter mir, erschaffen aus Gras. Stellte mir vor, wie es wuchs, mir gehorchte wie ein ausgebildeter Hund, und setzte mich wie selbstverständlich hin. Denn die Pflanzenwelt gehorchte mir, es gab keine Zweifel.

Mein Arsch knallte auf den Boden und von meinem Steißbein aus blitzte ein Schmerz durch meinen Körper, als riss ich entzwei.

Ein stummer Aufschrei entfuhr mir. Meine Hand suchte meinen Hintern und ich rieb, in der Hoffnung, es linderte meine Schmerzen – tat es nicht.

Das Grinsen, das Morpheus sich verkniff, erinnerte mich ein wenig an Daphne. Das bescherte mir den nächsten Stich. Dieses Mal verlief er mitten durch mein Herz.

Beim Massieren seiner Augenlider entdeckte ich noch jeweils ein tätowiertes X auf jedem Lid. Wie konnte er bereits ein Mentor sein? Soweit ich das erfasst hatte, reisten die meisten erst um ihren zwanzigsten Geburtstag ins Lidwicc.

»Das wird so echt nichts.« Ein Seufzen folgte seiner Erkenntnis. »Ich zeig es dir.«

Oh, das klang besser. Wir standen beide auf und Morpheus deutete auf die Stelle über seinem Herzen.

Der schlanke, dennoch definierte Körper meines Mentors leuchtete, nein, es war ein Glimmen, das seine Konturen mit der Umwelt verschwimmen ließ. Die letzten Bäume des Waldes vor der Klippe raschelten, die Baumkronen schwangen im Rhythmus von links nach rechts, als schunkelten sie zum selben Takt, den ich nicht hörte.

Zuerst erkannte ich nur eine Lichtkugel, die sich vor seiner Brust bündelte und ruhig über seiner Haut pendelte. Geschah das gerade wirklich? Also so richtig? Wenn Daphne das nur sehen könnte.

Die Lichtkugel schälte sich, nein, erblühte wie eine Blume. Blütenblätter reihten sich umeinander, sahen aus wie winzige, gezackte, altrosa Fächer. Mein Zwinkern dauerte nicht lange und ich glaubte, das Aufblitzen eines Wurzellabyrinths unter seinem Körper auszumachen, das sich überall in ihm erstreckte. Leider verschwand es so zügig, wie ich meinte, es erkannt zu haben.

»Wow. Das ist unglaublich. Ist das echt?« Ich näherte mich und ging wenige Schritte vor ihm in die Hocke.

So viel Leben, Kraft, Wärme und Sehnsucht strahlte aus dieser halbdurchsichtigen, glitzernden Blume.

»Das ist meine Seelenblume, eine Nelke. Jeweils eine Familie hat dieselbe, jede hat ihre eigene, spezifische Fähigkeit. Jede ist nicht ganz kostenfrei mit deinem Herzen und deinem Leben verbunden.«

Etwas Heiliges umgab Morpheus, als stünde ein Gott vor mir.

»Sowas habe ich auch? Was ist deine Fähigkeit? Warum ist es nicht kostenlos?« Fragen über Fragen türmten sich in meinem Kopf auf.

Zusammen mit der Frage, warum er nur eine weite, schwarze Jeans trug, die von einem Gürtel gehalten wurde, und kein Shirt?

Ein schiefes Grinsen huschte über das Gesicht meines Mentors, als er seine Arme ausbreitete. Die Nelke strahlte auf, verpuffte und winzige Lichtpartikel breiteten sich um ihn aus. Nach und nach verflochten sie sich und verglühten.

»Nicht, dass ich dir zu nahe treten will oder so, aber: Das war's?«

Die Art, wie er seine Brauen zusammenzog, verriet mir, dass ihn meine Aussage verstimmt hatte.

»Großartig, ich verbuche das unter: Du hast keine Ahnung. Nimm, ähm ...« Morpheus sah sich um. »Den Stein da und wirf ihn auf mich.«

Er musste scherzen. Der war so groß wie meine Hand. Andererseits, was gab es hier nicht? Langsam fing ich an, Zweifel hinten anzustellen.

»Wie du meinst.« Gesagt, getan.

Der Stein wog schwer in meiner Hand. Noch im Flug bereute ich meine Entscheidung. Was, wenn das eine Falle war und er wollte, dass ich ihn verletzte? Damit er mich anzeigen oder es als Beweis vorbringen konnte, dass ich böse war, um mich loszuwerden. Wer wollte jemanden wie mich hier haben? Hatte ich erwähnt, dass ich Vertrauensprobleme hatte?

Doch all meine Sorgen verpufften, als der Stein wenige Zentimeter vor ihm abprallte und im hohen Bogen über meinen Kopf in den Wald hinter uns sauste.

»Geil.«

Sein magischer Schutzschild zerbrach wie ein Spiegel, die Splitter zogen sich über seinem Herzen zusammen und verschwanden in ihm.

»Danke. Du hast auch eine Seelenblume.«

»Wie soll ich das machen?« Ich guckte an mir herab und fand mich gewöhnlicher als je zuvor.

»Das müssen wir herausfinden. Normalerweise wird man damit geboren und kann sie einfach einsetzen. Es ist ein Instinkt. Zu blinzeln übst du auch nicht.«

Wie sollte ich hier jemals dazugehören? Um meine Verzweiflung zu kaschieren, mied ich es, ihm ins Gesicht zu gucken, als ich mich wieder vor ihn stellte.

»Wir trainieren das seit über einer Stunde und ich, ich kann nicht mehr, Morph. Ja, ja, wir haben keine Zeit, aber ich ticke bald aus.«

»Was?«

»Ich ticke bald aus.« Mit Nachdruck betonte ich jedes Wort.

»Nein, du hast mich Morph genannt. So hat mich ewig niemand mehr genannt. Witzig.« Gedankenverloren setzte er sich wieder in seinen Grassessel. Angeber.

»Um ehrlich zu sein, Margo, du hast recht. Es tut mir leid, wie wir bisher mit dir umgegangen sind. Das geht so nicht. Wir können das nicht erzwingen.« Morph rutschte tiefer, schwang seine Beine über die Graslehne und lümmelte sich in seinen Zauberstuhl. »Es gibt diese Theorie von Magiae Florence Bloom. Er erforscht die magische Welt. Er meint, dass wir unsere Seelenblumen als Babys bekommen, weil wir da am unschuldigsten sind und sie ja an unser Leben gebunden ist.«

Da mein Kopf einer vollgepackten Abstellkammer glich, konnte ich ihm nicht folgen. »Schön für Bloom?«

»Nein, ich meine damit, ich glaube, du kannst deine Seelenblume nicht heraufbeschwören, weil du nicht unschuldig genug bist.«

»Könnt ihr auch noch mein bisheriges Sexleben ausforschen oder so?«

Ein lautes Lachen entfuhr Morph.

»Margo, o mein Gott, nein. Blooms Theorie, äh.« Er stoppte, weil er wieder lachte, und ich kam mir blöd vor. »Sorry. Er meint, dass wir als Babys ein unbeschriebenes Blatt sind und so unser Geist rein und bereit für die Seelenblume ist. Wurzeln hat sie sofort geschlagen, bereits während unsere Mütter mit uns schwanger sind. Sie erblüht erst bei der Geburt. Wenn das bei dir versiegelt worden ist, sind nur die Wurzeln in dir.«

Das klang so widerlich und ich erschauderte bei dem Gedanken daran, Wurzeln um mein Herz zu haben. Obwohl ich mit meiner Hand auf meiner Haut herumdrückte, spürte ich nichts davon.

»Imaginäre Lichtwurzeln«, sagte Morph, als er wohl erkannte, was in mir vorging.

»Was soll ich tun? Sag es doch einfach.«

»Du musst mit dir ins Reine kommen. Dich reflektieren, dich und deine Vergangenheit akzeptieren und dich lieben, wie du bist. Quasi als Dünger für deine Blume.«

Jetzt war ich es, die laut loslachte. »Dann können wir es vergessen.«

»Sei etwas optimistischer. Wir schaffen das.« Aus dem Nichts hörte ich eine glockenhelle Stimme hinter mir, die mir nicht unbekannt war.

Wie eine Ballerina machte ich auf der Stelle kehrt und tatsächlich, ich hatte mich nicht geirrt.

8.

WAS WÄRE

AN EINEM ANDEREN ORT PASSIERT?

»Starren mich die anderen an?«

»Ja.« Harmonia: Profi darin, wie man jemandem seine Sorgen nahm.

»Ich bin dir zwar dankbar, dass du mich aus dem Mentoring mit Morpheus gerettet hast, weshalb ich nicht zu viel verlangen will, jedoch wäre das nun dein Part gewesen, zu sagen: Nein, das bildest du dir nur ein, du bist noch schlaftrunken, weil du beinah vierundzwanzig Stunden durchgepennt hast.«

Meine Zimmerpartnerin hob die gelben Augenbrauen und ihr Mund verformte sich zu einem lautlosen O. »Oh! Ich, ich, habe gemeint, weil du so verdammt heiß aussiehst. Nicht, du weißt schon, weil du creepy bist.«

Warmes Meerwasser umspülte meine Knöchel, als ich stehen blieb. Das Wasser malte Muster in den Sand und ließ einige Sandkörner sowie Muschelteile auf meinem Fuß zurück. Ich sah an mir hinunter und deutete mit meinen Händen auf die grauen Shorts, danach auf das weiße XXL-Shirt. »Meinst du das ernst?«

»Ja?« Harmonia drehte sich um und bemerkte, was mir auffiel.

Bemüht unauffällige Blicke vieler Studierenden, die mich musterten.

»Gehen wir weiter.« Harmonia zog mich mit sich, wobei ich ihre schwitzigen Hände bemerkte. »Versteh sie auch. Du bist hier, ohne jegliche Ahnung darüber, dass es Magie gibt.«

Neben uns spazierten zwei Typen vorbei. Einer in Leo-Optik, die sich nicht nur auf seiner engen Bermudabadehose zeigte, sondern auch in dem Muster, das er sich in seine kurzen Haare eingefärbt hatte. Der Zweite tat es ihm im Zebralook gleich. Eigentlich fand ich das mega. Wie die beiden mich begafften und ihre Münder angewidert verzogen, nahm mir allerdings wieder die Lust daran, sie kennenzulernen. Die beiden schauten auf mich herab. Nein, wirklich. Die langen, schlaksigen Typen waren bestimmt zwei Meter groß.

»Ludwig und Gustavius. Brüder aus Wien. Die sehen jeden so an.«

Ob das der Wahrheit entsprach? All die magischen Studierenden saßen an Tischen, die sich um den Strandabschnitt verteilten und die wie Blüten aussahen, quatschen, lachten, holten sich Getränke von einem Kiosk, der die Form eines Kaktus hatte, und ich stand wieder nur abseits.

»Kannst du mir dabei helfen, mit mir ins Reine zu kommen? Wie macht man sowas überhaupt?« Das stellte sich als die bisher schwerste Aufgabe für mich heraus.

Denn genau das hatte ich mein Leben lang vermieden.

»Lernen wir uns besser kennen, dann kannst du dich mehr öffnen.« Harmonia sah sich um. »Komm, wir holen uns zwei Limos und suchen uns einen ruhigeren Platz. Vielleicht das Volleyballfeld.« Aus Harmonia sprühte das pure Leben und bei jedem sonnigen Grinsen steckte sie sogar beinah mich an.

Wie lange würde sie mich mit ihrer Frohnatur noch aushalten? Bald würde ich auch ihr zu viel geworden sein. Saugte ich sie mit meiner Negativität nicht aus? Mir vorzustellen, wie mein Pessimismus ihre strahlende Aura ergrauen ließ, stimmte mich traurig. Für alle in meinem Leben war ich nur eine Last.

»Margo? Kommst du?« Harmonia deutete zum Kiosk.

»Willst du dir deine freien Tage mit mir versauen?«

»Warum versauen?« Harmonia begutachtete mich, als hätte ich etwas total Abwegiges gesagt. »Sonst hätte ich es ja nicht angeboten.«

Nervös knetete ich meine Hände. Die Blicke brannten sich in meinen Körper, und sie zu ignorieren brachte nichts. Ich betrachtete das Meer. Die untergehende Sonne, die ich vor kurzem noch mit Daphne gesehen hatte, weckte neuen Mut in mir.

»Gehen wir.«

»Stopp, hör auf!« Harmonias Lachen schrillte über den Volleyballplatz, der glücklicherweise wie leergefegt war. »Das stimmt doch nicht.«

»Doch, Harmonia. Wenn du wüsstest, was auf der Straße so passiert.«

Das Kleeblatt, das Harmonia hatte wachsen lassen, damit wir es als Picknickdecke umfunktionieren konnten, war mittlerweile plattgedrückt. Nach dem Lachflash setzte sie sich wieder auf. Da wir am Rand des Volleyballfeldes lagen, spielte sie mit der Sandburg, die wir gebaut hatten.

»Wie sieht es mit dir aus? Wo wohnst du, wenn du nicht auf Lidwicc bist?«

Ein Schlag noch und das Dach der Sandburg hatte die Form erreicht, die ich wollte.

»Toulouse. In Frankreich.« Sand rieselte durch ihre Hand. Sie sah weg, ich kannte diesen leeren Blick. Sie verfiel in eine Art Trance, weil sie eine Erinnerung unterdrückte.

»Blödes Thema?«

»Nein, es ist nicht so schlimm wie ...«

»Bei mir?«

»Das habe ich nicht gemeint, eher, ähm.«

»Schon gut, Harmonia. Ich weiß, dass es nicht das non plus ultra ist, auf der Straße zu leben.«

»Wie ist es dazu gekommen?« Harmonia schnappte sich mit ihrer leicht zitternden Hand ihren Pappbecher und saugte an dem pflanzlichen Strohhalm.

»Es ist ein, hm.« Was machte ich da? Harmonias Gesellschaft mochte angenehm sein, trotzdem kannte ich sie nicht, also durfte ich nicht zu viel verraten. »Ein wenig kompliziert.«

Harmonia tat meine Antwort mit einem Nicken ab. Die plötzlich auftretende Stille zeigte mir, dass sich unsere Annäherung ausgebremst hatte.

»Ganz alleine?«

Nicht er wieder. Links von uns schritt er zwischen den Bäumen hervor und betrat den Platz, als wäre er auf einem roten Teppich. Jedoch begleitete ihn jemand.

Harmonia riss vor Schreck die halbe Sandburg um.

»Harmonia.« Ein Mädchen mit hochgesteckten, roten Locken hatte sich bei Drakon eingehakt und richtete sich ihre dicke Eisenkette um den Hals.

»Clio. Ganz alleine unterwegs?« Was meinte Harmonia?

»Du kannst mich nicht mehr behandeln, als wäre ich unsichtbar.« Eigentlich ein ziemlich passender Einwand von Drakon.

»Ganz allein, mein Bruder wollte nicht mit.« Clio war Drakons Schwester? Die beiden sahen sich nicht ähnlich. Wirkte Clio wie aus einem klischeehaften Gothic Musikvideo samt düsterem Make-up, stolperte Drakon geradewegs aus einem Gossip Girl Spin Off – er gehörte dabei zu den bösen Reichen.

»Ha, ha, total unlustig.« Drakon löste sich von seiner Schwester und warf seinen Blazer über die Schulter.

»Wer ist deine Freundin?« Clio schenkte mir ein knappes Lächeln.

»Das ist Margo.« Drakon posaunte das heraus, als wäre er stolz, diese Information vor Clio erfahren zu haben.

»Ah, du bist die, die so tut, als hätte sie keine Ahnung von ihrer Magie, damit du der Hauptcharakter in unserer kleinen Soap namens Lidwicc College bist?« Was war schlimmer? Ihre Aussage oder ihr lautes Kaugummikauen?

»Als du mich verfolgt und angebaggert hast, klang es nicht, als wüsstest du von nichts.« Wie gern hätte ich ihm sein Grinsen aus dem Gesicht geprügelt.

Da gab es aber auch noch diese eine selbstauferlegte Regel von mir: Nie in der ersten Woche, in der ich neu bin, jemanden verprügeln.

Zwar musste ich zugeben, dass Harmonias geweitete Augen und der Schock in ihrem Gesicht Gold wert waren. Das konnte ich nicht auf mir sitzen lassen.

»Ich habe dich angebaggert? Da habe ich etwas versäumt.«

»Muss dir nicht peinlich sein.« Drakons Schulterzucken machte die Situation nicht besser. Ich kannte solche Typen wie ihn.

Auf der Straße lauerten diese Leute mit dem Selbstbewusstsein eines Löwen, das sie sich mit einer Line ins Hirn geschossen hatten, an jeder Ecke. Auch für meine Leute musste ich eine Lanze brechen. Die meisten von ihnen waren tolle Menschen, die mir mehr Familie als reiche Adoptiveltern waren.

»Ich habe dir nichts davon erzählt«, sagte ich und erhob mich, »weil es dich nichts angeht, du peinlicher Arsch.« Ganz dicht vor ihm legte ich meinen Zeigefinger auf sein Brustbein. »Und jetzt zieh Leine.« Mit ein wenig Nachdruck stupste ich ihn weg.

Clios ungläubiger Blick spiegelte sich auch in dem Gesicht ihres Bruders wieder, der einen Schritt zurückging.

»Du weißt echt nicht Bescheid, oder?« Warum glaubte Clio mir auf einmal?

Sofort roch ich Harmonias klebriges Honig-Karamell-Parfüm, noch bevor sie neben mir stand.

»Zufrieden? Haut ab.« Sie legte ihre Hand auf meinen Rücken, als müsste sie mich bestärken.

»Habe ich etwas verpasst?« Jeder von den Dreien wich meinem Blick aus und ich fragte mich, warum ich erst zur anderen Seite der Insel ans Volleyballfeld wechseln musste, damit mir geglaubt wurde?

»Du weißt nicht, wer wir sind?« Drakon richtete sich seinen Kragen und am liebsten hätte ich diesem arroganten Gesichtsausdruck das Muster meiner Faust zugefügt.

»Genauso wenig wie ihr mich kennt.«

»Ich bin Drakon Fenrir Olivsson und das ist meine Schwester Clio Elektra.« Er verkündete ihre Namen wie eine Oscarnominierung.

»Okay, und was wollt ihr, dass ich mit dieser Info mache?«

»Margo. Nicht.« Harmonias Hand an meinem Rücken zitterte.

»Wir sind die einflussreichste Familie in der magischen Welt, die die stärksten Pflanzenbegabten hervorgebracht hat.« Clio verdrehte die Augen, als wäre ihr Drakons Gelaber selbst zu viel.

»Hört sich an, als wärt ihr Gärtner mit einem besonders grünen Daumen.« Nach meinem Kommentar wirkte Drakon wütend und schürzte angewidert seine Oberlippe, bis er sich verwundert an seine Schwester wandte, nachdem sie losprustete.

»Sieh mich nicht so an. Das ist echt lustig gewesen.« Clio presste ihre Lippen aufeinander, bis der schwarze Lippenstift verwischte, doch sie lachte wieder los.

»Sie macht Witze über uns.«

»Ach, halt den Ball flach. Du bist derjenige, der bei allen Familientreffen Jokes auf Kosten unserer Familie macht.«

»Ich wollte euch nicht zu nahe treten, aber es nervt, dass ihr glaubt, ich mache einen auf besondere Märchenprinzessin. Der einzige Grund, warum ich noch hier bin, ist ...« Daphne.

»Das geht euch nichts an.«

»Ganz richtig, Margo. Nur kommen wir so nicht weiter.« Callidora hüpfte aus einem Märzenbecher, als wäre es das Normalste auf der Welt, und näherte sich mir.

Niemand erschrak und ich hüpfte nur nicht zurück, weil Harmonias Hand mich daran hinderte.

»Komm mit mir.«

Vielleicht hätte ich doch mit Callidora gehen und nicht Drakon zum magischen Basketballplatz folgen sollen.

Die Tulpe wackelte auf und ab, als Drakon abermals traf.

»Siehst'e. Hab doch gesagt, ich treffe zwanzigmal hintereinander.« Drakon streckte die Brust raus und bedeutete der Basketballkorb-Blume mit dem Zeigefinger, ihm den Ball zurückzugeben.

»Nicht schlecht.« Sagte ich, die kein einziges Mal getroffen hatte.

Ich hielt mir zugute, dass ich noch zu geschockt über die Indoor-Basketballhalle war, in der statt Körben zwei gegenüberliegende übergroße Tulpen standen.

Was diese Magie bewirkte, begriff ich nur schwer. Träumte ich echt nicht?

»Krass mit den Tulpen.«

»Fosteriana.«

»Hä?«

Drakon schoss mir den Ball zu, den ich nur mit Mühe fing. »Das ist nicht einfach eine Tulpe, das ist eine Fosteriana-Tulpe.«

»Schön für sie?«

Drakon zog die Brauen zusammen und knabberte auf der Unterlippe herum, ehe er sich näherte. »Hörst du sie nicht?«

Hören? Sorgsam achtete ich auf Geräusche. Nichts.

»Was?«

»Die Pflanzen. Sie flüstern einem doch zu, wie sie heißen. Außerdem lernen wir als Kleinkinder die Namen aller Pflanzen.«

»Tja, ich bin nicht wie ihr.«

Drakon schnappte sich den Basketball und schlich an mir vorbei. »Stimmt. Ist komisch irgendwie. Komme mir vor, als würde ich mit einer Nichtmagierin sprechen, und das ist verboten.«

Gedanklich erschien eine Hand mit Stift in meinem Kopf, die sich notierte, dass ich mit Nichtmagiebegabten nicht über das alles sprechen durfte.

»Tut es ihr weh?«

Drakon blieb stehen. »Was?«

»Der Fosteriana, wenn wir sie als Basketballkorb benutzen?«

Belustigtes Schnauben hatte ich nicht als Antwort erwartet.

»Was ist so witzig?«

»Siehst du, deine Gefühle verbinden sich mehr und mehr mit den Pflanzen. Du entwickelst deine florale Empathie. Du wirst zu einer von uns. Zu deiner Frage: Nein. Pflanzen, die wir magisch benutzen, werden automatisch widerstandsfähiger.«

Und da drehte sich wieder alles um mich. Der Duft der Tulpe überdeckte den der Sporthalle, in der es nach Gummi und Schweiß roch. Trotzdem wurde mir von beidem gerade übel. Wie sollte ich das alles jemals verarbeiten?

»Soll ich dich noch ein wenig im College herumführen?«

Seitdem ich vorhin panisch vor Callidora weggelaufen war, als sie am Volleyballplatz aus dem Märzenbecher gesprungen war, weil ich Angst vor dem hatte, was sie mir vorgeschlagen hatte, folgte Drakon mir auf Schritt und Tritt.

»Was hast du davon, wenn du nett zu mir bist?« Niemand war jemals einfach so nett. Nie. Nicht in meinem Leben.

Drakon öffnete mithilfe einer Kletterpflanze, die überall im Schloss waren, die Tür aus der Sporthalle und zwinkerte mir dann über die Schulter zu.

»Keine Ahnung? Gutes Karma für heute?« Trottel.

Trottel mit schönen, zartgrünen Augen. Solche Augen hatte ich noch nie gesehen. Und warum roch der auch noch so gut nach Mandarine, Basilikum und grünem Tee?

Wieder außerhalb schlenderten wir an verglasten Räumen vorbei, in denen Studierende herumwirbelnden Blättern auswichen oder sich an einer bepflanzten Kletterwand auspowerten.

»Wirkt das befremdlich auf dich?«

»Das wäre untertrieben. Ich meine, ich habe gedacht, ich wäre diejenige, die viel gesehen hat. Auf der Straße geht einiges an Shit ab. Das ist aber nicht mit hier zu vergleichen. Ich fühle mich ziemlich verloren.«

»Du hast auf der Straße gelebt?«

Unsere Hände streiften einander, als der Flur enger zusammenlief. Ein Stromschlag brachte mich aus dem Konzept. Hatte er das auch gespürt?

Na toll. Warum erzählte ich ihm davon? Ich brauchte gar nicht hinsehen, denn ich spürte den mitleidigen Blick auch so auf mir. Das arme Straßenmädchen. Wobei ich bestimmt weniger bemitleidenswert rüberkäme, wüssten die Leute, dass ich alles andere als ein missverstandener Engel war. Verdammt, natürlich hatte ich krumme Dinger gedreht, um zu überleben. Selbst Menschen, denen es schlechter als mir ging, hatte ich manipuliert, damit sie mir halfen. Nicht nur einmal war ich diejenige gewesen, die andere in die Pfanne haute, um einen Vorteil daraus zu ziehen. Warum auch nicht? Ich kannte nur Verrat und Bosheit. Glücklicherweise hatte sich das irgendwann geändert. Daphne spielte dabei eine große Rolle. Wenn ich doch nur noch einmal über ihre große, schiefe Nase streicheln könnte, die sie so gehasst und ich so sehr geliebt hatte.

»Ja, ähm, kein Ding, echt. Ist cool da.« Was laberte ich?

»Es hat mich beeindruckt.« Drakon bog um die Ecke.

Dort erwartete uns ein Flur mit hunderten von Gemälden. Bäume, Wiesen, Blumen, Sträuße, Menschen, aus denen Pflanzen wuchsen. Eingerahmt von Kletterpflanzen, die sich an der Decke entlang schlängelten und eine Abzweigung zwischen den Bildern nahmen, um ihnen als Rahmen zu dienen.

»Ähm, was hat dich beeindruckt?« Meine eigenen Worte hörte ich wie durch Watte, da ich die Umgebung bewunderte.

»Deine Ehrlichkeit. Sonst biedern sich uns alle an. Niemand wäre je so unverschämt wie du. Irgendwie ist das nice gewesen.«

Schmunzelnd drehte ich meinen Kopf weg von ihm und tat, als begutachtete ich die Malereien auf den Säulen, die hie und da in die Mauern eingebettet waren.

»Unverschämtheiten habe ich noch ein paar auf Lager.«

Drakon blieb stehen und sah nach oben. Ein Durchbruch befand sich in der Decke und darüber erkannte ich einige Studierende, die herumwuselten, Bücher in den Händen trugen und sich unterhielten. Wie selbstverständlich schossen Ranken von den Pflanzen um uns zu Drakon. Teile von Efeu und Blauregen umklammerten ihn und hoben ihn hoch.

»Na dann, bye. Wir sehen uns.«

»Ha, ha. Na los. Versuch es. Bring sie dazu, dich hochzubringen.«

»Klar, könnte ich. Will ich nicht. Ich guck mich ein wenig um.«

Drakon blickte jetzt nicht mehr zu mir, sondern an mir vorbei. Jemanden hinter mir zu wissen, hatte noch nie etwas Gutes bedeutet.

Ich sollte mich korrigieren: Ich wäre doch lieber wieder bei Drakon, der sich aufplusterte wie ein stolzer Pfau, weil er zwanzig Mal einen Korb traf, anstatt doch noch von Callidora erwischt worden zu sein. Natürlich hatte sie hinter mir gestanden und zwang mich nun, ihrer Idee von Mit-Sich-Ins-Reine-Kommen zu folgen.

»Verstehe ich das richtig? Diese Erinnerungsblumen töten mich?« Mein Bauch drehte sich im Kreis und äußerte grummelnd seine Einwände.

»Du siehst auch nur das Schlechte, oder?« Callidora legte ihren Arm um mich.

»Berufskrankheit.« Meine Blicke huschten nach rechts und ich erkannte ihre Hand auf meiner Schulter, die sie mit weißen, samtigen Handschuhen bedeckt hatte.

»Diese Pflanzen könnten dich töten, ja. Keine Angst, werden sie nicht.« Wir waren wieder in ihrem Büro. Hinter einem Regal, in dem Gläser mit eingelegten Blüten, Blättern und Wurzeln ihren Platz gefunden hatten.

Links und rechts zählte ich mindestens zwanzig Blumen in kleinen Beeten, die von rotem Licht beleuchtet wurden. Ihre Blüten hatten die Form von Notenschlüsseln und an ihren geschwungenen Enden hing etwas heraus, das wie eine Zunge aussah.

Memo an mich: Komisches Geheimzimmer hinter Bücherregal meiden.
»Du brauchst deine Seelenblume und wenn du nicht über deinen Schatten springen kannst, musst du deinen Ängsten eben direkt begegnen.«

»Sind meine Schatten nicht nur vergangene Erlebnisse, die mich nicht mehr kümmern sollten? Sie sind nicht meine Gegenwart, sie sind nur in meinem Kopf. Verdränge ich sie, sind sie nicht mehr da.« Panik sprach aus mir.

Meine Vergangenheit nochmal erleben? Ein Zahnarztbesuch bei dem scharfen ehrenamtlichen Typen, der sich den Straßenleuten annahm, wäre mir lieber gewesen.

»Nur, weil etwas vergangen und in einen Schrank in deinem Kopf gesperrt ist, ist es nicht weniger real. Diese dunkle Energie ist genau das: Reale Energie, die sich an deiner beraubt.« Callidoras Stimme lullte mich ein.

Für diesen Moment klang sie nicht mehr wie die taffe Collegeleiterin, die sich behaupten und durchsetzen musste, sondern wie eine liebevolle Mutter. Eine Mutter, die ich nie gehabt hatte. Ihre Worte gaben mir das Gefühl, dass es okay war, nicht okay zu sein. Eine Duftwolke von Honig, Vanille, Zimt und Rosenholz wanderte von ihr zu mir.

Beruhigt lockerte sich mein Kiefer, und meine Verkrampfungen, die mich seit Jahren angespannt zurückließen, sodass ich morgens mit dem Gefühl aufwachte, als hätte man meinen Magen mit einem Kompressor aufgepumpt, lösten sich. Und plötzlich purzelte ein Satz aus mir, den ich ewig nicht mehr ausgesprochen hatte: »Ich habe Angst.«

»Das ist großartig.«

Alles in mir fühlte sich tonnenschwer an und für eine Sekunde hatte ich geglaubt, dass ein kleiner Teil meines seelischen Ballasts sich gelöst hatte. Konnte es sein, ja, durfte ich es in Erwägung ziehen, dass meine Sorgen mich weniger erdrückten, wenn ich sie teilte?

»Geh zur Erinnerungsblume und lecke an ihrem Erinnerungsfühler.«

Ferngesteuert bewegte ich mich auf die bläuliche Pflanze zu. Eine tropische Hitze brachte mich zum Schwitzen und das gedimmte Licht erhellte den langgezogenen Flur. Ich betrat das Beet, die Erde unter mir gab nach und dann streckte ich meine Zunge aus und berührte den Fühler.

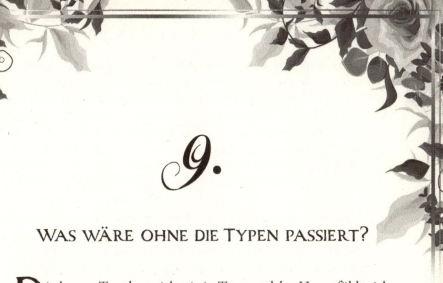

9.

WAS WÄRE OHNE DIE TYPEN PASSIERT?

Die letzten Tage hatte ich wie in Trance gelebt. Heute fühlte ich mich endlich selbst wieder. Sogar die Windbrise, die durch das geöffnete Fenster sauste, spürte ich an meinem Unterarm.

»Wie erwähnt, streiten sich die Geschichtsprofessoren bis heute, ob Chloris oder Flora verschiedene Wesen gewesen sind. Ob sie eine Nymphe, eine griechische Göttin oder die Personifizierung der Blumen darstellt. Sie ist eine der ersten aufgezeichneten Pflanzenmagierinnen gewesen, die sich auch als solche bezeichnet hat.« Geschichtsmentor Douglas, der uns die Eckpunkte unserer magischen Vergangenheit beibrachte, damit wir sie danach selbst recherchieren konnten, schritt an uns Neuankömmlingen vorbei und fischte mithilfe eines Gänseblümchens einer jungen Frau namens Juna das Handy aus der Hand und packte es in ihre Tasche. »Natürlich hat es auch vor ihr welche gegeben.«

»Mein Handy!« Nachdem Junas erstes, empörtes Stöhnen nicht genug Beachtung fand, schickte sie ein zweites hinterher.

Und die war die Exfreundin von Drakon gewesen? Na gut, die passten mit ihren Attitüden perfekt zusammen.

»Sie sind alle Erwachsene in diesem College. Benehmen Sie sich auch so. Während der Kurse sind Handys nur erlaubt, wenn wir sie brauchen.«

Juna verschränkte die Arme und lehnte sich am Blatt ihrer blauen Prunkwinde zurück. Alle hatten das getan. Bis auf mich. Ich saß auf einer Kommode.

Die meisten waren wohl genervt von den Erzählungen. Schließlich kannten sie die Geschichten. Für mich war es, als würde man mir eine neue Farbe zeigen wollen, die ich noch nie gesehen hatte. Unvorstellbar.

Bis auf die Blumentöpfe, aus denen man sich Stuhle und Tisch wachsen ließ, wirkte das Zimmer wie eine normale Schulklasse. Wenngleich ich nicht oft welche besucht hatte.

Douglas nahm auf dem Lehrerschreibtisch Platz und sah mich direkt an. »Hast du dir das ungefähr vorstellen können, Margo?«

Nett gemeint, ja, nur drängte er mich dadurch noch mehr in die Alienrolle. Douglas schob seine Retrobrille auf seine Halbglatze und roch an seinem Ginko-Ast, der aus seiner Brusttasche ragte. Harmonia hatte mir erzählt, dass er an Alzheimer litt und Angst hatte, die Geschichte, die er seit Jahrzehnten lehrte, zu vergessen. Ginko sollte dagegen helfen.

»Danke, ja.«

»Okay, Margo, und wie haben sich die Menschen bisher sonst Zusammenstöße mit unserer Welt erklärt?«

Tief ein- und ausatmend, blickte ich auf meine Notizen, die direkt neben dem Porträt von Harmonia waren, das ich gezeichnet hatte.

Die Linierung des Blockes verschwamm vor meinen Augen. Kicherte da jemand oder bildete ich mir das ein?

Die Fingernägel, die ich mir in meine Handinnenseiten bohrte, gaben mir ein wenig Halt.

Immer wieder gab es kleine Flashbacks von der Erinnerungsblume, zu der Callidora mich gebracht hatte.

»Na, Straßenmädchen?« Kamu, der mir nur durch blöde Sprüche in Erinnerung geblieben war, musste selbstverständlich auch jetzt seinen Senf dazugeben.

Der Typ konnte mich nicht ausstehen. Morpheus hatte mich deshalb bereits gewarnt. Er hasste alles und jeden, der sich nicht völlig der Pflanzenmagie verschrieb. Diese innere Wut, die Kamu mit sich trug, zeigte sich auch in seinem Gesicht. Ständig ein böser Blick, die Mundwinkel leicht nach unten geneigt und spitze Eckzähne, die ihn wie ein bedrohlicher Vampir wirken ließen, sobald er sprach.

»Sie haben sich Gestalten ausgedacht, Mythen und Sagen entwickelt. Wann immer die Pflanzenbegabten –«

Harmonia räusperte sich.

»Wann immer wir zu nachsichtig mit unseren Kräften umgegangen sind und die Menschen sich unsere Fähigkeiten nicht erklären konnten, entwickelten sie Geschöpfe, die sich bis heute gehalten haben. Baumgeister, Dryaden, Napaien, Huldras, Schraten, Flidais, Blodeuwedds und noch viele Gottheiten und Dämonen.«

»Ausgezeichnet. Es hat zum Beispiel – und das finde ich witzig – ein Treffen zwischen Menschen und der Erdgöttin …« Seine Cordhose kratzte über den Tisch, als er aufsprang. »Na wie heißt die denn.« Er schlug sich auf die Schläfe, roch an seiner Pflanze, ging im Kreis und hob schlussendlich den Finger. »Nichts sagen.«

Oh, nein. Wie er sich bemühte, den Namen zu finden, der ihm bestimmt auf der Zunge lag, tat mir leid. Douglas murmelte darauf los und als ich wieder Gekicher hörte, galt es nicht mir, sondern Douglas.

»Was stimmt nicht mit euch? Stellt euch vor, ihr wärt in seiner Lage.«

Kamu und eine junge Frau neben ihm glotzten mich an, als wäre ich ein Geist.

»Na und? Wir sind nicht er. Hätte er sich nicht jahrzehntelang die Hucke vollgesoffen, würden sich nicht auch noch die letzten Gehirnzellen verabschieden.« Dora mit dem pinken Jogginganzug auf dem BIEBER stand, haute das einfach raus – neben Douglas.

»Schon gut, streitet nicht wegen mir. Beenden wir den Kurs für heute.« Douglas stürmte aus dem Raum und die Tür schlug hinter ihm ins Schloss.

Dieses Knallen versteinerte mich. Es hallte in meinem Kopf nach. Türen erschienen vor meinem inneren Auge. Ich erspähte mich selbst als kleines Kind, betrachtete mich von außen. Mit der Zeichnung einer Blume in der Hand und den Worten: Für meine Mami – fiese Flashbacknebenwirkungen der Erinnerungsblume, an deren Fühler ich geleckt hatte, waren der Horror.

Und wieder dieses Türknallen. Dazwischen Worte, die ich nicht verstand, nicht hören wollte, bis sie sich durch meine Verdrängungsmechanismen kämpften und mir ins Gesicht brüllten: »*Ich bin nicht deine Mami. Du hast keine Mami. Deine Mami wollte dich nicht.*«

Türknallen.

»Margo?« Ein Schütteln riss mich aus dem Flashback. »Das ist echt mutig gewesen.«

»Danke, Harmonia. Muss los.« Keine Gefühle zulassen, keine Gefühle teilen.

Das schwächte mich, das hielt mich davon ab, besser zu werden, Daphne zu finden.

Doch vor der Tür verlangsamte ich meine Schritte, bis ich stillstand.

»Kommst du mit?« Nein, wenn ich mich für Daphne weiterentwickeln wollte, brauchte ich meine Seelenblume und dafür musste ich mit mir ins Reine kommen. »Bitte.«

Ehe ich das *Bitte* ausgesprochen hatte, stand Harmonia neben mir und grinste breit. Ihr Charisma ließ all die Pflanzen in dem Zimmer noch prächtiger erstrahlen.

Da der Kursraum ganz oben in einem Turm war, stand man, kurz nachdem man den Raum verlassen hatte, vor einer großen Öffnung im Boden, die keine Ahnung wie viele Meter in die Tiefe ragte. Als hätte jemand absichtlich aufgehört, das Treppenhaus aus dem Turm raus fertig zu bauen.

»Heiß heute.« Harmonia fächerte sich mit den Händen Luft zu und ich erkannte Schweißperlen auf ihrer Stirn.

So heiß war es doch gar nicht. »Mhm.«

»Komm, ich helfe dir wieder, okay?«

Ein Reflex in mir bereitete schon das *Nein* vor. Ich unterdrückte es und nahm ihre Hand. »Danke.«

Eine Ranke der Kiwi – von der ich nie gewusst hatte, dass die Frucht auf einer Kletterpflanze wuchs – schnappte sich uns. Wir fielen, fielen und fielen.

»Margo. Das ist nicht normal. Wir sollten nicht so schnell von ihr nach unten getragen werden«, brüllte Harmonia und gerade, wenn ich mir einmal einredete, dass das normal war, war es eines nicht: Normal.

»Was?«

Marmorboden näherte sich uns und ich wünschte mir, nicht den Mut gehabt zu haben, nach unten zu gucken. Wir schrien beide aus vollem Halse und Harmonias schrilles Kreischen bohrte sich wie ein Dolch in mein Ohr.

Auf einmal wurde die Welt still und wir stoppten abrupt. Es drückte mir mein Frühstück hoch.

»Alles okay?« Clio hielt ihre Arme hochgestreckt und ich erkannte die anderen Ranken, die sich um uns geschlungen hatten.

Langsam setzte sie uns ab. Mein Herz raste und in einem ovalen Spiegel an der Wand erkannte ich, wie kreidebleich ich um die Nase war.

»Was ist denn mit euch los?« Clio hielt Harmonia fest, die sich an ihre Strickjacke klammerte.

»Ich, ich weiß es nicht. Die Pflanze hat uns nicht mehr getragen. Das, das ist mir noch nie passiert.« Harmonias Blick huschte an den Pflanzen entlang, als suche sie eine Erklärung für all das.

»Alles in Ordnung?« Drakon schlüpfte durch die Menge der Studierenden, die uns beäugte.

Durch solche Aktionen würde sich mein Eindruck auf die Leute hier nicht verbessen. Meine Hand zitterte, als ich meine Haare zurückstrich, dabei wollte ich doch lässig wirken.

»Ach, nichts passiert.« Ich winkte ab.

»Schon komisch. Eine Neue kommt, die niemand kennt, und eine von uns kann ihre Kräfte nicht mehr kontrollieren.«

Wer hatte das gesagt?

Hitze stieg in mir auf. Was ich sah, war das zustimmende Nicken vieler Studierenden.

»Merkwürdig, oder?«

Wieder erkannte ich nicht, von wem das kam.

»Was ist daran merkwürdig?« In meinem Kopf klang meine Stimme aggressiver.

»Lasst es gut sein.« Dass Drakon einsprang, wunderte mich.

»Margo kann nichts dafür. Ich bin geschwächt heute.« Harmonias Antwort löste nicht mehr als ein ungläubiges Genuschel aus. Leise Worte, die sich im Turm verloren und keines davon klang, als wäre es mir wohlgesonnen.

Meine Atmung beschleunigte sich, sodass ich mich fragte, ob ich nicht hyperventilierte. Um mich zu beruhigen, drückte ich meine kaltschweißigen Hände an meine aufgeheizten Wangen und lehnte mich gegen die Wand. Die Wurzeln der Pflanzen, die sich dort wanden, schmerzten an meinem Rücken. Ob es nicht doch der Schmerz der Verschmähten war, konnte ich nicht sagen. Es nervte mich. Wenigstens hatte ich der Situation entfliehen können, auch wenn ich keine Ahnung hatte, wo ich mich nun befand. Ich wollte mich ja öffnen, aber ...

»Margo?«

Ich schreckte hoch und griff mir unter die Augen. Natürlich keine Tränen. Sicherheitshalber wollte ich es überprüfen.

»Drakon, was ist? Wie hast du mich gefunden?« Dieses College hätte eher den Namen Labyrinth verdient. Manchmal kam es mir vor, als würden sich die Wände verschieben.

»Du hörst zu wenig auf das Wispern der Pflanzen. Sie sprechen mit uns, wenn du es zulässt.« Drakon stand ganz dicht vor mir und suchte meinen Blick.

Am liebsten wäre ich seinen zartgrünen Augen nicht ausgewichen, doch seinem Geruch, diesem Vibrieren in der Luft, wenn er in meiner Nähe war, und diese Energie, die sich zwischen uns hochschaukelte, dem allen konnte ich nicht entfliehen. Es versetzte mich in Alarmbereitschaft. Was stimmte nicht mit ihm? Warum war er überhaupt dort unten beim Turm gewesen? Hatte er etwas damit zu tun?

»Margo?«

»Ich kann das nicht und wie du gehört hast, bin ich auch keine von euch. Ich bin keine von niemandem. Selbst Daphne konnte ich nicht beschützen.«

»Daphne?«

Mein Körper zuckte zusammen, als er ihren Namen aussprach und ich merkte, wie ich mich anspannte, kurz davor war, mich wieder zu verschließen, alle inneren Zugbrücken hochzuziehen. Wenn ich das alles durchstehen wollte, musste ich mit mir ins Reine kommen.

»Ich sehe doch, dass du mit dir kämpfst. Erzähl mir von ihr. Wir haben alle Probleme.« Drakon sagte das, als spräche er zu sich selbst.

»Du hast Probleme?«

»Klaro. Gutaussehende, reiche Probleme.« Drakons selbstgefälliges Grinsen wieder.

Ein Arsch wie eh und je.

»Ich zeig dir meine, wenn du mir deine zeigst.«

»Nenn mich primitiv, aber ich finde solche Anspielungen rattenscharf.« Drakon leckte sich über die vollen Lippen und wenn Lippen arrogant sein konnten, dann seine. »Also gut.«

»Das ist genial.« Mehr Worte fand ich gerade nicht.

Was sich vor mir auftat, sprengte mein sämtliches Verständnis unserer Welt und würde ich nicht mittlerweile ein kleines bisschen weniger glauben, dass ich im Koma lag und nur träumte, würde ich denken, ich verlor den Verstand.

»Wenn dich das schon fertig macht, denk mal darüber nach, was ich unter meinem T-Shi–«

»Nein, lass es. Du bist gerade ein paar Sekunden sympathisch gewesen.«

Im Augenwinkel erkannte ich, dass Drakon so tat, als schmollte er, aber ich fokussierte mich lieber auf das, was vor mir lag.

Drakon hatte mich aus dem College und zu einem riesigen Baum gebracht, den ich öfter von weitem bereits erspäht hatte. Es war der Baum aus der durch Blütenstaub ausgelösten Simulation. Als ich direkt davor gestanden hatte, glaubte ich, der Baum ragte bis zum Universum. Als könnte man von seiner Spitze aus Planeten kitzeln und die Kälte des Weltalls erfühlen.

Nachdem Drakon uns mit den Ästen und Ranken des magischen Baumes nach oben gebracht hatte, tat mein Kiefer vor Staunen weh. Von hier aus erblickte ich die gesamte Insel, das Meer rund um Lidwicc und erkannte sogar Griechenland.

Mich jedoch zog etwas ganz anderes in seinen Bann. Das College. Das Lidwicc Island College. Selbstverständlich entging mir nicht, dass das Schloss pflanzenbewachsen war. Nun registrierte ich den vollen Umfang. Das herrschaftliche Schloss, das als College diente, war nicht das Zuhause vieler Kletterpflanzen. Das gesamte Schloss war eine einzige Pflanze.

Der Baum ragte ein wenig über das College und zeigte mir das Leben, das darin steckte. Ständig bewegten sich die Äste, Blätter,

Ranken, Wurzeln, als wären sie die Adern des Schlosses und Blut pumpte sich durch sie hindurch. Bunte Blüten, die hier und da rosane, gelbe, orangene, türkise und rote Tupfer in die Landschaft malten, veränderten ständig ihren Ort. Die wenigen Steinmauern und Fenster, die ich ausmachte, schienen nun eher, als hätte man sie in die Pflanzenpracht gesetzt, als umgekehrt.

Um das Schloss flogen unzählige Bienen und andere kleine Tierchen huschten über das Pflanzenbauwerk.

»Hast du das gesehen? So viele Bienen.« Sofort packte ich Drakons Arm, wie ich es bei Daphne getan hatte, und zog ihn zu mir. »Da! Guck!«

Drakon überraschte mein Vorgehen wohl, weswegen er mit einem »Ahh!«, signalisierte, dass er den Halt verlor und umkippte. Drakon fiel seitlich auf mich und ich kippte nach rechts weg. Er lag auf mir. Seine Augen fingen mich ein. Wieder.

»Deine Augen. Sie sind so dunkelbraun, dass ich geglaubt habe, sie wären schwarz.«

Sein heißer Atem an meiner Nasenspitze schnürte meine Kehle zu.

»Ähm.«

»Sorry. Ich wollte dir nicht zu nahe treten.« Drakon richtete sich sofort auf. So viel Gentleman hätte ich ihm gar nicht zugetraut.

Die Blätter, die er unter uns vergrößert hatte, damit es wirkte, als säßen wir auf einer Picknickdecke, raschelten. Ich legte mich gemütlicher hin und blickte in den Himmel. Die Wolken, die wie ewig stehengebliebener, kalter Atem eines Riesen ihre Bahnen zogen, brachten mich runter.

»Also?« Drakon ließ sich neben mich fallen und die Blätterdecke wackelte gefährlich.

Ein bisschen überkam mich die Angst, dass wir gleich fallen würden. Da es für Drakon nicht unnatürlich war, zwang ich mich, besonnen zu bleiben.

»Also?«

»Daphne.«

»Zuerst du. Vielleicht nimmst du mich auf den Arm und wenn ich dir etwas erzähle, tust du es nicht, lachst mich aus und haust ab.«

»Mann. Du hast ja echt Vertrauensprobleme.«

»Ja, zum Beispiel wegen Menschen wie dir.« Dieser Kommentar war vielleicht unnötig bissig. Trotzdem hasste ich es, wie er mich darstellte. Wenngleich es auch die absolute Wahrheit war.

»Nun gut.« Drakon drehte sich zu mir.

Er wich meinem Blick aus. Wann hatten wir die Rollen getauscht?

»Meine Familie …« Warum hängen alle Probleme stets mit der eigenen Familie zusammen? »Sie ist ein wenig besonders, wie du mitbekommen hast. Es ist manchmal schwer, dem gerecht zu werden. Unser Familienname umschlingt mich wie eine Lichterkette, die mich anzapft und mir ständig Energie entzieht.« Schon als Drakon angefangen hatte, darüber zu sprechen, huschten seine Blicke auf das Blatt unter uns. Er zeichnete die Fasern mit dem Finger nach, während der Waldduft uns einnahm.

»Hm.« Ich wandte mich wieder dem Himmel zu.

»Mehr hast du dazu nicht zu sagen?« Sein Kopf tauchte über mir auf. Seine sonst zurückgestrichenen Haare fielen ihm wie ein Vorhang ums Gesicht. »Ich bin enttäuscht, oder bist du so abgebrüht, dass dir meine Geschichte zu fad gewesen ist? Fader als ein fader Nachtisch?«

Lächelnd schob ich ihn von mir weg, um den Himmel wieder zu sehen. »Habe mir nur meine Worte überlegt, Junge. Lass mich nachdenken. Weißt du, ich glaube, keine Familie zu haben oder eine, die dich aussaugt, bringt ähnliche Probleme.«

»Was kann man dagegen machen?«

Wieder ließ ich mir Zeit und dieses Mal gab Drakon sie mir.

»Wenn ich das wüsste. Sag du es mir.«

»Und Daphne?«

Es lief auf sie hinaus, natürlich tat es das. Obwohl ich gehofft hatte, er vergäße es.

»Sie ist meine beste Freundin gewesen. Wir haben uns am Athos Berg kennengelernt.«

»Da dürfen doch nur Männer ganz rauf. Und Katzen.«

»Witzbold. Das ist der Punkt. Ich habe dort rebelliert, dass es unfair sei und ich da rauf will.«

»Das kann ich mir vorstellen. Margo, die Rebellenbraut.« Drakon legte sich dicht neben mich und als wir beide dieselben Wolken bewunderten, gab es mir ein vertrautes Gefühl.

»Jedenfalls hat mich ein Kerl in einer Kutte mit verdecktem Gesicht weggezogen.« Die Erinnerung schmerzte. »Es ist Daphne gewesen.«

»Wie, was?«

»Sie hat sich als Mann verkleidet und ausgegeben. Ich weiß noch, wie sie gesagt hat, ich soll mit Verstand erreichen, was ich will, nicht mit Herumschreien und Aufstampfen.«

»Weise Worte.« Dasselbe hatte ich einst zu Daphne gesagt.

Die Erinnerung an ihren frechen Blick, die verschwitzten Haare und die herabbrennende Sonne, die ich heute noch an mir fühlte, tat weh.

»Sie ist auf der Straße, weil sie einer Sekte entkommen ist. Vor Jahren. Jetzt wollte ein Typ mich entführen, als Callidora nur mich und nicht auch Daphne gerettet hat. Es bringt mich um, nicht zu wissen, was mit ihr passiert ist. Ist sie tot? Hat er sie entführt? Oder doch liegen gelassen und sie lebt ihr Leben weiter und denkt, ich habe sie im Stich gelassen? Dieser Kerl will etwas von mir. Vermutlich hat er sie entführt. Als Druckmittel.«

Die Kleinigkeiten ließ ich aus. Das nachts schweißgebadet Aufwachen, das Aufschreien und wie Harmonia mir ominöse Pflanzensäfte einflößte, damit ich ein paar Stunden Schlaf fand. Kleinigkeiten eben.

»Ich habe mich so an sie geklammert, weil –« Ein Schatten fiel auf mein Gesicht und ich stoppte, setzte mich auf, um dem nachzugehen.

»Oha. Das hätte ich nie erwartet.«

Diese Stimme, die sich vor mir auftat, sagte mir nichts.

Vor mir tat sich ein Typ auf, der an zwei Lianen hochgehoben wurde und für einen kurzen Moment aussah, als schwebte er neben der Baumkrone.

»Was machst du hier, Sinan?« Drakons komplette Präsenz veränderte sich. Kühler, steifer.

»Dürfen wir die Aussicht nicht auch betrachten?« Noch ein Kerl hob sich auf dieselbe Art wie Sinan zu uns hoch.

Ihm folgten noch vier weitere. Sie umkreisten uns, waren rund um die Baumkrone. Verschränkte Arme, süffisantes Grinsen. Egal, wohin ich mich drehte, man begegnete mir mit einer abfälligen Musterung.

»Was bedeutet das, Drakon?«

Er warf mir einen mitleidigen Blick zu, der sich rascher verhärtete, als ich: »*Was ist hier los?*«, sagen konnte.

»Ja, Drakon, was bedeutet das?« Sinan äffte mich nach und streichelte sich dabei über die stoppelige Glatze.

Die sechs Typen wackelten von links nach rechts, als hingen sie an Schlangen und nicht an Lianen.

»Sollten wir nicht die Neue kennenlernen?« Drakon stand auf und sah auf mich herab.

Plötzlich war ich die Neue?

»So ist das?« Ein Typ hinter mir sprach.

Seine feuerroten Haare zu einem hohen Zopf gebunden, starrte er mir gierig in die Augen.

»Na, klar. Ihr habt doch selbst gestern erwähnt, sie müsse durchleuchtet werden. Unsere Familien dürften nicht in Gefahr geraten, ausspioniert zu werden.«

Obwohl die Hitze schwer zu ertragen war, bekam ich eine Gänsehaut und fühlte mich so unwohl, dass ich am liebsten vom Baum gesprungen wäre.

»Willst du mich verarschen?« Ich wollte stark wirken. Stattdessen schwankte ich unter dem weichen Blättermaterial.

»Wie redest du mit ihm?« Diesen Kerl mit den Federohrringen kannte ich. Harmonia hatte über ihn gesprochen. Er hieß Ferdinand.

»Ich rede mit ihm, wie ihr mit mir.«

»Ganz schön temperamentvoll. Sonst wolltest du nichts von ihr, Drakon?« Sinans Lippen kräuselten sich und den Ekel, den er mir gegenüber verspürte, versuchte er erst gar nicht zu verheimlichen.

»Was soll ich von einem Straßenmädchen wollen?« Drakons Worte bohrten sich in meinen Kopf, hallten dort nach, ehe mich eine unsichtbare Faust mitten in den Magen traf.

Nein. Das war nicht die Zeit, mich zu einem ihrer Opfer machen zu lassen.

»Schön, dann wären wir uns ja einig, denn stellt euch vor, ich habe auch nur Informationen einholen wollen. Was sollte ich von einem platinblonden Schnösel wollen? Oder von sonst einem von euch?« Alles in mir spannte sich an, als ich meinem ersten Impuls nachging, losrannte und sprang.

Ich hörte das Sausen des Windes in meinen Ohren, das Gelächter der Typen oberhalb von mir sowie das Rauschen meines Blutes.

»Bitte, bitte, bitte, lieber Baum, hilf mir, wie du ihnen hilfst.« Ich schloss die Augen und zwang mich, die Panik zu schlucken.

Drakons Worte schossen mir ins Gedächtnis. *Hör auf das Wispern der Pflanzen.*

»Lass mich dir helfen, Margo.«

Wer hatte das gesagt? War das der Baum?

Egal, ich musste nach jedem Strohhalm fassen.

»Wie? Wie soll ich das zulassen?«

»Glaub an dich. Du hast die Magie in dir.«

»Ich bin doch nur ein Straßenmädchen.«

»Du bist eine Pflanzenmagierin. Deine Eltern wären stolz auf dich.«

Ich riss die Augen auf. Über meiner Brust kreiste ein Lichtfunken, der sich vergrößerte und zu strahlen begann.

10.

WAS WÄRE

IN MEINEM VERSTECK PASSIERT?

»Wenn das in die Hose gegangen wäre. Scheiße.« Morpheus schlug sich die Hände vors Gesicht. »Will gar nicht daran denken. Callidora hat dir doch gesagt, du sollst dich um deine Seelenblume kümmern. Solche Sachen kannst du machen, wenn du deine Kräfte kontrollieren kannst.«

»Mannnn. Echt. Wenn wir dich da aufkratzen hätten können. Direkt Trauma.« Harmonia schwang sich auf der Schaukel hin und her.

»Ja, ja.«

Es dauerte ein wenig, bis ich verarbeitet hatte, wovon sie sprachen, da ich den Erholungsraum für Studierende fasziniert beäugte. So eine Chill-Out-Area gestaltete man auf Lidwicc völlig anders. Noch immer bestaunte ich das Glashaus, das an das College angrenzte, denn das Gestell, das die Fensterscheiben zusammenhielt, bestand aus purem Gold.

Dass es der Diebin in mir nicht leichtfiel, ihre Finger bei sich zu behalten, verstand bestimmt jeder. Was noch beeindruckender war? Der halbe Urwald im Glashaus mit Blätterhängematte, in der Morph sich gerade streckte. Harmonias Schaukel, mit der sie quer über einen angelegten See darunter schwang, und so viel mehr.

Da ich ohne Fähigkeiten, die ich benutzen konnte, nicht zu mehr in der Lage war, besann ich mich darauf, Beeren von den Sträuchern zu naschen, die wie ein Buffet ausgerichtet waren.

»Trotzdem. Was hätte ich machen sollen? Wie hätte ich der Situation entkommen sollen?« Die konnten leicht reden. Ich wäre ohne deren Hilfe nicht von dem Baum gekommen und eher hätte ich mich geköpft, als die um Hilfe zu bitten.

Dass der Baum mir echt geholfen hatte, ja, das war Deppenglück, aber hey, es hatte funktioniert.

»Könnt ihr 'n bisschen leiser sein?« Eine junge Frau sauste wie ein Jo-Jo an einer Liane durch das Blattwerk eines Baumes und wippte auf und ab. »Ich mache da oben Yoga. Es gibt auch noch andere Menschen, Straßenmädchen.«

Schwupps und weg war sie.

»Margo! Ich heiße Margo. Das Straßenmädchen wird sich nicht durchsetzen!«

»Red ist ganz nett.« Harmonia betonte das extra laut und sah in Reds Richtung. Red mit den blauen Haaren erwiderte darauf nichts.

»Na toll, nicht mal die, die eigentlich nett sind, mögen mich. Die würden mich am liebsten unter der Erde sehen.«

»Nun is' ma' gut, Margo. Mord ist niemals eine Lösung.« Morpheus, der mittlerweile gegen ein paar ausgewählte Trainings-Baumstämme schlug und trat, stoppte im Kick. »Nimm deine neue Aufgabe an, hör auf zu jammern und mach das Beste daraus.«

Ich musste mich ständig daran erinnern, dass er mein Mentor war, kein Student.

»Ich weiß, sorry. Stimmt ja.«

»Drakon und seine Gefolgschaft sind krass kacke zu dir gewesen. Muss man schon zugeben.« Morpheus wischte sich mit einem Handtuch über die Stirn und ließ sich von einem Ast wie mit einem Aufzug zu mir bringen. »Die sind auch auf dem Kirschblütenball in Tokyo jedes Jahr so bescheuert drauf.«

Drakon war doch so nett zu mir gewesen. Hatte er das nur gespielt, um mich auszuhorchen?

»Ich glaube, meine Seelenblume wäre vorhin am Baum fast erwacht.« Bisher wollte ich das für mich behalten. Da ich mich jedoch ohnehin schon blamiert hatte, erzählte ich es. »Drakon hat mir geholfen. Mir gutgetan.«

»Schätzchen, er hat dich manipuliert. Die wachsen damit auf, so zu sein.« Harmonia fand sich neben mir ein und strich mir eine Locke hinters Ohr. »Nimm es positiv auf. Du kommst mehr mit dir ins Reine.«

»Hm, ja. Was ist das überhaupt für ein Baum?«

»Das ist der Hekatenbaum.« Harmonia drückte sich eine Flüssigkeit aus einem Blatt in unserer Nähe und rieb sie sich um die Augen. »Hekate ist auch so 'n mythologisches Ding, weil Menschen sich Magie nicht erklären können. Hekate ist kein Wesen gewesen. Hekaten haben sich die Pflanzenmagierinnen in Griechenland genannt. Irgendwer hat das mal mitbekommen und so weiter.«

»Du lernst doch auch mal was?« Morph verschränkte seine Arme und beugte sich staunend zu Harmonia, als würde er sie ganz neu kennenlernen.

»Tja.« Harmonias Augen kamen mir heute wieder komisch klein vor, als hingen ihre Lider.

»Jedenfalls hat es an dem Baum eine tragische Hexenverbrennung gegeben. Long Story. Durch die Asche und den Samen einer Wikingerpflanze entstand der Baum.« Morph sprudelte nur so vor Wissen, was mich inspirierte, mehr über diese Magie zu erfahren.

»Okay.«

»Noch immer etwas too much Info, oder?« Damit traf Harmonia den Nagel auf den Kopf.

Da die Sonne mir direkt auf den Kopf brannte, setzte ich mich in den Schatten eines Baumes und lehnte mich dagegen.

»Werde ich das jemals gewöhnt werden?«

»Na, klar, wir nerven dich so lange, bis du nicht mehr ohne uns kannst.« Harmonia setzte sich links von mir und ihre gelben Schmetterlinge, die sie sich an ihre Wimpern geklebt hatte, wirkten, als flögen sie auf mich zu.

»Exaaakt.« Auch Morph hatte null Berührungsängste mit mir.

»Danke.« Darauf musste ich mich konzentrieren, es gab auch nette Menschen. Nicht nur Drakon und Co.

»Callidora hat mich zu ihren Erinnerungsblumen gebracht und –«

»Boah. Habe ich noch nie gesehen. Wie sind die?« Ein wenig beflügelte mich die Tatsache, etwas gesehen zu haben, das Harmonia nicht kannte.

»Megaaa. Jedenfalls haben sie mir ein paar Szenen meiner Vergangenheit gezeigt.« Es fiel mir nicht leicht, die Maske der Verdrängerin abzulegen.

»Und?« Morpheus rutschte näher zu mir und stupste mich in die Seite.

»Da hat es eine Szene gegeben. In einem der Waisenhäuser, in denen ich gewesen bin. Es ist mir damals nicht aufgefallen. Im Nachhinein haben die Kinder wohl gespürt, was in mir schlummert. Wie ein Schutzschild, der sie von mir weghielt.«

Harmonia hielt ihre Hand über ein Gänseblümchen, ehe sie es abriss und mir in die Haare steckte. Sie erkannte wohl, dass ich sie entgeistert ansah.

»Ich habe der Blume ihren Schmerz genommen, bevor ich sie gepflückt habe.« Harmonia ähnelte manchmal mehr einem abwesenden Geist als einem Menschen.

»Natürlich haben die Kinder das gespürt. Deshalb erwacht als Baby unsere Pflanzenseele. Wir sind rein. Kinder sind noch eher dem Magischen gegenüber offen. Dass sie es als etwas Schlechtes gesehen haben, tut mir leid. Es macht dich besonders, du bist eine Gehilfin der Natur. Kein wahrgewordener Albtraum.«

Diese Sichtweise war mir noch nie in den Sinn gekommen und dafür liebte ich Morpheus. Ein warmes Gefühl stieg in mir hoch und wieder spürte ich dieses Strahlen, das Euphorie durch meine Venen pumpte. Lichtpunkte glitzerten über meiner Brust.

»Es passiert! Margo!« Einen Sprung später und Morpheus kniete vor mir.

Harmonias Gesicht näherte sich dem Licht. Obwohl es wunderschön anzusehen war, kam es mir vor, als verglühte ich innerlich, als schnürte mir die Magie die Luft ab.

»Lass es zu.« Morpheus' Satz hörte sich weit weg an.

Doch noch bevor ich es zulassen konnte, entdeckte ich Rauch außerhalb des Glashauses.

Gefolgt von einer alles überschattenden Explosion.

Vorsichtig drückte ich auf die Beule an meinem Kopf und die Schmerzen, die sich wellenartig ausbreiteten, machten es noch schwerer, das Gebrüll und all die anderen Geräusche zu verdauen.

Wieder suchte ich nach Morph, der mich in den Spalt zwischen zwei Schuppen gestoßen hatte. Doch weder ihn noch Harmonia konnte ich ausmachen. Bilder des Feuers und des Rauchs ploppten auf und ich wagte mich ein wenig weiter aus dem Spalt hervor.

In der Luft erkannte ich ein paar Leute aus Kursen wieder, die sich von den Ästen Richtung Strand schwingen ließen. Was zum Teufel geschah da?

Nein, ich konnte mich nicht verstecken. Morph als mein Mentor hatte mir gesagt, in Sicherheit zu bleiben. Leider musste ich diesen Befehl missachten. Das Warten erdrückte mich.

Trotzdem dauerte es Minuten, bis meine Beine aufhörten zu zittern und ich mich mit zusammengebissenen Zähnen auf den Weg machte.

So schnell meine Füße mich trugen, eilte ich durch die verschiedensten Bäume. Neben mir sausten Tannen, Birken, Zypressen, Palmen und andere Arten vorbei, die ich gar nicht kannte. Es war kein Wald aus bestimmten Bäumen, sondern ein bunter Mix. Vermutlich stellte das einen Teil unserer Magie dar, jeder Pflanze überall die Lebensbedingungen zu bieten, die sie brauchte.

In der Ferne machte ich andere aus, die allein oder in Gruppen liefen. Ich schrie ihnen nicht zu und machte auch nicht den Fehler, ihnen zu folgen. Viel mehr bewegte ich mich von einem idealen Versteck zum nächsten und blieb am Rand. Ein Vorteil durch das Leben auf der Straße: Anpirschen.

Ein herzzerreißendes Aufschreien hallte in meinen Ohren. Als ich mich dem widmen wollte, erkannte ich ein stechendes Rot in meinem Augenwinkel. Meine Instinkte ließen mich zurückspringen, bis ich mit dem Rücken gegen einen Baum knallte. Es rieselten Blätter auf mich, doch das war mein geringstes Problem. Denn das Rot-Orange verschmolz und dann erkannte ich das Übel.

Ein Feuerball, oder sowas in der Art, da es eher schleimig wirkte, preschte an mir vorbei und platzte gegen einen Baum unweit von mir. Die Birke explodierte. Spitze Holzstücke verteilten sich mit rasender

Geschwindigkeit. Gerade noch riss ich meine Arme als Schutzschild hoch, trotzdem schnitt es mir die Wangen, die Hände und Ohren auf.

Ich biss die Zähne zusammen, damit mir kein Schrei entkam, der meine Position verriet. Ohne darüber nachzudenken, hockte ich mich hin, da ein unerklärlicher Schmerz durch Mark und Bein huschte. Als der aufwühlende Wind und die umherfliegenden Stücke sich legten, verstand ich den Schmerz erst. Ich spürte die Verletzungen der Natur um mich. Ihre Brandwunden bohrten sich in meine Seele und ein helles Schreien klingelte tief in meinem Bewusstsein.

Kopfschüttelnd wich ich dem Feuer aus, das sich bei der Pflanzenvielfalt wie ein Lauffeuer ausbreitete, und rannte vorwärts.

Ein Feuerball? Konnten wir sowas auch? Nein, das war unmöglich. Oder? Die Möglichkeit des Unmöglichen tat sich vor mir auf. Zuerst hielt ich es für eine blaue Statue. Mein Verdacht erhärtete sich, je näher ich kam.

»Red?« Das blauhaarige Mädchen stand vor mir.

Eingefroren.

Wie ein vereister Engel mit einem Schrei ins Gesicht gemeißelt.

Unbeholfen umrundete ich sie, rieb an ihrem Arm, strich meine angesengten Locken zurück, massierte mein Gesicht, ging in die Hocke und stand wieder auf. Was sollte ich tun? War sie bereits tot?

Klebriges Feuer und kaltes Eis? Träumte ich?

Gegen meinen Fluchtreflex ankämpfend, näherte ich mich dem Lärm. Langsam erblickte ich das Meer durch die Bäume und fürchtete mich vor dem, was mich erwartete.

Was tat ich hier? Warum floh ich nicht? Ich konnte doch gar nichts ausrichten. Waren das Angriffe? Von wem? Ich konnte dem doch nichts entgegnen.

Scheiß drauf.

»Hilfe!«

Die Stimme, die von links kam, kannte ich, oder?

Zuerst stoppte ich, dann biss ich mir auf die Unterlippe und lief weiter, um ein paar Schritte später zu halten.

Shit. Angst lähmte mich. Es half nichts. Ich musste weiter.

Rascheln über mir verfolgte mich. Wie ein Ungeheuer, das mir dicht auf den Fersen war.

»Bitte, helft mir.«

Bald würde ich ebenso um Hilfe schreien. Allen Gefahren zum Trotz musste ich dem nachgehen. Es knackte über mir und ich konnte es nicht mehr ignorieren, also hechtete ich zur Seite und sah hoch. Jemand landete vor mir und packte meinen Unterarm.

»Verpiss dich! Ich regele das. Versteck dich.« Drakons Blick traf mich wie Gift.

Er schubste mich von sich weg und rannte zum Hilfeschrei. Was bildete der sich ein? Als würde ich auch nur einen Euro auf seine Meinung geben. Natürlich folgte ich ihm, bis er sich öfter umdrehte und mit flinken Handbewegungen Blätter und Wurzeln als Hindernis vor mich zauberte.

»Hau endlich ab, Straßenmädchen.«

Ich spuckte aus und machte mich wieder auf den Weg zum Strand. Sollte Drakon sich doch opfern. Mir scheißegal. Lange brauchte es auch nicht, bis ich ihn vergessen hatte, da mich eine erneute Explosion dazu brachte, mich zwischen mehrere Büsche zu werfen.

Wie nicht anders zu erwarten: Ein Busch voller Stacheln. Toll, dass gerade vor mir ein Stechpalmenbusch war. Warte, woher kannte ich einen Stechpalmenbusch? Woah, hieß das, mein Pflanzenbewusstsein entwickelte sich? Plötzlich fühlte es sich an, als würde sich ein neues Netz mit neuem Wissen und Verzweigungen in mir aufbauen.

Nicht jetzt. Trotz meines aufgerissenen, bunten Cardigans und den aufgeschundenen Schienbeinen wollte ich helfen. Callidora hatte mir das Leben gerettet, und auch wenn mir die meisten skeptisch gegenüberstanden, musste ich meinen Beitrag leisten.

Meine Schritte beschleunigten sich und als ich aus dem Wald lief, schaffte ich es gerade noch, mich an einem Ast festzuhalten. Es riss mich zurück und ich versteckte mich hinter dem Baum. Beinahe wäre ich mitten aufs Schlachtfeld gelaufen. Denn das, was ich erspähte, konnte ich nicht anders beschreiben.

»O mein Gott.« Sofort drückte ich meine Hand vor den Mund, versteckte mich hinter dem Baum, schmeckte den Dreck und das Blut darauf, während ich auf meiner Lippe die rissige Haut spürte.

Es gelang mir nur mit Nachdruck, den Kloß in meinem Hals zu schlucken und mit ihm die Angst.

Wenn ich all die jungen Erwachsenen betrachtete, die wie Puzzleteile, die nicht zusammenpassten, auf dem Strand verteilt lagen, keimte ein schlechtes Gewissen in mir auf. Wieder verschanzte ich mich hinter dem Baum.

Waren sie alle tot?

So konnte ich nicht fortfahren. Irgendwann musste ich mein Schicksal selbst in die Hand nehmen. In der Ferne machte ich eine Frau aus. Sie wurde verfolgt. Eine andere, sportliche Frau mit langem Haar sprintete hinter ihr her. Auf dem Meer. Das Wasser unter ihr gefror bei jedem Schritt. So wenig Ahnung ich auch hatte, das konnte niemand können.

Nach den ersten Schritten auf dem Sand stolperte die Pflanzenmagierin rückwärts zu mir. Ich packte sie am Arm und zog sie zu mir. Gerade rechtzeitig, bevor ein spitzer Eispfeil über ihr vorbeisauste. Wir fielen beide in den Sand.

Die Körnchen suchten sich ihren Weg in meine Hose, unter mein Shirt, in meine Haare, Nase, Augen und Mund. Wenigstens lebte ich noch.

»Juna?«

»M-Margo. Du -«

»Später, Bitch. Wir müssen hier weg.«

Juna nickte. Ein Ast hob sie hoch und ich stand von selbst auf. Die Frau mit der Maske, die nun auch mich verfolgte, türmte das Meer unter sich auf, ließ es zu Eis werden und sah wie von einem Turm auf uns herab.

»Was ist, Rapunzel? Traust du dich nicht runter?« Provozieren klappte noch.

»Margo!«

»Was? Im Unterricht große – Ah!« Ich hechtete nach links und landete wieder im Sand. Zwischen Juna und mir ein Eisspeer. »Töne spucken und dann Schwanz einziehen?«

»Tz. Na, dann viel Spaß beim Sterben.« Zügiger als der Typ, der mich wegen zehn Euro töten wollte, verschwand Juna in den Wald.

»Großartig.«

»Hast du auch ein paar Blättchen für mich, die meinem Eis nichts anhaben können?« Die Eisfrau mit blauer Maske verschränkte die

Arme und ihr selbstgefälliges Lachen erinnerte mich an Drakon. Allein das mobilisierte einige Kräfte in mir.

Dass sie alle in einer Form maskiert waren, wies auf einen organisierten Angriff hin, bei dem sie nicht wollten, dass wir sie erkannten. Vermutlich, weil wir sonst einen Zusammenhang zwischen ihnen herstellen könnten, identifizierten wir sie. Gangs aus einem bestimmten Bezirk machten das oft.

Da schlug die Erkenntnis mit einem Hammer auf mich ein. Sie kannte mich nicht und wusste nichts darüber, dass ich meine Kräfte nicht einsetzen konnte.

»Blätter sind für Anfänger. Warte nur ab, bis ich die …« Ich kratzte mich am Nacken. Ja, was eigentlich? Was war im Unterricht mit diesen Pflanzendingen? Scheiße, warum passte ich nie auf. »Hier. Lichtspeichern und das mach ich über meine Haare und schieße dir einen fetten Sonnenstrahl hin, der dich verkohlt. Da wirst du mit deinem Eis blöd aus der Wäsche gucken, Schneeglöckchen.«

Die Eisfrau knabberte an ihrem Nagelbett. »Das könnt ihr nicht.«

»Riskiere es.«

»Als hätte ich Angst vor dir.«

»Dann guck ma', was ich jetzt mache.« Ich hob meine Arme hoch zur Sonne und schloss meine Augen.

»Ich dachte, das geht über die Haare?«

»Armhaare.« Ich konnte nicht mal meinen eigenen Lügen folgen, großartig.

Mein Schauspiel beeindruckte sie nicht wirklich, das merkte ich erst, als eine eisige Kälte meinen Körper in Alarmbereitschaft versetzte.

Es gelang mir, aus der Schussrichtung zu stolpern, wonach ich beschloss, zu den anderen zu laufen. Denn dafür brauchte die Schneefrau länger, als mich mit einem Speer aufzuspießen.

»Nein, Margo!« Harmonia entdeckte mich.

Warum war ich nicht in meinem Spalt geblieben? Jetzt fiel ich ihnen auch noch zur Last.

Harmonia kämpfte hier mit drei, vier anderen, die ich nicht kannte, gegen zwei Frauen, die die Meeresoberfläche einfroren. Was mich noch mehr verwunderte, war der Typ, der einen Ball aus glühendem Orangerot auf der Hand balancierte.

»Was ist mit ihm?«

»Ein Lavagolem«, sagte Harmonia und ich merkte, wie sehr sie außer Puste war.

»Das, was da von ihm tropft, ist Lava?«

»Ja, das erklä- Margo!« Bevor ich Harmonias Schrei einordnen konnte, stieß sie mich weg.

Mit weit aufgerissenen Augen stierte sie mich an. Ich verstand die Welt nicht mehr, doch erst als ich mich von Harmonias Entsetzen, das ihr ins Gesicht geschrieben stand, abwandte, erkannte ich den Grund. Ein Eisspeer steckte in ihrem Bauch.

Ein Stöhnen und sie stolperte einen Schritt zu mir. Ein Aufwimmern und sie lag in meinen Armen.

Ich warf einen Blick über die Schulter. Die Eisbitch. Ich hatte sie völlig vergessen. Schlimmer: Hierhergelotst.

»Nein. Nein. Harmonia.«

»Lauf weg.« Wie sie mich ansah, die glasigen Augen.

Das durfte nicht wieder geschehen.

»Ich lasse dich nicht allein.«

In mir tobte ein Sturm, als wechselte ein anderes Bewusstsein mein altes Ich ab. Ein Strudel, der aus seinem Versteck ausbrach und sich mit meiner Seele vermischte. Die Hitze verschluckte alles in mir.

Wann war ich aufgestanden?

Meine Konturen verschwammen und Lichtpunkte umkreisten meinen Körper, ehe sie sich zu einem Hurrikan verbanden und sich vor der Stelle über meinem Herzen mobilisierten. Die Kugel platzte auf und öffnete sich wie eine Blüte.

Meine Seelenblume.

Ein unschuldiges, reines Weiß nahm alles ein, was ich wahrnahm, und die Wärme, die aus mir schoss, ließ mich innerlich verbrennen.

»Margo.«

Keine Ahnung, von wo das kam.

Ich wusste nicht mehr, ob ich selbst noch existierte. Mein Zustand war gefühlt weder fest noch flüssig. Ich war alles und nichts.

»Lass los, Margo. Lass los.«

Wer sagte das?

Nach diesen Worten platzte etwas aus mir und es kam mir vor, als rissen sich alle Adern aus meinem Körper, um wie Ranken ein bestimmtes Ziel zu fesseln.

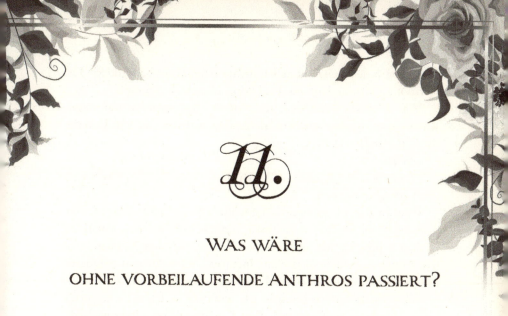

WAS WÄRE

OHNE VORBEILAUFENDE ANTHROS PASSIERT?

»Guten Morgen, Margo.«

»Hey.« Ich lächelte ihr zu. »Du.«

Wer immer die hellblonde Schönheit mit den Sommersprossen auch war, sie schritt an mir vorbei, wonach ich einen Knuff in die Seite bekam.

»Das schaffst auch nur du, von einem Tag auf den anderen die populärste Person des Colleges zu werden.« Harmonia schaufelte sich ein paar Kichererbsen-Linsen-Bratlinge auf den Teller.

»Bin ich froh, hier zu sein. Sie haben mir einen stärkeren Kräutertrank erlaubt, der mich meine Schmerzen ein paar Stunden vergessen lässt. Hat aber auch ein paar Nebenwirkungen« Harmonia rieb ihren Bauch und ich verstand.

»Das mit der populären Person würde ich nicht sagen.« Ich warf einen kurzen Blick in die Richtung von Juna und ihren Leuten, wozu auch Drakon gehörte. Komisch Ex-Beziehung. »Crazy finde ich es auch.«

Memo an mich: Wenn dich Leute nicht mögen, setz ihre Feinde außer Gefecht und sie lächeln dir zu.

Nachdem Harmonia Platz gemacht hatte, nahm ich mir auch zwei der Bratlinge und dazu Tomatensauce, Reis und etwas Humus. »Oh, Kaffee!« Das schwarze Gold mit einem Schuss Hafermilch war genau das, was ich an diesem Morgen brauchte.

»Das mit der Seelenblume hat nicht nochmal geklappt, oder?« Bei Harmonias Worten kam mir Callidoras Blick in den Sinn.

Wie sie mich, kurz bevor ich ohnmächtig geworden war, angesehen hatte. Irgendetwas hatte sie zutiefst verstört. Sie! Die Leiterin dieses magischen Colleges.

»Nein.«

»Dann wissen wir noch nicht mehr über deine Familie.« Das störte mich auch am meisten.

Über meine Seelenblume hätte ich den Kreis der Menschen, von denen ich abstammte, verkleinern können. Ohne etwas darauf zu erwidern, pflückte ich noch ein paar Beeren von den Büschen, verletzte mich natürlich wieder an einem der Stacheln, und wunderte mich selbst darüber, wie normal das bereits wurde.

Selbst diese Kantine beschritt ich heute, als tat ich es mein ganzes Leben. Denn ja, nicht einmal diese Kantine funktionierte wie jede andere. Im Innenhof des Colleges fand ich einen Baum vor, durch dessen Öffnung am Stamm ich hindurchschlüpfte, nur um darin einen riesigen Essensaal vorzufinden.

Ich guckte hoch zur Decke und inspizierte den bunten Kronleuchter, der dort hing. Was für eine Art von Magie war das? Wie konnte das möglich sein? Studierende schritten in einen Stamm und amüsieren sich in einem Baum. In einem Baum.

»Kommst du?« Harmonia stand meterweit weg und rief mich zu sich.

Ich eilte zu ihr, wobei es mir nur schwer gelang, die anderen Collegeleute zu ignorieren, die mir nachsahen. Wie sie an ihren runden Tischen über mich tuschelten – nein, keine Einbildung. Soweit mir bekannt war, gab es nur eine Margo auf Lidwicc.

»Naa, da ist jemand wieder auf den Beinen?« Die grünen Haare kamen noch vor seinem Gesicht in mein Blickfeld, als er sich um mich schwang. »Dürfen wir bei dir sitzen?«

Wir? »Wir?«

»Mein Mann und ich.«

»Donald!« Wie schön, dass er unversehrt war.

»Ich habe doch gesagt, nenn mich Don.«

»Crazy, ihr seid verheiratet? Sagt bloß, ihr habt auch noch ein Haus und Kinder. Ich fühle mich immer unfähiger.«

»Ein Haus haben wir offensichtlich nicht, wenn wir hier arbeiten.« Morpheus stahl sich mit seiner Zunge eine Erbse von seinem Teller.

»Und ein Kind habt ihr?«

Don blickte schmunzelnd auf den Holzboden, der aussah wie ein aufgeschnittener Baumstamm. »Noch nicht.«

»Was ist?« Harmonia brüllte durch den Raum und hielt uns mit Händen und Füßen Plätze frei.

»Sorry!« Morph eilte zu ihr, ohne Dons Hand loszulassen.

Obwohl ich hoffte, während des Essens Ruhe zu finden, brannten sich die Augenpaare der anderen in meinen Körper. Wie eine gebrandmarkte Kuh hockte ich da und fühlte mich von Blicken durchbohrt. Da half es auch nichts, öfter freundlich begrüßt zu werden.

»Vergisst du auch nicht, dass du heute wieder ins Mentoring kommst?« Morph stupste mich an und stahl mir einen Bratling. »Keine Ausreden mehr. Du bist erholt und deine Seelenblume ist erblüht.« Beim Reden benetzten seine Essensreste meine Wange und wenn es jemanden gab, der der Gott des Schmatzens war, dann Morph.

Dass ich seitdem nicht mehr geschafft hatte, meine Seelenblume zu erwecken, behielt ich noch für mich. Ebenso wie die fünfte Papierkugel, die mir jemand auf den Rücken geschmissen hatte, und die wachsende Unruhe in mir, die mein Herz fest im Klammergriff hielt.

»Wie können wir denn weitermachen, nachdem Studierende gestorben sind?« Harmonias Blick mied ich nach meiner Frage, da sie mir geraten hatte, sie nicht zu stellen. Ich musste es einfach wissen. »Callidora sagt, wir seien hier am sichersten und alle gehen zur Normalität über?«

»Callidora will nur das Beste für uns und –« Morpheus' Stimme erhob sich erst. Rasch beruhigte er sich dank Dons Hand auf seiner wieder.

»Vergiss nicht, sie ist neu.« Don zwinkerte mir zu.

»Dennoch. Callidora infrage zu stellen, ist unfair. Der Angriff auf Lidwicc wird untersucht. So etwas ist noch nicht passiert. Wir wissen nicht, wer dahinter steckt und ob es nicht genau ihr Plan ist, uns von der Insel zu locken.« Morpheus beruhigte sich, obwohl er dennoch bemüht unauffällig umhersah, ob auch niemand seinen Ausraster bemerkt hatte.

»Was hätte jemand davon, wenn wir uns auf die ganze Welt verteilen und Schutz bei den Familien suchen? Na ja, bis auf mich.« Nachdem ich es ausgesprochen hatte, merkte ich, dass für mich ein Abhauen von Lidwicc wohl nicht das sicherste war.

»Du darfst nicht vergessen …« Harmonia nahm tatsächlich einen Bissen und ließ mich warten, bis sie runtergeschluckt hatte. »Sorry, die Burger sind so lecker. Also: Wir leben nicht in Gefahr. Normalerweise. Pflanzenmagiebegabte passen sich den Menschen an. Viele beherrschen die Grundlagen and that's it. Nur Leute auf Lidwicc lernen mehr, weil wir uns dafür entscheiden.«

Mit meinem Finger fuhr ich die Rillen des Tisches nach.

»Was Harmonia vergessen hat zu erwähnen: Sie meint damit, dass uns niemand beschützen könnte. Wir würden eher noch unsere Familien gefährden, weil die meisten ihre Kräfte gerade mal einsetzen, um Geschirr aus der Spüle zu holen, die Wäsche aufzuhängen oder den Teig umzurühren. Hier sind wir geballt und gemeinsam stark. Außerdem gefährden wir keine Menschen.« Dons Zusatz machte mir das Vorgehen von Callidora verständlicher.

»Dazu will ich erwähnen, dass solche Angriffe untypisch sind. Wir leben in Frieden. Es gibt keine verschwörerischen Gruppierungen. Klar, es gibt Pflanzenbegabte, die mal ihre Magie für Diebstähle verwenden und auch mal im Streit Morde verüben. Das, ich, ähm, keine Ahnung.« Es wirkte auf mich, als wäre es Morpheus ein Anliegen, dass ich nicht schlecht über Magie dachte.

»Das sind doch nicht nur Pflanzenbegabte gewesen. Was ist mit den Lava- und Schnee- beziehungsweise Eisangriffen?«

Für diese Frage erntete ich betretenes Schweigen und Blicke, die ausgetauscht wurden

Einen Tag später hatte ich noch mehr Fragen, dafür aber dank Morpheus' Mentoringprogramm viel weniger Ausdauer, als ich geglaubt hatte.

»Hopp, hopp. Schläfst du? Los!« Was würde ich für eine Pflanze geben, die Morpheus' Mund verkleben könnte.

Meine Schnaub- und Atemgeräusche klangen wie ein verstopfter Esel, der statt mir Morpheus' Parcours lief.

»Du bist echt schlecht, Margo«, sagte der Mentor, der neben mir auf einem riesigen Blatt saß, das mir folgte, als verlängerte es sich wie ein Gummiarm.

»Danke, ich sehe es. Ich habe gedacht, wir lernen, unsere Magie einzusetzen?«

Morpheus hatte nur ein Auflachen für meinen Satz übrig und sauste dann zu den anderen vor.

Mir fehlte Harmonia, die musste doch unsportlich sein wie ich, oder? Nur war die ja keine Fytos, sondern eine Anthos, deren Pflanzenmagie sich eher zum Verteidigen als zum Kämpfen eignete. Warum mussten die keinen Sport machen? Unfair. Ob Sporos, die mit ihren Kräften die Natur supporteten, auch fit bleiben mussten?

Die Frage beantwortete sich von selbst, als Harmonia mit ihrer Gruppe samt Don an mir vorbeisauste und wie ein Video wirkte, das auf zweifacher Geschwindigkeit lief. Okay, sie mussten auch Sport betreiben.

Dabei dachte ich, dass ich durch das Fliehen auf der Straße mehr Kondition besäße, aber im Lidwicc College kamen mir alle wie Agenten des Secret Service vor. Eventuell musste ich mir endlich eingestehen, dass ich keine Kondition hatte, so sehr ich mir auch einredete, sie vom Fliehen bekommen zu haben.

Noch mehr beschäftigte mich aber Callidora. Hatte sie meine Seelenblume doch gesehen? Ihr Blick, bevor mein Black Out einsetzte, verriet dem misstrauischen Straßenmädchen in mir, dass da mehr dahintersteckte. Außerdem hasste ich es, der Spielball anderer in meinem eigenen Leben zu sein.

Nachdem Morph und sein Blatt außer Sichtweite waren, bog ich ab und rannte Richtung Schloss. Ich würde Antworten bekommen. Heute. Ich ließ mich nicht länger hinhalten.

Selbst die Bibliothek musste ein Highlight sein. Das Einhorn unter den Bibliotheken. Hier stand ich. Vor einem Baum, klopfte an den

Stamm, bis er sich in der Mitte öffnete und mir die Bücher darin zeigte. Fand ich endlich Antworten? Hoffentlich. Noch nie fühlte ich mich so verloren, identitätslos und gefangen unter Menschen, für die ich eine Lachnummer darstellte. Auf der Straße gehörte ich wenigstens zu meinen Leuten dort. Leider wurde mir erst an diesem Ort, an dem ich eigentlich meinem wahren Ich näher kommen sollte, bewusst, wie verletzend es war, ein Niemand zu sein.

Links von mir nahm ich Geflüster wahr, woraufhin ein Ast ein Buch aus dem Baum nahm und es dem Typen mit der grauen Mütze aushändigte.

Besser, ich versuchte nicht, es selbst zu nehmen.

»Kann ich das Buch über die pflanzenmagischen Stammbäume haben?«

Ein Ast reckte sich zu mir. Es hielt mit ein Blatt hin. Die Fasern darin vermischten sich zu einem Strudel und sortierten sich neu an, bis eine Botschaft darauf stand.

»Nicht freigegeben für Margo Nachname unbekannt ›*Ellada*‹.«

»Was zum …« Und was sollte bitte das sarkastische *Ellada* in Anführungszeichen? Nun mobbte mich noch ein Blatt.

»Schnüffelst du wieder in Dingen herum, die dich nichts angehen?«

Wie ich dieses spontane Auftauchen hinter mir hasste. Und seine Stimme. Okay, Letzteres war eine Lüge.

Ich zuckte zusammen und unterdrückte das Verlangen, aufzuschreien. Das Blatt vor mir zog sich zurück und der Bücherbaumstamm ruckelte wieder zusammen. Obwohl Lidwicc immer mehr zur Normalität wurde, musste ich die Verwunderung über das alles immer noch wegblinzeln, um nicht schreiend im Kreis zu laufen und zu rufen: »*Was ist hier los?*«

»Drakon. Kannst du dich bitte verpissen?«

Er tat das Gegenteil davon und lehnte sich neben mich seitlich gegen den Baumstamm. »So redet man doch nicht.«

»Das passt doch zu deinem Bild über mich. Das Straßenmädchen.«

Seine lässige Maske bröckelte, als er schluckte und das Grinsen abflachte. »Das.« Drakon sah sich um und kam mir näher. »Margo. Wegen letztens. Du hast das doch nicht ernst genommen.«

Nur eine Sekunde nach meinem belustigten Schnauben hörte ich ein »Shhht!« durch die Bibliothek raunen. Ich schüttelte den Kopf, packte seine rot-weiße Krawatte und zog ihn an mich.

»Ich kenne Typen wie dich. Ihr kommt zu uns Frauen und denkt, ihr könnt mit uns spielen und uns mit dieser giftigen Scheiße, die ihr von euch gebt, unterbuttern.«

»Margo, es –«

»Spar dir dein Margo. Du Narzisst. Du kannst eine große Nummer in dieser Pflanzenmagiewelt sein und dir das auf den Arsch tätowieren und auch wenn ihr euch für so brillant haltet, gibt es da auch noch Menschen, die sich gegenseitig unterstützen. Und für die meisten Menschen da draußen wärst du nur eines: Keine Hilfe.« Ich ließ ihn los und erst glaubte ich, er sackte zusammen, ehe er sich räuspernd aufrichtete.

Drakons Mund zitterte, öffnete sich mehrmals, als wollte er etwas erwidern. Mit gesenktem Haupt schlich er davon und ich konnte endlich aufhören, stark zu sein. Brust raus, vorgebeugt, Bauch rein. Meine Stirn fand das Baumregal wie von selbst, Abkühlung verschaffte es mir jedoch keine. Ich hatte es satt, so satt. Dieses ewige *stark sein müssen*.

»Also jetzt schlägt es fünfundzwanzig Uhr.«

Fünfund– Was?

»Was ist, Morph?« Oh, der Unterricht.

»Das frage ich mich, Kleine. Hör zu, wir verstehen uns, aber wenn ich als Mentor fungiere, hast du zu machen, was ich dir sage. Klar? Ich lasse mich nicht veralbern.«

Ach, Mist. Er hatte recht.

»Es tut mir leid. Das ist keine Absicht gewesen. Es ist nur … Callidora hat mich so entsetzt angesehen. Ich glaube, sie verheimlicht mir etwas und ich will endlich Antworten.«

Die strenge Lehrermiene verschwand. Er war wieder Morpheus.

»Margo.« Er schnappte nach mir und nahm mich in den Arm.

Sein sanfter Duft und die Wärme seines lila Pullis umwirbelten mich.

Wie konnte ich nicht bemerken, wie sehr ich das gebraucht hatte. Eine Umarmung. Eine simple Umarmung.

»Es ist verständlich, dass du Antworten suchst. Callidora würde dir wirklich nichts verheimlichen. Glaub mir.«

»Der Baumstamm hat mir das Buch verwehrt. Da stand, Margo bekommt das nicht. Oder so irgendwie. Was ist damit?«

»Das ist wie eine personalisierte Mail, in der ein Textbaustein eingefügt wird, damit alle ihren Namen angezeigt bekommen. Wahrscheinlich ein Buch, das erst für Leute zugelassen ist, die ein paar Kurse absolviert haben.«

Vielleicht übertrieb ich ja. Wäre ja nicht verwunderlich, wenn ich nach all dem was an der Psyche hätte.

»Drehe ich durch?«

»Natürlich tust du das, Kleines. Aber wer nicht? Die ganze Welt dreht im Moment durch.«

Ich lachte in seinen Pulli.

»Wenn ihr nicht sofort leise seid, dann bekommt ihr Bibliotheksverbot.« Eine Frau mit violetten Locken und Blättern sowie Zweigen in den Haaren, die alle mit einem Spinnennetz umgeben waren, trat in unseren Gang und klopfte auf eine Laterne. »Ruhe!«

»Sorry. Wir gehen.«

Hoffentlich nahm Morpheus es mir nicht übel, dass ich nicht auf ihn hörte und mich nach der Bibliothek wieder auf den Gängen herumtrieb. Einer Lügnerin log man nichts vor. Sein Herzschlag hatte sich beschleunigt, als er von der Autorisierung gesprochen hatte. Irgendetwas hatte ihn nervös gemacht, als ich ihm davon erzählt hatte, dass mir das Buch verwehrt wurde. Zwar konnte ich mir nicht vorstellen, dass er keiner von den Guten war – obwohl, war ich das? Auch er verheimlichte mir schließlich etwas.

Die Kletterpflanzen um mich wisperten mir süßliche Worte ins Ohr. Zuckersüß. Wie: »Dreh um, blöde Kuh.«

Was machte das mit mir? Es heizte mich erst recht an. Dabei musste ich mir auch eingestehen, dass ich null Komma null Hinweise besaß.

Einige Abzweigungen später erreichte ich das große Treppenhaus – ohne Treppen. Wie sollte ich mich fortbewegen, wenn ich meine Magie nicht beherrschte? Ich trat ins Licht.

Die unzähligen Kletterpflanzen wie Efeu, Trompetenwinden, Kletterhortensien oder Spindelsträuche bewegten sich ineinander wie ein lebendiges Wesen. Sie stoppten, als hielten sie die Luft an, sobald ich ins Licht trat.

»Hey, ich bin's, Margo.« Nein, das war blöd. »Ähm, hi. Dürfte ich euch benutzen?« O Gott, es wurde nur schlimmer.

Mehr Selbstsicherheit, Margo. »Na? Was geht?«

»Jo, ihr da. Helft mir.« Okay, konnte mir jemand den Mund zunähen?

Aus einem der anderen Korridore, die ebenfalls hier mündeten, erklang ein Geräusch, als würde jemand Luft aus einem Ballon lassen, gefolgt von einem schallenden Gelächter.

»Du weißt, dass du ... komisch wirkst.«

Ähm, Boden? Bitte geh auf und verschlucke mich. Danke?

»Warum bist du überall, wo ich bin, Drakon?«

Drakon trat in seiner grauen Sweatpants vor mich. Oberkörperfrei.

»Ich habe Gangaufsicht heute. Nebenbei trainiere ich ein wenig.«

»Schön. Und? Verpetzt du mich?«

»Hm. Ich mache es nicht, obwohl es meine hochheilige Pflicht als Gangaufsicht ist und ich meine Loyalität normalerweise nicht aufs Spiel setze.« Drakon baute sich vor mir auf und drückte die Brust raus.

»Hau raus. Was willst du dafür?«

»Du bist eine unbelehrbare Skeptikerin, oder? Könnte ich nicht auch einfach nett sein?«

»Draaaakon.«

Drakon hob eine Augenbraue und zeigte seine Zähne beim Grinsen.

»Ein Date mit mir und -«

»Verpetz mich.«

Drakon wollte sich lässig gegen einen breiten Rankenarm lehnen, als dieser sich wegzog und er mit einem lauten *Woah* nach links stolperte.

Drakons Seufzer entnahm ich, dass ihm folgende Worte schwerfielen. »Du hast recht, okay? Ich will mich entschuldigen. Gibst du mir diese Chance, behalte ich deinen Ausflug für mich.«

Meine Antwort? Schweigen.

Drakon verlagerte sein Gewicht von einem Fuß auf den Anderen. »Nun?«

Hinter ihm sah ich ein Efeublatt, das mir zunickte. Als wollte es sagen: »Mach schon.«

»Warum? Willst du von allen gemocht werden oder was ist da in deinem Kopf nicht in Ordnung? Ist das so ein Ding der Reichen?«

»Nein, ich mein, ja irgendwie ist das schon ein Problem von mir. Worauf ich hinauswill: Es ist mir wichtig. Du bist der erste Mensch, der mir die Stirn bietet. Du behandelst mich nicht besser oder schlechter, weil du dir etwas von mir erhoffst. Neben dir komme ich mir vor, als müsste ich nicht Angst haben, aus meiner Rolle zu fallen.«

Komisch. Aus völlig verschiedenen Gründen entpuppte sich Vertrauen als unser größtes Problem.

Plötzlich juckte es mich überall. Mein Nacken, meine Schläfe, mein Ellbogen, ganz so, als ob meine Nerven von dieser Situation überstrapaziert würden.

»Okay, was willst du machen? Nur damit das klar ist: Ich geh mit dir auf keinen Baum mehr.«

»Okay, nicht in die Höhe, dann gehen wir ganz tief hinunter.«

Was meinte Drakon damit?

WAS WÄRE
OHNE MEINEN NACHNAMEN PASSIERT?

»Das mach ich nicht.«

»Und wenn ich dir sage, dass du dort unten Antworten erhältst?«

Das weckte meine Neugier. Wir standen vor einem unterirdischen See unterm College. Lidwicc hatte einiges zu bieten, das konnte ich nicht abstreiten.

»Woher weißt du, was ich suche?«

»Du suchst das, was wir alle suchen. Zugehörigkeit, Verständnis und Akzeptanz.« Drakon sprang auf einen Felsen der Höhle und setzte sich in den Schneidersitz.

Es nervte mich selbst, dass ich dabei seinen Hintern beobachtet hatte und er echt fabelhaft war. Konnte mir jemand meine Hormone nehmen?

»Ich hätte dir gar nicht so viel Empathie zugetraut.« Ich zog meine Schuhe und Socken aus und tunkte meinen Zeh in das Wasser.

Arschkalt. Na ja, irgendwie hielt ich das schon aus.

»Du traust mir bestimmt so einiges nicht zu.« Ich brauchte gar nicht hinzugucken, um die wackelnden Augenbrauen zu sehen.

To-Do-Liste: Ihm die Augenbrauen abrasieren.

»Wie soll ich da runter tauchen können, ohne zu sterben?«

»Du bist Griechin, solltest du nicht mit dem Meer eins sein und so 'n Müll?« Drakon lächelte mir zu, wobei ein spitzer Eckzahn hervorblitze.

»Selbst wenn, was ist mit dir?«

»Ach, ich nehme die Blume, die dort wächst. Eine Eigenzüchtung, die es nur auf Lidwicc gibt.«

»Scherzbold. Bin dabei, mit Blume.«

»Hekatentulpe heißt die Schönheit«, sagte er, während er seine Sweatpants runterrutschen ließ.

Na ja, vielleicht war so eine Abkühlung im Wasser doch nicht so schlimm. Ich drehte mich jedenfalls rasch weg und suchte die Blume im hinteren Ende der Höhle.

»Was? Denkst du, ich springe da mit Klamotten rein?«

»Zieh dich ruhig aus, Drakon. Juckt mich nicht.«

Laternen hingen an der Höhlenwand über einer moosbewachsenen Fläche, die wunderbar frisch und nach Gras roch. Etwas fischig. Darauf erkannte ich die regenbogenfarbenen Tulpen. Wow.

»Schön, nicht wahr?« Drakon beugte sich hinunter und es kostete mich all meine Kräfte, seinen schlanken, definierten Körper nicht zu mustern. Moment, jetzt hatte ich es doch getan. Verdammt.

Ich tat es Drakon nach, nahm eine der Blüten, rollte sie zwischen meinen Handflächen zu einer Kugel, bis sie abfärbte. Danach leckte ich die Farbe ab und stopfte die Blütenkugel ins Moos.

»Damit wächst sie nach. Ihr Samen steckt in den Blütenblättern.«

»Nicht schlecht. Hätte gedacht, du schmeißt es einfach weg.«

»Ich bin vielleicht ein Arsch, aber den Ruf der Pflanzen kann selbst ich nicht ignorieren. Wenn du damit aufwächst, achtest du auf den Kreislauf der Pflanzenwelt und darauf, ihnen jeden Schmerz zu nehmen.« Erstaunt über Drakons Worte beschloss ich, mich ebenfalls auszuziehen.

Zu meiner Verwunderung begaffte Drakon mich nicht. Er hielt seinen Blick auf die Wasseroberfläche fokussiert. Der Kerl überraschte mich.

»Falls meine Unterwäsche runterrutscht, vergiss nicht, dass das Wasser kalt ist, ne?« Das ging Drakon durch den Kopf?

»Ist klar.« Die Steine unter meinen Sohlen pikten, als ich mich neben Drakon begab. »Können wir hinein?«

»Ja, das wirkt sofort. Tauch mir nach, alles klar?«

Meine Hände wurden schwitzig. Der winzige See mit dem dunkelblauen Abgrund, auf dessen Wasseroberfläche sich ein paar

Laternenstrahlen spiegelten, wirkte gefährlich. Meine Instinkte wollten nicht an die Wirkung der Blume glauben und meine Kehle schrie präventiv nach Luft.

»Keine Angst, vertrau mir.«

Ich schnaubte belustigt. Drakon ahnte bestimmt, dass ich ihm ebenso wenig vertraute wie er mir.

»Ich bin bereit. Gehen wir hinein.« Was sagte ich da? Ich war nicht bereit.

»Folge mir.« Ein perfekter Kopfsprung folgte nach seinen Worten.

Bei mir glich es eher einem Sandsack, den jemand ins Wasser warf. In der B-Note die niedrigste Punkteanzahl, die es gab.

Das Wasser umhüllte mich und in mir schrie alles danach, wieder aufzutauchen. Meine Kehle schnürte sich zu und die Kälte zog alles in mir zusammen. Es brannte wie eisiges Feuer auf meiner Haut. Ich zwang mich, ruhig zu bleiben. Ich krallte meine Hände in meine Oberschenkel.

Drakon stupste mich an. Ich öffnete meine Augen. Luftbläschen bauten sich um mich auf und gaben mir meine Sicht nur langsam zurück. Drakon zwinkerte mir zu und bedeutete mir, ihm zu folgen.

Nickend tat ich das auch.

An der Felsenwand bewegten sich fluoreszierende Algen auf und ab. Sie wollten mir ihre Namen in den Kopf flüstern, aber ich konnte ihre Stimmen nicht hören. Dabei fühlte es sich an, als lägen mir ihre Namen, die ich noch nie gehört hatte, auf der Zunge, als schmeckte ich sie. Genial, was wir in der Verbundenheit mit der Pflanzenwelt erreichen konnten.

Mit jedem Meter, den wir tiefer tauchten, gewöhnte sich mein Körper an die Kälte, dafür stach es in meinen Ohren. Der Druckausgleich gelang mir. Die Angst, ob das so bleiben würde, blieb und lähmte mich. Darüber hatte ich mit Drakon gar nicht gesprochen. Was, wenn ich etwas Wichtiges nicht erfahren hatte? Eine Druckausgleichtechnik, die für ihn selbstverständlich in sein Repertoire gehörte.

Während ich mit meinen Beinen weiterhin strampelte, wollte ich Drakon mit meiner Hand am Fuß erwischen, da tat sich ein völlig anderes Problem auf.

Mir ging die Luft aus. Bisher hatte ich wie durch Telepathie geatmet. Als stellte ich mir vor, zu atmen und es funktionierte.

Furcht kroch aus allen Ecken meines Körpers und als die ersten Luftbläschen aus meiner Nase sausten, schlug ich mir die Hand vor den Mund.

Der Umstand, dass überall um mich herum Wasser war, wurde mir urplötzlich bewusst. Es glich einem Gefängnis. Wie kam ich wieder hinaus? Ich stoppte und sah nach oben. Viel zu weit weg. Nach unten hin gab es kein Ende. Dennoch schwamm ich weiter und folgte ihm.

Legte Drakon mich gerade rein? Wie konnte ich ihm nur abkaufen, dass ich durch diese Blume atmen konnte?

Kam dieser Gedanke bei Drakon an? Denn er drehte sich um. Umso näher er kam, desto mehr erkannte ich die Panik in seinem Gesicht.

Ich deutete auf meinen Hals und drückte ihn zu. Er verstand, packte mich und zog mich nach unten. Seine Hand in meiner ließ mich die Panik ein wenig vergessen. Drakon schwamm mit mir weiter. Das widersprach zwar meinem Instinkt, hochzuschießen, dennoch merkte ich, wie der Sauerstoffmangel einen kleinen, schwarzen Tunnel um mein Sichtfeld erschuf.

Es kostete mich Kraft, den Drang, einzuatmen, zu unterdrücken, während diese Luftleere mich verkrampfen ließ.

Gemeinsam erreichten wir das andere Ende und ich erkannte das Licht, das sich wie ein Ornament an der Oberfläche abzeichnete. Endlich brachen wir durch die Wasserdecke und ich sog die Luft so laut ein, dass es nachhallte. Der darauffolgende Hustenanfall zeigte mir, ich lebte.

»Alles okay?«

»Hast du das absichtlich gemacht?«

»Spinnst du? Ich habe dich gerade gerettet. Sowas habe ich noch nie gesehen. Das hätte mindestens eine Stunde halten müssen.« Drakons Worte klangen ehrlich.

»Kann es sein, dass ich noch zu *frisch* Pflanzenmagierin bin und es deshalb nicht funktioniert hat?«

»Das könnte sein. Wäre zumindest eine Erklärung.«

Eine Hand tauchte vor meinem Gesicht auf. Drakon kümmerte sich um mich? Wasser tropfte von seiner Hand und färbte das braune

Gestein dunkler. Ich sah zu Drakon hoch und erkannte das Quellwasser, das an ihm herablief, die Haare, die in seinem Gesicht hingen, und die graue Unterwäsche, die an ihm klebte.

»Keine Angst, ich will dir nur hochhelfen.« Wasser spritzte von Drakons Lippen, als er mit mir sprach.

Wieder auf den Beinen blickte ich mich das erste Mal wirklich um. Eine Höhle. Fackeln zeichneten Schatten an die Steinmauern und dazwischen befanden sich Baumstämme. Wohl wieder Bücherregale wie in der Bibliothek.

»Wo sind wir?«

»Hier werden die Akten der Studierenden, die aktuell hier sind, aufbewahrt. Ebenso die der Mentoren. Wenn Callidora dir etwas verheimlicht hat, dann erfährst du es hier.«

Hinter Drakon fand ich sogar einen eisernen Schreibtisch, was der Umgebung einen Touch von Büroflair verlieh. Bevor ich dem Ganzen trauen konnte, stellte ich mich dicht vor Drakon.

»Warum hilfst du mir? Woher kennst du diesen Ort?«

Drakon bedeutete einer Pflanze hinter uns, zu ihm zu kommen. Der schwach behaarte Stängel riss sich selbst aus der Höhlenwand und zerrte sich bis zu uns aus. Die unscheinbaren Blüten mit ihren kugelförmigen Ähren kamen näher.

»Warum reißt du die Pflanze aus?«

»Ne, die hat ein bis zu sechzig Zentimeter ausgebreitetes Wurzelsystem. Die Plantago lanceolata wächst über ihre Wurzeln aus, nicht über ihren Stängel oder ihre Blätter. Weiß selbst nicht, warum die das macht.«

Was wollte er denn mit einem Spitzwegerich? Und woher wusste ich, dass das ein Spitzwegerich war? Was zum heiligen Sixpack war überhaupt ein Spitzwegerich?

Die Pflanze hielt neben Drakon, er berührte sie sanft und zupfte ihr dann ein Blatt aus. »Danke.«

Noch während sie sich zurückzog, zerriss er das Blatt, rieb die Stücke zwischen Zeigefinger und Daumen und drückte es mir gegen den Ellbogen.

»Sorry, hab dich etwas zu grob hinter mir hergezogen. Da musst du dich wohl aufgeschürft haben.«

»D-Danke.« Das hatte ich gar nicht bemerkt.

»Zu deiner Frage. Oder, besser gesagt, Fragen. Ich kenne diesen Ort, da ich, wie du mitbekommen hast, aus einer Familie stamme, die ein wenig Ansehen genießt.« Während Drakon das sagte, sah er mich nicht an und rieb sich am Arm. »Deshalb habe ich ein paar Praktika gemacht, bevor ich alt genug gewesen bin, als Student hierherzukommen. Da habe ich hier auch Akten eingeordnet.«

»Verstehe.«

Skeptisch folgte ich Drakon zu den Baumaktenschränken. An jedem hingen Bilder, die mich an Vintagefotografien von Blumen erinnerten.

»Blöd nur, dass wir deine Seelenblume nicht kennen, so würden wir dich rascher finden.«

Hier suchte man nicht nach Nachnamen, sondern nach Seelenblumen. Großartig.

»Kannst du mir auch sagen, warum du mir hilfst?«

Drakon wollte gerade die Schublade, die er rausgezogen hatte, zurückrollen, da meine Akte dort offenbar nicht auffindbar war, doch ich stoppte ihn. Mit meiner Hand auf seiner.

Ein Stromschlag ließ mich zurückschrecken. An der Stelle, an der wir uns berührt hatten, blitzte ein blaues Licht auf. Der Schreck brachte mich dazu, noch einen Schritt zurückzumachen, obwohl sich der Stoß nicht unangenehm angefühlt hatte. Nein, eher wie ein überdosierter Sonnenstrahl, der einen mit Wärme durchflutete.

»Ähm, ich, ich wollte mich einfach entschuldigen.« Die Überraschung auf die Reaktion unserer Berührung stand Drakon ins Gesicht geschrieben.

»Bei dem Straßenmädchen, das du nur auskundschaften wolltest?«

Der nächste Aktenschrank tat sich zwischen dem sich ausbreitenden Baumstamm auf und gab eine neue Schublade frei. Drakon blätterte in den Unterlagen und drehte den Rücken zu mir. »Diese Worte tun mir leid. Meine Familie –«

»Deine Familie, deine Familie. Selbst mit der größten Dings, ähm, Empathie kann ich nicht verstehen, wie du dich von dem Ansehen deiner Familie so fertig machen kannst.«

Ein Donnern grollte durch die Höhle. Drakon hatte den Aktenschrank zugeknallt und als er sich zu mir drehte, erkannte ich seine geröteten Wangen. Er atmete schwer und schürzte seine Lippen, als würde er sich zwingen, Worte, die er gerne ausgesprochen hätte, zu unterdrücken.

»Was?« Sowas beeindruckte mich nicht. Da hatte ich gefährlichere Kerle vor mir gehabt.

»Du hast keine Ahnung von meinem Leben. Keine Ahnung.«

»Habe ich auch nicht. Was ich weiß, ist, dass du dich selbst ruinierst.«

Gemurmel folgte auf Genuschel. An mich richtete er kein Wort mehr. Die Akten durchsuchte er dennoch weiter.

»Ich lasse mich nicht herumschubsen wie eine deiner Anhängsel. Wenn du denkst, du kannst mich in der Öffentlichkeit wie Müll behandeln und dich im Stillen mit einem Grinsen entschuldigen, dann muss ich dich enttäuschen.« Sofort musste ich an Cornelius denken, der eine reiche Engländer, der mich vor ein paar Monaten am Strand aufgegabelt und ausgeführt hatte, bis er erfahren hatte, dass ich auf der Straße lebte.

Drakon hielt inne. Mehrere Sekunden Stille tunkten die Höhle in eine gruselige Atmosphäre, die mein Bauchgefühl unruhig machte. So unruhig, dass er – wie jeder Bauch weltweit – in der ungünstigsten Situation, nämlich dann, wenn es am leisesten war, grummelte. Drakon lachte daraufhin los und ich konnte auch nicht mehr an mich halten.

Ich lehnte mich gegen den letzten, noch verschlossenen Baum, die alle nur knapp größer waren als ich, und rutschte lachend zu Boden. Drakon hingegen hielt sich an seiner geöffneten Lade fest. Urplötzlich gefror sein Lachen und nur noch sein errötetes Gesicht erinnerte an die vergangene Fröhlichkeit.

»Dass du dich so fühlst, tut mir leid. Das will ich nicht.«

»Drakon. Es geht mir nicht um mich. Du tust dir selbst keinen Gefallen damit.«

»Das Ansehen, das ich durch meine Familie bekomme, ist das Einzige, das ich habe.« Seine Augen weiteten sich, als er das ausgesprochen hatte.

Verlegen kratzte er sich am Hinterkopf und strich die beinah trockenen Haare zurück. »Ich meine, also.«

»Schon gut, irgendwie verstehe ich dich auch. Meine Identität als Straßenmädchen ist auf eine gewisse Weise auch das Einzige, das mir niemand nehmen kann, und … wuaah!« Blitzschnell fuhr ich hoch, als eine Lade hinter mir polternd aus dem Schrank schoss.

»Da!« Drakon hatte sich durch die Unterlagen geguckt und stoppte an einer Akte. »Margo Unbekannt.«

»Also mit einem Nachnamensystem würde das besser laufen.«

»Ja, ja, sieh lieber mal rein.«

Das Stück Papier prickelte in meiner Hand. Was, wenn das, was mich erwartete, mir nicht gefallen würde? Wann tat es das jemals?

Die Akte lag geöffnet in meinen Händen, ich las meinen Namen, Margo, und das erste Mal in meinem Leben stand etwas daneben. Nicht mein erfundener Familienname, sondern ein richtiger, echter Name.

»Seelenblume der Studierenden (weibliche Identifikation) ist –«

B.

WAS WÄRE
OHNE ONLINESEMINAR PASSIERT?

Dem Online-Unterricht zu folgen, fiel mir schwer. Die Infos, die ich gestern gesammelt hatte, blinkten in meinem Kopf. Mir gelang es kaum, einem anderen Gedanken nachzugehen.

»Die wahren drei Elemente unserer Welt umgeben uns seit dem Anbeginn. Eis, Lava sowie Pflanze. Abgeleitet hat das zuerst die Österreicherin Gertrude Topfengarten, die das zurückführt auf die Eiszeit, der Hitze im Erdkern und der Pflanzenwelt. Die ursprünglichste Form unseres Planeten.«

Die zweite Geschichtsmentorin Jimena Teitelbaum unterbrach ihre Stunde nicht. An ihren Handbewegungen erkannte ich, dass sie mal wieder ihre beiden Zwillingssöhne aus ihrem Büro rausschickte. Online-Unterricht-Dinge eben.

»Gibt es dazu Fragen?«

»Wie funktioniert das mit der Lava der Lavagolems? Bei dem Angriff auf Lidwicc.« Gustavius' Bild fror ein und bewegte sich verzögert.

Um sein Gesicht verpixelten seine Züge und so fies er auch war, tat er mir leid. Sein Zwillingsbruder Ludwig hatte den Angriff nicht überlebt.

»Gustavius? Man versteht dich schlecht.« Jimena tippte auf ihre Kamera, als würde das etwas ändern.

»Sorry. Also: Mir ist es vorgekommen, als hätte die Lava nicht alles wahllos geschmolzen.« Gustavius' Bild in der Kamera war winzig, trotzdem erkannte ich die Trauer in seinem Gesicht.

»Das stimmt auch so. Lavagolems können sich mit der Lava im Erdkern verbinden und diese Lava nutzen. Es kommt nicht direkt Lava aus ihnen. Es ist eher magische Lava. Die hat ähnliche Eigenschaften, ist dennoch keine Lava per se. Außerdem kann ein Lavagolem je nach Fähigkeiten auch bestimmen, was seine Lava beschädigen soll. So kann er dir damit den Arm abtrennen, ohne dem Gänseblümchen darunter Schaden zuzufügen.« Jimenas Erklärungen klangen, als spräche sie über die Herstellung eines perfekten Cappuccinos.

»Noch Fragen?«

Fragen? Tausende? Dafür hatte ich nicht den Kopf. Außerdem tauchte auch Drakon alle paar Sekunden in meinen Gedanken auf, sein geschocktes Gesicht, als ich ihm meinen Familiennamen sowie meine Seelenblume vorgelesen hatte. Seine Haltung hatte sich versteift, er hatte Distanz zwischen uns gebracht und die Arme zu einer Schleife überkreuzt. Gesagt hatte er nichts, aber ich merkte sowas. Wie Kellner, die Daphne und mich freundlich empfingen, bis wir nach Gratisessen fragten. Ihre Mimik verhärtete sich.

»Margo? Alles klar?« Toll, selbst die Professorin hielt mich unter Beobachtung.

»Ja, glasklar. Danke.«

»Kannst du mir nochmal erklären, was es mit dem Eisherz, der Pflanzenseele und dem Lavaverstand, oder wie einige Forschende es lieber nennen, der Lavaseele oder Lavaaura auf sich hat?« Jimena spielte an ihren Ohrringen, die unter ihrem bunten Turban hingen.

Ich räusperte mich. »Pflanzenbegabte sind mit ihrer Seelenblume verbunden, weil Magie immer ihren Preis hat. Verlieren wir unsere Blütenblätter, sterben wir. Sie entzieht somit alle Energie, die wir in unserer Seele mit uns tragen. Der Lavaverstand, ähm.«

Am Laptop, der vor mir auf meinem Bett stand, erkannte ich so viele Kästchen mit anderen Studierenden, die sich stumm geschaltet hatten und mir entweder gespannt lauschten oder etwas Anderes machten.

»Oh, wie ich gerade sehe, ist unsere Zeit vorbei. Wir machen in der nächsten Stunde, die ich euch per Mail sende, weiter.«

»Bis nächstes Mal. Tschüss.« Endlich schloss ich den Tab und lockerte meine Schulter, indem ich sie kreisen ließ.

Das Kissen fing meinen Kopf auf, als ich zurückfiel. An der Decke beobachtete ich Harmonias Pflanzen, die bis auf meine Seite wuchsen. Harmonia fehlte mir tatsächlich, dabei kannten wir uns kaum. Deshalb beschloss ich auch, sie auf der Krankenstation zu besuchen.

»Ich bin so müde.« Ein Gedanke, der ständig in meinen Kopf kreiste.

Ständig diese neuen Informationen. Es erdrückte mich. Allein zu erfahren, dass es noch ein College gab für Frauen, die Eiskräfte besaßen und Menschen mit Lavakräften, hinterließ ein riesiges Boom in mir.

Auf der Straße hatte ich einiges erlebt, aber zu sehen, wie junge Menschen von Eispfeilen durchbohrt wurden oder von einem Lavamatsch eine Körperhälfte weggeschmolzen bekamen, brachte selbst mich aus dem Konzept.

Irgendetwas ging vor sich, brodelte unter uns, und ich ahnte, dass es etwas damit zu tun hatte, dass die Pflanzenbegabten nicht ebenso viele Fragen stellten wie ich.

Nannte man es blöd, wenn man sich auf den Weg in den Krankenflügel machen wollte, obwohl man dessen Lage nicht kannte? Vermutlich. Wanderte ich trotzdem seit eineinhalb Stunden umher? Ja.

Fragen wollte ich auch niemanden. Wann immer ich an einem Gemeinschaftsraum oder einer Ecke mit Sitzmöglichkeiten vorbeihuschte, erkannte ich kleine Grüppchen, die sich unterhielten. Manchmal lachten sie hinter vorgehaltener Hand, etwas hatte sich jedoch verändert. Diese Unbeschwertheit, die mich empfangen hatte, war seit dem Angriff geschrumpft. Es ähnelte mehr und mehr den ungewissen, misstrauischen Schwingungen auf der Straße.

Ich setzte mich auf eine der wenigen Steintreppen und überlegte, was ich machen sollte. Drakon konnte mir mit seiner bescheuerten Reaktion auf mich auch gestohlen bleiben. Vermutlich hatte meine Herkunft und meine Seelenblume ihm bestätigt, wie unbedeutend ich war. Wie konnte ich mich nur so an der Nase herumführen lassen?

Ich wandte mich an die Passionsblume, die sich um das Geländer der Treppe schlängelte und deren Blüte wie ein lila Sonnenaufgang aussah.

»Wie komme ich zum Krankenflügel?«

Erst tat sich nichts. Meine Lider wurden schwer und ich zog meine Beine an, um meine Stirn auf die Knie zu betten. Jeder Schritt, den ich tat, fühlte sich falsch an.

Ein Tippen auf meine Schulter unterbrach mein Denken. Es war die Passionsblume. Ich blickte hinter sie. Ein Teil von ihr hatte sich aufgebäumt und zeigte in eine Richtung.

»Der Krankenflügel?«

Die Blume nickte.

Wie fließender Sonnenschein. So sah und fühlte sich Harmonias Haar zwischen meinen Fingern an. Ich strich es zurück und rutschte näher an sie heran.

»Ich bin happy, dass es dir besser geht.«

»Und ich erst. Glücklicherweise haben wir so super Kräuterpflegende. Schade, dass ich den Trank nicht immer nehmen darf.«

Harmonia strich über ihre Wunde und ich wunderte mich, dass es nach ihrer Erzählung tatsächlich Pflanzen gab, die Pflanzenbegabte bei OPs einsetzten, als wären sie Operationsassistenten.

»Bin froh, dass es fast verheilt ist.« Harmonia deutete mit ihrem Finger mit Sonnenring auf eine Glasflasche samt Pipette. »Das Zeug ist genial.«

Die neonpinke Flüssigkeit machte auf mich eher einen giftigen Eindruck, aber hey, wenn es half, bitte.

»Was es auch ist, es hat dir geholfen. Was würd ich denn ohne dich machen?«

Harmonia legte ihren Kopf auf meine Schulter und ich war froh, ihre Nähe zugelassen und mich zu ihr ins Bett gelegt zu haben.

»Unheimlich hier, oder? Diese Krankenbetten, die durch die orangefarbenen Vorhänge voneinander getrennt sind. Man hört niemanden sprechen. Nur das Piepen von Geräten.«

»Schon ein wenig, ich bin ja auch in einem Übergangszimmer zwischen Stabilen und Notfällen.«

»Macht es dir Angst? Hier zu sein, mein ich.«

»Es geht. Ich habe meine Seelendahlie, die kann einen Duft ausbreiten, damit man sich besser fühlt.«

Ich hatte mich schon gefragt, warum ich mich neben Harmonia wie auf einer weichen Wolke fühlte.

»Dass du eine Seelenrose hast, ist komisch. Ich habe noch nie jemanden gesehen, der eine Rose als Seelenblume hat.«

Ich schluckte.

»Du hast sie gesehen?«

»Ja, kurz bevor ich ohnmächtig geworden bin.«

Ein kleiner Dämon in mir riet mir, zu fliehen. Ich riss mich zusammen.

»Ich weiß nicht, was es bedeutet. Jede Seelenblume hat ihre eigene Kraft. Du kannst einen wohltuenden Duft versprühen. Was kann meine?«

»Da bin ich echt überfragt.«

»Lernt ihr sowas nicht auf einer, was weiß ich, Blümchengrundschule oder im Wurzelkindergarten?« Vorsichtig umfasste ich die Triangel des Bettgalgens über uns und zog mich hoch.

Harmonia sah mich an und in ihrem Gesicht erkannte ich eine Mischung aus Verwirrtheit und Belustigung. »Wurzelkindergarten? Süße Idee. Sowas haben wir nicht. Wir gehen normal in die Schule, unsere Eltern bringen uns alles bei und/oder wir lernen in Kursen, die Erwachsene in jeder näheren Klein- oder Großstadt geben.« Harmonia drückte die Decke glatt und nahm etwas von dem Rosenpudding vor ihr.

Vielleicht wollte Harmonia selbst noch etwas ergänzen, eventuell erkannte sie auch nur die Fragezeichen in meiner Mimik: »Die sind verpflichtend. Wir müssen die Grundlagen verstehen, unsere Kräfte beherrschen und das war's. Die meisten leben ihr normales Leben. Wir sind zwar viele junge Leute am College, denk mal, wie viele tausende Pflanzenbegabte es weltweit gibt. Dafür sind echt wenige hier, die etwas mit Magie machen wollen. Es stirbt quasi aus. Jede Generation trägt weniger Magie in sich, weil sie niemand braucht. Wir leben in Frieden. Eigentlich.«

Eigentlich.

»Dass die alle nichts mit ihrer Magie anfangen wollen.«

»Wir wachsen damit auf. Es ist nicht so besonders und wir können sie in unserem Leben kaum anwenden. Selbst zu Hause muss man aufpassen, dass niemand durchs Fenster guckt. Webcams, die gehackt wurden, und so weiter. Stell dir vor, es würde auffallen, dass mehrere Menschen weltweit plötzlich *Pflanzenmagie* oder *Hilfe, meine Seelenblume hat ein Blatt verloren, sterbe ich?* googeln.«

Einen Moment lachte ich, bis ich erkannte, dass es die Wahrheit war.

»Deshalb haben wir unser eigenes magisches Internet. Es läuft auf unseren Smartphones, die wir für ein paar Wochen einschicken müssen. Es funktioniert über die Kombi von Pflanzen-, Eis- und Lavamagie.« Harmonias Worte kamen langsam und zäh aus ihr.

»Harm, was is' los? Ich sehe dir doch an, dass da etwas in deinem elfengleichen Köpfchen vor sich geht.« Ich tippte ihr gegen die Stirn.

Harmonia blinzelte, sah mich an, dann wieder weg.

»Ich …«

»Was ist denn?« Ich glitt tiefer unter ihre Bettdecke und nahm sie in den Arm.

Harmonias Tränen vermischten sich mit dem gelben Lidschatten sowie der Wimperntusche und eine Mischung aus sonniger Finsternis floss über ihre Wangen.

»Ich bin krank.«

»Krank?«

»Sie haben gesagt–« Ein lautes Aufschluchzen stoppte Harmonia. »Sie haben meine Wunde geheilt, aber der Eisspeer hat einen Teil meiner Magenschleimhaut zerstört. Die Zellen haben sich durch den Schock und der Vermischung der Eis- und Pflanzenmagie umgewandelt und … Es ist nicht mehr heilbar, Margo.«

Ein Sturm zog durch meinen Kopf. So laut, dass ich keines ihrer Worte verstand, außer die Dringlichkeit dahinter.

»Was bedeutet das?«

»Ich muss alle sechs Monate kontrollieren, ob es schlimmer geworden ist. Sie sagen, es kann sein, dass diese veränderten Zellen so bleiben oder lebensbedrohlich werden. Das ständig im Kopf zu haben, ist hart.«

Die Wut in mir hatte all die Pflanzen auf meinem Weg aufgescheucht, sodass sie mir von selbst die Richtung anzeigten. Mehr und mehr Blumen und Blätter stellten sich links und rechts von mir auf und wurden so zu einem Pfeil, der auf eine Tür am Ende des Flurs mit den vergoldeten Pflanzen zeigte.

Die Tür, falls ich sie so nennen konnte, bestand aus einer riesigen Sonnenblumenblüte, die rundlich an der Wand hing.

»Callidora!«

Mit meinen Augen suchte ich nach einer Klingel, einer Glocke oder einem Gong. Nichts. Bis sich ein Sonnenblumenkern löste und vor mir auf den Teppichboden fiel. Mehr und mehr Kerne lösten sich, bis sich dahinter das Büro auftat, das ich kannte. Irgendwie war es an einer anderen Stelle. Oder erinnerte ich mich an diese gigantische Sonnenblume nicht mehr?

»Normalerweise findet man mein Büro nur mit Termin, wenn ich gefunden werden will oder mit einer großen Portion Willenskraft.« Callidora drehte sich auf ihrem Stuhl zu mir, ohne überrascht zu sein.

Was sich durch diesen Spitzenschleier schwer ausmachen ließ.

»Ich tippe auf Letzteres.«

»Setz dich, mein Kind.« Aha, woher der Sinneswandel und die liebliche Stimme? »Margo. Wir sind fortschrittliche magische Wesen, auch in unserem Leben, das wie eine Parallelwelt zu den Menschen ohne Magie ist, muss ich mich als Frau behaupten. Es tut mir leid, wenn ich zu kalt, zu wenig empathisch zu dir gewesen bin.«

Der schwarze, leicht transparente Schleier wurde von zwei feinen Ästchen hochgehoben, als wären es Vögelchen aus Cinderella, die sie entkleideten.

Der Anblick, der mich erwartete, überraschte mich. Callidora war gar keine uralte Oma. Eher Mitte fünfzig. Was mich dann doch verwunderte, war ihr Kopf. Der riesige Schleier, der sonst ihren Kopf bedeckte und wie ein ewig langes Tuch über ihre Schultern bis zum Boden reichte, verdeckte nicht ihr Gesicht. Es verbarg, dass Callidoras Kopf nicht mittig auf ihrem Körper angewachsen war, sondern weiter links.

Zugegeben, ja, es kostete mich Überwindung, sie nicht anzustarren oder den Mund aufklappen zu lassen. Ich konnte mir vorstellen, wie meine unzähligen, flüchtigen Blicke auf sie wirken mussten.

Callidoras Hals wuchs auch in diese Richtung und verhärtete Knorpel standen unter der Haut hervor. Sie nahm ihren Kragen und leierte ihn bis zur rechten Schulter aus. Da erkannte ich etwas, das aussah wie ein verwachsener, vernarbter Krater.

»Ich hatte einst einen Zwilling. Wir teilten uns einen Körper, bis nur noch einer von uns überleben konnte. Dennoch spüre ich ihn jeden Tag meines Lebens in mir, als wäre nur sein Kopf weg, seine Seele noch da.« Wie Callidora das sagte, sanft, ohne bitter zu klingen, zeigte wieder ihre Willensstärke. »Wenn ich dieses College führen und für alle das Beste rausholen will, muss ich stark sein. Jeden. Tag.«

Daphnes Trick, jemandem auf die Stelle zwischen den Augen zu sehen, wenn man es nicht schaffte, Blickkontakt zu halten, war heute Gold wert.

»Ich wusste das nicht. Tut mir leid.«

Callidoras dunkelgrüne, überdimensionale Lippen bewegten sich, ohne, dass sie etwas sagte. »Ja. Mir auch.«

»Dennoch. In den Akten steht mein Familienname. Meine Seelenblume. Wäre ich nicht die Erste, die das hätte erfahren sollen?«

Ihre Mundwinkel zogen sich hoch und die Lippen kräuselten sich. »Drakon und du. Ihr mögt euch, ja?«

Was?

»Als Leiterin weiß ich über alles Bescheid.«

»Nicht über alles.«

Als ihr Lachen erstarb, erkannte ich, dass sie meine Anspielung auf die Angriffe verstand.

»Liebes, ich will nachsichtig mit dir und den Überschreitungen meiner Privatsphäre sein. Ja, ich habe dich, nachdem ich deine Seelenrose erkannt habe, deiner Familie hinzugefügt und dir das verheimlicht. Nicht aus Bosheit. Ich wollte lediglich Nachforschungen betreiben und dir davon erzählen, sobald ich Fakten habe, bevor ich dir irgendeine Familiengeschichte auftische und sie dir wieder nehme, weil sie nicht zugetroffen hätte.«

Klasse, nun spürte ich die Schuld auf meinen Schultern wie einen Amboss. Dieses Misstrauen, das mir das Leben antrainiert hatte, war nicht nur zum Vorteil.

»Ich denke immer, jemand will mir etwas Böses. Tut mir leid.«

Callidora schürzte die Lippen und zuckte mit den Schultern. »Sei es, wie es sei.«

»Und was ist mit meiner Familie?«

»Die *Laskaris*?« Meinen Familiennamen zu hören, erwärmte mein Herz.

Ich bejahte.

»Nur die Familie Laskaris besitzt Seelenrosen. Eine Seltenheit. Es hat noch nie Nachwuchs aus der Laskaris-Familie gegeben, der keine Seelenrose gehabt hätte. Oft ist es ein Glücksspiel, welche Seelenblume des Elternteils das Kind bekommt. Oder sie vermischen sich zu einer Neuen. Bei der Seelenrose noch nie.« Callidora setzte sich an einen kleinen Holztisch, auf dem ein vintage altrosa Teeservice stand. Dampf stieg auf, als sie sich den Tee einschenkte.

Sie deutete auf den freien Stuhl. Ich verneinte. Es kostete mich all meine Kräfte, nicht umzukippen. Wie sie über die Seelenrose sprach, ließ mich glauben, dass sie etwas Besonderes war. Warum musste alles im Zusammenhang mit mir jedes Mal außergewöhnlich sein? Konnte ich nicht einfach ein Seelengänseblümchen haben und fertig? Nein, ich war wieder das sonderbare Einhorn. Wie ich Einhörner hasste.

»Und was bedeutet das?«

»Das, mein Kind, bedeutet, dass -«

Sie wurde von einem Schwall Wasser, das aus ihrem Zimmerbrunnen flog, gestoppt. Eine Frau formte sich aus dem Nass und stand vor uns, als wäre das nicht völlig absurd.

14.

WAS WÄRE
BEI ERFOLGREICHEM TRAINING PASSIERT?

Wenn ich gewusst hätte, dass mich wenige Tage später ein Training mit der Frau aus dem Zimmerbrunnen erwartete, hätte ich Callidora nicht aufgesucht.

Eine Kälte, die meiner Wange einen Stich versetzte, überraschte mich, als der Eispfeil an mir vorbeischoss. Ich wollte mir gar nicht vorstellen, wie sich das bei Harmonia angefühlt hatte.

Als die nächsten Pfeile auf uns einregneten, beugte sich ein Baum vor und beschützte mich. Das Eis zerbarst und nur ein Hauch von Schnee benetzte mein Gesicht. Ich spürte ihn auf meiner Haut schmelzen.

Mein nächster, dankender Blick galt Harmonia, die mich beschützt hatte, wodurch mir auch wieder die Wichtigkeit der Einteilungen in Fytos, Anthos und Sopros bewusst wurde. Harmonia konzentrierte sich mit ihrer Mentorin Fisha nur auf die Verteidigung der Fytos – von mir. Sie versteckte ihre Verletzung nicht.

Unter dem neongelben, bauchfreien Top erkannte jeder ihren Verband um den Bauch. Gut, ein wenig schwächten die Sonnen, Herzen und Sterne, die sie darauf gemalt hatte, die Ernsthaftigkeit ab. Ihr Mut beeindruckte mich trotzdem. Die Freude, sie nach Tagen endlich wieder bei mir zu wissen, war groß. Ebenso das Staunen darüber, wie rasch die neonpinke Flüssigkeit Harmonias Verletzungen kuriert hatte.

»Ich mache die Bäume abwechselnd rechts und links runter und du läufst vor, okay?«

Mit Daumen und Zeigefinger formte ich einen Kreis, zeige ihn Harmonia und preschte vor. Wie abgemacht schützte mich Harmonia mit den Bäumen, damit ich näher an den Ursprung der Eispfeile herankam.

»Jetzt bin ich dran«, flüsterte ich mir mutmachend zu und konzentrierte meine Energie in mir, um die Seelenrose zu öffnen.

Von einem ziehenden Stechen im Bauch begleitet, ließ ich mich auf den Boden fallen, rollte aus dem Baumschild von Harmonia und konzentrierte mich auf die Frau mit den langen, schwarzen Wallehaaren.

Es geschah nichts. Gar nichts. Der Pfeil, den ich schon in meinem Kopf spürte, näherte sich unaufhörlich, und wie ein Reh, das in Trance dem Autolicht auf der Straße entgegensah, erstarrte ich.

Das Eisgeschoss stoppte vor meiner Nase und ein Globusgefühl im Hals erlaubte es mir nicht, zu schlucken.

»Das ist echt scheiße gewesen.« Die Frau rutschte auf einer Eisbahn zu mir und sog den Pfeil in ihre Hand ein.

»Danke auch, Caspara.« Motivation zählte nicht zu den Stärken der Frau, die vor ein paar Tagen in Callidoras Büro aus einem Zimmerbrunnen gesprungen war und unser Gespräch unterbrochen hatte.

Caspara reichte mir ihre Hand und half mir hoch. »Du bist nicht schlecht gewesen, Harmonia.«

Harmonia machte einen Knicks vor ihr und ich sah die Verräterin fragend an. Kroch die ihr einfach in den Hintern. Das merkte ich mir.

»Ihr könnt gehen. Nächstes Mal greife mich mit deiner Pflanzenmagie an. Wenn du die Kraft deiner Seelenrose noch nicht beherrschst, bringt es dir nichts.« Bei ihrem dauerhaft angepissten Gesichtsausdruck dauerte es, bis ich rausfilterte, ob die Schneefrau es böse oder nett meinte. Generell verwirrte es mich, dass sie in manchen Büchern Schneefrauen, dann wieder Eisfrauen genannt wurden. Es lag zwar daran, ob sie eher mit Schnee oder Eis kämpften, trotzdem glaubte ich fest daran, dass die Begriffe heutzutage willkürlich verwendet wurden.

»Dann geht mal schön spielen.« Caspara wandte sich von uns weg und auf der Rückseite ihres grauen Shirts erkannte ich die drei

Charmed-Schwestern. Die DVD Box dazu hatte ich damals im Müll gefunden. »Oh, und Margo?«

Harmonia hopste um einen Baum herum und ging vor.

Ich machte zwei große Schritte zu Caspara. »Ja?«

Caspara packte meinen Unterarm. »Du sagst niemandem, was du in Callidoras Büro gehört hast, verstanden?«

»Ihr müsst mir das nicht nochmal eintrichtern.« Das hatten sie deutlich gemacht. Meine geforderten Infos hatte ich selbstverständlich noch nicht erhalten.

Ich riss mich los und folgte meiner Freundin, ohne auf eine Erwiderung zu warten. Verarschen konnte sie sich selbst.

»Was wollte sie noch?« Harmonia nuckelte an ihrer Zuckerhalskette mit – musste ich es noch erwähnen? – Sonnenzuckersteinchen.

»Äh.« Warum machte ich mir überhaupt wegen denen Gedanken? Ihre Probleme waren nicht meine.

»Caspara hat mir den Mund verboten.«

Wie selbstverständlich hob ich meine Hand, um einen Ast hochzubiegen, damit wir uns nicht darunter hindurchbücken mussten. Langsam hatte ich den Dreh raus.

»Warum das?« Seit Harmonias Aufenthalt im Krankenflügel vergrößerten sich ihre Augenringe von Tag zu Tag.

»Weißt du, als Caspara angekommen ist, bin ich bei Callidora gewesen. Ich habe nach Antworten gesucht und noch mehr Fragen gefunden. Caspara hat mich nicht in Callis Büro erwartet. Als sie ankam, hat sie etwas von einem Angriff auf ihr Schneefrauen-College erzählt, das wie Lidwicc auf einer unsichtbaren Insel in der Nähe von Irland liegt. Das ist ihnen auch passiert. Deswegen ist sie hier, um uns zu trainieren, und diese eine Mentorin von uns, Frauke oder so, musste zu ihnen kommen. Sie verheimlichen uns etwas, Harmonia.«

»Im Geheimnissebewahren bist du nicht meine erste Wahl.«

»Das ist das Erste, das dir dazu einfällt?«

»Nein, ich weiß, es klingt echt ernst. Ich wüsste nur nicht, woher diese Angriffe kommen sollen. Es herrscht Frieden.«

»Na, guten Morgen, Harmonia. Offensichtlich ja nicht.«

Wir erreichten den Seiteneingang vom College, der zum Badehaus führte. Drinnen schwammen ein paar Studierende im dampfend heißen Wasser. Überall gerötete Haut, wohin das Auge reichte. Das heiße Wasser sollte wohltuend für unsere Magie sein.

»Dann werden sich wohl ein paar Leute, die sich benachteiligt fühlen, zusammengeschlossen haben.«

»Es geht niemandem schlecht, Margo.«

»Irgendjemand findet etwas, bei dem er sich ungerecht behandelt fühlt. Denk nicht nur wie eine Magierin, sondern wie ein Mensch.«

Harmonia sagte nichts mehr. Hatte ich sie erreicht?

»Na, ihr beiden? Auch zum Baden hier?« Diese Stimme, wie weh sie in meinen Ohren tat.

Zumindest wollte ich mir das einreden, eigentlich machte mein Herz einen kleinen Satz.

»Halt die Klappe, Drakon.« Harmonia, die Harmonie in Person, konnte Drakon wohl noch weniger ausstehen als ich.

Überhaupt seitdem ich ihr erzählt hatte, wie er mit mir umgegangen war.

»Pf, mir auch egal.« Drakons Handtuch um die Schultern tunkte an den Enden ins Wasser, während es um ihn herum dampfte.

Mit dem Rücken stand er am Rand des Beckens und lehnte mit den Armen an der Umrandung. Seine rosa Wangen vom heißen Wasser leuchteten. Wie mich seine widersprüchlichen Verhaltensweisen nervten. Dieses Mal würde ich mich davon nicht einlullen lassen, sondern weiterhin schön auf die schwarz-weißen Kacheln starren.

»Nehmt meinen Bruder nicht ernst, er ist wieder ein Arschloch. Selbst in Island sind sie froh, dass er auf Lidwicc ist.« Clio tauchte durch eine Dampfschwade neben ihm auf.

Harmonia und ich konnten uns ein Grinsen nicht verkneifen. Dennoch wollte ich weg. Mit Klamotten nach einer Trainingseinheit unter der Sonne im Badehaus glich nicht zwingend einer Abkühlung.

»Sie sind wohl eher froh, dich los zu sein!« Drakon entdeckte meine Belustigung und zog seine rechte, dunkle Augenbraue, die nicht zu seinem platinblond, wohl aber zu seinem Ansatz passte, hoch. »Na bei dir werden sie auf der Straße auch froh sein, dass du wegbleibst.«

»Da hast du vermutlich recht.« Dachte ich nur an Georgious Kioskious, dem Kioskgott, dem ich noch einiges an Geld schuldete.

Das hatte Drakon wohl nicht vermutet. Wie ich es hasste, dass mich sein Körper so anzog. Drakon spielte in einer anderen Liga. Seine Arroganz meiner Person gegenüber machte ihn schlimmer.

»Wenn ich nicht zu fünfundneunzig Prozent nackt wäre, würde ich sagen, du ziehst mich gerade mit deinen Augen aus.« Drakons Kommentar riss mich aus meinen Gedanken.

»Komm, Harm, gehen wir.« Ich nahm Harmonias Hand und zog sie hinter mir her, wobei sich das als schwieriger als gedacht herausstellte, da unsere Haut total verschwitzt war.

»Margo.«

Ich sah über die Schulter zu Drakon und warf ihm einen genervt-fragenden Blick zu.

»Ach, nichts.«

»Komischer Typ, oder?« Im Stechschritt eilte ich durch das Badehaus mit den Kirchenfenstern, die durch den Sonnenschein bunte Schlieren in die dampfende Luft malten, und riss die Tür zum College auf.

»Hör bitte auf, dich in ihn zu vergucken, Margo.«

Harmonie stolperte gegen meinen Rücken.

»Tu ich nicht!« Das zu hohe Quieken in meiner Stimme unterstrich das nur bedingt.

»Das ist kein Rat unter zwei Freundinnen. Seine Familie ist unheimlich. Sie haben ihre Finger in mafiösen Systemen, unterstützten Unternehmen, die Waffen in Kriegsländer liefern. Er mimt hier vielleicht den cuten Bad Boy, was der Gefahr, die von ihm ausging, keinen Abbruch tut. Er hat sogar mal bei einem Praktikum eine magische Blume geklaut, deren Duft dich eine andere Person sehen lässt, und sie dazu benutzt, um in einen Club ab achtzehn zu kommen.«

Moment. Eine Blume, die dein Aussehen verändert? Ich musste an Türkistyp denken.

In der Halle des Colleges schritt ich in die Richtung des Ankündigungsboards, zwischen zwei der vier Säulen hindurch, und bestaunte die Blumen und Kletterpflanzen um die Galeriegeländer, die sich überall fanden.

»Ist er so schlimm?«

Ein Warnsystem in mir vibrierte wie ein Tinnitus, bevor ich auf eine der Efeuranken trat, was mich zusammenschrecken ließ.

»Ja, die Familie Olivsson kennt jeder.«

»Warum er sich erst entschuldigt, um mich zu meiden, nachdem er mit mir meinen Nachnamen herausgefunden hat, verstehe ich dennoch nicht.«

»Stimmt, wie ist denn dein Nachname?«

»Laskaris. Meinen Vornamen weiß ich zwar immer noch nicht, aber ... Was guckst du mich denn so an?« Ich wich Harmonia aus, die sich vor mich gebeugt hatte.

»Laskaris?«

»Ja?« Jetzt blieb ich doch stehen und hielt Harmonia nicht auf, als sie mich in eine Ecke zog.

Wir standen vor einem Gemälde von Callidora, das mich ein wenig nervös machte.

»Die Laskaris sind neben den Olivssons die mächtigste Familie in der Welt der Pflanzenbegabten.«

Würde das mit den Offenbarungen auf Lidwicc noch ein Ende nehmen? Langsam machte mein Herz das nicht mehr mit.

»Denkst du, dass Drakon deshalb so reagiert hat? Hat er Angst, ich mache ihm seinen Rang streitig oder wie?«

Hörte Harmonia mir überhaupt noch zu? Sie antwortete mir nicht mehr, sondern musterte mich mehrfach.

»Hallo?«

»O Mann. Du bist eine Laskaris. Das ist, das ist echt ein großes Ding. Du bist wie ein Eliteding, eine Prinzessin, eine Royale –«

»Harm. Reiß dich zusammen.«

Harmonias Sonnenohrringe klimperten, als sie sich umsah, damit das wohl niemand mitbekam. »Du hast recht. Behalten wir das erstmal für uns. Hat dir Callidora nichts gesagt?«

»Caspara ist uns dazwischengekommen. Was ist denn an meiner Familie - wie das klingt: Meine Familie. Äh, so besonders?«

»Ihr, na ja, wie soll ich das sagen?«

»Sag es einfach, ich empfinde gegenüber einem Namen keine Treue.«

Harmonia drängte mich noch mehr gegen die Wand und näherte sich meinem Ohr. »Ihr macht viel mit Öl und so. Man sagt, deine Familie bringt sogar Leute um, um an ihre Ölfelder zu kommen. Ihr habt natürlich auch ein paar echt akzeptable politische Leute gestellt.«

Großartig. Meine Familie bestand aus Mördern.

»Margo, nimm dir das nicht zu sehr zu Herzen.«

»Ich muss nur gerade an meine Eltern denken. Noch nie bin ich ihnen so nahe gewesen. Gibt es am College noch weitere Laskaris?«

»Keine Ahnung. Glaube nicht. Die Laskaris werden von Drakons Familie verfolgt. Wenn es in den letzten Jahren Kämpfe gegeben hat, dann oft unter euren Familien.«

»Na, toll. Wieder eine Romeo und Julia Scheiße, gar kein Bock darauf.« Ich hakte mich bei Harmonia unter und begab mich wieder auf den Weg zur Ankündigungstafel.

»Ich hoffe, er will dich nicht umbringen.«

»Nicht. Hilfreich. Harmonia.«

Vor der dunkelroten Tafel mit den angehefteten Papieren las ich mir ein paar Sachen durch. Hygiene im Badehaus, Speisepläne, Routineuntersuchungen für die Speiseröhre, …

»Mist. Mist. Mist.« Harmonia riss einen Zettel von der Tafel und drückte ihr Gesicht dagegen. »Mist.«

»Was?«

»Ich habe den angekündigten Trip nach Thessaloniki vergessen. Wir dürfen uns frei bewegen und bisschen etwas unternehmen, um runterzukommen. Aber ich habe es wegen meiner Verletzung vergessen, weshalb wir uns nicht eingetragen haben.«

Thessaloniki! Meine Heimat. Mein Herz machte Luftsprünge vor Freude.

»Ja, und? Dürfen wir nicht hin?«

»Doch, allerdings nur in Gruppen und jetzt müssen wir in die übriggebliebene Gruppe und können uns selbst keine suchen.«

»Nein, bitte sag es nicht.« Eine böse Vorahnung schlug wie ein Hammer gegen meine Magenwand.

»Wir sind mit Drakon und Clio in einer Gruppe.«

Die Promenade direkt neben dem Meer, wie ich sie vermisst hatte. Der Meereswind, der durch meine Haare wehte, lud meine Batterien vollständig auf. Ein Dreher und ich erkannte noch den weißen Turm

hinter uns, ehe sich wieder die Weite des Festlandes vor mir auftat. Das Holz unter meinen Füßen, das den Weg gleich neben dem Meer ausmachte, knarrte und ich hörte Daphnes Worte in meinen Ohren: »Wenn es nur brechen würde und du im Meer landest.« Tja, wir neckten uns gerne. Unsere Art von Humor.
Wie sehr ich meine Stadt vermisst hatte, merkte ich erst jetzt. Könnte es noch besser werden?
»So ausgelassen kenne ich dich gar nicht, Laskaris.«
»Kannst du nicht woanders hingehen, Drakon?«
»Frei bewegen gut und schön, nur warum dann mit dir?« Harmonia knabberte den gelben Lack von ihren Fingern und sendete Drakon Verwünschungen durch ihre Blicke.
Drakon verschränkte die Hände hinter seinem Kopf und spazierte pfeifend vorwärts. »Ohne mich wäre euch doch langweilig. Außerdem kennst du die besten Plätze, ohne dich wäre ich nie da hoch gegangen, um diesen geilen Blick über Thessaloniki zu bekommen.«
»Und es stört dich gar nicht, mit einer Laskaris unterwegs zu sein?« Es musste raus.
Clio hustete laut in ihren Strohhalm, wodurch ihr Shake aufsprudelte. Während sich Drakons Schwester noch ihrem Anfall widmete, strafte mich Harmonia mit ihrem Blick.
»Margo, das ist, glaube ich, nicht das passende Thema.« Drakon nahm langsam seine Arme runter.
»Du hast das gewusst und mir nichts gesagt?« Clio, die bisher nur Metal gehört und sich hatte zurückfallen lassen, schloss zu uns auf.
Die Leute um uns sahen uns bereits an, weswegen ich auf eine Plattform mit Sitzmöglichkeiten hüpfte, die ins Meer hineinragte.
»Clio, ich, wir klären das später.«
»Warum nicht gleich?«, sagten Clio und ich beinah gleichzeitig.
In seiner Panik erntete sogar Harmonia einen hilfesuchenden Blick von Drakon. Sie winkte jedoch ab und wandte sich um.
Ich setzte mich im Schneidersitz auf die Steinbank und wartete auf seine Erklärung, als ein Flashback mir einen Stich versetzte.
Daphne und ich auf dieser Steinbank mit einer Tüte kleiner Loukoumades mit Schokosauce. Die frittierten Hefeteigbällchen mit Zimtmischung ließen nicht nur meinen Mund feucht werden. Auch

in meinen Augen sammelten sich Tränen, die abermals kein Ventil fanden, um aus meinem verkorksten Körper auszubrechen.

»Alles okay?« Clio setzte sich zu mir und nahm meine Hand.

»Geht gleich wieder.« Ich schloss meine Lider und massierte mit meinen Fingern meine Stirn.

Es dauerte, aber ich schaffte es, die Erinnerung wegzudrücken und Daphnes Lachen aus meinem Ohr zu verbannen. Dabei war es eben noch so präsent, dass ich hätte schwören können, sie stünde hinter mir.

»Alles okay, Margo?« Harmonia hockte sich neben mich und streichelte meinen Oberschenkel.

»Willst du zurückgehen?« Drakons Stimme peitschte meinen Puls wieder in die Höhe.

»Tu nicht so, als ob du dich sorgst. Du hast meinen Nachnamen gelesen und bist wieder abweisend gewesen.«

Clio unterdrückte ein Grinsen und drehte sich zu ihrem Bruder um.

»Ich bin geschockt gewesen, tut mir leid. Das ist nicht wegen dir. Nur ... Unsere Familien sind seit Ewigkeiten verfeindet.«

»Was mein Bruder sagen will, ist, dass er ein Arsch ist und nicht weiß, wer er selbst ist. Wir bekommen, seitdem wir Kinder gewesen sind, gesagt, dass eure Familie uns etwas Schlechtes will und er lässt sich davon manipulieren.« Clio sah mich nicht an, eher durch mich hindurch.

»Nicht hier, Clio.«

Ein verbittertes Schnauben von Clio unterbrach alles, was Drakon noch hätte hinzufügen wollen. Sie stellte sich vor ihren Bruder.

»Für dich ist nie der passende Zeitpunkt. Du willst nur alles verheimlichen oder in dunklen, unbeobachteten Ecken besprechen. Werd erwachsen. Du wirst eines Tages dastehen und, ach, egal. Diese Diskussion hat bei dir noch nie etwas gebracht.«

Drakon wich jedem Blick aus, fuhr sich mehrmals durch die Haare, erspartet mir jedoch einen Kommentar. Seine Zerrissenheit sprühte aus jeder Pore.

»Es geht gar nicht um die Geschichte unserer Eltern, fein, vielleicht anfangs. Danach habe ich eher Angst gehabt, dass dir etwas passieren könnte, Margo. Wenn meine Familie etwas über dich erfährt, wäre das nicht zu deinem Vorteil.« Drakon sagte das, als wäre er ein Spion auf der Flucht, ständig in der Angst, abgehört zu werden.

In mir flogen einige Gedanken hin und her. Keine Ahnung, welchen ich fassen und aussprechen sollte, also verließ ich mich auf meine Intuition. »Mir geht dieses Hin und Her auf die Nerven. Entweder wir haben Kontakt miteinander oder nicht. Wenn du das nicht für dich entscheiden kannst, dann breche ich ihn ab. Das tut mir nicht gut.«

Harmonia streichelte meinen Rücken. Ob sie mir so Mut zusprechen wollte?

»Sie hat recht, Bruderherz. Entscheide dich.«

Drakon leckte über seine Lippen, kaute auf ihnen herum und benetzte seine Mundwinkel.

»Stimmt. Es, es tumilei.«

»Wie bitte?« Clio boxte ihm auf den Oberkörper. »Hast du etwas verstanden?«

»Gar nichts.« Harmonia spielte mit.

»Es tut mir leid, okay?«

»Geht doch.« Clio machte sich wieder ihre Ohrenstöpsel rein und die laute Metalmusik dröhnte über die Promenade.

»Dieses Spazierengehen macht echt müde.« Harmonia streckte sich beim Gähnen.

Ein Mädchen im Kindergartenalter mit grünem Pünktchenkleid näherte sich uns und sah mich mit großen Augen an.

»Óla kalá?« Obwohl sie nicht wirkte, als wäre alles klar mit ihr.

Plötzlich lachte sie und lief wieder zu ihrer Mutter.

»Warum hat die mich angesehen, als spräche ich nicht ihre Sprache?«

»Weil wir für sie alle durcheinander gesprochen haben«, sagte Drakon und winkte dem Mädchen hinterher.

»Hä?«

»Ich spreche Isländisch, Clio auch. Du Griechisch –«

»Moment, was?«

»Wie Drakon sagt. Wir sprechen alle unsere Muttersprache, aber durch unsere Pflanzenseele verstehen wir uns. Auf Außenstehende wirkt das bestimmt komisch.«

Okay. Wow.

»Hättet ihr nicht auch langsam Hunger?« Drakons Magenknurren begleitete seine Frage.

»Ich bin noch voll und Clio hat dir vorher gesagt, du hättest im College etwas essen sollen.« Harmonia traute Drakon trotz seiner Entschuldigung nicht und auch ich passte ihm gegenüber auf.

»Was ist mit dir?«

»Nein, ich auch nicht.« Mein Magen hatte es darauf abgezielt, mich zu verraten, und knurrte.

Wieder durch die Straßen Thessalonikis zu eilen, machte mich überglücklich. Sogar das Stechen in meinem Oberschenkel störte mich nicht. Diese Gerüche von Gyrosstand, Sonne, die auf Asphalt knallte, Bäume und Meer, die beim Laufen an mir vorbeizogen, ließen mich die Bilder vom Angriff beinah vergessen.

»Margo, ich kann das Bougatsa bezahlen.« Drakon, der sichtlich Probleme damit hatte, den Tanz der Diebe durchzuhalten – womit Menschen, Mülleimern und Kiosken auszuweichen gemeint war –, keuchte.

»Dann ist es doch nicht dasselbe.«

»Ich glaube, die Spieße kommen mir hoch.«

»Verzogener Schnösel.«

Drakon antwortete nichts darauf? Das klang nicht gut. Doch bevor ich mich zu ihm umdrehen konnte, schnappte er mich, zog mich in eine Seitengasse und bevor ich es realisiert hatte, verlor ich meine Bodenhaftung.

»Scheiß auf Spiderman, ich bin Plantboy!«

Mein Kopf fiel in meinen Nacken und da erkannte ich erst die Oleanderplanze, die sich um sein Handgelenk gewickelt hatte und uns hochzog. Drakon hielt mich mit dem anderen Arm fest.

Diese Nähe zu ihm machte mich schwindelig. Ich hielt mich an seinem Oberarm fest, wodurch ich die angespannten, festen Muskeln spürte.

Auf dem Dach des Hauses angekommen, preschten wir zum Rand und sahen nach unten.

Der Typ aus der Bäckerei, der uns verfolgte, kratzte sich unter seinem Haarnetz und ich musste mir mein Lachen verkneifen.

»So flieht man galant.« Drakon legte sich auf den Rücken und seine Brust hob und senkte sich. »Was für eine Spannung, die von einem abfällt. Irre.«

»Hat was, oder?«

»Auf jeden Fall.«

Ein wenig tat mir der Bäcker ja leid, aber ich stahl grundsätzlich nur von Leuten, bei denen ich mitbekam, dass sie ihre Angestellten ausbeuteten oder in komische Machenschaften verwickelt waren. Meistens. Ich war also – meistens – die griechische Robin Hood der Straße. Mit Pflanzenmagie. Die von einer reichen Familie abstammte. Hm. Mein Image passte irgendwie nicht mehr.

Baulärm drang bis zu uns hoch und Drakon schreckte auf.

»Was? Erschrocken?«

»Ne, ich verbinde mit diesen Bohrgeräuschen nichts Gutes. Zahnärzte und so.«

»In dieser Stadt gibt es jahrelang nie enden wollende Bauarbeiten, weil sie immer auf irgendwelche archäologische Funde stoßen und dann nicht weitermachen dürfen. Daran gewöhnt man sich.«

»Verstehe. Aber!« Drakon schaffte es, mit einem Hüpfer wieder auf den Beinen zu sein. »Wir müssen noch unsere Schnitzeljagd beenden.«

Stimmte ja. Ich holte das kleine Papier heraus, das uns eine junge Studentin gegeben hatte, die mit dem Promoterinnenjob etwas Geld dazuverdienen wollte. Eine Marketingaktion der Stadt, damit auch Einheimische sie besser kennenlernten.

»Gehe zur Ruhestätte der alten Eisen und finde die süße Triangel«, las ich vor.

»Das ist mir zu hoch.«

»Gut, dass du mich hast. Ich weiß genau, was gemeint ist. Vor allem, wenn man auf der Straße lebt.« Ich lief los und sprang vom Haus.

Einfach so, ein Instinkt in mir bläute mir ein, es sei okay. *Memo an mich: Nicht mehr auf mich hören, ich bin bescheuert.*

Als ich fiel, machte mein Körper von selbst unsichtbare Energieschübe, die aus mir flossen. Sie verbanden sich mit den Bäumen unter mir. Die Blätter darauf verbanden sich zu einer Art Fangnetz, das meinen Sturz bremste und mich sanft absetzte.

»Danke?« Keine Ahnung, ob ich mich bedanken sollte.

Viel eleganter kam natürlich Drakon runter, der von einem Ast wie von einer grünen Hand abgesetzt wurde, als säße er auf einer fliegenden Wolke.

»Nicht schlecht.« Drakon pflückte ein Blatt aus meinen Locken und strich dabei über meine Wange.

Wärme breitete sich von diesem Punkt ausgehend über meinen gesamten Körper aus und seine sanfte Haut spürte ich nachträglich. Schluss, ich musste mich zusammenreißen.

Wir eilten durch die Straßen. Nach einer falschen Abzweigung erreichten wir das Ziel. Den Zugfriedhof von Thessaloniki.

Wie in einer völlig anderen Welt kämpften wir uns über Glassplitter, rostiges Metall und zwischen mit Graffitis bemalten Zügen hindurch. Die Pflanzenüberwucherung half mir als Magierin sogar, da sie mich vor Nägeln schützten, die ich sonst übersehen hätte.

Verlassene Züge, die hier seit den Achtzigern abgestellt wurden und bei denen nie versucht wurde, sie anders zu nutzen.

»Na, kommst du mit?« Ich reichte einem kleinen Straßenhund, der unter einem Waggon hervorkroch, meine Hand und er schnüffelte daran.

»Der kann Krankheiten und Viren haben.«

»Du auch.«

Drakon verzog den Mund und sagte nichts mehr. Der Hund mit dem rostbraunen verfilzten Fell schritt neben uns her. Der Dschungel aus Waggons, die den Witterungen ausgesetzt waren, kam mir wie ein eigenes Kunstwerk vor. Überall erkannte ich etwas, was für Drakon wohl unsichtbar blieb. Die Blicke der Straßenmenschen, die hier waren. Sie wussten sich unsichtbar zu machen.

»Und, wo finden wir die süße Triangel?« Drakon verscheuchte ein paar Brennnesselsträucher, die etwas zickig reagierten, aber ihm dennoch Folge leisteten.

»Die müssten sie irgendwo versteckt haben, eventuell hinter dem – Ah! Gefunden.«

Hinter einem türkisfarbenen Waggon tat sich ein uraltes Plakat auf.

»Ta-Da! Trigona – ein Filoteigdreieck mit einer süßen Füllung. Eine Spezialität hier.«

»Wow. Nicht schlecht, Sherlock.«

Eigentlich hatte ich mir vorgenommen, mich mit einem Siegerinnenlächeln umzudrehen, als ich über den Straßenhund stolperte und Drakon mich auffing.

»Guten Tag, wer fällt mir denn da in die Arme?« Den blöden Spruch konnte Drakon sich nicht verkneifen. Komischerweise lag in seinen zartgrünen Augen keine Spur von Hohn, eher eine Prise von Freude.

Nein, nicht Freude. Aus dem Zartgrün seiner Iriden schlich sich ein unsichtbarer Faden, der mich umkreiste und an ihn band. Nein, es war nicht Freude. Es handelte sich um Verlangen.

Drakon über mir und ich in seinen Armen, aufgefangen und sicher. Ja, diese Situation löste etwas tief in mir aus. Ein Schloss, das klickte und sich öffnete. Der einzige Schatten, der über diese Szene huschte, waren die kitschigen Liebesszenen aus den historischen Heftchenromanen, in die ich mich versetzt fühlte.

»Was an dir fasziniert mich nur so, Margo Laskaris?« Sachte hob Drakon mich mit federleichten Berührungen hoch, als wäre ich ein Keimling, den er vor dem Sturm beschützte.

»Das musst du mir schon sagen«, flüsterte ich, gefangen von seinem Charisma.

»Du strahlst eine Sicherheit aus. Eine Loyalität und eine unerschütterliche Ehrlichkeit. Bei dir habe ich das Gefühl, du umarmst meine Seele mit nur einem Blick. Diese Geborgenheit, wenn du einen Raum betrittst und die du einem so bedingungslos schenkst, haut mich um.«

Diese Aussage bescherte mir eine Gänsehaut, da ich noch nie solche Worte gehört hatte, zumindest nicht auf mich bezogen. Abgesehen davon sprach er von demselben Gefühl, das Drakon in mir auslöste.

Meinetwegen, ein Fingerhut voll Skepsis schwang mit, da ich nie einschätzen konnte, wie tief die Angst vor seiner Familie in ihm steckte und was sie mit ihm machen konnte. Denn wenn ich eines gelernt hatte, dann, dass Ängste einen irrational handeln ließen, ob man wollte oder nicht. Da half auch kein Arsch, der einem »*Reiß dich zusammen, ist doch nichts*«, ins Ohr flüsterte.

Unsere Lippen näherten sich. Es knisterte zwischen ihnen, ich spürte das Prickeln auf meinen. Als ob unsere Lippen zwei verschiedene Welten wären, die drauf und dran waren, zu kollidieren, zu verschmelzen. Nicht auf die, Wir-werden-alle-sterben-Art, sondern auf eine Wir-werden-Eins-Art. Imaginäre Feuerwerke, die auf meinen Lippen bitzelten.

Ein Kloß in meinem Hals machte es mir unmöglich, zu schlucken, und es war einer dieser Schlucker, bei denen man wusste, sie würden laut sein.

»Drakon, warte.« Nur ein Hauchen, mehr waren diese Worte nicht. »Ich kann das nicht, wenn du mich morgen wieder wegen deiner Familie meidest. Tu das nicht, wenn dieser Kuss nichts bedeuten würde. Ich will kein Fehler sein. Nicht schon wieder.«

Trauer schoss wie von selbst hoch. Ich spürte seine Hand an meinem Nacken. Er zog mich zu sich und küsste mich.

Zwei fremde Lippen, die perfekt aufeinanderpassten. Diese unerträgliche Gier nach mehr zerriss mich innerlich. In mir spannte sich alles an, weil Dämme in mir brachen, mich unendlich erleichterten, aber gleichzeitig wollte ich mehr von diesem Gefühl. Wie eine Droge, die einem half, sich zu entspannen. Im selben Moment hatte man auch Angst, es könnte enden.

Geküsst hatte ich viele Menschen. Drakon jedoch verwirbelte die Welt um mich, fegte mein Gehirn leer, entfachte eine Holipulver-Party in meinem Herzen mit den buntesten, grellsten Farben.

Unser Kuss wurde feucht, was nicht an unseren Zungen lag, die sich zunächst sanft annäherten, ehe sie wie längst bekannte Teile miteinander harmonierten. Salziges Wasser, Tränen, die aus dieser Erinnerung so viel mehr als nur den ersten Kuss machten. Waren es meine? Nein. Drakon. Drakon weinte.

Ich umfasste ihn mit meinen Armen, meine Hände klammerten sich an ihn. Ich wollte ihn noch näher an mir spüren. Ihm noch mehr Halt geben. Dabei hielten wir uns gegenseitig.

Irgendwann gab ich dem Drang, zu atmen, nach und löste mich von ihm, während ich laut Luft einsog. Es dauerte, bis ich mich wieder erinnerte, wo wir waren, die Umgebung wahrnahm.

»Bah. Peinlich, tut mir leid.« Drakon zog sein schwarzes Shirt hoch und trocknete seine Tränen.

»Das muss dir nicht peinlich sein.« Das klang nicht überzeugend, was nicht an Drakon lag.

Um uns zogen die Wolken zu. Eine graue Zuckerwattendecke, die die Sonne aussperrte. Ich lebte draußen, die Natur war mein richtiges Zuhause gewesen, weshalb ich auch merkte, dass sich nicht einfach nur das Wetter verschlechterte.

»Etwas stimmt nicht.« Drakon zog die Nase hoch.

»Fühlst du es auch?«

Drakon nickte. Ich ergriff seine Hand und lief voraus.

»Drakon!«

Wer war das?

Seine Finger glitten aus meiner Hand und als ich mich umdrehte, stand dort eine mir unbekannte Frau mit knielangen, blonden Haaren in einem engen, samtigen, hochgeschlossenen, violetten Kleid. Zwischen ihren Brüsten eine türkise Brosche.

»Mutter?«

Mutter?

»Wir gehen.«

Ich sah mich um. Woher kam sie? Gab es im Zugfriedhof tatsächlich eine dieser Teleportblumen, durch die wir auch von Lidwicc nach Thessaloniki gekommen waren?

Die Abscheu in Drakons Mutter galt mir, das erkannte ich nach all den Jahren auf der Straße. Sie wusste, wer ich war. Beziehungsweise kannte meine Abstammung.

»Ich kann nicht. Was machst du hier?«

Drakon fühlte sich sichtlich unwohl, wie er zwischen seiner Mutter und mir stand, uns abwechselnd musterte und bei jedem Mal, wenn er wieder zu mir blickte, erkannte ich mehr und mehr die Unsicherheit in seinem Gesicht.

»Wenn du nicht kannst, helfe ich nach.« Die Highheels, die zu ihrer Brosche passten, klapperten auf dem unebenen Boden.

»Mutter, ich –«

»Keine Widerrede. Du siehst, es stimmt etwas nicht.« Sie packte seine Hand und sah mich an. »Komm ihm nie wieder zu nahe. Verdammtes Laskaris-Pack.«

Etwas erwidern hätte ich so oder so nicht können, dafür zitterte meine Knie zu sehr, aber selbst wenn, wäre sie zu rasch wieder verschwunden. Eine Blume hinter dem Waggon schnellte nach vorn, die Blüte öffnete sich und offenbarte einen bunten Strudel, der Drakon und seine Mutter mit sich zog.

Zwei Schritte schaffte ich noch, ehe ein Blitz vor mir einschlug und mich davon schleuderte. Mit dem Rücken lag ich auf etwas Spitzem und über mir züngelten weitere Blitze aus den Wolken hervor. Was ging hier vor sich?

Harmonia! Drakons Mutter hatte bestimmt auch Clio abgeholt, also musste sie alleine in Thessaloniki herumirren.

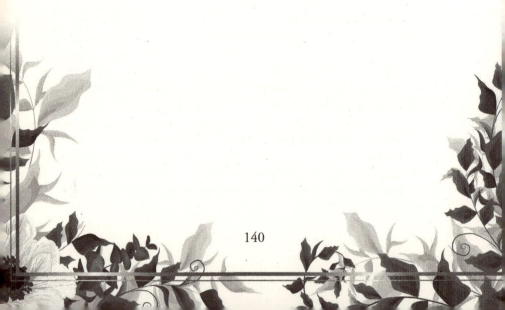

15.

WAS WÄRE

BEI VERBLEIB IM LADEN PASSIERT?

Rechtzeitig sprang ich in den kleinen Kaufladen und riss Harmonia mit mir. Gleich danach schepperte eine Mülltonne an der Ladentür vorbei.

»… das stärkste Unwetter, das Thessaloniki seit Jahren mitgemacht hat«, sprach die Nachrichtensprecherin aus dem uralten Radio des Mannes neben mir.

Er saß auf einem hohen Eisentisch und nippte an seinem griechischen Kaffee.

Ein Schiebewagen, auf dem gebratene Maiskolben zubereitet wurden, rollte ebenfalls herrenlos vorbei. Heißes Fett spritzte umher. Es folgte ein Mann mit hochgebundenen Haaren, vermutlich der Besitzer.

Der winzige Laden, der nur ein schmaler Korridor war, an dessen Ende sich die Kasse befand, roch nach starkem Kaffee und –

»Es riecht heftig nach Oregano hier. Was machen wir, bis wir wieder auf die Insel können?« Die Cornflakespackung in Harmonias Hand hatte unten ein Loch, weswegen ein paar Flakes auf den Boden rieselten.

Ich nahm sie ihr ab und stellte sie zurück, nachdem die Verkäuferin, Christina, die gefühlt seit vierhundert Jahren diesen Laden führte, mich erkannt hatte.

»Ich habe keine Ahnung. Auf mich wirkt das jedoch etwas seltsam. Dieses Unwetter kommt und Clio und Drakon werden abgeholt?« Oder übertrieb ich?

»Ich weiß, worauf du hinauswillst, aber diese Macht hat niemand. Keiner der Magiebegabten kann das Wetter verändern.«

Der Regenschauer trommelte gegen die Fassade und Wasser schwappte in regelmäßigen Abständen in den Laden. Im Schneckentempo quetschte sich die Ladenbesitzerin mit einem Knurren an uns vorbei. Ihre Haut spannte sich um ihre Knochen, so dünn war sie, und ihre Falten gruben tiefe Löcher, die ich alle genau inspizieren konnte. Sie schnappte sich einen Besen und wischte das Wasser, so gut es ging, hinaus. Würde sie diesen Laden verlieren, wäre das ihr Ruin.

Ein Tropfen landete auf meinem Kopf und beim Hochschauen erkannte ich auch seine Herkunft. Ein Wasserfleck zeichnete sich an der Decke ab. Das kannte ich von schlechten, nicht fertig gebauten Häusern, in denen ich gehaust hatte.

»Scheiße, Harmonia. Wir müssen raus!«

»Wieso? Was ist los?«

Wieder schnappte ich mir meine Freundin und brüllte auf Griechisch die beiden älteren Leutchen an, sie sollen mit rauskommen. Der Mützenopa trank noch seinen Kaffee leer und kam zu uns. Christina schob nur eine Locke unter ihr weißes Tuch und eilte in den Laden hinein. Sie schob mit aller Kraft ein Regal unter den Wasserfleck.

»Nein! Komm raus, Christina!« Ich machte einen Schritt hinein, bis Harmonia mich packte.

»Bleib da.«

»Sie muss da raus.« Nachdem ich den Satz beendet hatte, ließ mich ein Knall zusammenzucken.

Harmonia rutschte aus und fiel mit mir um. Wir rissen den alten Mann mit uns. Staub und zermahlene Steinchen umhüllten uns wie eine Wolke.

Wir husteten alle im Chor. Überall Weiß und Grau. Schreie, die von weit weg zu mir drangen. Als Erstes erkannte ich eine Dose Mais, die mir vor die Füße rollte. Nach und nach gelang es mir, einen Blick in den Laden zu werfen.

Die Decke war runtergekommen und hatte den Laden unter sich begraben. Das kleine Häuschen, zwischen zwei Wohnhäuser gequetscht, hatte die Wasserflut auf dem Flachdach, die sich dort gesammelt hatte, wohl nicht ausgehalten. Ich entdeckte auch noch einen Teil des anderen Wohnhauses, das darauf gestürzt war und das Dach beschädigt hatte.

Christina! Mit meinen Händen trug ich die Steine ab, schrie ihren Namen, bekam jedoch keine Antwort. Ich musste an Daphne denken, obwohl ich es vermied. Wie wir vor ihrem Laden saßen und Christina uns jedes Mal ein Glas Wasser, ein Pitabrot mit Tsatsiki angeboten hatte.

»Margo, es ist zu spät.« Erst als ich Harmonias Hand auf meiner Schulter spürte, hörte ich mit dem Graben auf.

Kalter Schweiß und Regen vermischten sich und flossen über meine Wangen.

»Was hat sich nur geändert, seitdem dieser eine Typ und Callidora mich entdeckt haben, Harm?«

Harmonias Antwort war ein bedrückter Blick zu Boden.

Der alte Mann hatte bereits die Beine in die Hand genommen und war abgehauen. Ich saß vor dem Laden und sah zur Kreuzung hin. Dort erkannte ich die überfluteten Straßen und die Wassermassen, die Mülltonnen, Autos, Räder und Obstwagen mit sich rissen. Menschen, die schreiend rauf oder runter liefen, da wohl niemand wusste, wo man in Sicherheit war. Dazu dieses ekelhafte Donnern am Himmel, das wie eine Symphonie des Todes über uns waberte.

»Komm, wir suchen uns einen sicheren Platz, okay?« Harmonia half mir hoch.

Meine durchnässte Kleidung klebte an mir. Die Kälte und die Feuchtigkeit aber spürte ich kaum noch. Stattdessen tat ich, wofür ich bekannt war: Ich verdrängte alles und lief los. Harmonia neben mir.

Des Öfteren rettete uns eine Pflanze, die ja in Thessaloniki sowieso allgegenwärtig waren, indem sie dank Harmonia herabfallende Steine oder Blumentöpfe von uns weghielt. Sie schepperten hinter oder neben uns auf den Boden. Dieses Krachen und Knallen, das sich überall durch die Straßen zog, würde mir noch lange in Erinnerung bleiben.

Jemand lief über die Straße und als sich unsere Blicke kreuzten, erkannten wir uns wohl gleichzeitig. Es war der Typ, der mich von seinen beiden Schlägern wegen zehn Euro killen lassen wollte. Ich wandte mich von ihm ab, als ich es erspähte. Eine Klimaanlage, die bei beinah jeder Wohnung in Thessaloniki außen angebracht war, brach von der Fassade eines uralten Wohnhauses ab und flog in seine Richtung.

»Verdammt.« Ich hob meine Hände und ein Baum fing die Anlage ab.

Er guckte mich an. Gerechnet hätte ich mit allem, aber nicht mit einer dankenden, verbeugenden Geste und einem griechischen Danke, das ich von seinen Lippen ablas.

»Margo!« Harmonia schlug mir auf die Schulter.

»Es ist über mich gekommen. Ich musste ihm helfen. Ich bete dafür auch drei Pflanzengebete runter, dafür müssen wir auch erstmal überleben.«

Endlich eilten wir die letzte Gasse zu meinem Ziel entlang.

»Du hast uns an den Hafen geführt? Wir sollten bei diesem Sturm wohl als Allerletztes zum Meer.« Harmonia sah mich an, als wäre mir ein Rüssel gewachsen.

»Vertrau mir, ich habe einen Plan.«

Wir liefen den Hafen hinunter, dorthin, wo das Boot anlegte, das öfter Bewohner der umliegenden Stranddörfer abholte und herbrachte. So brauchten diese Leute aus den Dörfern nicht allzu lange hierher und vor allem benötigten sie kein Auto.

»Du bist genau dorthin gelaufen, wo ich gedacht habe, dass du es tun wirst.«

Das konnte unmöglich wahr sein.

Ich drehte mich um. Tatsächlich, dort stand sie. Auf dem Dach eines Hafenrestaurants.

»Daphne?«

Mein Bauch schlug Purzelbäume und ich hatte das Gefühl, als wäre dort, wo mein Magen war, ein klaffendes Loch. Rasierklingenscharfe Schnitte in meinen Nervenbahnen und ein Schwindel, der mich aus der Bahn warf, überkamen mich.

»Was meinst du? Wie geht's dir? Was machst du auf dem Dach? Was ist mit dem Typ aus dem Wald neben dir?« Ewig hätte ich so weitermachen können.

»Wir haben nicht viel Zeit, Margo. Komm zu mir.« Daphnes Stimme klang wie Musik in meinen Ohren.

»Margo, ist das deine Freundin?«

Meine beste Freundin war nicht gestorben.

»Daphne, ich bin so froh, dich zu sehen.« Ich strich mir all meine Haare aus dem Gesicht und hielt sie zurück, um sicherzugehen, nicht getäuscht zu werden. »Du bist es.«

»Na, klar, Sin Boy, ich bin es.«

»Du musst dich beeilen, Daphne.« Der Typ mit den türkisfarbenen Haaren hob den Finger und machte einen Minischritt vor Daphne. »Ähm, entschuldige, wenn ich mich vorstellen dürfte.«

»Hast du sie entführt?« Meine zweitschlimmste Befürchtung, neben der Angst, dass er sie getötet hatte.

»Ich bitte dich. Das hat keine Klasse. Nochmal, ich bin Zephyrus.« Der blaue Anzug, das rote Hemd, alles wirkte so furchtbar überzogen.

»Okay? Und was soll ich mit der Info anfangen?«

»Margo, hier stimmt etwas nicht.« Harmonia stand dicht neben mir und ich spürte die Schwingungen ihrer Furcht in der Luft.

Vielleicht war es auch nur der Sturm, der zugenommen hatte. Das Meerwasser, das über den Kai des Hafens geschwappt war, bahnte sich seinen Weg zu uns. Meine nassen, kalten Füße registrierte ich erst wieder, als das Salz im Wasser in meinen wunden Knöcheln brannte.

»Du musst mit uns kommen, Margo. Du wirst manipuliert.« Daphne drängte sich vor Zephyrus und machte eine betende Geste nach. »Bitte, vertrau mir einfach, Margo. Diese Pflanzenmagier bescheißen dich von vorne bis hinten.«

Was? Sie wusste über all das Bescheid?

»Daphne, was redest du da?« Meine Stimme klang krächzend, während ich gegen das laute, tosende Meer ankämpfte, das jedes Wort von mir verschluckte.

»Es ist die Wahrheit, Margo. Sie wollen dich kontrollieren, und als deine Magie entfesselt wurde, wollte ich dich retten. Haben sie dir gesagt, was deine Seelenrose kann? Wozu du fähig bist? Haben sie dir gesagt, dass dein wahrer Name Marpessa ist?« Zephyrus' Worte klangen nicht ehrlich.

Der verarschte mich doch. Oder?

»Marpessa Laskaris.« Harmonia nuschelte meinen Namen und so, wie sie ihn aussprach, hatte sie meinen vollen Namen nicht das erste Mal ausgesprochen.

»Harm. Weißt du was darüber?«

Sie schluckte.

»Harm? Ihr habt schon Spitznamen? Ist sie etwa deine neue beste Freundin, oder wie?«

Okay, das war definitiv Daphne.

»Daph, weder der passende Ort noch der passende Zeitpunkt.«

»Den Namen habe ich gehört. Lass uns abhauen und im College nachfragen.« Harmonia verheimlichte mir etwas.

»Du merkst, dass sie dich anlügt, oder?« Daphne eilte vor und wäre beinah vom Dach der kleineren Lagerhalle gefallen, hätte Zephyrus sie nicht am Arm gepackt. »Vertraust du mir oder ihr?«

»Ich vertraue ihm nicht.«

»Zephyrus weiß alles. Komm mit uns, Margo.«

»Hör auf deine Freundin.«

Zwischen Harmonia und Zephyrus sowie Daphne zu stehen, war wie Tauziehen. Welcher Seite sollte ich glauben? Mein Kopf schmerzte und dank der Blitze, dem Wind und dem aufgewühlten Meer konnte ich keinen klaren Gedanken fassen.

»Margo, ich weiß nicht, was vor sich geht, aber mit diesem Zephyrus stimmt etwas nicht.« Harmonia kratzte sich an der Wange.

»Margo! Ich bin es, Daphne. Wir sind eine Familie, würde ich dich betrügen?« Daphne log ebenso wenig wie Harmonia, dennoch verheimlichten beide auch etwas. Das spürte ich.

»Weg von ihr, du Monster!« Callidora lief hölzern in den Hafen. Ihr Schleier wehte auf und ab. Sie kam vor uns zum Stehen und stellte sich schützend zwischen Zephyrus und mich.

»Es ist zu spät, Daphne.« Zephyrus legte bestimmend eine Hand auf die Schulter meiner besten Freundin.

»Nein, nur noch eine Minute, bitte. Margo, glaub mir.«

Was Daphne auch sagte, es stimmte ihn nicht um.

Stattdessen erschien eine wabernde rotorangefarbene Kugel auf seiner Hand.

»Springt! Ins Meer!« Callidora stürzte zwischen uns hindurch, schnappte sich je einen Arm von Harmonia und mir.

Ehe ich mich's versah, sprudelte mir das Meer um die Ohren.

»Wer ist Marpessa Laskaris?« Von der Migräne dröhnte mein Kopf und mein Gebrüll hämmerte mir gegen die Schläfen, aber ich ließ mich nicht mit fadenscheinigen Ausreden abspeisen.

»Beruhig dich erstmal, leg dich hin und dann sprechen wir darüber.« Wie konnte Callidora so locker darüber sprechen, während sie sich hinter ihrer japanischen Trennwand umzog?

»Warum werde ich ständig abgewimmelt, warum gibt mir niemand Antworten?« Der Teppich um mich färbte sich wegen meiner nassen, tropfenden Klamotten dunkler und meine Zähne klapperten beim Sprechen aneinander.

»Margo, lass uns ins Zimmer gehen, zieh dich um und Callidora wird dich aufsuchen, ja?« Harmonias dreizehnter Versuch, mich zu besänftigen, blieb wie die zwölfmal davor unbeantwortet.

»Ich muss auch erstmal einen klaren Gedanken fassen, Anrufe tätigen und die Situation erfassen.« Gehüllt in ein blassrosa Outfit schwebte Callidora um die Ecke und verscheuchte Caspara mit einem bösen Blick aus ihrem Bürostuhl.

»Sorry.« Wieder auf den Beinen, gesellte Caspara sich zu mir. »Versteh uns auch. Wir leiten beide ein College und Zephyrus' Auftauchen wirft Fragen auf –«

»Die ich auch habe! Wer ist er?«

»Es reicht! Du sprichst nicht in diesem Ton mit uns. Wir melden uns bei dir.« Callidora ließ zwei Efeuranken die Tür öffnen – die dieses Mal keine Sonnenblumenblüte mehr war – und bedeutete uns, zu gehen.

Ich gab nicht auf. Es musste lediglich ein neuer Plan her und wenn ich mich auf den Kopf stellte, ich bekäme Antworten. Noch heute!

»Fickt euch doch.« Das war nicht der beste Plan.

»Margo!« Harmonia zog mich mit sich nach draußen.

Mithilfe der beiden Märzenbecher im Flur ließ ich ihre Stiele wachsen und schlug die Tür von außen lautstark zu. Mir doch egal, wie kindisch das war.

»Bitte sei nicht böse.« Harmonia huschte hinter mir her.

»Lass mich in Ruhe. Ich will allein sein.« Bevor ich etwas gesagt hätte, was ich bereute, drückte ich meine Lippen aufeinander.

»Schhhh, Margo.«

Träumte ich? Wer war da?

Harmonia hatte ich hinter der letzten Ecke abgehängt. Wer sprach da also mit mir?

»Margohh.«

Ein unheimliches Geisterhauchen wie aus einem Haunted House-Film rollte durch den Gang und ich folgte ihm.

»Wer ist da?«

Selbstverständlich bekam ich blöde Kuh keine Antwort, wann hatte auf sowas jemals jemand eine Antwort bekommen?

»Margohhh.«

Die Kletterpflanzen an den Wänden schlängelten sich ineinander und ein Pfeil deutete auf die lila Blüte einer Klettertrompetenblume. Ah, das musste eine dieser Telefonblumen – oder waren es Walkie-Talkie-Blüten? – sein. Sachte näherte ich mich der Blüte mit dem Ohr.

»Ja?« Ich räusperte mich. Warum sprach ich denn so geheimnisvoll leise? »Ja?«

»Hier ist Gundel.«

»Die Mentorin der Sporos?«

»Oui, oui.«

»Was gibt's?«

»Nichts.«

Einige tuschelten, dass sie irgendwie *bekloppt* sei.

»Okay. Bye.«

Es dauerte keine zwei, drei Schritte, da zischte sie mich zurück.

»Was?« Auch wenn das normal war, kam ich mir blöd vor und sah mich um, ob mich auch niemand dabei beobachtete, wie ich mit einer Blume sprach.

»Komm in mein Baumhaus.«

»Das hört sich abgedreht an.«
»Ich will dir etwas zeigen.«
»Das macht es nicht besser.«
»Ich habe Informationen für dich.«
»Heute in einem Baumhaus abgestochen zu werden? Gar keinen Bock darauf.«
»Deine Mutter und ich sind beste Freunde gewesen.«
Warte, was?
»Ich komme.«
»Also das klingt jetzt wirklich falsch, Margo.«

Gundels Baumhaus brachte mich aus dem Konzept. Wenn ich an ein Baumhaus dachte, hatte ich diese schlecht zusammengebretterten Holzhüttchen im Kopf, die halb auseinanderfielen. Nicht Gundels Unterkunft. Sofort, nachdem mich der Baumaufzug hochgehoben hatte, stand ich vor einer völlig von Blumen und Ranken eingenommenen Hütte, die einem Cottage ähnelte.

Während ich hier über die Shabby Chic Landhausschränke strich und eine zentimeterdicke Staubschicht vom Finger blies, pfiff hinter mir der Teekessel.

»Du hast meine Mutter gekannt?« Irgendwie hatte ich es geschafft, es beiläufig klingen zu lassen, dabei brodelte die Gier nach Infos in mir. Aber ich hatte ja gesehen, wie dies auf Callidora gewirkt hatte.

»Nicht nur gekannt, wir sind die besten Freundinnen gewesen. Wir haben so viel Mist miteinander erlebt und uns alles geteilt.« Sie warf einen verschwörerischen Blick über ihre Schulter, wodurch ihr rotes Auge hinter dem Monokel noch irrer wirkte. »Alles.« Gundel kicherte.

Die Gänseblümchen, die zwischen ihren kurzen, grauen Haaren steckten, tanzten, als sie das Tablett mit dem Tee darauf hochhob. Auf wackligen Beinen balancierte sie es zu uns. Nein, sie balancierte wirklich. Sie ging, als wäre sie auf einem Hochseil.

Ob sie eine falsche Wahrnehmung besaß und meine Mutter gar nicht kannte?

»Woher weißt du, dass meine Mutter, ähm, ja, meine Mutter ist. War.« Mutter. Dieses Wort auf mich bezogen wirkte so fremd und falsch.

»Du bist Marpessa Laskaris. Du hast deinen Namen von mir. Friedelgunde Marpessa Müllerschön.«

»Das ist der Name gewesen?«

»Nein.« Glucksend stellte sie den Tee vor mir ab und kippte ein paar Stücke Ingwer hinein. »So, noch diesen Kristall auf dein Tellerchen.«

»Also?«

»Oh, das ist ein Amethyst, der hilft dir, dass du etwas mehr Balance in dein Inneres bringst.«

»Ich habe meinen Namen gemeint, trotzdem danke.«

»Natürlich. Ähm, dein Name, genau. Marpessa ist eine meiner Lieblingssagen gewesen. In der griechischen Mythologie gibt es den Mythos von Marpessa – bedeutet so viel wie rauben – und ihre Entführung. Aber ich will dich nicht nerven damit, google es.«

»Mach ich.« Tausend Hummeln brummten durch meine Glieder, da es sich so aufregend anfühlte, mehr über mich zu erfahren.

»Denn genau davor hatte deine Mutter Angst, seitdem sie mit dir schwanger wurde. Vor deiner Entführung.« Sie schlürfte unendlich lange an dem dampfenden Tee. »Du bist außerdem ein Unfall gewesen.«

»Danke, das ist, wow, das habe ich unbedingt wissen wollen.«

»Nein, das ist etwas Gutes. Deine Mutter, ihr Name ist Katarina, hat dich von diesem Schicksal beschützen wollen.« Der knochige Finger von Gundel deutete auf mein Herz und die sieben oder acht Ringe darauf rutschten vor.

»Schicksal?«

»Die Seelenrose. Ihre Gabe ist mächtig. Du kannst in deine Seelenrose jemanden einsperren, wie in einem Verlies. Für immer und ewig. Stirbst du, stirbt das Lebewesen darin mit dir.«

Dass ich nicht mehr atmete, merkte ich erst, als meine Lunge zu stechen begann. So unbedingt ich auch atmen wollte, es gelang mir nicht. Erst als mein Brustkorb Alarm rief und der heiße Ingwer in meiner Nase kitzelte, saugte ich die Luft um mich ein.

»Ich trage ein Take-Away-Gefängnis mit mir, oder wie?«

»Mhm«, stimmte Gundel mir glockenhell summend zu und richtete sich ihr Stirnband.

»Dafür werden wir verfolgt?«

Gundels Gesicht verfinsterte sich. »Oh, ja. Viele mit deinem Nachnamen werden verfolgt, weggesperrt und gequält, bis sie jemanden in ihre Seelenrose schließen. Vor allem die Olivssons haben sich so schon manch einen Feind vom Hals geschafft.«

Drakon.

»Tut mir leid, falls ich zu direkt bin. Also klar, Alter hat keine Bedeutung und so. Meine Mutter und du, ihr seid beste Freundinnen gewesen. Nur ...«

»Du meinst, weil ich über siebzig bin?«

Jetzt kam ich mir blöd vor, das angesprochen zu haben, nickte dennoch.

»Das muss dir nicht unangenehm sein. Deine Mutter ist ebenfalls um die fünfzig gewesen, als sie dich bekommen hat. Du musst wissen, dass die Magie in uns einerseits dazu dient, dass wir länger leben, und die Pflanzenmagie im Speziellen lässt uns länger fruchtbar bleiben.«

Gundel trank ihren Tee und sah dabei in den Spiegel.

Irgendetwas an ihrem Blick verunsicherte mich.

»Wo ist meine Mutter? Warum habe ich nichts davon gewusst? Wieso hat sie mich weggegeben, anstatt auf mich aufzupassen? Wollte sie mich nicht?« Der letzte Satz schnürte mir dir Kehle zu.

Wie oft hatte ich mir diese Frage verboten und sie verdrängt. Wollte man mich?

»Deine Mutter hat dich geliebt, mehr als alles andere auf der Welt. Ich weiß nicht, was mit ihr passiert ist.«

Wie ich mit all dem umgehen sollte? Keine Ahnung. Verschob es auf später. So fern die alte Margo war, so nah blieb dennoch mein Hang zum Verdrängen.

Der verstaubte Glastisch, der wie eine Karte die Ränder vieler Tassenabdrücke zeigte, die Bücher und Geschirr, das andauernd schepperte, weil Pflanzen dagegen stießen, machten es schwer, sie für voll zu nehmen.

Die nächste Frage überlegte ich mir lange. Egal, ich musste es wissen.

»Bin ich in Gefahr?«

Gundel überlegte nicht lange. »Ja.«

16.

WAS WÄRE

OHNE AUSSPRACHE PASSIERT?

Der Zornsturm, der in mir tobte, verbot es mir, zur Ruhe zu kommen, und unter der Sonne am Strand zu liegen, heizte mich nur noch mehr auf.

Entweder ein Hitzeschlag rettete mich oder ein Einfall, wie ich meine Gedanken sortieren konnte. Wie sollte ich mit Harmonia umgehen? Hatte Daphne doch die Wahrheit gesagt? War ich in Gefahr? Wie konnte Drakon einfach mit seiner Mutter abhauen? Wie konnten alle normal auf Lidwicc weitermachen, obwohl Menschen gestorben waren und neue Angriffe drohten?

Gereizt stöhnte ich beim Aufsetzen und warf meine Sonnenbrille in den Sand. Ich konnte nicht mehr. Dieses ewige Gedankenkarussell würde bald ausklinken und mir aus dem Kopf schießen.

Wie ein Puzzle, so fühlte ich mich. Ich saß vor einem Eine-Million-Teile-Puzzle. Konnte jedoch das große Ganze nicht fassen. Gar nicht mit dem Zusammenbauen beginnen, da ich das Motiv nicht kannte.

Das Meer kämpfte sich bis zu meinen Füßen hoch und die Abkühlung kam mir gelegen. Leider hielt sie nicht lange an, denn spätestens als ich das *»Margo!«* hinter mir wahrnahm, glühte ich wieder innerlich.

»Da bist du ja.« Morpheus tauchte mit Harmonia auf.

Die beiden breiteten ihre Handtücher aus und nahmen neben mir Platz. Doch da war noch jemand dabei. Ich guckte an Morph vorbei und entdeckte Don.

»Ja, tut mir leid, mein Mann wollte unbedingt mit. Ich hoffe, das ist in Ordnung.« Morph zog Don zu sich und legte den Arm um ihn.

»Klar. Hi, ihr beiden.« Harmonia begrüßte ich nicht.

»Margo, sei nicht so.« Mit Harmonia hatte ich seit unserer Rückkehr gestern nicht mehr geredet.

»Weißt du, wie die Lage in Thessaloniki ist?« Ich sah Morph an, ohne auf Harmonia einzugehen.

»Wenn ich das für Morpheus übernehmen dürfte.« Don schlüpfte aus den Fängen seines Mannes und setzte sich vor mich. »Das Wetter hat sich beruhigt, alle helfen zusammen, um die Schäden zu beseitigen. Es wird wieder.«

»Margo, ich weiß du bist sauer.« Harmonia setzte sich auf mein Handtuch und Don nahm das als Aufforderung, uns mehr Raum zu geben. »Ich bin überfordert gewesen, als wir vor diesem Typen gestanden sind. Ja, ich kenne deinen Namen und ja, ich kenne deine Mutter. Über eure Familie wabern so viele Gerüchte und Geschichten umher, wie hätte ich dir das dort alles in diesen paar Minuten erklären sollen?«

In gewohnter Harmonia-Manier sprach sie so hastig, dass sie über ihre eigenen Worte stolperte und mich beim Reden anspuckte.

»Ich weiß, dass ihr wegen eurer Seelenrosen verfolgt werdet. Jeder weiß das. Wie soll man das dem Jemand beibringen?«

»Um Harmonia da *a little bit* zu unterstützen, wäre es auch Callidoras Ding gewesen, dich aufzuklären. Nur meine Meinung.« Don hob beim letzten Satz abwehrend seine Hände, als Callidora-Fan Morph ihm einen bösen Blick zuwarf.

»Don. Callidora wird ihre Gründe gehabt haben.« Morph legte mir seine Hand auf den Rücken. »Ich verstehe dich.«

Sollte ich bei Morph aufpassen, was ich wegen Callidora sagte?

»Danke, Callidora enthält mir dennoch jede Info vor.«

»Sie wird bald auf dich zukommen. Sie will dich bestimmt nicht unnötig aufregen.« Morphs Hand brannte wie Feuer auf meinem Rücken.

»Sie wirft mir wie einem Tier ein paar Brocken hin, damit ich nicht völlig vorm vollen Tisch verhungere.«

Morph gingen sichtlich die Vorwände aus, um Callidora zu beschützen, aber ich brauchte auch nicht mehr. Ich stand auf und beschloss, ins College zu gehen, als ich Drakon entdeckte.

»Sorry, irgendwie fühlte es sich unpassend an, dazuzukommen.«

»Ach, sieh an, wer da ist.« Harmonia verschränkte die Arme und eine Palme schlängelte sich wie eine Gummistange vor mich. »Margo hat keine Zeit für dich.«

»Können wir bitte – mal wieder – reden?« Drakon kratzte sich am Nacken. »Meine Mutter hat mich gezwungen.«

Don rieb sich die Augen und machte weinende Geräusche nach. »Meine Mutter hat mich gezwungen.«

»Don!« Morph zog seinen Mann zurück. »Misch dich nicht ständig überall ein.«

»Ja, ja.« Die beiden Eheleute sahen sich an, als führten sie einen stillen Blitzkrieg über ihre Augen, ehe sich Don mit einem Kuss auf die Wange entschuldigte.

»Und deine Schwester hat nicht die Eier, sich dafür zu entschuldigen, mich alleingelassen zu haben?« Harmonia verschränkte ihre Arme vor der Brust.

Die Sonne brannte auf uns alle herab und das Meeresrauschen, dessen Salz in der Luft lag, trugen nichts dazu bei, uns mit dem Inselflair zu beruhigen.

»Clio ist noch nicht wieder zurückgekommen.« Drakon wirkte geknickt, seine Haltung hatte auch nichts mehr von dem offenen, aufrechten Typen, den ich kennengelernt hatte.

Hatte er auch geweint? Zugegeben, Drakon hatte auf mich tatsächlich nicht gewirkt, als wollte er mit seiner Mutter mitgehen, wenngleich ich mir mehr Widerstand erhofft hätte. Aber dass das Leben kein fucking Wunschkonzert war, lernte ich jeden Tag aufs Neue.

»Leute, schon gut. Ich rede mit ihm und komme dann wieder zu euch zurück.«

Ich winkte Harmonias vorschnellen Einwand ab, und bevor sie etwas sagen konnte, zog ich mir mein XXL-Shirt an und eilte zu Drakon.

Wobei ich da erst bemerkte, wie der heiße Sand von den Sandalen herumwirbelte. Noch im Gehen pulte ich ein paar Körnchen aus meinem Auge.

»Was gibt's?«

Gemeinsam spazierten wir zwischen zwei Blumenfeldern hindurch, die sich wellenartig auf und ab bewegten, als tanzten die Blumen nur für uns. Das Beet punktete mit seiner Farbenpracht und den unterschiedlichsten Arten, die sonst vermutlich gar nicht zusammen am selben Ort wachsen konnten. Auf Lidwicc wuchsen überall die verschiedensten Arten von Pflanzen nebeneinander her.

»Soll ich dich Marpessa oder Margo nennen?« Drakon lächelte mich scheu an, sah mir dabei aber nicht in die Augen.

So dicht neben Drakon erkannte ich, wie eingefallen seine Augen wirkten, die Ringe darunter, als wäre er wochenlang wach gewesen.

»Du weißt es?«

»Ich glaube, es ist kein Geheimnis mehr, falls du es als solches bewahren wolltest.«

»Ich weiß nicht mehr, was ich will.«

Neben einem Löwenzahn hockte sich Drakon hin, hielt seine Hand über die Blume und sie erstrahlte wie eine kleine Sonne. Ihre Struktur veränderte sich, die Blüten wuchsen an, bis eine Amaryllis vor mir war. Die roten Spitzen verliefen in das weiße Innere. Wie ich diese Blume liebte, obwohl ich sie bis vor kurzem gar nicht kannte.

»Hat mir meine Schwester gezeigt.«

»Ist sie nicht eine Verteidigerin? Blumen umwandeln können doch nur Sporos wie Don.«

»Clio ist in allem außergewöhnlich. Ich kann nicht glauben, dass ich mich früher manchmal für sie geschämt habe, weil sie nicht zu den anderen reichen Magiebegabten passte. Nicht mal verteidigt habe ich sie damals, als sie Clio wegen ihrer Rundungen gemobbt haben.«

Ohne darüber nachzudenken, schnappte ich mir Drakons Hand und zog ihn mit mir. Er musste abgelenkt werden.

»Was machst du?«

»Dir zeigen, was ich gelernt habe.« Mit meinen Händen dirigierte ich den Baum abseits des Feldes, während ich noch mit ihm sprach. »Schau zu.«

Eine Schaukelbank hing mittig über dem Blumenfeld zwischen zwei gegenüberliegenden Bäumen. Gehalten von jeweils einem ihrer Äste.

»Komm.« Ich nahm Drakons Arm und ließ uns von einem immer größer werdenden Rosenblatt zur Schaukel tragen.

Wir setzten uns beide und ließen uns von den Bäumen schaukeln.

Vor und zurück. Höher über das Blumenfeld, deren Düfte sich mit der Meeresbrise vermischten und das beste Parfüm der Welt entwickelten.

»Was soll das?«

»Ich sehe doch, dass es dir nicht gut geht, Drakon. Was ist mit dir passiert?«

Seitdem Drakon am Strand aufgetaucht war, kratzte er sich öfter am Hals. Auf seiner Haut zeichneten sich davon bereits rote Striemen ab.

»Drakon?«

Nervös strich er sich die Haare zurück, unruhig rutschte er auf der schaukelnden Bank hin und her, bis er sich mit den Händen Luft zufächelte. Seine Augen erröteten, sein Kinn bebte und ich erkannte seine Bemühung, ruhig zu atmen.

»Komm her. Du musst nicht auf stark tun.« Um ihm beizustehen, hob ich meinen Arm und zog ihn mit der anderen Hand zu mir.

Anfangs blockierte Drakon noch, bis er sich in meine Arme legte und weinte. Drakon weinte. Wie gern würde ich das auch können.

»Shh. Alles ist gut, Drakon. Ich bin bei dir.«

Drakon murmelte etwas in mein Shirt und hinterließ Tränenflecken darauf.

»Was hast du gesagt?«

Drakon richtete sich auf und strich sich die Tränen vom geröteten Gesicht. »Mein ganzes Leben habe ich sie verteidigt.«

»Clio?«

Drakon schüttelte den Kopf. »Meine Eltern, meine Familie – bis auf Clio.«

Ich sagte nichts und ließ ihn sprechen.

»Clio hat sich noch nie angepasst und meine Eltern oft gereizt, während ich gesprungen bin, wenn sie etwas gesagt haben.« Drakon lachte verbittert. »Bis heute habe ich gedacht, dass sie Clio alles haben durchgehen lassen. Doch, dass meine Mutter mich mit dir in Thessaloniki erwischt hat, obwohl sie uns verboten hat, von der Insel zu gehen, hat mir gezeigt, was Clio all die Jahre durchgemacht hat.«

»Haben sie dir etwas angetan?«

Es brach mir das Herz, als Drakon mich anschaute und es aussah, als wären seine zartgrünen Iriden dunkler geworden. Das Strahlen in seinen Augen wurde gedimmt.

»Du musst nichts sagen, wenn du nicht willst.«

Ich spürte seinen Atem an meiner Wange, als er resignierend Luft ausstieß. Er rieb seine Lippen aneinander, warf seine Schuhe außerhalb des Blumenbeets. Danach überschlug er seine Beine, um mir einen seiner Füße zu zeigen.

»D-Drakon, was, was ist da passiert?«

»Sie haben uns gezwungen, über Dornen zu laufen. Sie haben sie von unserem Rosengarten durchs Fenster geholt. Am Boden drapiert.«

Meine Finger schwebten über den Blessuren, die seine Eltern ihm angetan hatten, und es kam mir vor, als glühten die Wunden.

»Ich habe die letzten zwei Jahrzehnte für diese Familie geopfert, bin nie ich selbst gewesen, um ihnen zu gefallen, und im Hintergrund haben sie das regelmäßig mit Clio gemacht.«

»Woher weißt du das?«

»Clio wirkte nicht sonderlich überrascht und eher abgehärtet. Viel schlimmer hat sie es gefunden, dass ich das durchmachen musste.«

Die Szenerie über dem Blumenfeld passte nicht zu dieser Geschichte und ich kam mir blöd vor, das arrangiert zu haben. Jetzt, mitten in seiner Erzählung, abzubrechen, fühlte sich jedoch auch falsch an.

»Das tut mir so leid, Drakon.«

»Nein, mir tut es leid, so hohl gewesen zu sein. So verdammt hohl.« Seine Füße baumelten wieder nach unten, als wären sie ihm urplötzlich peinlich geworden. »Ich darf mich nicht selbst bemitleiden. Clio, ich muss sie da rausholen.«

»Warum haben sie Clio nicht gehen lassen?«

»Mom hat nur gemeint, sie hätte den Bogen überspannt.«

Den Bogen überspannt, klang für mich nach einem Pseudonym für Tod oder ewige Gefangenschaft.

»Können die das machen?«

»Die Laskaris, ähm, deine Familie. Ich, sorry, ich will nicht schlecht über sie reden.«

»Schon gut, ich kenne die ja nicht.« Ich schwang meine Beine hoch und legte sie auf Drakons Oberschenkel. »Sprich.«

»Nachdem deine Familie sich zurückgezogen hat, haben meine Eltern beinah eine Monopolstellung in der Pflanzenmagiewelt eingenommen. Sie gehören sogar neben Callidora zu den wichtigsten Entscheidungstragenden des Colleges.« Drakon massierte meine Beine fester, während sein Blick sich irgendwo in den Bäumen hinter dem Blumenbeet verlor. »Worauf ich hinaus will: Sie können sich alles erlauben.«

Spiderman like streckte ich meine Arme aus. Doch statt einem Spinnennetz aus meiner Hand, schoss eine Liane zwischen den Bäumen hervor und schlang sich um mein Handgelenk.

»Dann wird es Zeit, dass wir deine Schwester holen.« Ich schwang mich von der Schaukelbank und ließ mich bis hinters Beet ziehen.

»Du wirst besser«, sagte Drakon und landete neben mir.

»Ich übe, so gut ich kann.« Was sogar stimmte, da ich, seitdem ich angekommen war, an Schlafproblemen litt und meine Nächte damit verbrachte, im Intranet über die magische Welt nachzuforschen. Oder ich saß am Fenster und trainierte, die Pflanzen draußen zu kontrollieren.

Oder ich spürte jede Feder in meiner Matratze, während ich wie in Trance die Decke anstarrte und hoffte, aus meinem eigenen Leben entkommen zu können. Das klang nur nicht so cool.

»Wie willst du meine Schwester retten?«

»Na, mit dir. Wir gehen in den Pflanzenteleportraum, dingsen uns zu euch und holen sie.« Siegessicher schritt ich Richtung College.

»Aber …« Drakon eilte vor mich und ging rückwärts weiter. »Unser Anwesen ist mega abgesichert.«

»Ihr habt ein Anwesen?«

»Ich bin stinkreich, sorry. Obwohl, nein, du auch. Du müsstest dich nur bei irgendeiner Großkusine melden und die würden schon, allein damit du verheimlichst, auf der Straße gelebt zu haben, dir Geld überweisen.«

»Ich werde niemals verheimlichen, woher ich komme.« Abrupt hielt ich an und packte Drakon am Shirt. »Was nicht heißt, dass ich sie nicht mal besuchen und beklauen werde.«

Drakon schenkte mir ein breites Lächeln, wobei seine spitzen Eckzähne aufblitzten. »Ich liebe es, wenn du wie eine Diebin redest, das ist echt heiß.«

Schmunzelnd überholte ich ihn wieder. »Und du bist zwar furchtbar peinlich, aber trotzdem scharf, wenn du einen auf arroganten Schnösel machst.«

»Warte! Scharf? Wie scharf? Wir-verschwinden-hinter-den-Baum-scharf? Margo? Warte! Ich muss das wissen!« Bis Drakon begriffen hatte, dass ich mich von einem Baum hoch zu meinem Fenster heben ließ, war ich ihm weit voraus.

Da das Fenster zu Harmonias und meinem Zimmer geschlossen war, stieg ich in das, das in den Flur davor führte, und Drakon sprang nur eine Sekunde später hindurch.

»Denkst du, du kannst mich abhängen, Diebin?« Drakon stolperte an der Kante des Läufers im Flur, wollte sich noch an der Fackel festhalten, bekam sie nicht mehr zu fassen und stürzte gegen mich.

Mit dem Rücken zur Wand landete Drakon auf mir. Unsere Lippen nur Millimeter voneinander entfernt. Seine Augen wie ein unendliches Universum, das mich mit einem stummen Lied in seinen Bann zog, und nach denen ich mich so verzehrte, dass meine Lust nach ihm in meinem gesamten Körper zog.

»In deiner Nähe klopft mein Herz vor Aufregung, dich zu sehen, und vor Angst, dich zu verlieren«, säuselte Drakon in mein Ohr.

Drakon küsste meine Schläfe, fasste unter mein Kinn, hob es leicht an und legte seine Lippen auf meine.

Zumindest wäre das der Plan gewesen, wäre nicht jemand um die Ecke gesaust und Drakon wie ein Wirbelwind zurückgeschreckt.

»Die Pflanzen haben mich tatsächlich zu dir geführt. In den Trakt der Armen?« Junas Aussage störte mich nicht, da hatte ich Schlimmeres gehört, sie weckte eher meine Neugierde auf den Trakt der reichen Studierenden.

Die Stimmung im Flur verdichtete sich, als würden sich die engen Mauern zusammenziehen. Zunächst sprach niemand etwas und wir wechselten alle drei nur unangenehme Blicke.

»Ich muss mit dir reden.« Juna verschränkte die Arme vor der Brust und ich stellte mir vor, wie ich sie in Pflanzen einwickelte, um ihre blöden Zöpfe, die sie sich rosa gefärbt hatte, abzuschneiden.

»Ihr seid vor meinem Zimmer.«

»Ah, dachte, das ist die Besenkammer.«

»Ziemlich fader Spruch.«

Juna passte es gar nicht, wie ich mit ihr sprach. Okay, war mir egal.

»Ladys, vertragt euch.« Mehr konnte ich wohl von Drakon nicht erwarten. Zumindest ein bisschen hatte er seine Angst, seiner Familie nicht zu gefallen, abgelegt.

Vor wenigen Tagen noch hätte er mich mit einer Liane aus dem Fenster geworfen. Ich schätzte, das war eine Besserung. Ja? Herrgott, warum machte das Verliebtsein das mit einem? Wäre ich keine Straßendiebin, würde ich in meinem privilegierten Zimmer sitzen und einen weinerlichen Blogbeitrag schreiben. Früher hätte ich jemanden wie ihn mit Daphne verfolgt, damit wir seine Reifen zerstechen, irgendetwas von ihm klauen und … Oh, das war wohl auch nicht weniger toxisch als seine Sachen. Mist. Ich hasste es, mich dabei zu erwischen, selbst nicht besser zu sein als andere.

»Drakon, ich meine es ernst, ich muss mit dir sprechen. Das wird deine Sicht auf die Dinge zwischen uns deutlich verändern.«

»Ich lass mich doch von dir nicht vertreiben.«

»Hau raus, Juna.«

Wir standen in einem Dreieck und wäre ich nicht aus Trotz geblieben, könnte ich schon in meinem Bett liegen. Wäre das besser als diese unangenehme Situation? Ja! Lernte ich aus meinen Fehlern? Nein.

»Nun gut. Es weiß sowieso bald jeder.« Juna knackte mit ihren Fingern und ich erkannte an ihrem Grinsen, dass sie glaubte, gleich eine Trumpfkarte auszupacken. »Ich bin schwanger.«

Schachmatt. Oder Jackpot? Keine Ahnung. Ich hatte es nicht so mit Kartenspielen. Was sagte man, wenn jemand gewann? Egal, sie hatte auf jeden Fall aufgetrumpft.

Hatte ich vorhin noch geglaubt, dass die Stimmung kippte und die Luft sich verdickte, dann war die Luft ein Betonklotz, der den Platz mit Sauerstoff getauscht hatte.

Die Wände zogen sich nicht mehr zusammen, sondern hatten mich gefühlt zerquetscht.

»Mit deinem Baby.«

17.

WAS WÄRE
MIT MEHR MISSTRAUEN PASSIERT?

»Margo, lass uns bitte darüber reden.«

»Psst!« Ich verlängerte den Dorn noch ein wenig, ehe ich ihn von der Rose abriss und ins Schlüsselloch steckte.

»Margo.«

»Achte lieber darauf, dass uns niemand sieht. Douglas kommt bestimmt bald von seiner Runde zurück.«

Der Dorn klemmte an der Stelle, an der diese Art von Schloss eigentlich Klick machen müsste. Hatten die auf Lidwicc sogar andere Schlösser, oder wie?

Zwar sah ich Drakon nicht, hörte ihn aber hinter mir im Kreis gehen. Ich hätte nach Junas News unter meiner Bettdecke bleiben sollen.

»Du machst mich nervös.« Mit meinem Zeigefinger lockte ich die aus dem Topf wachsende Wurzel einer Monstera an.

Ich versuchte es mit ihr und dem Dorn gleichzeitig.

»Warum hilfst du mir bei meiner Schwester, wenn du nichts mehr mit mir zu tun haben willst?«

Dieser Typ brachte mich zum Haareausraufen.

»Clio kann nichts dafür, dass du ein Baby gezeugt hast. Sie tut mir leid und ich will ihr helfen. Außerdem kannst du ohnehin machen, was du willst, wir sind kein Paar und werden niemals eines sein.«

Den letzten Satz hängte ich dran, um wenigstens so zu tun, als wäre ich erwachsen und nicht ein Kleinkind, das mit Harmonia im Zimmer Juna-Voodoopuppen gebastelt hatte. (Auch, wenn ich auf Harmonia noch sauer war).

»Margo, ich drücke mich nicht vor dem Baby. Ich habe mit Juna aus einem guten Grund Schluss gemacht.«

»Ich weiß, wie es ist, aufzuwachsen und zu denken, man ist nicht gewollt, was ist falsch mit mir und warum habe ich keine Eltern? Ich will nicht der Grund sein, warum es eventuell einem anderen Kind so geht. Und du hast die Chance, eine Familie zu haben, die besser ist als deine.«

Hitze stieg in meinen Kopf und ich sah von ihm weg. Die Gefühle, die in meinem Magen brannten, unterdrückte ich.

»Fragt auch mal jemand, was ich will?«

»Das Leben fragt einen nie, was man will, Drakon.«

Drakon umfasste meine Wangen und die weiche Haut um die große Hand entfesselte wieder meine Gefühle für ihn.

»Sag mir, dass du nichts mehr von mir willst, und ich lasse dich in Ruhe.«

»Das kann ich nicht und es wäre lächerlich. Nach so einem Tag.«

Obwohl die Schwärze um uns nur von einer kleinen Kerze, die wir uns erlaubt hatten, bekämpft wurde und die Dunkelheit uns sonst völlig einnahm, erkannte ich seine wässrigen Augen.

»Dann kann ich dich nicht aufgeben.«

»Tu mir einen Gefallen und versuch es wenigstens mit Juna.« Dieser Satz kam einem Messerstich direkt in mein Herz gleich.

»Das ist bescheuert, Margo.«

»Du stehst doch auf bescheuert.«

Drakon guckte weg, biss sich auf die Unterlippe, die schon offene Stellen hatte, und schüttelte den Kopf.

»Ich mache weiter.« Noch bevor ich mich umdrehen konnte, machte es Klick und die Tür öffnete sich.

»Was?« Ich machte auf der Stelle kehrt. »War ich das? Nur mit meinen Gedanken?«

Wow.

»Nein, das bin ich gewesen. Nicht nur du kannst Türen knacken. Habe mit der Monsterawurzel weitergemacht, während wir geredet haben.«

»Ist das dein Ernst? Und du lässt mich wie einen Trottel dastehen?« Wir schritten durch die Tür.

»Du hast so überzeugt gewirkt, ich bin nur nett gewesen.«

»Du bist ein Arsch gewesen.«

»Ist doch egal, wir sind drin. Außerdem stehst du doch auf Ärsche.«

Mistkerl!

Der langgezogene Raum wirkte wie eine geheime, unterirdische Pflanzenplantage für Cannabis. Die Wärmelampen brachten ein tropisches Klima in diesen Raum und die Luftfeuchtigkeit war höher als im Badezimmer, wenn Harmonia eine Stunde lang geduscht und ihre imaginären Auftritte bei einer Gesangscastingshow nachgeahmt hatte.

»Mit dem Pinklicht übertreiben die auch«, stellte Drakon fest und hielt sich schützend die Hände vors Gesicht. »Das brauchen die Taxidevo eben.«

»Warum darf man die Teleportpflanzen nur mit Erlaubnis benutzen?« Ich suchte über die Beschilderungen die Pflanze, die für Island zuständig war.

»Das muss kontrolliert ablaufen. Die Sporos können mit ihrem Geist durch die Pflanze reisen und gucken, ob dort auch kein normaler Mensch ist, der uns sehen würde. Ob der Blütenstaub ausreichend verteilt ist. Also der, der die Pflanze für Menschen unsichtbar macht. Generell darf jede Magierin und jeder Magier nur begrenzt reisen. Wir sollen das einerseits wertschätzen, andererseits darf man durch die Digitalisierung nicht plötzlich bemerken, dass mehrere Personen innerhalb kürzester Zeit auf Kameras in weit entfernten Ländern auftauchen. Dein Handy zeichnet ja auch auf, wo du dich befindest. Wie ein Fußabdruck. Stell dir vor, eine Handyfirma merkt, dass mehrere Menschen innerhalb von Stunden an verschiedenen Orten weltweit sind.« Wie Drakon das runterratterte, musste er das als Kind wohl oft eingebläut bekommen haben, wenn seine Eltern eine eigene Taxidevo, also Teleportpflanze, hatten.

»Verstehe, und der Gesundheitscheck vorher?«

»Diese Reise kostet dich Magie und Energie, hast du da eine versteckte Lungenentzündung oder einen Virus in dir, kannst du tot auf der anderen Seite rauskommen.«

Zum Glück war ich kein Hypochonder.

»Da fällt mir ein, es hat mal eine Leafballmannschaft gegeben, die bei so einem Trip gestorben ist. Lange her.« Drakon verlor sich wohl in seinen Gedanken, als sein Blick abschweifte.

Vielleicht wurde ich gerade auch zu einem Hypochonder.

Mein Drang, ein Leafballspiel – wie Volleyball, nur dass die Spielenden statt ihrer Arme Ranken von Pflanzen am Rücken verwendeten und das mittige Wurzelnetz einem mit Stacheln beschoss – zu besuchen, nahm ab.

»Da, Island.« Drakon tippte auf das goldene Schild.

»Hast du Angst vor zu Hause?«

»Nein. Nur davor, wie ich Clio vorfinde. Willst du sicher mit? Wenn sie dich in die Finger bekommen …«

»Ich will.«

Zum Glück war niemand tot auf der anderen Seite angekommen, aber wenn ich Drakons Anwesen, mitten in eine isländische Klippe eingebaut, weiterhin so begaffte, würde ich noch vor Staunen sterben.

»Ist doch nicht so besonders.«

»Du bist ein arrogantes Kind, das nicht weiß, was es hat.«

Drakon öffnete das Tor mithilfe seines Fingerabdruckes und ich fragte mich, ob wir den gesamten Weg zur Klippe hochlaufen mussten.

»Sag mal, bekommen die das nicht mit, wenn du das Tor öffnest?«

»Es, äh, gibt nur Aufzeichnungen, wenn niemand aus der Familie das Tor öffnet. Zum Beispiel der Butler, Mo, der hat auch einen gültigen Abdruck. Das wird gespeichert.«

»Okay und müssen wir da raufgehen?«

»Tatsächlich sind überall Kameras, wir müssen den Weg dort«, Drakon zeigte auf eine Reihe perfekt getrimmter Büsche, die sich bis zur modernen Villa hochzogen, »hinter den Büschen hochschleichen. Sonst würde man uns sehen. Dahinter wird der Müll von einem

Wagen abgeholt, da gibt es keine Aufzeichnungen. Nur bei der Ausfahrt und da sind wir ja vorbei.«

»Und warum habt ihr am Tor keine Kameras?« Der nasse Wind fauchte mir ins Ohr und ich hätte seine Warnung, mich warm anzuziehen, ernster nehmen sollen.

»Weil das nichts bringen würde. Jeder, der meiner Familie gefährlich werden könnte, kann sich darüber hinweg zaubern. Außerdem soll es Eindringlinge in Sicherheit wiegen.«

»Okay, na dann los.« Ich war drauf und dran, loszueilen, als Drakon mich zurückhielt.

»Lass mich vorgehen. Und Margo?«

»Ja?«

»Danke dir, dass du mir hilfst.«

»Gerne, aber ich mache das für Clio, nicht für dich.«

»Dann sage ich Danke im Namen von Clio.«

Wie gern ich Drakon um den Hals gefallen wäre, um ihn dramatisch zu küssen, als würden wir bald sterben. Das verkniff ich mir und vollführte stattdessen eine halb verbeugende Geste, damit er vorging.

Die Grashalme um das Kellerfenster schlüpften in jede noch so kleine Rille, pumpten sich auf, bis das Fenster knackte und aus der Verankerung hervortrat. Drakons fließende Fingerbewegungen, wie die eines Marionettenspielers, befahlen noch mehr Halmen, durch die geschaffene Öffnung zu sausen. Mehr und mehr Grashalme wickelten sich um das runde Fenster, als wären sie Tiere, die sich auf die Beute stürzten.

Trotz des fast vollen Mondes, der uns genügend Licht spendierte, musste ich mich konzentrieren, alles mitzubekommen, denn bald folgte mein Einsatz. Nur noch einen Moment. Eine winzige Sekunde. Jetzt!

Etwas steif wischte ich mit meinem Arm von rechts nach links, damit der Rosenbusch sich zu einem Schlauch formte, unter das Fenster huschte und es auffing, ehe es am Boden aufknallte.

»Sehr gut, wir haben es geschafft.« Drakon sah nach, ob die Drähte des Fensters noch dran waren, die mit der Alarmanlage verbunden waren. Zum Glück waren sie nicht gerissen.

»Hätten wir das nicht geschafft, gäbe es keinen alternativen Eingang. Nur die Tür im obersten Stock, aber durch die können wir schlecht reinspazieren.« Da hatte Drakon natürlich recht.

Da die Villa in die Klippen über dem Meer gebaut war, handelte es sich um ein Ding der Unmöglichkeit, sich die Klippe runterzulassen, um die Fensterfronten einzuschlagen. Dieses kleine Fenster, kurz vorm Klippenrand, war das einzige Einzelfenster. Sonst bestand die Villa nur aus Fassade und Glas.

Drinnen stand ich mitten in einer Art Kontrollraum eines Spaceshuttles.

»Das ist der Raum, in den die Elektronik des Hauses gestopft worden ist. Es gibt zwar eine Lüftung und so Hightech-Kram, aber die Installateure haben bei dem Smog und allem trotzdem darauf bestanden, dass es ein Fenster geben muss. Vor allem bei einem Privatpersonenhaushalt. Keine Ahnung. Sind wir einfach froh.« Drakon eilte zwischen den Generatoren und Rechnern, die piepsten, blinkten und allesamt größer waren als ich, hindurch.

Neonlicht an der Decke entlang färbte Drakon links blau und rechts rot. Als wir von diesem Raum raus in den weißen Flur kamen, der wahrhaftig die Darstellung von Sterilität war, wunderte es mich nicht, dass Drakon von seiner Familie verstört war.

»Wo halten sie Clio fest?« Je leiser ich sprach, desto lauter wirkte jedes einzelne Wort in meinem Kopf.

Sein Zeigefinger deutete nach unten und ich schlich hinter ihm her. Auch heute zog er wieder seinen typischen Mandarinen-Basilikum-Parfümduft hinterher, der nicht in diese Räumlichkeiten passte.

Die Wände, die Steinplatten am Boden, die Lichtschalter, die Türen samt Klinken und die rechteckigen Lampen: allumfassendes Weiß.

Obwohl Drakons Eltern hier mit Personal lebten, kam es mir ziemlich ruhig vor. Nicht mal das ebenso weiße Treppenhaus hinunter hörte ich Geräusche. Kein Fernseher, kein Radio, keine Lüftung oder Duschgeräusche. Nichts. Vielleicht waren sie auch Vampire? Obwohl, dann sollten die doch gerade nachts wach sein. Ach, keine Ahnung.

Um Drakon meine Skepsis mitzuteilen, tippte ich auf seinen Rücken und er zuckte zusammen.

»Ruhig hier«, zischelte ich.

Seine Schultern zuckten und ich nahm an, dass das wohl üblich war.

»Hier.« Drakons Zeigefinger schwebte über einem beleuchteten Schalter.

Irgendetwas stimmte nicht. Die Ruhe, kein Personal, keine einzige Kamera, die uns erwischt hatte. Drakon legte seinen Zeigefinger auf den Schalter.

»Warte.«

Zu spät.

Die Tür spaltete sich in der Mitte und zog sich wie eine Aufzugstür in die Wand zurück. Vor mir tat sich ein riesiges Wohnzimmer auf, dessen Glasfront sich bis zur hohen Decke erstreckte, wohinter sich das tosende Meer, das man von der Klippe perfekt sah, aufwölbte und schäumende Wellen in den Himmel streckte, die wie der Schlund eines Drachen bedrohlich ihr Maul vor uns aufrissen.

Drakon nahm meine Hand etwas zu fest, als wir den Raum betraten, der den Stil des Hauses perfekt spiegelte.

»Was machen wir im Wohnzimmer?«

»Nur hier ist die Treppe zu Clios Gefängnis.«

Wir gingen zwei Stufen zwischen Säulen hinab und standen vor einer weißen Ledercouch, die sich beim Darüberstreichen nagelneu anfühlte.

»Und, gefällt dir unser Haus?«

Eine Frauenstimme ließ mich erstarren, und als könnte man mich dann nicht mehr sehen, bewegte ich mich nicht.

Die Tür schloss sich mit einem beinah lautlosen Schlürfen.

Sofort drehte ich mich nach rechts. Wer? Eine Frau in einem engen, weißen Kleid kam hinter einer der Säulen vor, die die Galerie oberhalb stützten. Ich kannte sie. Drakons Mutter.

Jemand spielte klassische Musik ab.

»Du hast ja ganz schön lange mitgespielt.« Ein Mann in einem weißen Anzug schlich daneben hinter der Säule hervor.

»Drakon, was machen wir jetzt?« Erst als ich meinen Blick von seinen Eltern losriss, entdeckte ich Drakon, der auf den flauschigen, weißen Teppich starrte. »Nein. Das ist eine Falle, oder?«

Mir rutschte das Herz in die Hose und mein Magen zwickte. Kotzübel, so war mir zu Mute, als ich nach und nach realisierte, dass Drakon mich verarscht hatte.

»Das ist alles geplant gewesen, oder?« Natürlich war es das. Ich musste es trotzdem hören.

»Vortrefflich, dass unser Junge wahrlich einer von uns ist, und nicht nur das, sogar zu etwas fähig ist.« Seine Mutter legte einen Arm um seine Schulter. »Toll, Koni.«

»Ihr habt hier keine Pflanzen, wie wollt ihr mich zwingen, hierzubleiben? Und falls ihr meine Seelenrose wollt, ich kann sie nicht benutzen!« Während ich das sagte, drehte ich mich im Kreis und beobachtete mit zunehmend krampfendem Bauch die Butler, die in roten Anzügen aus den weißen, sich öffnenden Bücherregalen mit den umgedrehten Buchrücken hervortraten.

»Weißt du, wir sind mehr Fans vom Klassischen.« Drakons Vater wartete, bis ich ihn ansah, ehe er die Pistole hinter sich hervorholte.

»Ich bin auf dich reingefallen.« Zuerst flüsterte ich noch, bis ich meine Stimme wieder fand. »Du Arschloch. Wie kannst du noch in den Spiegel sehen?«

Mein Brüllen stand im Raum und am liebsten wäre ich seiner Mutter ins Gesicht gesprungen, als sie genervt die Augen zusammenzwickte und ihre Schläfe massierte.

»So ungezogen, diese Straßendinger. Eine Schande für die Laskaris.«

Mit beiden Händen strich ich meine Haare zurück und stieß meinen Atem aus. Wie sollte ich entkommen? Egal, wohin ich mich drehte, nirgends erkannte ich einen Fluchtweg.

»Du kommst nicht mehr raus.« Drakons Mutter stöckelte zu mir und das Klackern tat in den Ohren weh, denn ausgerechnet das mussten die letzten Geräusche sein, die ich vor meinem Tod hören würde.

»Von dir kommt nichts mehr? Nicht mal ein Auslachen?«, richtete ich mich an Drakon, vorbei an seiner Mutter.

»Ach, der. Der hat kein Rückgrat, der macht, was man ihm sagt. Dass du so blöd bist und glaubst, dass man Drakons Fingerabdruck nicht sieht oder wir hinter den Büschen keine Kameras haben, ist auch nicht pfiffiger. Das Fenster zum Kontrollraum hättest du nicht zerstören müssen, Koni.«

Ich hätte auf mein misstrauisches Straßen-Ich hören sollen.

»Jetzt weißt du auch, warum wir hier drin keine Pflanzen haben. Darauf sind Pflanzenmagier nie gefasst.« Sein Vater ließ die Pistole klicken.

In die Ecke getrieben zu werden, hatte mich noch nie zum Aufgeben bewegt, aber ich hatte keinen Plan, wie ich mich hier wieder rauswinden sollte. Eventuell hätte ich die Pflanzen durch die Wände rufen können, aber so sehr ich mir da auch einen Krampf in meine Magie dachte, es bewegte sich nichts. Dabei überkam mich das Gefühl, dass das nicht an meiner unerfahrenen Macht lag, sondern dass um das Haus eine Art Barriere angebracht worden war. Schön, dass ich den Onlinekurs zum Thema Schutzschilde geschwänzt hatte.

Nirgends war eine Pflanze zu finden, egal, ob meine Blicke an den Kristalllampen vorbeihuschten oder an der spärlichen Deko.

»Gib dir keine Mühe, Darling.« Drakons Mutter kam zu mir und strich über meine Wange. »Du wirst nicht mehr aus unserem Haus herauskommen.«

»Sie werden mich suchen.«

»Wer? Deine Eltern – o, Halt. Das geht ja nicht.«

Drakons Vater lachte über den Witz seiner Frau und hielt sich dabei die Pistole vor den Mund. Sein Sohn wagte es nicht, mir in die Augen zu sehen, und setzte sich nach hinten ab, bis er vor der Treppe zum Ausgang stand.

»Du haust ab, oder wie? Tust, als wüsstest von nichts, ja?« Ich verkrampfte mich, damit ich nicht zeigte, wie sehr ich zitterte. Meine Angst schenkte ich ihnen nicht, egal wie offensichtlich sie war.

»Margo, es tut mir leid.«

»Würde ich für jedes Mal, wenn du dich bei mir entschuldigst, einen Euro bekommen, wäre ich reich.«

Die perfekt abgerichteten roten Soldaten der Familie bewegten sich kaum. Nach ihren Waffen, die sie bestimmt bei sich trugen, wollte ich gar nicht erst suchen …

»Du stinkst. Nach Angstschweiß. Weißt du das?« Drakons Mutter umkreiste mich wie eine Katze ihre Beute, doch ich wollte dem Tod nicht in die Augen schauen.

Nein, ich gab nicht auf, niemals würde ich das. Die Silberstreifen am Horizont gingen mir dennoch aus.

»Vergiss bitte nicht, dass ich mein ganzes Leben getan hab, was ihr von mir verlangt habt. Nie hat es gereicht, um eure bedingungslose Liebe zu bekommen.« Für einen Moment dachte ich, Drakon sprach zu mir.

Nicht nur seine Eltern und ich, sondern auch die Angestellten sahen zu Drakon. Leider blieb das Auge der Pistole dennoch auf mir haften.

»Wie sprichst du denn mit uns, Koni? Was hat das in dieser Situation zu suchen? Vor unseren Angestellten.« Die Schuhe von Drakons Mutter hinterließen kleine Striemen auf dem Boden, als sie kraftvoll vorschritt. »Hör auf mit diesem weinerlichen Gerede. Sei ein Mann.«

»Wir hätten ihn als Kind nicht mit Clio tanzen lassen sollen, ich hab es dir doch gesagt«, meckerte sein Vater, woraufhin sie ihn augenrollend ansah, als führten sie diese Diskussion nicht zum ersten Mal.

»Ich weiß, ihr sagt mir das mein ganzes Leben und heute werde ich endlich auf euch hören.« Drakon warf mir einen Blick zu, den ich nicht deuten konnte. »Ja, ich habe dich in eine Falle gelockt. Geholt hätten sie dich ohnehin. Nachdem sie bei dem Onlinemeeting mit Callidora von dir gehört haben, haben sie das beschlossen.«

»Was soll ihr das bringen? Willst du Mädchen dein schlechtes Gewissen abstumpfen? Wer erfolgreich sein will, muss Opfer bringen.«

Selbst auf der Straße, in den dunkelsten Ecken, fand man schwer Menschen, die so abgebrüht waren wie Drakons Mutter.

»Nein, ich sage ihr das, weil ich sie liebe, ihr Monster.« Drakon schrie seinen Eltern ins Gesicht und schlug gegen den Knopf, der die Tür öffnete.

Eine Welle von Grashalmen platzte wie ein Geysir in das Wohnzimmer, als flutete das Meer selbst die Villa der Olivssons.

»Schnappt sie euch.« Drakons Brüllen hörte ich nur noch, da er im dichten Gras verschwand.

»Du Bastard!«

»Schön wär's, Mutter.«

Mitten durch das Gras, das mich gegen einen Schrank geschmissen hatte, öffnete sich das Grün und ich erkannte Drakon, der mich schnappte.

»Tut mir leid, Margo. Ich musste mitspielen, um dich zu retten.«

»Drakon, das, das ist, ähm. Du hast dich für mich eingesetzt?«

Meine Beine brachen öfter weg, da die Furcht noch in meinen Knien steckte. Das Gras um mich richtete mich stets wieder auf, als dachte Drakon selbst daran. Hinter uns hörte ich die Rufe seiner Eltern. Selbst die Angestellten meldeten sich endlich zu Wort und die klassische Musik im Hintergrund, die nach und nach dramatischer wurde, spitzte sich zum Höhepunkt zu, als passte sie sich dem Ernst der Lage an.

Drakon drückte im Laufen ein Bücherregal ein, es gab sofort nach und wir liefen einen Korridor entlang, der dem anderen ähnelte, nur dass das Licht gedimmt wirkte.

»Ich weiß nicht, in welchem der Zimmer Clio ist.«

»Clio?«, rief ich.

»Clio?« Drakon tat es mir nach und hämmerte mit der Faust gegen die Türen.

»Ist sie betäubt?«

»Ich weiß es nicht, Margo.«

Beinah wäre ich aus seiner schwitzigen Hand gerutscht. Oder handelte es sich um meine? Beide? Meine Zunge klebte an meinem Gaumen fest und ich musste mich überwinden, nach Clio zu rufen. Alles raste an mir vorbei, die Ereignisse prasselten zu schnell auf mich ein, sodass mein Gehirn gar nicht mitkam.

»Drakon?« Ein Klopfen erhaschte meine Aufmerksamkeit. Clios Stimme folgte. Sie klang krächzend, heiser.

»Clio.« Drakon kam vor mir an und rüttelte an der Tür.

»Wie bekommen wir sie auf?«

Das verschlungene Grasmonster, das er die ganze Zeit hinter uns hatte herschleichen lassen, um es im passenden Augenblick einzusetzen, folgte uns und rammte die Tür ein.

»So.« Drakon zwinkerte mir außer Atem zu und lief hinein.

Der Raum stank nach Schweiß, Urin und Blut. Hinten fanden wir Clio vor. Übersät mir Wunden, eingetrocknetem Blut und Kotze. Der Anblick trat mir direkt in den Magen.

»Komm.«

»Margo? Du bist mitgekommen?« Ihr Auge – das zweite war zugeschwollen – war voller Tränen auf mich gerichtet.

»Wir erklären dir das besser später«, wandte Drakon ein, legte einen von Clios Armen um seine Schulter und ich schnappte mir den anderen.

»Warte kurz.« Mit meiner freien Hand rieb ich über meine Lider und blinzelte die Schwärze weg, die sich fleckig über meine Wahrnehmung legte.

»Geht's?« Clios belegte Stimme zeigte mir wieder, dass es ihr schlimmer ging als mir.

»Ja, sorry. Wie kommen wir raus?«

»Wie wir reingekommen sind«, sagte Drakon zu mir und mit einem Kopfnicken, dem der Graswulst nachkam, explodierte die Mauer und wir blickten in den Abgrund der Klippe.

»Springen?« Clio schluckte.

»Springen«, kam es von Drakon und mir gleichzeitig.

18.

WAS WÄRE

OHNE GEMACHTE FEHLER PASSIERT?

Der Blumenkranz an meiner Zimmertür ließ ein paar Zweige und Blätter austreiben, die die Tür öffneten.

»Harm? Harm!«

»Können wir ihr vertrauen?«

»Ja, Drakon, sie ist toll im Salben und Puder erzeugen. Mittlerweile denke ich auch, dass du recht hast und wir nicht in den Krankenflügel sollten. Wir wissen nicht, wen deine Eltern manipulieren würden, um uns auszuhebeln.« Unauffällig ging anders. Dennoch schlug ich mit meinen Händen nach dem Lichtschalter, bis eine Lavendelblüte sich reckte und mir die Arbeit abnahm.

»Danke.«

Ich glaubte, eine leichte Verbeugung zu sehen, ehe sie sich zurückzog.

»Verdammt, Harmonia!«

»Kann ich mich auf die Couch setzen? Ich kann nicht mehr.«

»O Gott, klar, Clio. Legen wir sie hin.«

Drakon folgte meinem Vorschlag.

»Bring ihr Wasser, ich hole Harm.« Nach Drakons Nicken lief ich los. Wie tief konnte ein Mensch schlafen?

»Harmonia. Ich trete dich gleich aus dem Bett.« Die Tür war einen spaltbreit offen und rotes Wärmelicht strahlte in den dunklen, vom

Mondlicht getränkten Flur. »Bist du wieder beim Pflanzenstreicheln einpennt?«

Der freche Spruch lag noch auf meiner Zunge, als ich die Tür aufschwang und Übelkeit mich ereilte.

»Harm?« Mein Herzrasen übertönte mich.

Ich stürzte neben ihr zu Boden und hob ihren elfengleichen Oberkörper hoch. Sanft legte ich sie auf meine Oberschenkel. Zittrige Laute kamen aus meinem Mund, während meine Hände bebend den Schaum auffangen wollten, der zwischen ihren Lippen hervorquoll.

Mein erster Gedanke galt Drakons Eltern. So rasch konnten die sich nicht an uns rächen und schon gar nicht an Harmonia. Warte, was, wenn. Rotes Licht brach sich auf dem Glas einer Spritze, die neben ihr lag.

War das alles gerade ein Scherz? Ich riss ihre Arme hoch. Nichts. Nicht mal unter ihrem bauchfreien Croptop oder auf den Oberschenkeln unterhalb ihrer kurzen Schlafshorts fand ich eine Einstichstelle. Es dauerte, bis ich sie fand, da ich mich an die erste Süchtige auf der Straße erinnerte, die ich gefunden hatte.

An der Leiste, nichts. Kniekehle? Fehlanzeige. Ich legte ihren Kopf ab und untersuchte ihre Zehenzwischenräume. Bingo.

»Oh, ... Harmonia.« Bisher war ich der felsenfesten Überzeugung, Harmonias Art und ihr Schwanken zwischen absoluter Euphorie sowie hektischem Reden und den halboffenen Augen wäre einfach sie.

»Scheiße.«

»Margo? Was dauert so – Margo?« Drakon stampfte zu mir und ich fühlte seine Hand auf meinem Rücken.

»Harmonia. Sie, sie nimmt Drogen. Sie spritzt sich irgendwas.« Schwach deutete ich auf ihren Fuß.

»Verdammt. Noch immer?«

Ich lehnte mich auf den Mülleimer daneben. »Was? Noch immer?«

»Harmonia mixt sich so einiges aus ihren Pflanzen, dabei habe ich gedacht, sie hätte damit aufgehört. Sie hatte es Morph und Calli versprochen.« Drakon hob Harmonia hoch, als wäre sie nur eine Puppe.

»Wie, ihr wisst davon?«

»Harmonia ist nicht nur auf Lidwicc, weil sie in der Magiebranche arbeiten will. Egal. Das soll sie dir selbst erzählen, wir müssen sie in den Krankenflügel bringen.«

»Und Clio?«

Die Augen für einen Moment geschlossen, wirkte Drakon, als fiel ihm das wieder ein. »Dann ... Fuck. Ich weiß nicht.«

»Können wir sonst jemandem trauen?«

»Wir gehen zu Callidora.«

»Das muss ein Scherz sein.«

»Nein. Ich weiß, Calli ist mit meinen Eltern verbandelt. Habe gemerkt, dass es sie selbst nervt, wie wichtig sie sich nehmen und wie viel sie sich einmischen.«

»Bist du dir sicher?«

»Haben wir eine Wahl?«

Harmonias Kopf hing leblos über Drakons Arm und ich hob ihn etwas an, damit sie nicht an ihrem Erbrochenen erstickte. Ihr Herz schlug nur noch schwach.

»Wach auf, Harmonia.« Morph beugte sich über sie und kontrollierte ihre Augen.

»Warum tust du das, du naives Mädchen.« Callidoras Gesicht konnte ich nicht erkennen. Ihre Stimme klang bedrückt, als hielte sie Tränen zurück. »Wieso bist du nicht zu mir gekommen?«

Auf Callidoras Zeigefinger entdeckte ich eine silberne Vorrichtung, die aussah, als hätte man den Finger eines Ritterhandschuhs abgeschnitten. Nur dass darauf Ornamente und Verzierungen waren. Damit streichelte sie Harmonia die Haare aus der Stirn.

Neben Harmonia lag Clio auf einer Decke und schlief. Der Staub, den Callidora ihr verabreicht hatte, half. Die Wunden und Schwellungen verschwanden nach und nach, als würde man sich eine Computeranimation ansehen.

»Ist Harmonia übern Berg?« Drakon nahm einen Schluck von dem Wasserbecher.

»Nein, noch nicht. Seht euch ihre Zehen an. Sie werden lila. Sie hat sich zu viel gespritzt, sodass sie einen magischen Schock erleidet. Die Magie zieht sich in die Mitte ihres Körpers und bekämpft ihn.« Morph antwortete statt Callidora und zerdrückte mehrere Blüten auf einem Papier.

Danach kratzte er den Saft mit einem Dolch ab.

Nach und nach kamen mir mehr Symptome in den Sinn, die ich hätte besser deuten sollen.

Harmonias zitternde Hand, als sie den Trinkbecher gehalten hatte. Ihr ständiges Schwitzen. Ihre geschwächte Magie, wegen der sie uns nach dem Geschichtsunterricht nicht beide vom Turm tragen konnte.

»Ich habe Jeanne und Björn immer gehasst. Tut mir leid, Drakon.« Callidora spie ihre Namen aus und ich brauchte ein wenig, bis ich begriff, dass sie seine Eltern meinte.

»Schon gut, ich bin auch kein Fan mehr von ihnen.«

»Ihr hättet gleich zu mir kommen müssen.«

»Na ja, die mysteriöse Art unserer Collegeleiterin ist mir bisher auch nicht vertrauenswürdig vorgekommen.« Der Satz platzte aus mir, ohne dass ich darüber nachdenken konnte.

»Es tut mir leid. Mir ist es ein Anliegen gewesen, dir die Wahrheit zu sagen, keine Spekulationen, nach allem, was du hier neu entdecken musstest. Dann noch der Angriff. Ich hätte dich nicht so lange im Dunkeln tappen lassen sollen.«

Wow, eine Entschuldigung und warme Worte. Davon konnte ich mir nichts kaufen. Erstmal glaubte ich ihr.

»Marpessa, ich –«

»Margo. Mein Name ist Margo.«

»Margo. Ich weiß, was du dir denkst. Es ist eine aufrichtige Entschuldigung.« Callidora blieb bei Harmonia und wie sie dort saß, Harmonia auf ihrem Schoß, merkte ich, dass ihre Sorge um meine Freundin nicht gespielt war.

»Harmonia erinnert mich jedes Mal an eine wichtige Person von früher.« Wen Callidora wohl meinte?

Callidora reichte mir ihre Hand und ich nahm sie.

»Es tut mir leid, ich kann mir nicht vorstellen, wie schrecklich es für deine Familie sein muss, mit der Bürde der Seelenrose zu leben. Vielleicht habe ich auch verdrängt, was für Gefahr dir droht.«

»Ich kann es mir auch nicht vorstellen, schließlich habe ich es nie miterlebt. Ich weiß nicht mal, wie ich meine Seelenrose nutzen soll. Ich habe es so oft versucht. Ich kann, selbst wenn sie mal auftaucht, niemanden darin einsperren.«

»Du musst daran arbeiten. Irgendwann kann es deine letzte Rettung sein.« Callidoras Kopf senkte sich, als schaute sie tief in mein Herz hinein.

»Könnt ihr ein bisschen ruhiger sein? Da bekommt man ja Migräne.«

Drakon, Morpheus und ich lachten erleichtert auf, als Clio uns mit einem Spruch überraschte, obwohl ich ihr die Erschöpfung noch ansah, denn dank der schweren Atmung erkannte ich, dass sie wohl gegen ihre Schmerzen atmete.

Eine peinliche Stille kehrte ein, niemand sprach, bis ein lautes Aufatmen diese Atomsphäre durchschnitt. Harmonia richtete sich auf, als wäre sie besessen, und als sie auch noch ihre Augen aufriss, ohne etwas zu sagen, erinnerte sie mich an ein Horrorfilmmonster.

»Harm?«

»Margo?« Harmonia blinzelte, drehte den Kopf zu mir.

Langsam, als wollte sie es vermeiden, mich zu sehen. Umso rascher schnellte ihr Kopf zurück. »Ist das peinlich. Ich wollte nicht, dass du mich jemals so siehst.«

Ohne darauf zu reagieren, setzte sich Morpheus neben sie und untersuchte ihren Puls, die Augen und die Einstichstelle.

»Warum tust du das? Ich habe gedacht, du bist so happy und positiv.«

»Hauch mich an.« Morpheus leuchtete in Harmonias Mund und sie tat, was er sagte.

»Denkst du wirklich, mir scheint täglich die Sonne aus dem Arsch?« Harmonias Stimme veränderte sich. Tiefer, trauriger, gereizter. »Das sind die Mischungen, die ich mir mache.«

»Warum?« Vermutlich sollte ich sensibler sein. Doch nach allem, was in dieser Nacht geschehen war, fiel mir das nicht leicht.

Harmonia riss sich die Blutdruckmanschette vom Arm und stand auf.

»Denkst du, du bist die einzige Auserwählte unter den Traurigen? Du armes Straßenmädchen? Weißt du auch, dass Morpheus von seiner Familie verstoßen worden ist und dass ich bei Drogenjunkies aufgewachsen bin?«

Nur kurz sah ich zu Morpheus, der sich bei seiner Erwähnung über die Lippen leckte.

»Ich habe nie in diese Opferrolle gewollt. Ich, äh, da, ähm.« Meine Arme fuchtelten unkoordiniert herum, da ich keine Erwiderung wusste. »Bin überrumpelt von dieser Magie gewesen und ja, misstrauisch, aber ...«

Ja, was aber? Was wusste ich von Morpheus, Harmonia und Co? Hatte ich mich überhaupt bemüht, sie kennenzulernen? Sie alle?

»Was?« Harmonia ließ zu, dass Morpheus ihre Einstichstellen mit einer braunen Flüssigkeit bepinselte.

»Du hast teilweise bestimmt recht. Ich habe mich zu sehr auf mich fixiert. Das tut mir leid, bei euch allen. Mittlerweile glaube ich auch nicht, dass Daphne mich beschützen wollte, ich denke –«

»Zephyrus manipuliert sie.« Callidora stand auf. »Wir kümmern uns darum. Ich will nicht, dass ihr euch damit beschäftigt. Zephyrus will dich. Leider nur aus den falschen Gründen. Er ist ein Lavagolem, der nichts Gutes im Sinn hat. Die Leiter der drei Colleges nehmen ihn in die Mangel und holen deine Freundin raus, das ist nichts für Studierende.«

»Ist er gefährlich?«

Seufzend verschwand Callidora an ihren Schreibtisch.

»Keine Lügen mehr«, erinnerte ich sie.

»Ja. Hätte ich damals geahnt, dass Zephyrus dir im Wald gefolgt ist ...«

»Wie soll ich dann rumsitzen und Däumchen drehen?«

»Wir unternehmen nichts«, sagte Drakon und zwinkerte mir heimlich zu.

Ich beschloss, mitzuspielen. »Okay, dann eben nicht. Bitte, rettet Daphne.«

»Versprochen.«

Drakon drehte die Musik etwas leiser und *Hayley Williams* mit *Inordinary* sang nur noch leise aus der Musikbox. Das Rotlicht ändert sich abwechselnd in Blau oder Pink und wir saßen in meinem Zimmer und hofften, Clio draußen nicht aufzuwecken. Beruhigender Duft von Ingwer-Kamillentee erfüllte den Raum.

»Ich wollte dich vorher nicht so anfahren.« Harmonia, die auf meinem Bauch lag, knabberte an ihrem Keks, dessen Knacken beinah das Lied übertrumpfte.

»Du bist dehydriert und im Schock gewesen.« Dass ich es jemals erleben würde, dass Drakon Harmonia verteidigte, während ich mit einem Kissen auf seinen Schienbeinen lag, hätte ich niemals gedacht.

»Was es auch gewesen ist, du hast nicht ganz unrecht.«

»Margo, du musst dich nicht schuldig fühlen.«

»Schon gut, ich bin froh, dass du mir das so direkt gesagt hast. Ich muss auch an mir arbeiten und darf nicht wie eine Dampfwalze über alle hinwegfahren, nur weil ich misstrauisch und überfordert bin.«

»Ich werde bestimmt aus dem Mentoringprogramm fliegen, wenn jemand herausfindet, das ich um vier Uhr morgens mit euch im Zimmer am Boden auf einer Decke liege.« Morpheus, der unseren Kreis perfekt abschloss, indem er auf Harmonias Beinen lag und Drakon auf seinen, warf einen Ball gegen die Decke, den er bisher immer gefangen hatte.

»Stell dich nicht so an.« Drakon fing den Ball mit dem Blatt einer Pflanze ab, das er vergrößert hatte, und ließ ihn zu sich rollen.

»Hey!«

»Was?« Drakons Unschuldsstimme klang hot.

»Du hast meinen Ball geklaut.«

»Habe ich nicht.«

»Es ist außerdem mein Ball«, intervenierte Harmonia.

»Den du mir geschenkt hast«, fügte ich hinzu.

»Hallo? Hält auch jemand zu mir?« Morpheus setzte sich auf und unterbrach unsere Kette. »Egal, ich hole mir ein Bier.«

»Du, Morpheus, darf ich dich noch etwas fragen?« Das brannte mir seit Tagen unter den Fingernägeln.

»Ja?«

»Was bedeuten deine Tatto- Nein, Spaß. Warum verlässt nach dem Angriff wirklich niemand das College? Wäre es nicht sicherer, zu Hause zu sein? Ich weiß, hier ist es sicher und zu Hause bringt man die Familie in Gefahr. Hat denn niemand Angst?«

»Viele bleiben wegen der morgigen Trauerfeier. Du hast ja Callidoras Ansprache gehört, in der sie unsere Sicherheit garantierte.« Die Mentorenstimme, in die er oft switchte, kam zurück.

»Nur weil sie das sagt?«

»Callidora will nur unser Bestes, vertrau ihr.«

»Ich versuche es ja, gib mir Zeit, ich probiere dieses Vertrauending erst seit ein paar Tagen.«

Das Nächste, das Morpheus sagen wollte, verlor sich in der Vibration, die aus seiner Hose kam.

»Das ist Don. Er sucht mich bestimmt. Wenn was ist, kommt zu mir, ja? Schlaft ein wenig. Gute, äh, guten Tagesanbruch.« Der winzige Bonsai erhob sich aus seinem Topf und schloss die Tür hinter Morpheus.

»Könnt ihr mir einen Gefallen tun?« Harmonia befehligte den Bonsai zurück in seine Ursprungsposition.

Drakon und ich lehnten uns an mein Bett, während Harmonia ihre Steinplatten unter ihrem hervorzog. Darauf erkannte ich noch die zerdrückten Blütenblätter, Nadeln und Gläser, wie bei einem Miniaturlabor.

»Ja?« Mehr brachte ich bei dem Anblick nicht hervor.

»Ich will das nicht mehr.«

»Das hast du auch gesagt, als wir vor Wochen im College angekommen sind und du mich gebeten hast, nichts zu sagen.« Mochte Harmonia Drakon deshalb nicht? Weil er von ihrem Geheimnis wusste?

»Dieses Mal meine ich es ernst. Könnt ihr bitte darauf achten, dass ich jeden Tag in den Krankenflügel gehe, um die Beratungsstunde wahrzunehmen?« Harmonia schob uns ihr Werkzeug zu, und auch wenn ich es nicht wollte, änderte sich die Art, wie ich Harmonia wahrnahm.

»Selbstverständlich helfen wir dir.«

»Kein Ding«, stimmte auch Drakon zu.

Da die Kühle der Nacht durch das offene Fenster drang, holte ich mir meine Decke. Als ich meine Hände wieder am Boden ablegte, berührte ich Drakons.

Ein warmes Gefühl, gepaart mit einer Portion Schuld, zuckte durch mich und ich schreckte zurück. Das mit Drakon musste ich abhaken. Harmonia warf uns einen verschwörerischen Blick zu und beließ es dann dabei.

»Vielleicht ist es besser, wir hauen uns aufs Ohr. Die Trauerfeier beginnt in ein paar Stunden und wir schulden es ihnen, fit zu sein.« Drakon eilte aus dem Zimmer. »Tschau.«

Das Türschloss rastete ein.

»Also, was da zwischen euch passiert ist, will ich in aller Komplexität erfahren.« Harmonia legte sich in mein Bett. »Kommst du? Ich will nicht allein pennen.«

»Ja, nur ob wir zum Schlafen kommen, weiß ich nicht, denn es gibt etwas, das ich in Drakons Haus gesehen habe. Mir wird gerade bewusst, was es bedeuten könnte.«

Die nächste Zeit versuchte ich, meine Erlebnisse zu verdrängen. Nur, in einem Kräuterseminar zu sitzen, ließ mich schneller an Drakon denken, als ich Basilikum sagen konnte.

»Dieses Pilz- und Kräutermagiekunde-Seminar soll euch, wie erwähnt, unterstützen, falls ihr in eine Situation kommt, in der ihr eure Fähigkeiten nicht oder nur beschränkt einsetzen könnt.« Aoi, die Mentorin, die sich extra für uns Zeit genommen hatte und vom Kurs, den sie in Tokio leitete, zu uns gereist war, sah über uns hinweg.

Generell kam ich selten mit Mentoren und Mentorinnen in Verbindung. Es wohnten nur wenige hier und die restlichen Lehrenden reisten für ihre Kurse an oder hielten sie online ab.

»Dort seht ihr ein Plakat mit wichtigen Pilzen und Kräutern, die ihr euch einprägen solltet. Der Unterschied zu normalen Pflanzen ist, dass einige Kräuter, aber vor allem nahezu alle Pilze, nicht mit uns kooperieren.«

Der Seminarraum erinnerte mich an den mittelalterlichen Ritterfilm, den ich mal in schwarz-weiß gesehen hatte. Die bunten Mosaikfenster, die einen Blick aus dem höchsten Turm des Schlosscolleges verwehrten, hatten historisch bedeutende Pflanzenbegabte abgebildet. Wie etwa Josephilius Lotus, der mit seinem Mann Peter U. Fanon maßgeblich zur Züchtung der Teleportpflanzen beigetragen hatte.

Aoi schritt am Rand des kreisrunden Raums entlang und wäre mit ihrem Strickkleid in derselben roten Farbe wie ihre Haare beinah an einem der Holztische hängengeblieben.

»Weißt du, warum sie nicht mit uns kooperieren?«

»Darüber habe ich mir noch nie Gedanken gemacht.« Wenn ich Junas Stimme nur hörte, könnte ich kotzen.

»Schön für dich.« Aoi beachtete Juna nicht mehr und wandte sich einer Studentin namens Holinda zu, die meistens allein dasaß und unter Bäumen häkelte. »Du?«

»Sie fallen nicht in unser kollektives Pflanzengedächtnis, schicken uns keine Informationen über sie, also nicht telepathisch.« Holinda Duffy schob ihre feinsäuberlich sortierten Stifte an den Rand ihres Tisches und ließ dabei zwei Stellen für die Stifte frei, die sie sich als Haarnadeln in die blonden, dünnen Haare gesteckt hatte. »Nicht freiwillig, habe ich gehört. Ist so nicht auch mal ein Mädchen hier verstorben? Die Tochter von -«

»Keine Ahnung, was du meinst, Holinda.« Aoi wandte sich ab und Gleichgültigkeit zierte ihre Miene.

Holinda sagte oft so komische Sachen, trotzdem fand sie jeder irgendwie unheimlich. Na ja, wie auch immer, hoffentlich fragte Aoi mich nichts, ich hatte davon gar keine Ah-

»Weißt du, warum das so ist?« Aoi steckte ihre Hände in die Stricktaschen.

Großartig. »Nein, leider.«

»Irgendjemand?«

Drakon hob die Hand. Drakon, der neben Juna saß. Drakon, der nicht neben mir saß. Drakon, der ein Kind mit Juna bekam.

»Ja?«

»Weil wir sie erst überzeugen müssen. Von unserem Wesen. Dann geben sie ihre Infos frei und wir können ihre Attribute nutzen. Manche Pilze sollen so störrisch sein, dass sie erst ein, zwei magische Begabte jemals ihre Wirkung benutzen ließen.« Woher wusste er das alles?

Aoi wandte sich an Cole, der sie mit seinen beiden unterschiedlichen Augenfarben ansah. »Hörst du bitte auf, mit deinem Kugelschreiber gegen den Mörser zu trommeln? Es gibt keine Pflichtanwesenheit. Du kannst auch gehen.« Aoi musste sich nicht bei uns einschleimen, sie hatte nur diesen einen Tag bei uns und es wunderte mich, wie wenig von uns teilnahmen.

»Tut mir leid.« Cole legte den Stift weg und strich sich die langen Haare aus dem Gesicht. »Kommt nicht wieder vor.«

»Dann kannst du es mit einer Antwort wiedergutmachen.« Aoi setzte sich geschmeidig auf seinen Tisch. »Wie überzeugen wir sie?«

»Wir bitten sie um Hilfe und, ähm, sie erkennen unsere Absichten, unseren Charakter und entscheiden, ob sie uns helfen. Manche Kräuter sind auch böse, das heißt, sie erkennen in uns einen netten Charakter, helfen uns deshalb aber auch nicht.« Cole zog sich seine Kapuze mit den Teddyohren tiefer ins Gesicht. »Ist das richtig?«

»Tatsache. Stimmt.« Aoi tippte dem Pilz am Schreibtisch auf den Kopf und dieser wuchs auf das Doppelte an.

»Ein Campanella. Er hat eine besondere Eigenschaft, die sich nicht sofort erschließt.«

Mit einer türkisfarbenen Gabel, die ich noch nie gesehen hatte, kratzte sie etwas von der Unterseite ab. Der Pilz, der aussah wie eine Zitronenscheibe, würde perfekt zu Harmonia passen. Wie es ihr wohl in ihrer ersten Entzugsstunde ging?

»Diese Fasern können euch nützlich sein, wenn ihr in tropischen Regionen unterwegs seid. Die gelbe Spezies davon kann in der Kombination mit …« Aoi schmiss eine Faser in den Mörser und zerkleinerte ihn mit einem Stein.

Die Pipette, die sie holte, klimperte gegen das Glasfläschchen, als sie sie herauszog und etwas darüber tropfte. »Simplem Regenwasser zu einer Paste werden, die Gift aus einer Wunde zieht, wenn ihr gebissen oder gestochen werdet.«

»Nur die Gelbe?«, fragte Juna aus dem Hintergrund.

»Nur die Gelbe. Die orangefarbene Art kann euch in derselben Verwendung umbringen.«

»Wie?« Wollte ich das wissen?

»Es lässt euer pflanzenbegabtes Blut in den Adern und Venen verdampfen.«

Kollektives Schlucken hallte wie eine Welle durch den Turm. Aoi zog ihre Brille zur Nasenspitze und sah zu einem Topf mit Mohnblumen, der auf ihrem Pult stand. »Teilt bitte die Bücher aus.«

Die Blumen breiteten sich aus und legten jedem von uns ein altes, zerfleddertes Buch vor die Nase. Es roch nach einem verstaubten Dachboden, in dem Lederpolitur verschüttet worden war.

»Morgen reise ich wieder ab, bis dahin habt ihr das Buch bitte gelesen. Ich stelle zehn Fragen, drei dürft ihr falsch beantworten.«

Warte, was? Zunächst herrschte eine Stille im Zimmer, bis wir alle aus unserer Paralyse erwachten.

»Ist das dein Ernst?« Juna stand auf und klatschte das antike Buch mit dem goldenen Buchschnitt, der bereits abblätterte, auf den Tisch. »Das ist mir zu blöd.«

»Du verstehst mich nicht.« Aoi legte ihre Brille ab und holte ihre Mohnblume, die einen angenehmen Duft verströmte, zurück. »Es ist mir egal, ob ihr morgen zu diesem Test kommt. Wenn ihr das Siegel der Pilz- und Kräuterkunstschaffenden haben wollt, um einen Job im magischen System zu ergattern, werdet ihr dem nachgehen. Und jetzt öffnet ihr am besten das Buch im zweiten Abschnitt bei den Kräutern, damit ich euch ein Beispiel zeigen kann, wie ihr mit einem Mix aus den richtigen Arten jemandem einen Parasiten aus einer Pore ziehen könnt.«

»Wo ist dieser Abschnitt?« Tzuki sprach die Frage ihrer Schwester aus, die sie ihr in Gebärdensprache mitgeteilt hatte.

»Wir sind nicht in einer Schule für Kleinkinder. Sucht im Inhaltsverzeichnis oder hinten nach dem Wort Parasiten.«

Ehrlicherweise hielt die Phase, in der ich mich von Aois Charakter vor den Kopf gestoßen fühlte, nicht lange, da ich es schätzte, wenn jemand geradeheraus war und ich mich nicht ständig fragen musste, wie derjenige zu mir stand.

»Während ihr sucht, zeige ich euch noch eine meiner Lieblingspilzarten. Ein Pilz, der euch wach hält, falls ihr ein Schlafpuder verabreicht bekommen habt. Biolumineszente Pilze, wie dieser hier.« Ein, zwei Winks später schlossen die Mohnblumen die Fensterläden. »Leuchten neongrün und sind cool, nicht wahr?« Aois Stimme wurde heller, freundlicher.

»Mycena chlorophos. Ich bin gerade dabei, sie zu kreuzen, um sie durch die Zucht in eine Form zu bringen, die beständiger ist und einer Taschenlampe ähnelt. Sonst hätten sie keine Funktion. Trotzdem abgefahren, oder? Außerdem können sie auch die Stärke der Magie eures Gegenübers für einige Stunden abschwächen.«

Der ganze Raum erstrahlte in einem giftigen Grün, als säßen wir nicht mehr in einem Turm, sondern in einem radioaktiven Abfalllager. Zumindest stellte ich mir das so vor. Vielleicht hatte ich auch nur zu viele Comics geklaut und gelesen.

Die Pilze, die zu fünft unter einer gläsernen Kuppel vor sich hin strahlten, teilten sich auf, als Aoi den Glasdeckel abnahm. Binnen weniger Sekunden fand man sie im ganzen Raum.

»Das ist bereits eine Eigenschaft, die ich ihnen beigebracht habe. Das kann nur meine Gattung.« Aois grün beleuchtetes Gesicht strahlte nicht von dem Licht, sondern voller Stolz, der ihre runden Wangen nach oben hob, als sie uns anlachte.

»Wow.«

»Schleimerin.« Natürlich musste Juna meine Aussage wieder kommentieren.

»Juna«, zischte Drakon.

»Na ja, wie dem auch sei. Machen wir mit den Kräutern weiter, bevor ihr noch von der Strahlung der Pilze euren Verstand verliert.«

Ich hoffte, dass das ein Spaß von Aoi war.

Als Harmonia, Don, Morpheus und ich das College durch das riesige Haupttor verließen, gehüllt in Schwarz – ja, sogar Harmonia –, auf dem Weg zur Trauerfeier, kam es mir vor, als wären wir eine richtige Hexengang. Dass der Anlass keine Halloweenparty, sondern eine Trauerfeier war, erfreute mich weniger.

Selbst der Tag hatte sich dem Ereignis angepasst und so nieselte es Regentropfen aus den grauen Wolken, die sich sanft wie Federn auf meine Wange legten. Die Blätter, Büsche, Blumen und Gräser wiegten sich im Wind mit, als tanzten sie einen letzten Abschiedswalzer für die Verstobenen des Angriffs. Gewartet hatte Callidora damit bis heute, da wohl alle Familien ihre Kinder abholen sollten, nachdem sie untersucht worden waren, ob sie Hinweise wie Fingerabdrücke von den Angreifern trugen.

Drakon hatte sich uns nicht angeschlossen, wobei das bestimmt nur an meiner abweisenden Haltung ihm gegenüber gelegen hatte. Es brach mir das Herz.

Außerdem gab es noch einiges zu bereden, wie: Warum hatte er mich nicht in seinen Plan, seine Eltern reinzulegen, eingeweiht? Wenn ich mich entverknallen wollte, dann musste ich da durch.

»Du siehst schrecklich aus.«

»Toll, danke, Don.«

»Ich meine nicht wegen der Trauerfeier, Margo. Mein Mann hat mir von der Geschichte mit Drakon erzählt.« Don knuffte mir in die Seite.

Ein wenig beugte ich mich vor und strafte Morph mit einem bösen Blick, den er sofort verstand.

»Es gibt keine Geschichte mehr mit Drakon.«

»Wenn du wüsstest, wie oft ich das im Zusammenhang mit Morphi gesagt habe.«

»Morphi?« Ich schmunzelte.

»Drakon ist von Juna schwanger, und – warte, nein, umgekehrt.« Harmonia, Don und Morph lachten laut auf.

»Ich weiß, mittlerweile weiß es jeder am College. Wie in einem Dorf hier.« Da hatte Don recht.

»Wenn er sie nicht mag?« Harmonia hakte sich bei mir unter.

»Ich kann das nicht, Harm.«

Ein paar Minuten schritten wir, ohne zu sprechen, nebeneinander her und der Strand näherte sich. Überall erkannte ich Studierende, die auf dem Weg zur Trauerfeier waren.

»Wäre auch komisch. Stell dir vor, die bekommen Kinder? Eine Laskaris und ein Olivsson.« Don sprach zu Morphi, pardon, Morph, und ich hörte es natürlich.

»Gab es das noch nie?«

Aus Morphs Mund kam nur eine Mischung zwischen Grunzen und Lachen. »Noch nie.«

»Warum? Harm? Weißt du das?«

»Na ja. Die verschiedenen Seelenblumen entstehen durch die Mischung der Gene der Eltern. Allerdings hat noch nie jemand aus der Laskaris- oder Olivsson-Familie ein Kind gezeugt oder bekommen, das nicht die Seelenrose oder das Seelenmaiglöckchen erhalten hat.« Maiglöckchen passte vom Klang des Wortes irgendwie nicht zu dieser Familie, aber ich fand Harmonias Ausführung echt spannend.

»Genau. Meine Seelennelke ist durch die Mischung der Seelenblumen meiner *Erzeuger* hervorgekommen. Keiner der beiden hat sie gehabt. Ich hätte auch eine von ihnen bekommen können. Bei dir oder Drakons Familie hat sich diese Frage noch nie gestellt.« Morpheus tat sich sichtlich schwer, über seine Familie zu sprechen, und sah sich mehrfach um, ob auch niemand zuhörte.

Ob es dreist war, nachzuhaken, was genau passiert war?

»Okay. Tja. Dieses Rätsel wird sich niemals lösen, da wir keine Kinder bekommen werden.« Obwohl ich gar nicht sagen konnte, ob ich überhaupt Kinder wollte, stimmte mich mein letzter Satz trotzdem traurig.

Egal. Irgendwann hatte ich es überwunden. Den komischen Typen, den ich vor zwei Jahren in dem Café am Aristotelous drei Monate lang angeschmachtet hatte, hatte ich auch vergessen. Hm, wenn ich so überlegte … Was der wohl heute macht? Vielleicht – Stopp!

Niemand antwortete. Ihre Gedanken konnte ich dennoch praktisch hören. Vielleicht waren sie keine Fans von Drakon, aber dass ich meine Gefühle ignorierte, wollte bestimmt keiner von meinen Freunden.

Der graue Himmel entfaltete sich vor mir, als wir am Strandabschnitt ankamen, und was ich dort wahrnahm, verschlug mir die Sprache. Unzählige Blumen trieben auf dem Meer, das sich aufbäumte, Wellen schlug, toste und Schaumkronen bildete. Glitzernde Funken flogen zum Himmel empor und davor stand Callidora, die wie eine Dirigentin mit ihren Händen herumfuchtelte.

Von links und rechts drangen die verschiedensten Geräusche zu mir durch. Leises Wimmern, Getuschel, Geheule, manche, wenige weinten still, ab und an entkam ihnen ein Aufschluchzen.

»Was sind das für Blumen?«

»Wasserlilien, sie gelten als Lebenslichtspeicher der Toten und mit diesen aufsteigenden Funken, heißt es, geleiten wir ihnen ihren letzten Weg in die Unendlichkeit.« Ich musste mich anstrengen, Harmonias Flüstern zu verstehen.

Der Wind nahm zu und verstreute die Sandkörner am Strand, einige landeten direkt in meinem Auge. Immerhin konnte ich noch Schmerz spüren, die Verstorbenen nicht mehr.

Ich verlor mich in den aufsteigenden Glitzerkugeln, die wie Wunderkerzen gen Himmel flogen und an der Stelle, an der sie die Wolken berührten, diese aufleuchten ließen. Deshalb verpasste ich auch Juna, die sich abseits aufgebaut hatte und zu singen begann.

Schmerzlich musste ich zugeben, dass sie eine wunderschöne, helle Stimme besaß, deren sanfter Klang sich in das Schauspiel einwebte. Dabei sang sie keinen Text, sondern eine melancholische, schwere Melodie. Die Trauer, die dabei rüberkam, bohrte sich in mein Herz und berührte dort etwas, das direkt auf meine Tränendrüse drückte. Mein Blick verschwamm zwar, als spürte ich die Furcht aller Verstorbenen geballt in meinem Innersten. Tränen kamen jedoch keine aus mir, als wäre die Quelle dafür längst versiegt.

Gepaart mit dem Rauschen des Windes, des Meeres sowie des Raschelns der Baumkronen, dem Knacken des Sandes und dem leichten Mitsummen der Pflanzenbegabten entwickelte sich eine eigenständige Dynamik.

»Deine Seelenblume.« Dons Genuschel riss mich aus dem Schauspiel am Himmel und ich erkannte, dass alle ihre Arme ausbreiteten.

Die Seelenblumen aller erstrahlten über der Stelle ihres Herzens. Ich tat es ihnen gleich, wenngleich ich Schiss hatte, dass es nicht klappte. Die Sorge war zum Glück unbegründet.

An meinen Konturen erschienen strahlende, winzige rote Punkte, die sich vor meinem Herzen sammelten und zu einer Rose erblühten. Das Rot hüllte den Strand ein, als hätte ich Blut darüber geleert. Selbst Callidora bemerkte das und warf einen Blick über die Schulter. Zu ihren Blicken gesellten sich auch die einiger anderer.

Alle Seelenblumen im Umkreis reagierten, stießen Funken aus, die sich mit denen der Wasserlilien verbanden und wie ein Feuerwerk am Himmel explodierten.

»Es tut uns leid, dass ihr so früh von uns gehen musstet. Wir werden euch niemals vergessen.« Callidoras Ruf klang erstickt. Nach einem Räuspern hörte ich es, als stünde sie neben mir.

Applaus rundete den Abschied ab und an der Aufbruchsstimmung erkannte ich, dass wir am Ende angelangt waren.

»Hey.«

Ich zuckte zusammen, als Drakon neben mir auftauchte. »Clio und ich müssen mit euch sprechen. Es ist dringend.«

Sofort spähte ich zu Juna, die sich mit vorgerecktem Kinn wegdrehte.

»Worum geht es?«, wollte Harmonia wissen.

»Um meine Eltern.« Clio nahm meine Hand.

19.

WAS WÄRE BEI MORD PASSIERT?

»Du musst dich täuschen.« Morpheus winkte ab und beschleunigte sein im Kreis gehen. »Unmöglich.«

Ich strich an der schwarzen Wand in Clios Zimmer entlang, die mehrfach von Metalbandshirts unterbrochen wurde, während ihre gezüchteten Blumen einen Kaffeegeruch versprühten und selbstverständlich schwarze Blüten besaßen.

»Clio hat recht. Ich habe auf dem Couchtisch bei den Olivssons einen flüchtigen Blick auf eine Liste geworfen. Zu diesem Zeitpunkt habe ich mir nichts dabei gedacht. Muss eine Art Anwesenheitsliste gewesen sein.«

Clio warf mir ein dankbares Grinsen zu.

»Ich wüsste darüber Bescheid, wenn ein Treffen zwischen Collegeleitern und wichtigen Geldgebern abgehalten würde.«

»Aber Clio hat doch gesagt, sie habe ihre Eltern vor ihrem Zimmer darüber sprechen gehört, dass sie nach Lidwicc müssen.« Harmonia goss mit zitternden Händen eine der Blumen.

Generell wirkte Harmonia ruhiger, gelassener, nicht mehr abwechselnd quirlig oder schläfrig, obwohl ich ihre sonnige Art vermisste.

»Kann man nichts gegen sie ausrichten?« Dabei kannte ich die Antwort längst.

»Kann man reichen Menschen etwas anhaben? Nein.«

Ja, Drakon hatte recht, in diesem Punkt unterschied sich die magische Welt nicht von der anderen.

»Sie haben Clio festgehalten, vielleicht hat sie in einem dehydrierten Deliriumzustand was weiß ich was gehört.« Damit ging Morph zu weit.

»Loyalität schön und gut. Nur hast du damit den Bogen überspannt. Ich höre mir das nicht länger an. Wir werden Untersuchungen anstellen, ob du uns hilfst oder nicht.«

Don wollte mich noch aufhalten, als ich nach meiner Ansprache rauseilte.

»Margo!«

Don folgte mir?

»Ich weiß, er ist dein Mann, aber wie kann man so blöd sein?«

»Wenn du stehen bleibst, erkläre ich es dir.«

Ich blieb stehen und drehte mich zu ihm um. Don strich sein schwarzes Hemd mit den dunkellila Blumenranken glatt und sah sich um.

»Nicht hier, komm.«

Die rosa Stockrosen, die Don in seine kleinen, schwarzen Locken eingeflochten hatte, wirkten bei ihm ästhetisch und ich hörte erst auf, sie zu bewundern, als er seine Schritte verlangsamte und in ein Gewächshaus einbog.

Große Tropfen hämmerten gegen das Glashaus und der Regen würde bestimmt helfen, dass uns niemand belauschte.

»Was machen wir hier?«

»Sporos-Center. Hier lernen wir, die Pflanzenwelt zu beschützen.«

Die Sporosfähigkeiten als Natursupporter fand ich so genial. Von Don wusste ich jedoch nur, dass er nachts sehen und Blumen aus dem Nichts erschaffen konnte. Ich erkundete weiter die Umgebung und entdeckte andere Sporos, die das Sporos-Symbol als Brosche trugen. Der gelb-rosa Samen auf goldenem Untergrund.

»Und was willst du mir sagen?« Zwar verbot ich mir, zu erstaunt zu sein, aber wie die junge Frau mit der Glatze eine Rose aus einem Holz wachen ließ, nur um sie zum Schluss in eine Malve zu verwandeln, beeindruckte mich.

»Morphi ist von seinen Eltern verstoßen worden, als er sich geoutet hat. Sie haben es nicht nur *nicht* akzeptiert.« Dons Miene wurde unergründlich, als er sich gegen den Springbrunnen lehnte.

»Sondern?«

»Seine Familie hat ihn mit dubiosen Mitteln zu bekehren versucht. Sämtliche Tanten, Onkel haben auf ihn eingeredet und ihn gebrochen. Ich glaube, selbst mir erzählt er nicht alles, hm.« Don stieß sich ab und eilte mit großen Schritten zur Glasaußenwand, wobei ich seine Tränen erkennen konnte. »Ich höre ihn oft nachts, wenn er spricht oder schreit.«

Es schnürte mir die Kehle zu, wenn ich daran dachte, was sie mit Morpheus gemacht hatten.

»Er ist dann mit zwanzig zum College geflohen und Callidora hat ihn wie einen Sohn aufgenommen, ihm geholfen und wieder aufgepäppelt. Es wird ihm schwerfallen, sich gegen sie aufzulehnen. Sie ist wie eine Ersatzmutter.« Dons Handabdruck blieb am Glas bestehen, wie eine flüchtige Erinnerung.

»Das ist furchtbar. Ich kann ihn nun auf jeden Fall besser verstehen. Denkst du, es ist sinnlos, ihn um Hilfe zu bitten?« Während ich sprach, nahm Don seine Brille ab und wischte sich die Tränen weg.

Zwei Jungs über uns legten ihre Hände auf einen vergifteten Baum und heilten seine Wunden. Da er in einen Topf gepflanzt war, nahm ich an, sie hatten ihn von draußen hergebracht.

»Ich kann es dir nicht sagen. Selbst mir fällt es schwer, Morph einzuschätzen. Ich bin privilegiert aufgewachsen. In Kapstadt haben meine Eltern ein gigantisches Unternehmen, sie führen nach außen hin eine App für Bildbearbeitung. Eigentlich verdienen sie ihr Geld mit einer Dating App für Pflanzenbegabte in unserem Intranet. Bei mir sind alle tolerant gewesen. Als ich es meiner Uroma gesagt habe, nachdem sie einmal im Jahr aus dem Senegal zu uns gekommen ist, hat sie mir auf den Rücken geklopft und gesagt: ›Such dir einen reichen Kerl‹.« Don machte seine Uroma nach und lachte dabei. »Sorry, Uroma, ist leider kein reicher Kerl geworden.«

»Das freut mich für dich, Don. Nur das mit Morph ist schrecklich. Verständlich, dass er sich so an Callidora klammert. Wie funktioniert denn ein Intranet weltweit?«

»Stell dir das so vor: Es gibt einige Programmierer, die sich darum kümmern, dass die magische Internetverbindung von Pflanzen weltweit übertragen wird. Nur wir können sie nutzen.«

Nicht schlecht. Wie viel ich auch lernte, es gab stets etwas Neues, das mich total blöd dastehen ließ, weil ich keine Ahnung hatte.

»Danke dafür. Sorry fürs Nerven. Ich werde nochmal mit Morph sprechen, ohne ihn unter Druck zu setzen.« Ehe ich ging, legte ich noch meine Hand auf seine Schulter. »Morpheus kann sich glücklich schätzen, dich zu haben, du bist ein toller Freund, äh, Ehemann.«

»Danke, das ist schön zu hören. Morph ist manchmal so mit seinen inneren Dämonen beschäftigt, dass für mich kaum Zeit übrig bleibt.« Don zuckte mit den Augenbrauen und biss sich auf die Lippen, als wäre es ihm unangenehm, das ausgesprochen zu haben. »Ich liebe ihn selbstverständlich trotzdem.«

»Keine Angst, ich weiß, wie du das gemeint hast. Danke, ich lasse dich mal in Ruhe. Sehen wir uns später?«

»Na klar. Wir müssen schließlich noch darüber reden, dass du *The Bold Type* nicht kennst. Die Serie ist göttlich!«

Ein warmes Gefühl breitete sich in mir aus, wenn ich daran dachte, dass ich Freunde gefunden hatte.

»Ist das ein Versprechen?«

»Sowas von. Eher eine Drohung, dass ich dich zwinge, die Serie zu gucken, bis du sie auch liebst.«

»Ich nehme dich beim Wort. Und jetzt werde ich ein ernstes Wörtchen mit Callidora wechseln.«

Meine Güte, wenn das Universum nicht wollte, dass ich Antworten bekomme, hätte es mir auch einfach eine Migräne schicken können. Nein. Was bekam ich?

Einen erneuten Angriff.

»Beeil dich.« Don trieb mich durch den Wald, da wir es gerade noch so aus dem Glashaus geschafft hatten, ehe es nur noch ein Splitterregen war.

»Wohin laufen wir?«

»Morpheus und ich haben für solche Fälle einen Treffpunkt ausgemacht. Dort wird er mit den anderen hinlaufen.«

Wie konnten sie, wer auch immer sie waren, es nur wagen, am Tag der Trauerfeier erneut anzugreifen?

Der Wald brachte mich regelmäßig aus dem Konzept, da die gesamte Insel mit den unterschiedlichsten Bäumen, ohne Zusammenhang, bedeckt war. Tannen, Pinien, Zypressen, Kirschblütenbäume, Palmen und viele andere wechselten sich ständig ab, weswegen es mir noch schwerer fiel, Orientierung zu bewahren. Dons Anwesenheit beruhigte mich. Die Panik wuchs jedoch mit jedem Knall, mit jeder Explosion und jedem Schrei an.

»Achtung.« Ich bekam gerade noch Dons Hand zu fassen und zog ihn zu mir, als ein Schwall Lava auf uns geschüttet wurde.

Das flüssige Magiemagma ließ den Boden und den Baum, den es berührt hatte, schmelzen.

»Glück gehabt.« Eine junge Frau mit einer venezianischen Maske trat zwischen den Bäumen hervor.

Aus ihren Mundwinkeln tropfte orange, blubbernde Lava, als wäre sie nichts weiter als Gulaschreste.

Ein Wisch mit dem Unterarm und weg war sie.

»Lass uns vorbei.« Don baute sich vor mir auf, dabei war ich doch die, die für den Angriff ausgebildet wurde, nicht er.

Don gehörte nicht mal zu den Verteidigern, sondern wurde nur für den Schutz der Pflanzenwelt ausgebildet. Ich musste mich endlich beweisen.

Ich schritt neben Don.

»Margo.«

»Wer schickt euch?«

»Das ist lächerlich, das weißt du, oder? Als würde ich dir das sagen.«

Natürlich war mir das bewusst, aber ich musste Zeit schinden, bis ich einen Plan hatte.

Der nicht bedeckte Bauch des Lavamädchens schlug Wellen und Würgegeräusche dröhnten aus dem Mund.

»Margo, mach etwas. Sie lädt sich auf.«

Sie tat was?

Wie war das? Lavagolems können nicht so zügig hintereinander ihre Fähigkeiten anwenden, da sie die magische Lava vom Erdkern abzapften und von dort aus in sich als Magie materialisierten.

Mein Blick sauste von den Pflanzen im Boden zu den verschiedenen Bäumen um uns. Ich konnte keinen klaren Gedanken fassen, da meine Angst mich lähmte.

»Du kannst das.« Don hob seine Hände und ein Rosenbusch wuchs aus dem Boden.

Die tiefe, beruhigende Stimme von Don holte mich zurück. Seine Rosen zogen mich magisch an, weshalb es nur eine Fixierung auf die Dornen verlangte sowie ein, zwei Fingerbewegungen, um die spitzen Zacken auf das Maskengirl zu hetzen. Siegessicher erhellte sich meine Stimmung, doch das änderte sich schlagartig, als sie ihren Mund spitzte. Sie pfiff, nur dass dabei jedes Mal eine kleine Menge Lava rausschoss mit der sie meine Dornen zerstörte. Ein Spritzer traf mich am Handrücken und ich machte instinktiv einen Schritt zurück.

»Au.«

Die Nervosität rumorte in meinem Bauch, als würde eine kleine Schleife sich über dem Magen immer fester zusammenziehen. Ich konnte mich kaum konzentrieren mit all den Gedanken in meinem Kopf und der Panik in meinem Herzen.

»Da staunt ihr, was? Denkt ihr, wir haben nichts drauf?«

Dieses Lavahochholen entzog ihr auch Energie, was ich an ihrem Schnaufen zwischen den Worten erkannte.

Das nutzte ich, um nach vorne zu eilen, den Baum neben ihr anzuvisieren und ihn auf sie zu stoßen.

Die Pinie wuchs hoch, um dann auf sie aufzuschlagen. Unmittelbar danach rief ich ein paar Blätter eines Kirschlorbeerstrauches, die sich am Blattrand von selbst schärften, und hetzte sie wie einen Schwarm Bienen auf sie.

Die Blätter schnitten ihre Haut auf. Maskengirl schrie um Hilfe und schlug mit ihren Händen um sich. In solchen Situationen konnten sie sich laut Lehrbuch nicht auf die Manifestation der Lava in sich konzentrieren.

Ein Durst, ein unstillbarer Durst, sie leiden zu sehen, tat sich in mir auf und ich blinzelte nicht mehr, nur um sie sich unter den messerscharfen Blättern winden zu sehen.

»Margo!«

Dons Stimme holte mich wieder zurück und ich hörte auf.

Ich eilte zu ihr und beugte mich über sie. Sie atmete noch. Was hatte ich nur getan? Ich konnte sie doch nicht töten. Was war nur in mich gefahren? Entsetzt über mich selbst, hämmerte als sofortige Strafe Migräne durch meinen Kopf.

»Das ist echt abgefahren gewesen. Dein Ausdruck in den Augen, irgendwie dämonisch, hat mir etwas Angst gemacht.«

»Ich kann sie nicht töten.«

»Und wenn sie sich rächt?«

»Don? Ist das dein Ernst?«

»Ich … Ich weiß es nicht.«

»Nein, das machen wir nicht. Sie kann nicht mehr kämpfen. Sie blutet und … Nein. Ich kann das nicht. Wir gehen zu Morpheus und den anderen, ja?«

Don schüttelte den Kopf. »Natürlich, du hast recht. Wie konnte ich nur daran denken. Wir wären nicht besser.«

Don und ich umkreisten das Maskengirl, ohne sie noch einmal anzusehen. Warum herrschte Frieden und kaum kehrte ich in das College ein, brach die Hölle über uns herein?

Ich folgte Don einen Weg hinab, der stetig steiler und felsiger wurde. Mit einer Handbewegung teilte er einen Beerenstrauch und wir stiegen unter die Erde hinab.

»Besser die fluten das Loch nicht mit Lava oder Eis.«

»O, mein Gott, Margo, hörst du bitte auf, daran habe ich gar nicht gedacht.« Biolumineszente Pilze, wie die aus dem Unterricht, erhellten Dons Gesicht grün, als er zu mir zurücksah.

»Sorry, sorry.« Ich vollführte eine Bewegung, in der ich so tat, als schloss ich den Zippverschluss meines Mundes.

»Warum lässt du hinter dir Moos auf den Höhlenwänden erscheinen?«

»Wolltest du nicht nichts mehr reden?«

»Sorry.«

»Ein Spaß. Ein Warnsystem, falls jemand in die Höhle eindringt und wir noch drin sind.«

»Und wenn sie anschlagen?«

»Dann wäre es eh schon zu spät. Wir könnten noch unsere letzten Worte formulieren.« Don kicherte.

Morpheus hatte mir mal erzählt, dass Don einen komischen Sinn für Humor hatte.

»Prima. Das wollte ich hören.« Ich schnaubte belustigt.

»Ich bin froh, dass du zu uns gekommen bist, Margo. Morphi ist zwar dein Mentor, aber ich merke, dass er dich mag, und er blüht neben dir auf. Normalerweise lässt er niemanden an sich heran.«

Zunächst enthielt ich mich einer Antwort. Es überrumpelte mich. Morph kam mir nie wie ein Shy Guy vor. Zu versunken in meinen Gedanken, stolperte ich gegen Don.

»Jetzt ist ein schlechter Zeitpunkt, um Annäherungsversuche zu starten, Margo.«

»Blödmann.«

»Da.« Don streckte seinen Finger aus und ich erkannte das Ende der Höhle.

Als die Sonnenstrahlen endlich wieder meine Nase kitzelten, atmete ich tief ein.

»Don.« Morph fiel ihm um den Hals und küsste ihn abwechselnd auf jede Wange. »Ich habe gehofft, dass du kommst.«

»Stell mich nicht immer wie einen Vollpfosten dar.« Don lachte und küsste Morph.

»Margo.«

Harmonias Rufen folgte ich sofort.

Neben ihr standen Clio und Drakon, die ebenfalls von dem Stein vor der Klippe aufsprangen.

Die Höhle hatte genau inmitten der Klippe geendet und wir standen vor einem Vorsprung zum Meer. Wir waren so tief unten, dass das Salzwasser bis zu uns hoch spritze, sobald es mit grollender Wucht gegen das jahrhundertealte Gestein knallte. Dons Moos wuchs noch bis zum Rand des Vorsprungs und endete dort.

»Habt ihr jemanden gesehen?«, fragte ich Clio.

»Eine Eisfrau. Wir haben sie an einen Baum fesseln können, und ihr?«

»Eine Lavagolem. Wir konnten entkommen.« Maskengirl einfach an einen Baum zu ketten, war mir natürlich nicht eingefallen.

»Schön, dass es dir akzeptabel geht.« Drakon kratzte sich am Hinterkopf und sah mich nicht direkt an, als er vor mich trat.

»Ich werde mal, ne, hier, da ... mir die Steine angucken.« Clio machte auf dem Absatz kehrt und setzte sich mit dem Rücken zum Meer.

»Danke, freut mich, dass ihr auch unverletzt seid.« Mit Drakon normal umzugehen, fiel mir schwer.

Bestimmt spürte auch er die Anziehung zwischen uns, als würden uns unsichtbare Fäden zueinanderziehen.

»Weißt du, wie es weitergeht?« Lieber änderte ich das Thema, bevor er wieder mit Juna anfing.

»Callidora hat wohl zu Morpheus bei einer Krisensitzung gesagt, dass, sollte das nochmal passieren, wir uns verstecken sollen. Sie würden das klären. Niemand soll verletzt werden.«

»Verstehe. Und die Mentoren?«

»Ein paar Ältere helfen wohl mit. Die Jüngeren wie Morpheus will sie schützen.«

Vielleicht tat ich Callidora unrecht. Das graue Wetter und der Wind ließen nicht ab und das hochspritzende Meerwasser, das mich ständig benetzte, nervte. Beschweren sollte ich mich nicht. Besser das und in Sicherheit, als in einen Todeskampf verwickelt.

»Du siehst gut aus.«

Nach Drakons Kompliment begutachtete ich meine mit von Erde verdreckten Klamotten samt ein paar Pilzen, die ich im Haar hatte.

»Du hast seltsame Fetische.«

Drakon inspizierte mich genauer und fing dann selbst an zu lachen, worauf ich einstimmte.

Etwas hinter Drakon erregte jedoch meine Aufmerksamkeit. Zunächst ignorierte ich es, bis ich auf das braun werdende Moos blickte. Ich musste an Dons Worte denken und die Erkenntnis traf mich wie ein Schlag in den Magen.

»Es kommt jemand durch die Höhle!« Noch im Umdrehen brüllte ich es raus und erkannte an Dons Augen sofort, dass er die Veränderung seiner Moos-Alarmanlage ebenfalls entdeckt hatte.

»Geht zurück!« Morpheus stellte sich vor Don und drückte ihn hinter sich.

»Ich helfe dir.« Drakon stürmte vor und ich wünschte, ich wäre ebenfalls so schnell bereit, zu kämpfen. Ich folgte ihm trotz meiner Angst, die meine Knie weich werden ließ.

»Ich auch.«

»Nein, Margo, ihr alle bleibt hinter mir.« Morpheus' Mentorenstimme kehrte zurück, mit der er uns anherrschte, ihm Folge zu leisten.

Er hob einige einzelne Äste, die wohl in der Felsenwand steckten, hoch und baute sie wie eine Art Zaun vor sich auf.

»Komm heraus, wir wissen, dass du da bist.«

Tatsächlich schlich jemand aus der Höhle raus. Zuerst sah ich nur Finger, die sich an der Außenwand festhielten, danach folgte der Körper.

»Juna?« Drakon preschte vor. »Was machst du hier?«

»Ich bin Don und Margo gefolgt. Ich, ich habe Angst gehabt und ja.« Juna hielt ihre Hände auf ihren Bauch und in ihrem Gesicht zeichnete sich ehrliche Angst ab.

Wut, Juna zu sehen, wich Resignation. Damit musste ich leben und dass sie Schutz suchte, konnte ich ihr schlecht übel nehmen. Also entschied ich mich dazu, fair zu bleiben. Erst nachdem ich das beschlossen hatte, bemerkte ich die verstohlenen Blicke der anderen, als fragten sie sich, ob es in Ordnung sei, dass sie bei uns bliebe.

Harmonia streichelte mutmachend meinen Rücken.

»Setz dich zu uns.« Ich bot ihr einen stumpfen Stein an.

»Danke. Und tut mir leid, dass ich Don und dir nicht geholfen habe, als ihr in Gefahr gewesen seid.«

Ach, schön. Gut zu wissen, dass sie zugeguckt hatte. Helfen hätte sie auch ruhig können. Egal, ich durfte mich nicht aufregen.

»Kein Ding.« Ich atmete tief ein, vergaß dabei nur, auszuatmen, bis ich einen Krampf im Oberkörper bekam.

Nach ein paar vereinzelten, nicht lang anhaltenden Gesprächen verstummten wir. Geräusche über uns hallten bis hierher. Panikschreie, Kampfgeräusche und Knallen. All das machte mich stutzig. War es richtig, dass wir uns versteckten und nicht mithalfen? Ich knabberte an meinen Fingernägeln und unterdrückte den Gedanken, der sich immer an die Oberfläche stahl, bis er zu stark wurde: Waren sie nur wegen mir hier?

Morpheus und Drakon standen am Höhleneingang und überwachten, ob auch niemand kam. Juna saß neben mir und starrte zu Drakon, der sie gekonnt ignorierte. Eigentlich tat sie mir ja leid, dennoch hätte ich meinen kleinen Finger gegeben, um herauszufinden, was sie dachte.

»Echt kniffelig, ein paar essbare Blumen aus diesen Felsen wachsen zu lassen.« Don kitzelte die Luft über dem Gestein, auf dem er im Schneidersitz saß, und stöhnte genervt auf.

»Das wird schon.« Junas Armbänder, die beinah bis zur Mitte des Unterarms reichten, schepperten, als sie Don auf die Schulter klopfte. »Du bist einer der Besten auf diesem Gebiet, die ich kenne.«

»Danke, ich gebe mein Bestes.«

Sofort hinterfragte ich Junas nette Art. Nervte es mich, weil ich ihr die lieben Worte nicht abkaufte oder weil sie ehrlich wirkten? Langsam wurde mir auch kalt. Der Wind pfiff um den Klippenvorsprung und die Wolkendecke zog sich nochmal zusammen. Bald würde es bestimmt regnen. Konnte ich von irgendwo ein Blatt herholen und es zu einer Decke vergrößern?

Zusammenhangslos sprang Don auf, den Mund zu einem Schrei aufgerissen, bevor die ersten Worte rauspurzelten. »Clio!«

Sofort waren wir alle in Alarmbereitschaft und auf den Beinen. Die Steinchen unter uns rieben auf dem Boden, als wir uns hektisch zu Clio drehten. Dabei war Don uns meilenweit voraus, er schnappte sich ein paar Wurzeln, die aus den Steinen wucherten, um Clio wegzureißen. Harmonia packte Clio und drückte sie an sich.

Clio selbst hatte nicht mal Zeit, sich umzudrehen, da alles im Bruchteil einer Sekunde passierte, und auch ich erkannte erst jetzt, wovor Don sich fürchtete.

Eine Schneefrau in einem Anorak mit einer Gasmaske, die das Gesicht verdeckte, tauchte auf einem Podest von gefrorenem Meerwasser vor uns auf. In der Hand eine riesige Eislanze.

»Clio!« Drakon eilte an mir vorbei.

Juna drückte sich gegen die Wand hinter sich und ich, ich stand da und war ebenso wie angewurzelt.

Bis ich merkte, dass das nicht im übertragenen Sinne der Fall war, sondern jemand hatte mich tatsächlich mit Wurzeln an den Füßen festgekettet. Jeder kannte dieses Gefühl, beobachtet zu werden, und genau aus diesem Grund spürte ich, dass ich nach oben sehen musste.

Über mir stand eine maskierte Frau, hager, mit einem hohen, pinkfarbenen Zopf und einer dicken Wurzel in der Hand.

Eine Pflanzenbegabte?

»Margo!« Harmonia wollte zu mir, aber Clio klammerte sich noch an sie.

Der Schreck stierte aus Clios wundem Gesicht.

»Wie habt ihr uns gefunden?«, kam es von Morpheus.

»Wir sind der Kleinen gefolgt«, sagte die Pflanzenbegabte.

Alle Augenpaare wandten sich Juna zu, die sich diesen Blicken entzog und sich wieder setzte, das Gesicht in den Handflächen versteckt. »Ich, ich, ich ...«

»Danke nochmal dafür«, sagte die Schneefrau.

Die Pflanzenbegabte ließ die Wurzel in ihrer Hand über ihre Finger schlängeln, ehe sie sich von selbst anspitzte und zu mir hinab sauste.

Ich wollte weglaufen, bis mir wieder einfiel, dass ich feststeckte. Im gleichen Augenblick hörte ich Don hinter mir.

»Scheiße, sie hat mich am Boden festgefroren.«

Morpheus guckte noch zu Don, war aber gerade dabei, zusammen mit Drakon zu mir zu eilen. Doch im Endeffekt war es Clio, die die Wurzel stoppte, kurz vor meiner Nase.

Ich sog die Luft tief ein und spürte, wie sich mein Bewusstsein beinah verabschiedete. Clio stand neben mir, die Hand ausgestreckt. Mir war nie bewusst gewesen, wie stark Drakons Schwester sein musste, wenn sie den Pflanzenbefehl einer anderen Begabten mit ihrem Willen aufhalten konnte. »Ich habe mich nur revanchiert.« Ein Lächeln stahl sich auf Clios Lippen.

Harmonia stützte Clio.

Dann sauste die Wurzel nach oben und klammerte sich um den Hals der Pflanzenmagierin, bis sie mit gurgelnden Geräuschen nach hinten kippte und wir sie nicht mehr sahen.

»Nein!« Morpheus' Schrei tat mir im Ohr weh, als er losrannte.

Ein Schauer bedeckte meinen Körper.

Beinah hätte ich mich übergeben, als ich die Eislanze erkannte, die direkt durch Dons Bauch gebohrt war. Fleisch und Blut klebte auf dem Eis. Don selbst blieb schräg in der Luft hängen, da die Lanze im

Boden steckte und Don nur langsam nachrutschte. Sein Blut ließ das Eis schmelzen.

»Du Miststück!« Ich sah Morpheus nur von hinten, trotzdem erkannte ich das Strahlen seiner Seelennelke, als sie auftauchte.

Mit einem schmerzverzerrten Schrei breitete er seine Arme aus. Sein Seelennelken-Schutzschild platzte aus ihm und löste die Eislanze auf.

Es drängte auch die Eisfrau weg, sodass sie Mühe hatte, dem Schild standzuhalten, bis sie bemerkte, dass die Energie, die davon ausging, ihre Eisarme schmolz.

»So leicht entkommst du mir nicht.« Morpheus ließ seine Arme wieder vorschnellen, wodurch sämtliche Wurzeln aus der Felsenwand explodierten, auf die Schneefrau zustürmten und sie überall am Körper fixierten.

»Bitte, es tut mir leid, wir wollen nur das Mädchen.«

Ich wusste sofort, dass sie mich meinte.

Don lag mittlerweile auf dem Boden, seine Lider flackerten.

Morpheus sagte gar nichts, und als er seine Finger spreizte, konnte ich nicht glauben, was er vorhatte, bis die Schneefrau vor uns in ihre Einzelteile gerissen wurde.

Blut spritzte herum, ihr Innerstes hing an den Wurzeln verteilt in der Luft, bis er sie fallen ließ und zu seinem Mann stürzte.

»Don, bitte, bleib wach.« Wie Morpheus um das Leben seines Mannes kämpfte, schnürte mir die Kehle zu.

Gerade hatte ich noch mit Don gesprochen und jetzt das?

Harmonia versuchte, die Blutung der Wunde zu stoppen. Ihre panisch aufgerissenen Augen und der zum O geformte Mund verrieten jedoch, dass es nicht gut für Don aussah.

»Halte durch, Don, oh, bitte, halte durch.« Harmonia beschäftigte ohne hinzusehen einige Wurzeln, die sich an der Felswand abrieben, um daraus eine Art Pulver zu machen.

Indessen breitete sich Dons Seelenblume aus und verlor ein Blütenblatt nach dem anderen. Don öffnete seinen Mund und Blut floss daraus.

Ich eilte zu ihm, setzte mich auf meine Schienbeine und bettete seinen Kopf auf meine Oberschenkel.

»Shh. Du musst nichts sagen, das hat Zeit.« Morphs knallrotes Gesicht und die Tränen, die jeden Moment aus ihm zu brechen drohten, egal, wie sehr er sie zurückhielt, brachen mir das Herz.

»Don, bleib bei uns.« Ich strich ihm die verschwitzten Strähnen aus der kalten Stirn.

Wie sollten wir ihn am Leben halten, wenn dort oben Kämpfe tobten und wir nicht sicher ins College kamen? Überall das Blut, das sich ausbreitete, und Clio, die ihre Verbände abmachte und sie um Don wickelte, während sie selbst wohl vor Erschöpfung zitterte.

Drakon pfiff und Grashalme eilten von oben zu uns nach unten. Wir hoben Don an, damit die Halme Platz hatten und Don weicher lag.

»Wie lang dauert das noch?« Morpheus brüllte Harmonia an, aber er brachte sie nicht aus der Ruhe.

Statt zu antworten, öffnete Harmonia ihre Seelendahlia, die die Eigenschaft hatte, einen Duft zu verbreiten, der einem ein wenig die Schmerzen nahm und man sich besser fühlte. Es klappte, da Don nicht mehr allzu verkrampft dalag, sondern seinen Körper entspannte.

»Wir haben zu wenig Pflanzen hier und mit den verschiedenen Wurzeln bringe ich nur ein schwaches Pulver zusammen, das seine Selbstheilungskräfte aktiviert, mehr kann ich nicht machen.« Harmonia nickte Drakon zu, der den Abrieb der Wurzeln von der Felswand holte und ihn Morpheus reichte.

Er nahm ihn an und streute das Pulver in Dons Wunde. Dieser bäumte sich mit zusammengekniffenen Augen auf und knurrte durch die geschlossenen Lippen.

»Können wir noch etwas machen?« Die Verzweiflung sprühte aus jedem meiner Worte, dabei wollte ich nicht noch mehr Panik verbreiten.

Morpheus streichelte Dons blutverschmierte Wange und setzte sich dann auf seinen Hintern, um sich über das Gesicht zu streichen. Blut malte eine schaurige Maske auf seine Haut. Verloren in seiner Angst riss er an seinen Haaren und drückte die zu Fäusten geballten Hände in seine Augenhöhlen.

»Mir fällt nichts ein. Er darf nicht sterben, Margo. Hörst du? Ich habe nur ihn.«

Don hustete. »Wenigstens erbst du Unmengen Geld.«

»Don.« Morpheus fuhr hoch zu seinem Mann und küsste ihn auf die Stirn. »Ich will nichts erben. Ich brauche dich.«

»Margo?« Don hustete.

»Ja?«

»Bitte, bitte, pass auf Morpheus auf. Sei seine Familie, auch wenn er störrischer als ein Shiba Inu-Rüde ist.«

»Ich … Nein, du passt auf ihn auf, hörst du? Das brauche ich gar nicht zu machen.«

»Genau, Don, laber nicht so einen Mist.«

Als hätte jemand einen Nerv von Don getroffen, schoss sein Arm reflexartig hoch. Morpheus reichte ihm seine Hand, doch Don schüttelte sie weg.

»Margo.«

Ich nahm sie.

»Bitte, ich, okay, ich werde nicht sterben, aber ich muss es hören, damit es mir besser geht. Pass auf Morphi auf.«

Mein Unterkiefer zitterte und als ich meinen Mund öffnete, brachte ich keinen Ton hervor. Jede Pore an mir schwitzte vor Panik und ich konnte nicht sagen, wie lange es gedauert hatte, bis ich herausbrachte, was er hören wollte.

»Ich passe auf Morph auf, versprochen.«

Lächelnd schloss Don seine Augen und legte seine Hand wieder auf Morpheus'.

Drakon, der das mitverfolgt hatte, stand auf und sah zu Juna, die am Höhleneingang stand und die Szene mit weit aufgerissenen Augen verfolgte.

»Drakon, nicht.« Clio hielt ihn zurück, als er zu Juna gehen wollte, die bereits einen Schritt in die Höhle gemacht hatte, um mehr Abstand zwischen Drakon und sich selbst zu bringen.

»Kannst du seinen Kopf für ein paar Minuten übernehmen?« Vielleicht konnte ich Drakon damit ablenken, nichts Blödes zu sagen.

Drakon zitterte vor Wut, aber nahm meine Ablenkung an und tauschte mit mir die Plätze.

»Toll gemacht«, flüsterte Clio mir ins Ohr.

»Danke.«

Juna hatte tatsächlich die Dreistigkeit, sich bei mir zu bedanken, als hätte ich das wegen ihr gemacht?

Das brachte sogar bei mir das Fass zum Überlaufen.

»Danke? Denkst du, ich habe das gemacht, um dich zu schützen? Wenn du nicht gewesen wärst …« Nach und nach verstummte ich, als ich glühende Augen in der Hohle ausmachte, und überlegte, woher ich das kannte.

Lange dauerte es nicht, da blitzte das passende Bild, das ich gesucht hatte, in mir auf. Die Lavagolem von vorhin hatte ihre Augen ebenfalls rot aufglühen lassen, wenn sie ihre Lava in sich manifestierte.

»Pass auf!«, schrie ich zu Juna, umarmte sie und ließ mich mit ihr seitlich neben den Höhleneingang fallen.

Gerade noch rechtzeitig, bevor ein Schwall magischer Lava aus der Höhle platzte.

Damit die anderen sich um Don kümmern konnten, machte ich mich zum Kampf bereit und war, schneller als gedacht, wieder auf den Beinen. Ich blickte zu den anderen, um zu gucken, ob Clio in der Lage war, mir zu helfen.

Bis ich es registrierte. Da ich Juna gerettet hatte, wurde Clio überraschend von der Lava getroffen, und diese bedeckte ihre rechte Schulter, den rechten Arm und einen Teil ihrer Seite. Geschockt starrte Clio mir direkt in die Augen, ehe die Schmerzen vollständig auf sie einprasselten und sie einen verzweifelten Schmerzensschrei ausstieß.

Alles um mich begann sich zu drehen und es waren nur noch meine magischen Instinkte, die den Lavagolem mit einem Wurzelsystem gefangen nahmen.

»Clio!« Drakon legte Dons Kopf auf dem Grashalmbett ab und sprang hoch.

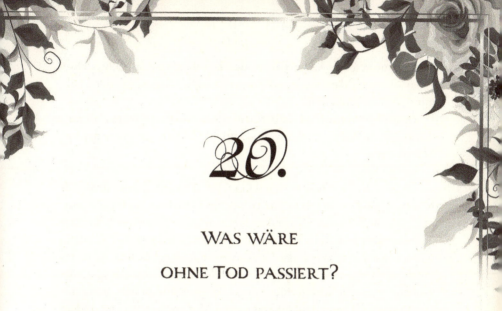

20.

WAS WÄRE OHNE TOD PASSIERT?

»Bist du mit den Schutzpflanzen fertig?« Meine Stimme klang rau, da ich die letzten Tage so wenig gesprochen hatte.

Andauernd umgab mich dieses penetrante, wenngleich auch sanfte Drücken im Magen, das mich ständig daran erinnerte, dass gar nichts gut war.

»Mhm.« Wenigstens gab Morpheus wieder Laute von sich.

Er setzte sich auf mein Bett, das seit den letzten Tagen unser Bett geworden war, und schob sich die Schuhe von den Füßen. Sie polterten zu Boden.

Als er so neben mir saß, fielen mir wieder seine Tattoos auf.

»Sag mal, Morph, was bedeuten deine Tattoos?«

»Bitte.« Es klang wir ein: *Das ist doch offensichtlich* Bitte.

»Dann nicht. Ich werde mal Harmonia von ihrem Entzugstraining abholen. Bist du dann noch da?«

Morpheus lachte, jedoch nicht freudig.

Es handelte sich um ein trockenes, gereiztes Lachen. »Mhm.«

Mehrmals schluckte ich, wollte etwas sagen. Was waren die richtigen Worte dafür, seine große Liebe verloren zu haben? Da sich eine Totalüberforderung in meinen Kopf einschlich, verbeugte und räusperte ich mich gleichzeitig.

»Wir sehen uns«, sagte ich und huschte aus dem Zimmer.

Es dauerte nicht lange, bis ich den Krankenflügel erreichte. Dort erwartete mich das mittlerweile vertraute Wehklagen aus der Halle mit den Krankenbetten.

»Margo.« Harmonia schritt aus dem kleinen Gruppenraum, der völlig in Weiß gehüllt war. »Danke fürs Abholen. Wie geht es Morpheus?«

»Wie immer. Dir?«

»Besser? Keine Ahnung. Ich will meistens nie hingehen, denke, es ist unnötig oder die macht das eh nur fürs Geld. Danach geht's mir meistens doch besser. Obwohl es schön wäre, wenn sie sich meinen Namen merken würde. Sehe ich aus wie eine Henriette?« Harmonia und ich spazierten durch das College, die neu angebrachten Kameras sahen mich wie eine Verbrecherin an. »Sie sagen, dass die neu entwickelte magische Kräutermischung, die sie erfunden haben, zusammen mit dem Tausendguldenkraut, dem Mariendistelfrüchten, dem Schöllkraut, dem Kümmel und uralten pflanzenmagischen Protenenkraut meine irreversiblen Magenschleimhautprobleme verbessert hat. Eventuell könnte es echt weggehen. Diese Kamerapflanze, die sie dir dafür in den Rachen schieben, um dich zu untersuchen, schmeckt so widerlich nach Stinkekäse.«

Harmonia verzog angewidert die Nase und damit auch den kleinen, gelben Kristall als Nasenpiercing. Sie streichelte ihren Bauch, auf dem noch immer der Verband war.

»Oh, wow. Ich verstehe gar nichts, aber das klingt großartig. Und nimm es der Therapeutin nicht übel. Es ist eine Therapeutin für fünfzig Studierende da, die gerade ihre Hilfe beanspruchen.«

»Ich weiß.« Harmonia hatte ihr Strahlen nicht völlig verloren. Dennoch kam es nicht an den Sonnenschein ran, als den ich sie kennengelernt hatte.

Mittlerweile handelte es sich eher um einen weit entfernten Stern, der nur noch an klaren Nächten schwach zu erkennen war.

Vor Drakons Zimmer standen wir wie jeden Tag minutenlang herum, ehe Harmonia anklopfte. Es dauerte nicht lange, bis Drakon öffnete und ich bemerkte, dass seine Augenringe wieder tiefer geworden waren.

»Ist es so weit?«

»Ja, Morph ist mit den Schutzpflanzen fertig, also sind wir dran.« Meine Erklärung war so unnötig wie jeden Tag, aber niemand wusste, was wir sonst reden sollten, seit dem Angriff war alles so sinnlos geworden.

»Na, dann los.« Drakon zog sich seine übergroße, schwarze Jeansjacke über und schloss die Tür. Er wirkte noch blasser als sonst.

Wie jeden Tag streichelte er über die Türklinke, als würde sich noch etwas von Clio darauf befinden.

Selbst auf dem Weg zu unserer Schicht sprachen wir drei nicht mehr miteinander. Sogar die anderen Pflanzenbegabten, jene, die noch geblieben oder am Leben waren, hörten wir höchstens tuscheln.

Mit dem letzten Angriff hatten sie Lidwicc das Herz herausgerissen und mittlerweile fühlte es sich an, wie in einem Militärgebiet zu leben, anstatt in einem College.

Draußen blendete mich die Sonne, die unpassend auf uns niederschien, als lachte sie über unser Schicksal. Dabei hatten sich sogar die Blumenfelder sowie Bäume, an denen wir gerade vorbeischritten, angepasst, ließen ihr Chlorophyll weniger sattgrün aussehen, und die bunten Blüten schaukelten in allen Grautönen mit der sanften Meeresbrise mit.

Am Strand angekommen, seufzte ich. Die Schutzpflanzen ragten im Abstand von zwei Metern aus dem Sand. Königskerze-, Beifuß- und Rosenbüsche samt vielen anderen Blumen und Bäumchen versprühten glitzernden Staub in einer Säule in den Himmel.

»Ich nehme wieder jeden dritten Bannstrauch.« Harmonia stellte sich zum Lavendelbusch vor sich, Drakon zum Rosenbusch und ich zum Eibenbaum, der mir bis zum Knie reichte.

Respekt hatte ich vor der Eibe auf jeden Fall, hatte ich noch die Stunde im Gedächtnis, in der Gundel davon erzählt hatte, dass die Eibe fast nur aus giftigen Bestandteilen zusammengesetzt war. Sogar diese eine Sage von der Eisfrau, die unter der Eibe eingeschlafen und gestorben war.

Ich hob meine Arme, konzentrierte mich auf das magische Wurzelsystem, das jeder Pflanze innewohnte, und verknüpfte es mit meiner Seelenrose.

»Schützt uns vor Angriffen, verbannt jene, die uns nicht wohlgesinnt sind, und baut einen Schild um Lidwicc.« Nachdem ich den Satz ausgesprochen hatte, machte ich mit der nächsten freien Pflanze weiter.

So wechselten sich die eingeteilten Gruppen ab, die den Schutz um die Insel aufrechterhielten, damit sich das kein drittes Mal wiederholte. Dieser Schutzwall war ein uraltes Kunstwerk der Schiffswikinger, von denen die Insel auch den Namen Lidwicc bekommen hatte, und der Byzanzhexen. (Wobei Aoi uns eingetrichtert hatte, dass wir das Wort Hexe nicht mehr verwenden sollten, da es nicht mehr zeitgemäß und problematisch war.)

Deshalb gab es hier auch so viele griechische und nordische Begabte. Irgendwie meinten diese Familien wohl, dass gerade sie nach Lidwicc kommen müssten, da ihre Vorfahren die Insel erschaffen hatten. Dennoch setzten wir diese Schutzzauber zu spät ein. Sie waren kein hundertprozentiger Schutz und kosteten uns Energie, die uns bei einem Angriff fehlen würde. Trotzdem verschafften sie uns auch Zeit.

»Ich versteh's nicht.«

»Was, Drakon?« Ich musterte ihn.

»Hab ich das laut gesagt?«

Ich nickte.

»Warum jetzt? Warum muss man erst warten, bis etwas passiert – obwohl ja schon etwas passiert war –, bevor wir die Schutzwälle hochfahren?«

Könnten Worte einen in Feuer aufgehen lassen, wäre Drakon die Nummer eins darin.

Obwohl mir alle mit Nachdruck versicherten, ich könnte nichts dafür, sprach die Schuld, die in meiner Kehle wie ein Knäuel steckte, eine andere Sprache. Sie hatten deutlich verlautbart, dass sie mich suchten. Aber warum? Es gab so viele andere Laskaris auf der Welt. Warum wollten sie meine Seelenrose zu ihrem Besitz zählen?

Wieder blitzte das Bild von Clio auf, die tot neben Don zusammenbrach, als ergaben sie nebeneinander ein perfektes Yin-Yang-Zeichen. Sie mit der getrockneten Lava, die ihre Glieder weggeschmolzen hatte. Don daneben mit dem Loch in der Mitte.

»Muss nicht immer erst etwas passieren, bevor man etwas ändert?«

Drakon zuckte mit den Schultern und sprach seinen Bannauftrag an die Pflanzen.

Juna eilte an den Strand und erstarrte, als sie uns erkannte. »Tut mir leid, ich, ich habe nicht gewusst, dass ihr hier seid. Sorry.«

Der Glanz hatte auch Juna verlassen. Sie wirkte wie eine graue, transparente Version ihrer selbst. Obwohl ich sie nicht mochte, erkannte ich, dass die Schuldgefühle und Gewissensbisse an ihr nagten.

»Du. Du wagst es, hier aufzukreuzen?« Drakon preschte auf sie zu und hielt nur, da Harmonia ihn mit einer ausgedehnten Rose, von der sie zuvor die Dornen entfernt hatte, am Handgelenk festhielt.

Die Dornen schwebten über uns in der Luft.

»E-Es tut mir leid. Ich habe nur gedacht, ich helfe mit, egal, ob ich eingeteilt bin oder nicht. Dass ihr da seid, habe ich nicht gewusst. Morgen schaue ich zuvor auf den Plan, versprochen.« Jegliche Arroganz hatte Junas Körper verlassen.

Noch nie hatte ich sie so unterwürfig sprechen sehen. Selbst ihre Kleidung hatte sie gegen weite, beigefarbene Joggingklamotten ausgetauscht.

»Denkst du, du kannst deine Schuld abarbeiten und dann so fortfahren wie bisher?« Drakons Brust bebte vor Zorn und ich fragte mich, warum ich mich überhaupt zu den beiden gestellt hatte.

»Nein. Das glaube ich nicht. Es gibt kein Leben mehr wie zuvor. Ich, ich bin wirklich ein verzogenes Gör gewesen und es tut mir leid, dass deshalb erst zwei Menschen sterben mussten, ehe ich das begriffen habe.«

»Bete, hoffe, flehe, dass unser Kind nichts von dir haben wird.« Drakon spuckte vor Juna auf den Boden und stampfte durch den Sand zurück an die Arbeit.

Juna sah mich an, als erhoffte sie sich etwas von mir, das ich ihr nicht geben konnte und wollte.

»Du gehst besser«, sagte Harmonia, woraufhin Juna mit gesenktem Haupt verschwand.

»Margo!« Drakons Ruf ließ mich zurückspringen, als eine Liane über mir auftauchte und sich in den Sand rammte.

Ich blickte hoch und erkannte, dass die Liane von hier bis zum Collegedach reichte. Erst nach und nach fiel mir auf, dass jemand die Liane wie ein Seil benutzte und darauf vom Dach zu uns rutschte.

»Morpheus?« Harmonia legte den Kopf schief.

»Was machst du hier?« Ich half ihm hoch.

Der Sand flog umher, als Morpheus ihn sich abklopfte. »Wir müssen ins Archiv.«

»Wo unsere Akten sind?« Drakon kam wieder zu mir.

»Nein, dorthin, wo die Akten der früheren Studierenden aufbewahrt werden.« Morpheus hatte sich die Haare gemacht, war schwarz gekleidet und hatte sich sogar die Augenringe überschminkt.

»Was meinst du?« Harmonia hatte die Schutzzauber ebenfalls aufgegeben.

»Mir ist klar geworden, dass ich nicht stumpf auf Callidora vertrauen darf. Sie hat ihr Wort nicht gehalten, also muss ich selbst reagieren.«

Froh, diese Worte von Morpheus zu hören, war ich schon. Unter anderen Umständen wäre mir das lieber gewesen.

»Morph, du weißt, wie sehr ich mir deine Hilfe wünsche, aber Callidora hat sicher nicht gewollt, dass Don –«

»Callidora hat versprochen, sie passt auf uns auf.« All die Wut, die bisher von Resignation verdeckt wurde, sprudelte aus ihm. »Außerdem hat sie gerade Drakons Eltern empfangen und davon habe ich auch nichts gewusst. Also habt ihr mit eurer Liste vermutlich auch recht und ich habe es nicht einsehen wollen.«

»Meine Eltern sind da?« Drakon schritt im Kreis, strich sich die Haare zurück und atmete hörbar aus, als staute sich Luft in ihm auf, von der er gar nicht geahnt hatte, sie in sich zu haben.

»Willst du zu ihnen?« Keine Ahnung, ob die Frage angepasst war, aber ich musste ihn aus seiner Trance holen.

»Ich weiß nicht. Ich würde sie, glaube ich, nur anfahren.«

»Vielleicht sollten wir lieber ins Archiv? Das wird ja nicht unbewacht sein, oder?« Harmonias Idee klang durchaus besser, als Drakons Eltern zu treffen.

»Nein. Es ist gefährlich und befindet sich angeblich versteckt, tief unter der Insel. Wenn ihr nicht mitwollt, dann –«

»Wir kommen mit«, beschloss ich für uns alle und schnitt Morpheus das Wort ab.

»Mit ihr steht und fällt alles.« Selbst wenn Morpheus das noch achtmal sagte, fand ich es keine gelungen ausgearbeitete Idee, Gundel da mit einzubeziehen.

»Und nur Gundel kann uns helfen?« Harmonia verzog den Mund und kratzte sich am Kopf.

»Nur Gundel trägt den Eingang in das Labyrinth mit sich. Wenn sie uns verrät, ist alles vorbei.« Morpheus klopfte gegen einen Pilz, der Gundel verraten sollte, dass wir kamen.

Statt einer Antwort brachte ihr Pflanzenaufzug, der aussah wie eine riesige Kletterpflanze mit menschgroßen Blättern, die sich um den Stamm schlängelten, sie zu uns. Gundel sprang hinab und baute sich vor uns auf.

»Ich habe auf euch gewartet.« Gundel grinste.

»Woher hast du gewusst, dass wir kommen würden?« Harmonia sah sich um, wohl um sicherzugehen, dass sich hinter den Bäumen keine Gehilfen von Callidora versteckten.

»Ich kenne dich lange, Morpheus. Habe dir genügend beigebracht und kenne deinen Dickkopf. Und ich habe deine Seelenrose gespürt, Marpessa. Sie ist der deiner Mutter ähnlich. Es ist eine Frage der Zeit gewesen.«

»Und was ist mit mir?« Harmonia verschränkte die Arme vor der Brust.

»Oh, Kind. An dich habe ich nicht gedacht, aber schön, dass du da bist. Wirklich schön, Henriette.« Gundel wachte wie aus einer Art Traum auf, als sie Harmonia bemerkte.

»Na toll.« Harmonia begutachtete bestimmt kritisch mein Grinsen, das ich gar nicht erst versuchte zu verstecken.

»Dürfen wir hinein? Ins Labyrinth?« Drakon hatte keinen Sinn für Spaß, ihm sann es nach Rache.

»Zuerst will ich euch sagen, dass ihr im Archiv aufpassen müsst. Es ist ausgestattet mit giftigen Pflanzen, die permanent ihre Düfte versprühen. Irgendwas war da noch. Das fällt mir gerade nicht ein. Und: Erwartet keine Hilfe, sondern sucht nach Hinweisen.«

»Was willst du im Archiv überhaupt finden, Morpheus?« Harmonia beugte sich vor, um ihn besser im Blick zu haben.

»Dons Akte. Nach seinem Tod muss sie automatisch dort sein. Und ich will herausfinden, was Callidora verheimlicht. Als ehemalige Studentin muss ihre auch dort sein.«

Ich sah zu Gundel, da ich nicht wollte, dass sie uns den Zutritt eventuell doch verwehrte, wenn sie hörte, dass wir nach Callidoras Akte suchten, aber sie wirkte nicht überrascht.

»Warum hast du uns nicht gesagt, dass wir dort suchen sollen?«, fragte ich sie.

Ertappt machte sie einen Schritt zurück.

»Ich kann selbst nicht ins Labyrinth. Callidora hat gesagt, es sei nicht von Vorteil, wenn ich es beschütze und gleichsam Zutritt gewährt bekomme. Interessenskonflikt. Und euch wollte ich nicht beeinflussen. Es ist euer Lebensweg, den ihr beschreiten müsst.« Gundel legte den Finger nachdenklich an den Mund. »Das ist keine Falle oder so.«

»Das macht es nicht besser. Egal. Wir gehen hinein.«

»Wo müssen wir hin?« Drakon trat einen Schritt vor.

Kichernd zupfte sich Gundel ein Gänseblümchen, das am Rand leicht lila war, vom Kopf, fischte es aus ihren wirren Haarsträhnen und hielt es vor uns.

»Riecht an der Blume.«

»Scheiße!« Drakons Hintern in der Luft und seine Hände, die ihn rieben. »Warum falle ich in einen Dornenbusch?«

Nachdem ich mir sicher war, nicht mehr lachen zu müssen, zupfte ich ihm den letzten Dorn heraus und half ihm hoch.

»Können wir weiter? Ihr haltet mich auf.« Morpheus untersuchte den meterhohen Busch, der den Beginn des Labyrinths ausmachte, und griff hinein.

»Sorry. Hast du etwas gefunden?«, fragte ich nach.

»Nein, aber sie hören nicht auf unsere Magie, bewegen sich nicht und hindurchschreiten klappt auch nicht.«

Harmonia leckte sich ihren Finger ab. »Es sind so viele Düfte in der Luft. Ich glaube, unsere Kräfte funktionieren kaum bis gar nicht.«

Fantastische Neuigkeiten. Für einen Moment schloss ich meine Augen, atmete tief durch und legte meinen Kopf in den Nacken, um Kraft für die bevorstehende Reise durch das Labyrinth zu tanken. Als ich meine Lider öffnete, erkannte ich erst, dass es keinen Himmel, keine Decke, nichts gab.

»Was ist das für ein Ort?«

Drakon, Morph und Harmonia folgten meinem Blick nach oben.

»Es ist alles schwarz. Nicht wie eine tiefschwarze Nacht, sondern als wäre über uns nichts.«

Nachdem ich zu Ende gesprochen hatte, legte Harmonia sich der Länge nach auf das getrimmte Gras und rutschte unter der zwei Meter hohen Buschwand hindurch, die gegenüber des Labyrintheingangs war.

»Es ist nicht nur über uns nichts.«

»Was meinst du?« Drakon folgte Harmonia.

»Hey, wartet.« Morph eilte hinterher und ich kam nach.

Oh. Das meinte Harmonia. Mein Kopf wurde von ein paar Zweigen gestochen. Als ich hinter dem Busch rauskam, erkannte ich, dass alles um uns in Finsternis getunkt war. Steckten wir in einem Tintenfass fest? Wohin ich auch blickte, empfing mich Dunkelheit. Nur unter uns erkannte ich eine Art Pyramide, die sich nach unten hin zuspitzte und aus Erde bestand. Seitlich wedelten feine Wurzelenden hin und her. In dieser Erdpyramide mussten sich die Wurzeln der Büsche und Pflanzen des Labyrinths verstecken.

»Sind wir im Universum, oder was?«

»Ich wünschte, ich hätte eine Ahnung, Margo.« Selbst Morph war überfragt.

»Es ist so, wie es ist, gehen wir ins Labyrinth.« Mich der Blätter und Zweige entledigt, schritt ich auf den Eingang zu.

»Denkst du, es geht nur darum, den richtigen Weg zu finden?«

»Nein, Harmonia. Rumstehen bringt uns auch nichts.«

»Margo hat recht.« Drakon fischte sich ein Blatt aus den platinblonden Haaren.

Wir reichten uns die Hände und betraten das Labyrinth. Erfolgte der erste Schritt noch zögerlich, taten wir den zweiten und dritten mit mehr Mut. Nichts geschah, weswegen wir uns losließen und voranschritten. Dichte Büsche reihten sich aneinander und ich fragte mich, wer die wohl trimmte. Der Job eines Labyrinthgartenerhaltenden im schwarzen Loch? Die Stellenanzeige stellte ich mir witzig vor.

»Suchen Gärtner*In:
In dem schwarzen Loch in einer Blume, für Unterkunft wird gesorgt.
Stelle unbefristet. Gefahrenzulage inklusive.«

Der Weg teilte sich nach ein paar Minuten zum ersten Mal und ich hasste diese Ruhe vor dem Sturm. Dass etwas passieren würde, lag in der Luft, und diese Anspannung kannte ich noch von früher. Wenn ich spät nachts noch in gefährlichen Vierteln unterwegs gewesen war. Konnte es nicht einfach passieren, anstatt dieses Abwarten der Gefahr, die sich einen ablachte, bevor sie um die Ecke sprang?

»Wir haben ja geahnt, es würde so kommen. Also? Gehen wir nach rechts oder links?« Harmonia stellte sich in die Mitte und hob ihre beiden Arme. »Na? Vorschläge?«

»Rechts.«

»Warum rechts, Drake?« Harmonia sah auf den rechten Weg, wohl um herauszufinden, ob dort etwas Besonderes war.

»Clio ist Rechtshänderin gewesen.«

Morph, Harmonia und ich wechselten einen flüchtigen Blick.

»Was?«

»Ich denke nur, wir sollten nicht emotional an die Sache gehen.« Vielleicht würde er mich weniger mögen und sich mehr auf Juna konzentrieren, wenn ich mich unbeliebt machte.

»Stimmt schon.«

»Ich würde dennoch rechts gehen«, sagte Morpheus, nachdem sein Versuch, eine Blättertreppe aus der Hecke zu entwickeln, scheiterte.

Dass er sich keinen Überblick verschaffen konnte, wunderte mich nicht. Harmonia hatte selten Unrecht und wenn sie meinte, unsere Kräfte wären hier geschwächt, war das auch so.

»Warum?« Jetzt sah auch Drakon auf den rechten Pfad.

»Als wir vorhin unter der Hecke hindurch sind und die unendliche Dunkelheit entdeckt haben, hat es ausgesehen, als wäre links nichts mehr.«

»Du meinst, wenn wir links gehen, stünden wir bald in einer Sackgasse?«, fasste ich zusammen.

»Genau, und falls eine falsche Entscheidung auch eine Bestrafung bedeutet, will ich das nicht riskieren.« So weit wie Morph hatte ich noch gar nicht gedacht. Es entsprach natürlich der Wahrheit.

»Dann der rechte Weg.« Drakon schritt voran und wir blieben hinter ihm.

Alle paar Meter mussten wir abbiegen, in schneckenförmigen Kreisen gehen, bis ich völlig die Orientierung verloren hatte.

»Wahhh!« Harmonia hielt ihre Hand hoch, die von einem Zweig geschnappt wurde.

Er schlängelte sich um sie und drückte sie zusammen.

»Harm!« Ich riss an dem Zweig. Es war, als zog ich eine Drahtbürste auseinander.

Der Zweig schnitt in meine Hand, Blut tropfte von mir. Loslassen kam nicht infrage.

»Margo, pass auf.« Warnende Worte von Morpheus kamen zu spät.

Drakon umklammerte Harmonias Hüfte und hielt sie davon ab, in den Busch gezogen zu werden.

»Bitte, macht den Zweig ab«, flehte Harmonia.

»Kann niemand Magie anwenden?« Neben mir schüttelte Morpheus ohne Erfolg seine Hände und blinzelte wie ein Betrunkener die Äste und Blätter an.

»Bei mir klappt auch nichts.« Drakon stemmte sich mit seinen Füßen gegen den Bogenzweig, aber Harmonia wurde beständig in die Richtung des Busches gezogen.

Der Zweig, der sich in meine Haut bohrte, schmerzte und ich fühlte, wie er sich tiefer schnitt. Nur mit zusammengebissenen Zähnen und verkrampften Zehen konnte ich den spitzen Schmerz ertragen.

»Margo, lass los.«

Niemals, Harmonia.

»Bitte, Margo.«

»Ich lasse dich nicht im Stich. Nicht wie Daphne.« Nur mühsam kamen mir die Worte über die Lippen.

»Wir lassen nicht noch jemanden gehen«, stimmte Drakon zu.

»Don und Clio würden es uns nicht verzeihen, wenn wir unsere Familie noch mehr schmälern lassen.« Was Morpheus sagte, war wie eine Glasscheibe, die in meinen Gedanken zerbrach.

Eine Tatsache, die ich nicht bemerkt hatte und die sich wie ein Schlag der Erkenntnis in mir breitmachte. Wir waren eine Familie. Ich hatte eine Familie. Clio hatte keinen Kontakt mehr zu ihren Eltern. Drakon hatte ihn abgebrochen. Morpheus' Eltern hatten ihn verstoßen. Meine waren tot. Wir waren unsere eigene Familie.

Morpheus' Worte ummantelten mein Herz wie flüssige Schokolade und gaben mir neue Energie, die mein Herz durch meine Adern pumpte, bis sich meine Seelenrose öffnete und sich das Licht um den Zweig hüllte. Mit letzter Kraft riss ich ihn vom Busch ab und fiel ungebremst auf meinen Rücken. Mir blieb die Luft weg.

»Harmonia!« Morpheus untersuchte sie, während Drakon mir hoch half.

»Alles klar?«

Ich nickte Drakon zu.

»Bei Harm auch?«

»Mir geht es gut, danke. Was ist mit deiner Hand?« Harmonia löste sich von Morpheus.

»Ich werde es überleben.«

»Komm erstmal her, ich mache dir mit den Blättern einen Verband.« Morph pflückte ein paar Buschblätter, während Harmonia ihre Seelenblume erblühen ließ.

»Ich kann nicht mehr machen, als dir mit meinem Duft die Schmerzen zu nehmen.«

»Danke, Harm.«

»Wegen deiner beschissenen Orientierung wissen wir nicht weiter, gut gemacht, Drakon.« Harmonia schlug auf einen Busch ein und seufzte dabei laut auf.

Die Blätter raschelten, Drakon schreckte verängstigt zusammen und hielt sich schützend die Hände über den Kopf. Wimmernde Geräusche rundeten sein merkwürdiges Verhalten ab. Jedoch verhielten sich nicht nur die beiden komisch. Auch Morpheus sprach mit Don. Ja, seinem verstorbenen Ehemann. Nur, dass es sich nicht um Don handelte, sondern einen Felsen an der Ecke einer Abzweigung.

Wir drehten durch. Damit schloss ich mich mit ein. Denn auch ich bemerkte, wie der Rand meines Blickfeldes verschwamm, sich die Konturen verzogen, wenn ich herumschaute, und gelb, lila Streifen überall aufblitzten. Lebte ich in einem Film, der nur aus einem einzigen Glitch bestand?

Aus meiner Wunde an der Hand wuchsen kleine Kräuter. Salbei, Basilikum, Petersilie und Lorbeerblätter. Ich konnte nicht mehr einschätzen, ob es sich um die Realität oder eine Halluzination handelte.

»Bitte, Harmonia, töte mich nicht.« Drakons Heulen riss mich von meiner bewachsenen Hand weg und ich stolperte in seine Richtung.

Ein paar Schritte weiter landete ich in einem Busch, obwohl ich mir sicher war, zu Drakon zu laufen. Genervt und schwer atmend drückte ich meine Handballen gegen meine Augen und zwang meinen Verstand, sich zusammenzureißen.

»Leute, wir sind nicht wir selbst.« Kein Plan, ob ich das normal sagte, dachte, schrie oder flüsterte, aber Harmonia sah mich an, als ich die Hände sinken ließ.

»Was?«

»Harmonia, du hast selbst gesagt, es sind so viele Düfte in der Luft, sie vernebeln uns den Verstand.«

»Nein!« Morpheus' knallrote Augen stachen hervor, als er mich anstarrte, die Miene wutverzerrt, die Brauen tief Richtung Nase gezogen. »Don ist bei mir, genau hier, du nimmst ihn mir nicht weg.«

Konnte ich das machen? Ihm Don erneut wegnehmen?

»Don, lass uns abhauen.« Morpheus an einem abstehenden Zweig ziehen zu sehen, trieb mir beinah die Tränen in die Augen. »Ich lasse es nicht zu, dass wir wieder getrennt werden. Für wenige Tage habe ich gedacht, dich verloren zu haben, und es hat mich fast umgebracht. Ich habe ständig das Gefühl gehabt, deine Präsenz vor der Tür zu spüren. Gleich kämst du wieder herein. Jetzt bist du da und ich habe gewusst, du bist nicht tot. Niemals würdest du mich allein lassen.«

Mein Kinn zitterte und es zerbrach mein Herz in tausend Stücke, Morpheus so leiden zu sehen.

»Warum sagst du denn nichts, Don? Warum bewegst du dich nicht? Komm schon.« Morpheus' starre Haltung und die aufgerissenen, irren Augen gaben mir den Rest. »Komm schon, Don. Komm, gehen wir.«

»Morph, du …« Meine Stimme versagte.

»Don, du bist doch alles, was ich noch habe, warum gehst du nicht mit mir? Das ist doch nicht fair, willst du mich nicht mehr?«

Harmonia öffnete ihre Seelenblume und verbreitete ihren typischen, warmen, blumigen Lippenstiftduft. Mein Schwindel verschwand und ich erkannte auch, dass Harm und Drakon aufwachten.

»Nein.« Morpheus wedelte mit aller Kraft den gelben Staub weg, der ihn beinah eingeholt hatte. »Bitte, Don, wir müssen weg von hier.«

Ein, zwei Minuten verharrten wir, niemand sprach etwas und Morpheus starrte nur den Busch an, ehe er sich zu uns drehte.

»Musstet ihr das machen? Warum hättet ihr mich nicht hierlassen können? Hier in diesem Wahn. Mit Don?«

»Weil Don das nicht gewollt hätte«, sagte Drakon, packte Morpheus am Nacken und zog ihn zu sich.

Harmonia und ich überlegten nicht lange und umarmten die beiden ebenfalls. Als Gruppe, nein, als neue Familie standen wir da, eingehüllt von Harmonias Duftsporen, und weinten um Don. Um Don und um Clio.

»Das ist so gemein. Warum Don? Warum Clio? Ich weiß nicht, ob ich das kann.« Die Worte meines Mentors in den Ohren riefen mir meinen Schmerz um Daphnes Verlust in Erinnerung.

»Es ist scheiße. Es ist ein riesiger Haufen Scheiße.« Harmonia stimmte ein Lied an.

Es handelte sich um eine Melodie, die ich sofort erkannte. Die Howl's Moving Castle Theme, die sie jeden Tag als Wecker abspielte. Morpheus' und Drakons Atmung beruhigte sich, das merkte ich, da sich ihre Rücken nicht mehr so heftig auf und ab bewegten. Deshalb stimmte ich mit ein.

Und so standen wir hier, mitten in einem schwarzen Loch, umgeben von gefährlichen Blumen, die drohten, uns zu töten, und erlaubten uns diesen Moment.

»Harmonia, schön, dass ich dir so gefalle, aber mit deiner Hand an meinem Hintern erreichst du nichts.«

Überrascht hob ich meine Augenbrauen, da ich keinen Witz von Morph erwartet hatte. Mein Herz tanzte vor Freude, da er wieder zu Scherzen aufgelegt war.

»Was meinst du?« Harmonia kicherte. »Meine zweite Hand ist hier.«

Die Armbänder an Harmonias Handgelenk klimperten, bis das Geräusch von Morpheus' ersticktem Aufschrei das ablöste. Noch ehe ich mich's versah, verschwand er in dem Busch hinter ihm und seine Stimme versiegte.

»Morph!« Ich lief ihm hinterher, als mich Drakon ablenkte, der zu Boden knallte.

»Ah, Mist.« Drakon stand auf und rieb sich sein Kinn.

Da erkannte ich schon den Zweig, der sich um seinen anderen Knöchel wand.

»Drakon! Pass –«

Harmonia! Ich sah zu ihr, da hatte auch sie schon ein riesiges Blatt um den Kopf gewickelt.

»Nein.«

Harmonia hing schlaff unter dem Blatt, die Füße ein paar Zentimeter über dem Boden.

»Margo, pass auf.«

Drakons Warnung kam gerade noch rechtzeitig.

Ich sprang zur Seite und das Blatt, das sich um meinen Kopf legen wollte, verfehlte mich. Die Erleichterung währte nicht lange, da zog es auch Harmonia und Drakon in die dichten Büsche des Labyrinths, die sonst völlig harmlos wirkten.

»Gib nicht auf, Ma–« Die Pflanzen ließen Drakon nicht mehr aussprechen.

Ich lief um die Ecke, hinter den Busch, in den Drakon gezogen worden war. Nichts. Drakon war verschwunden. Ebenso Harmonia und Morpheus.

21.

WAS WÄRE BEI ZU GROSSEM EGO PASSIERT?

Ich schlug mich weiter durch das Labyrinth. Im Kopf die Bilder von Drakon, Morpheus und Harmonia, die auf mich warteten. Sie verließen sich auf mich. Dennoch stieg mein Frustrationslevel, wenn ich ständig dieselben Büsche, Böden, Kieselsteine und Herzen sah, die ich bei Pausen in den Erdboden geritzt hatte, da sich – Moment.

Die Herzen, die ich in den Boden geritzt hatte? Wie konnte ich denn wieder an denen vorbeilaufen?

»Ne, oder?« Ich packte laut stöhnend meine Haare, wickelte sie um meine Hand, hob sie hoch und band sie zu einem Zopf. »Ich bin im Kreis gelaufen? Wie kann das sein?«

»Hallo, ist da jemand?«

»Das kann doch nicht wahr sein. Daphne? Daphne! Hier bin ich.« Ich eilte zur Stimme.

»Margo? O Gott. Margo?« Daphne schniefte und ihre Nase gab dabei denselben Pfeifton wie immer von sich.

»Nicht möglich.« Ich erblickte meine beste Freundin und fiel ihr in die Arme. »Was machst du hier?«

»Ich bin in dem Labyrinth ausgesetzt worden. Egal, Hauptsache, du bist da.« Daphne streckte ihre Arme aus und vergrößerte den Abstand zwischen uns wieder.

Sie musterte mich mit ihren Augen, als hätten wir uns Jahre nicht mehr gesehen, dabei kam es mir auch so vor.

»Du siehst geil aus.«

Ich lachte.

»Danke, aber das ist gelogen.«

»Stimmt.«

»Ich fasse es nicht. Ich habe gerade meine Freunde verloren und ausgerechnet Harmonia konnte ich auch nicht beschützen, die mir eine tolle Freundin geworden ist. Ich fühle mich so nutzlos. Niemanden kann ich beschützen. Dich auch nicht. Drakon hat mich selbst vor seiner Familie beschützt.« Ich redete mich in Rage, meine Sicht stellte sich unscharf und alles prasselte aus mir.

»Margo, shht. Alles wird gut, ja?«

Ich nickte heftiger, als ich sollte. Wollte ich Daphne oder mich damit überzeugen?

»Daphne, weißt du noch, als ich dir von Katerini erzählt habe? Dort habe ich auf der Touristenmeile am Strand die Leute abgezogen. Bis ich auf diese Gruppe Männer gestoßen bin, die mich in einer Seitengasse zwischen den Hotels verprügelt haben. Na ja, du kennst die Story. Ich habe dir damals erzählt, ich hätte sie in die Flucht geschlagen. Das stimmt nicht. Ich bin bis zum Tagesanbruch dort liegen geblieben und habe geweint. Geheult. Bis die Straßenhunde sogar Mitleid mit mir gehabt und sich neben mich gelegt haben. Was will ich sagen? Keine Ahnung. Vermutlich, dass ich nicht so stark bin, wie ich dir weismachen wollte. Du hast recht, ich darf nicht ständig alles verdrängen und von mir stoßen.« Um mich endlich zu stoppen, legte ich mir meinen Finger an den Mund.

»Margo, sieh, wie weit du gekommen bist. Du bist nicht schwach. Du bist nicht zerbrochen. Wir finden deine Freunde, okay? Harmonia wirst du finden, wie du mich in diesem Labyrinth gefunden hast, und selbst bei Drakon und Morpheus wirst du dich revanchieren können.« Daphne legte ihre kalten Hände an meine Wange und zwang mich, ihr in die Augen zu sehen.

Mein Herz raste bei Daphnes Anblick. Sie war da. Endlich.

Ich rief mir Daphnes eben gesprochenen Worte in Erinnerung und wiederholte sie wie ein Mantra, um mich selbst zu stärken.

»Alles okay?« Daphne lächelte mir mutmachend zu.

Mein Kopf senkte sich und eine bittere Erkenntnis kroch in mir hoch, die mich enttäuscht schnauben ließ.

»Woher weißt du überhaupt, dass Morpheus auch entführt wurde? Ich habe nur von Harmonia und Drakon gesprochen.« Ich wich einen Schritt zurück.

»Margo, ich … Ach, warum hast du nicht einfach mitgespielt, das wäre weniger schmerzhaft für dich gewesen.« Daphne rollte mit den Augen.

Gleich danach bröckelte Daphnes Haut ab und vor mir stand ein Wesen, das wie ein Mensch aussah, aber Baumrinde statt Haut besaß. Lange dichte Zweige mit Blättern lösten ihre Haarpracht ab.

»Was oder wer bist du?«

»Weißt du das wirklich nicht?«

Ich guckte das Wesen an. Da klingelte etwas in mir.

»Du bist eine Dryade.« Sie sah nicht aus wie diese mythologischen, romantisierten Bilder. Eher wie ein zum Menschen gewordener Baumzombie.

»Ja, und da du meinem Lockduft entkommen bist, machen wir es auf die altmodische Art.«

»Altmodische Art?« Wieder eilte ich einige Schritte zurück.

Dieser Abstand brachte mir gar nichts, als ich verstand, was sie damit meinte. Denn ein Holzspeer schoss aus ihrem Bauch hervor wie von einem Katapult.

Alles passierte so schnell, dass meine Instinkte von allein reagierten. Ich hechtete nach links weg, doch der Holzspeer schnitt mir die Seite auf.

Der Schmerz blieb zunächst aus, bis das Brennen einsetzte und mich das fließende Blut schwindelig machte.

»Nicht schlecht. Normalerweise weicht niemand dem überraschenden Angriff aus.«

»Fick dich.« Mehr brachte ich nicht mehr heraus, bevor die Finsternis mich verschluckte und ich mit dem Wissen ohnmächtig wurde, nie wieder aufzuwachen.

»Na, mach doch, Mädchen. Wach auf.«

Ein Klatschgeräusch neben meinem Ohr nahm an Lautstärke zu, bis ich es sogar fühlte. Das war nicht nur ein Klang, jemand schlug auf meiner Wange herum, als wäre ich eine Trommel.

»Hey.« In meinem Kopf hörte es sich lauter und bestimmender an, dabei handelte es sich nur um ein Krächzen.

Schwarz, Weiß, Grau, Braun. Nur langsam drangen Farben durch meine flatternden Augenlider, bis es sich besserte. Schmerz durchzuckte meinen Körper und ich erinnerte mich wieder daran, was passiert war. Panik erfasste mich wie eine Welle und ich riss die Augen auf.

»Alles gut. Sie ist weg.«

»Juna?« Nochmal fiel ich darauf nicht rein, also holte ich aus und verpasste ihr eine saftige Ohrfeige, die echt guttat, auch wenn es nicht die echte Juna war.

Das Geräusch, als meine Hand ihre Wange traf, befriedigte mich auf so vielen Ebenen, dass sich trotz meines Zustandes ein Grinsen auf meine Lippen schlich.

»Bist du bescheuert, oder was? Blöde Kuh. Ich rette dir das Leben und du schlägst mich. Geh ich eben ohne dich weiter.«

Warte, was? Das konnte nur Juna sein. Keine Halluzination der Welt würde sie so perfekt nachahmen können. Ich zog mich an dem Busch hinter mir hoch, wenngleich ich auch Angst hatte, er würde mich auch direkt in sich hineinziehen. Wobei, was war schlimmer? In einem unendlichen Buschuniversum gefangen sein oder Juna?

»Du bist ja wirklich Juna.«

»Nein, ich bin Cher.« Juna stemmte ihre Hand an ihren Hüftknochen und mit der anderen massierte sie ihre Wange.

»Es tut mir leid, ich habe gedacht, du wärst eine Halluzination des Labyrinths. Die haben uns Probleme gemacht.«

»Echt? Wo sind die anderen?«

»Woher weißt du von den anderen?«

»Ich bin euch gefolgt und habe mit Gundel gesprochen. Dass ich mit will. Schlechtes Gewissen und so 'n Mist. Warum hat man sowas auch? Na ja, ich bin hier gelandet und gleich darauf hast du herumgeschrien.« Juna sah sich um und linste um die Ecke.

Shit. Ich war wieder fast am Anfang des Labyrinths?

»Die anderen wurden vom Labyrinth eingesaugt. Von Ranken gepackt und zack, weg.«

Juna sprang von den Büschen weg wie eine Katze, die versehentlich ins Wasser getapst war. »Dann sind wir ja ständig in Gefahr.«

»Ja.«

»Klasse.« Juna atmete schwer.

»Geht es dir gut?«

»Du meinst dem Baby, oder?«

»Euch beiden.«

»Passt schon.«

»Danke, dass du mir das Leben gerettet hast, und das meine ich auch so, auch wenn wir keine Freundinnen sind.« Ich schritt an ihr vorbei.

»Lässt du mich hier stehen?«

»Komm gerne mit.« Gleich danach ging Juna neben mir her. »Wie hast du die Dryade überhaupt besiegt?«

»Denkst du, ich kann gar nichts?«

Ich biss meine Zähne zusammen, um keine folgenschwere Beleidigung aus mir rauszulassen. Ich musste mich auf das Labyrinth konzentrieren.

»Doch, aber du hast mir bisher nicht den Eindruck vermittelt, dass du oft mitkämpfst.«

Während Juna überlegte, nahm ich dieses Mal doch den linken Weg an der Abzweigung, bei der wir zu Anfang den rechten ausgewählt hatten. Vielleicht brachte das etwas.

»Ich weiß, du sprichst die Wahrheit. Ich habe mich nie wirklich für andere interessiert. Seit dem Baby und ... na ja, du weißt, was ich meine, habe ich gemerkt, dass ich so nicht weitermachen kann.«

»Machst du das nur, um dein schlechtes Gewissen zu beruhigen?«

»Nein!« Juna hopste einen Schritt vor mich und sah mich im Gehen an. »Ich will mich ändern, wirklich.«

»Okay, wie du meinst.«

Juna kam wieder neben mich und sprach nicht mehr. Ohne ein Wort zu verlieren, eilten wir durch das Labyrinth, unsere Schritte kratzten auf dem Kieselsteinboden, doch sonst war es ruhig. Jedoch ließ ich mich davon nicht in Sicherheit wiegen. Das Labyrinth schlug zu. Immer. Meine Lektion hatte ich gelernt.

»Denkst du, Drakon lebt noch?«

Juna stieß ein lautes »Äh« aus. »Und die anderen beiden natürlich auch.«

»Ja.« Das würde ich mir einreden, bis mir das Gegenteil bewiesen worden war.

»Gut.«

»Ich stelle mich nicht zwischen Drakon und dich. Ich habe ihm gesagt, ich bin ohne Eltern aufgewachsen und ich will nicht der Grund sein, warum ein anderes Kind das erlebt. Du musst mich nicht als Konkurrenz sehen.«

Kurz überlegte ich, ehe ich weitersprach. »Kämpfe um ihn, weiche nicht von seiner Seite, bis er weiß, was er an dir hat.« Was tat ich da? Drakon verdeutlichte immer wieder, dass er Juna abgeschrieben hatte, und ich wollte für ihr Baby, dass sie es versuchten. Mir fiel nichts Besseres ein, als ihr einen Vorschlag zu machen, wie sie Drakon auf jeden Fall verscheuchte?

»Jetzt auch noch Tipps von dir. Du bist selbstverständlich wieder die Heilige.« Juna knetete ihr verschmutztes, rosa Shirt.

»Wie bitte?«

»Ja, genau. Denkst du, du bist scheiß Mutter Teresa oder was? Ich weiß, dass Drakon mich nicht will, schon gar nicht nach … Egal. Ich gebe ihn nicht auf! Ich werde ihn von mir überzeugen.« Juna fingerte an ihrer filigranen Goldkette herum. »Ich werde ihn überzeugen«, flüsterte sie.

Wollte Juna das? Jemanden überzeugen müssen, sie zu lieben? Ich sagte nichts, ich wollte ja, dass es mit den beiden klappte. Also eigentlich nicht, aber ja.

»Es tut mir so leid, was mit Clio und Don passiert ist. Don hat mich manchmal heimlich unterrichtet, weil ich nie mitgekommen bin. Ich habe Angst gehabt und bin Don und dir gefolgt. Wenn ich gewusst hätte, dass jemand mir folgt, dann …« Junas Worte brachen ab.

Aus dem Augenwinkel erkannte ich, dass Juna mit ihren Tränen kämpfte und um Fassung rang.

Konnte ich ihr böse sein? Ich hatte auch nicht darauf geachtet, ob mir jemand folgte. War es zu einfach, bei ihr die Schuld zu suchen, nur weil ich meine Wut über die beiden Tode an irgendetwas, irgendjemandem auslassen wollte?

Seit Ewigkeiten zogen sich die Büsche neben uns her. Manchmal ertappte ich mich bei dem Gedanken, dass wir nur auf einem Laufband dahin trotteten, während neben uns eine sich bewegende Leinwand mit Büschen ihre Kreise zog.

Diese Herzen, die Juna und ich in regelmäßigen Abständen auf den Boden malten, konnte ich auch nicht mehr sehen.

Wir kamen nicht vorwärts.

Irgendwann landeten wir wieder beim Eingang, und welche Abzweigung wir auch nahmen, es spielte keine Rolle.

»Ich drehe durch, Margo.« Juna setzte sich auf den Boden und atmete schwer.

Meine Zunge klebte an meinem Gaumen und mein Kreislauf drückte den Warnknopf in meinem Körper. Jede Zelle verlangte nach Wasser. Nur konnte ich ihnen nichts anbieten. Wenige Sekunden danach meldete sich auch mein Bauch mit einem Magenknurren, das ich von der Straße zwar kannte, aber an Hunger gewöhnte man sich niemals.

»Hältst du durch?«

»Müssen wir ja.« Juna streichelte ihren Bauch, der sich schon leicht wölbte.

»Ist es normal, dass du da, na ja, sorry für die Indiskretion, einen Babybauch hast? Vor ein paar Tagen bist du noch im Bikini gejoggt.«

»Oh, du weißt das ja nicht. Also, wir sind fruchtbarer als normale Menschen oder Schneefrauen beziehungsweise Lavagolems und unsere Schwangerschaften dauern auch nicht lange. Es gibt keinen Richtwert, jede verläuft anders. Mindestens drei Monate.« Juna hievte ihren geschwächten Körper wieder hoch und hielt sich an dem Busch hinter sich fest.

Mein Mund klappte langsam wie eine Ladeluke eines Flugzeuges auf. Drei Monate? Wow.

»Das geht schnell.«

»Ja, ist für dich bestimmt komisch, oder? Wir brauchen keinen Schwangerschaftstest. Wenn du schwanger bist, erblüht nach wenigen Tagen deine Seelenblume von allein. Aus der Mitte entspringt ein Samen aus purem Licht. Gleich danach verschwindet sie wieder.«

Stellte ich mir auch witzig vor, falls das mal mitten bei einem Familienabendessen passierte. Vor allem, wenn der Mann danebensaß und sie vielleicht seit Wochen keinen Sex gehabt hatten.

»Lange halte ich das nicht mehr aus.« Juna hielt sich an meiner Schulter fest und zog sich einen Schuh aus.

Ein erleichtertes Stöhnen entfloh ihren Lippen und ihre entspannte Mimik brachte mich zum Schmunzeln.

»Tut das gut. Meine Füße schwellen an und sind die Hölle.«

»Ist bestimmt blöd.« Am liebsten hätte ich ihr einen Wasserkanister gereicht, aber selbst wenn wir nicht so blöd gewesen wären, nichts mitzunehmen, wäre es ohnehin verschwunden.

Ich merkte nämlich, dass mein Kaugummi in meiner Hosentasche verschwunden war. Das Labyrinth duldete es dementsprechend wohl ohnehin nicht, dass man Verpflegung mitnahm.

»Ist es. Kommt mir vor, als würden meine Füße sich in die Unendlichkeit ausdehnen.«

Wir durften dennoch keine Zeit mehr verlieren. Drakon, Morpheus und Harmonia waren bereits zu lange weg. Was auch mit ihnen passiert war, wo sie auch waren, wie lange würden sie dort durchhalten?

»Sag, du und Drakon. Wie habt ihr euch kennengelernt?« Die Frage hätte ich, wenn ich besser überlegt hätte, wohl nicht ausgesprochen.

»Wir kennen uns, seitdem wir Kinder sind. Sind auf demselben Internat gewesen. Dort hat es Nachmittagsbetreuung für Pflanzenbegabte gegeben. Geheim natürlich. Er hat mich öfter betrogen.«

Juna zuckte nach dem letzten Satz zusammen, als wäre es ihr peinlich.

So, so. Drakon entpuppte sich auch noch als Betrüger. Na, da konnte ich doch freudig in die Hände klatschen, ihn los zu sein. Wäre es doch nur so. Wir waren beide nicht perfekt. Betrügerin hätte früher mein zweiter Name sein können. Vermutlich hing Juna auch deshalb an Drakon. Sie hatte zu viel für diese Liebe getan, um sie jetzt zu verlieren. Was er auch getan hatte. Es war eine echte Sandkastenliebe. So einen Kitsch gab Juna wohl ungern auf.

»Und was machen deine Eltern?«

»So Einiges. Hauptsächlich sind sie Hautärzte und haben einige Praxen in wichtigen Hauptstädten. Sie behandeln nur Stars und so 'ne Leute. Sie haben schließlich auch ein paar magische Zutaten, die das Hautbild verschönern.« Juna wackelte mit den Augenbrauen, als sie das Wort *magisch* aussprach, und zog sich ihren Schuh wieder an.

»Leider sind sie deshalb nie zu Hause. Ich habe mich oft allein gefühlt und wenn sie da gewesen sind, habe ich sie mit Millionen Modeschauen und Puppenaufführungen genervt. Bevor ich nach Lidwicc gekommen bin, habe ich meine Mutter gepflegt.«

Kein Wunder, dass Juna so einen Drang hatte, im Mittelpunkt zu stehen, aber der letzte Satz machte mich stutzig. »Gepflegt?«

»Sie haben einen Unfall gehabt. Ihr privater Hubschrauber ist abgestürzt, den mein Vater geflogen hat. Meine Mutter ist seitdem gelähmt und mein Vater, er lässt es sich natürlich nicht anmerken, er ist ja ein Mann und das Oberhaupt, hat krasse Gewissensbisse. Heult ständig, wenn er denkt, alle schlafen.«

»Das tut mir leid. Das Leben ist manchmal echt scheiße.«

»Ja, gut, dass wir nicht in die Zukunft sehen können, sonst hätte ich mich eher erschossen, als mit dir hier zu landen.« Juna knuffte mir gegen die Seite und kicherte.

»Boah, diese Schuhe. Als würden meine Füße sie verschlingen.«

»Ohne ist es vermutlich nicht besser, so viele Steine, wie hier ...« Ich wandte mich zu den Büschen, Junas Worte in meinen Ohren.

»Ja?«

»Ich muss gerade an das denken, was du gesagt hast.«

»Dass ich mich erschießen würde?«

»Nein.« Ich schmunzelte. »Dass deine Füße sich unendlich ausdehnen und deine Schuhe sie verschlingen.«

»Schön, deine Schadenfreude könntest du auch in deinen Gedanken lassen.« Mit verschränkten Armen trat Juna in mein Blickfeld.

»Nein, Mann, Juna. Ich meine, vielleicht gibt es aus dem Labyrinth keinen Ausweg. Vielleicht ist der einzige Weg hier heraus, sich von Zweigen in die Büsche ziehen zu lassen.«

»Thää? Meinst du das ernst? Willst du mich verarschen? Du willst mich nur loswerden und dir Drakons geilen Arsch schnappen. Deine

Theorie beweist du bitte allein. Ich stehe doch nicht als Versuchskaninchen für deine Experimente zur Verfügung.«

Dass Juna sich in Rage redete, wollte ich nicht, aber das mit Drakons Hintern war zumindest die Wahrheit und der Gedanke daran eine gelungene Abwechslung.

»Juna, nein, ich meine es ernst. Fällt dir etwas Besseres ein?«

»Mein Baby ...«

»Vielleicht ist es auch eine blöde Idee, aber wir haben nur diese. Dennoch verstehe ich deine Sorge, weshalb ich mich auch zuerst vom Labyrinth einfangen lassen werde.«

»Toll, aber wenn du dann tot bist, weiß ich es auch erst, wenn ich es selbst auspr– Ah!«

Ihr Schrei stoppte Juna und sofort sah ich zu ihren Füßen, als ich sonst nichts erkannte.

Ein Zweig hatte sich darum geschlichen.

»Lass meinen Fuß los, du Trampel! Die tun auch so weh!« Mit dem anderen Fuß trat Juna auf den Zweig, der sich daraufhin löste.

»Warte!« Ehe sich der Zweig in den Busch zurückgezogen hatte, schnappte ich ihn mir und ließ mich mitziehen.

»Margo!«

»Mach dir keine Sorgen.« Der Zweig zog mich über den steinigen Boden, der mir meinen Oberkörper aufschürfte, und ich kämpfte damit, mein Kinn oben zu halten. »Obwohl. Mach dir doch Sorgen.«

»Also ich hätte nicht gedacht, dass das Archiv wirklich wie ein Archiv aussieht«, sagte ich zu Juna, die nach mir auch mit in die Büsche gezogen worden war, und ging durch die grauen Gänge mit Archivschränken aus Metall.

»Ich auch nicht. Nur ein paar Topfpflanzen, sonst nichts.« Das Wasser, das sich Juna vom Wasserspender in einem Becher mitgenommen hatte, schwappte über den Rand und tropfte zu Boden. Tja, wer hätte gedacht, dass in einem magischen Archiv ein stinknormaler Wasserspender herumstand.

Abermals fasste ich einen der Schränke an, um das kühle Metall zu fühlen. Noch konnte ich nicht glauben, dass wir lebten und der Plan funktioniert hatte. Außer wir waren tot und bildeten uns das nur ein. Eine Ewigkeit mit Juna. Kill me.

»Wo sollen wir beginnen, Margo? Es ist nichts beschriftet, nummeriert, nich' ma' irgendwelche Runen, Schriftzeichen oder Glücksbärchensticker.«

Mehrmals hüpfte Juna auf und ab. »Arbeitet denn hier niemand?«

Juna wurde zunehmend gereizter, ihre Stimme tiefer und ihre Haltung steifer. Ich fragte mich, ob das von der Schwangerschaft kam oder von den Düften in der Luft.

»Drakon und die anderen haben wir auch noch nicht gefunden.«

»Warum erwähnst du gerade Drakon namentlich?«

»Bitte, Juna. Nicht jetzt.«

Ein knurrendes Geräusch dröhnte aus ihr und auch ihr Gesichtsausdruck glich einer Hündin, die ihre Welpen verteidigte.

Das helle Licht der Leuchtröhren an den Wänden und über uns bekräftigte den klinischen Eindruck, den ich von dem Archiv bekam. Irgendwie hatte ich es mir magischer und antiker vorgestellt. Es roch auch ein wenig nach Desinfektionsmittel. Außerdem fiel es mir schwer, mein Zittern zu unterdrücken, das sich aufgrund der Kälte eingestellt hatte. Als sich eine der Topfpflanzen von einem Schrank ausbreitete und wie eine Kriegerin vor uns stand, mit dem Topf als Hut, wusste ich, ich sollte mich niemals zu früh freuen, noch am Leben zu sein.

»Bist du wieder eine Dryade?«

»Nee, das ist eine Pflanze, die jemand befehligt.«

Da merkte ich wieder den Unterschied darin, dass ich erst seit kurzem diese Welt kannte und Juna darin aufgewachsen war.

»Margo? Und, warte, Juna?«

»Drakon?« Juna bewegte ihre geöffnete Handfläche nach unten, als drückte sie etwas Imaginäres runter.

Die Topfpflanzenkriegerin schrumpfte unter der Bewegung mit und landete als harmlose Deko auf dem Boden. Wow, ob ihre Schwangerschaft sie auch stärker gemacht hatte?

Drakon, Morpheus und Harmonia eilten um die Ecke und ich konnte meinen Augen kaum trauen. Sie hatten diese Pflanzenkämpferin geschickt, da sie dachten, wir wären Feinde.

»Ihr lebt!« Ich fiel Harmonia um den Hals.

»Was macht sie da?« Drakons Freude, Juna zu sehen, hielt sich in Grenzen.

»Danke. Das soll wohl eher heißen: Ich trage dich auf Händen dafür, Margo gerettet zu haben.«

»Stimmt das?« Drakon sah mich an, jedoch mit gütigeren Augen.

»Ja. Ohne sie wäre ich von einer Dryade getötet worden.«

Drakon sagte nichts mehr, während Morpheus nur mit zu Fäusten geballten Händen dastand und Juna nicht eines Blickes würdigte.

Da ich Morph nicht vorschreiben wollte, wie er sich zu fühlen hatte, nahm ich nur seine Hände und küsste ihn auf die Wange. »Ich habe dich vermisst.«

Morph taute ein wenig auf. »Ich dich auch. Haben sie euch gefasst?«

»Nein, dank Junas schmerzenden Füßen ist mir die Idee gekommen, uns mitreißen zu lassen.«

»Aha.«

»Morpheus, ich -«

»Lass es, Juna.« Morpheus stolperte über ihren Namen und tat sich schwer, ihn auszusprechen.

Wie wir hier in diesem engen Gang gedrängt standen und alle mit einem Spinnennetz aus Trauer und Schauder verknüpft waren, brachte meine Nerven an ihre Grenzen. Wir müssten zusammenhalten, um hier wieder rauszukommen, aber die Wunden waren zu frisch, um zu verzeihen.

»Es tut mir leid, ich wollte nur helfen.« Die gereizt klingende Stimme von Juna legte sich und ich bemerkte, wie sich die Tränenwand verdickte.

Juna schien unterbewusst mit sich zu verhandeln. Verhandeln um jede Sekunde, in der sie ihre Tränen in sich behalten durfte.

Mit unserem Dreck, den Aufschürfungen und den kaputten Klamotten passten wir nicht in das Bild des sterilen Archivs. Da fielen mir zuerst zwei Sachen auf.

Erstens:

»Leute, ist euch aufgefallen, dass wir zwar noch zerfetzte Sachen anhaben, aber unsere Verletzungen weg sind?«

Nach meiner Ablenkung sahen sich alle an und auch meine drei Freunde, die seit Stunden hier waren, schienen das jetzt erst zu bemerken. Ich selbst spürte auch nichts mehr von meinen Schnittwunden.

Zweitens:

»Habt ihr diese Tafel dort hinten unter die Lupe genommen?«

Harmonia warf einen Blick über ihre Schulter. »Nee, also die habe ich auch noch nicht gesehen, dabei sticht die, wo du es sagst, total heraus.«

»Komm, Juna, wir sehen sie uns *alle* gemeinsam an.« Dass ich eines Tages versuchte, Juna in die Gruppe zu integrieren …

Keinen Mucks gaben sie von sich und folgten Juna und mir zur Tafel. Es war eine handflächengroße Holztafel mit Goldgravur. Die glänzende Schrift, der Geruch von frischem Lack. Die Tafel wirkte, als hätte das Archiv sie soeben durch Magie aus der Wand gezaubert. Wunderte mich das? Nein.

»Was steht da?« Harmonia hüpfte hinter Drakon hoch.

»Dieses Archiv ist kein Ort, ist kein Raum, ist keine Zeit. Es steckt nicht in einer Blume, es ist kein Geruch. Das *Fyto Archeio Mageia* gehört dem kollektiven lidwiccschen Gedächtnis an, zu dem alle Pflanzenbegabten während und nach ihrer Zeit zutritt bekommen. Zutritt bekommen, aber es nur finden, wenn sie den Duft des Wissens riechen. *Fyto Archeio Mageia* ist ein Zustand, eine transzendente magische Metaebene, in der ihr nicht seid. Nur der Archivar ist es jemals wirklich gewesen. Sein Wissen findet sich überall«, las ich vor.

»Oookay?« Damit sprach Juna wohl aus, was wir uns alle dachten. Bis auf Morpheus, hoffte ich.

»Morph?«

»Ich vermute, das Archiv gibt es gar nicht, aber irgendwie schon.«

»Du hast keine Ahnung«, sagte ich.

»Nein.«

»Vielleicht, also ich bin eine kleine Gamer-Maus, auch wenn man mir das nicht ansieht, aber in einem Online-Game hat es so ein ähnliches Rätsel gegeben. Da bedeutete: Wissen ist überall, dass man nur daran denken muss, was man wissen will.«

Juna eine Gamerin?

Obwohl, irgendwie ergab es auch Sinn, dass sie sich in Games stürzte, bekam sie zu Hause nur wenig Aufmerksamkeit.

»So ein Bullshit«, wetterte Morph, schritt aufgebracht und mit murmelnden, zischenden Worten zu einem Schrank. »Das heißt, wenn ich sage, ich will, dass du mir Callidoras Akte zeigst, dann erscheint sie?«

Morph schlug mit seiner Faust gegen den Schrank, dass das Scheppern nachhalte und sein Abdruck im Metall zu sehen war. Juna schreckte zusammen, auch ich, als eine Lade hervorsprang, Morph wegdrängte und erst anhielt, als sie gegen den Schrank gegenüber stieß. Eine Akte, fein säuberlich, ohne Knick, ragte heraus und Morpheus schnappte sie sich.

»Oh, Callidoras Akte.«

Zugegeben, es kostete mich Überwindung, nicht zu lachen, aber Juna hielt ihre Emotionen weniger zurück und sah Morph mit verschränkten Armen an.

»Zufall.«

»Was steht da drinnen?« Drakon nahm wie selbstverständlich meine Hand und ich folgte ihm zu Morpheus.

Die Wärme seiner Hand, die Haut, die meine elektrisierte, knistern ließ und ihr einen eigenen Willen verlieh, der nach Drakon verlangte, mehr Drakon, brachte mich aus dem Gleichgewicht. Dabei traute ich mich nicht, zu Juna zu gucken, die das bestimmt bemerkte.

»Callidora hat einen Zwillingsbruder gehabt, einen –«

»Ich weiß, erzähle ich euch später, weiter«, stoppte ich Drakon und linste zu Morph, der auch wenig überrascht wirkte.

»Sie hat eine Tochter.« Diese Info brachte meine Welt noch mehr ins Wanken.

»Hat oder hat gehabt?« Harmonia stellte sich auf ihre Zehenspitzen.

»Da steht nur, dass sie ein Kind hat. Weiblich. Zumindest bei der Geburt noch. Wie kann das sein? Niemand hat jemals etwas von einer Tochter erwähnt.« Morph sah hoch, als krempelte er sein komplettes Gehirn um, fand aber keine Erinnerung daran.

»Wartet mal. Ich will etwas über Zephyrus wissen, bitte.« Zunächst reagierte nichts auf meine Stimme, bis wieder ein Aktenschrank rumpelte und mit einem Würggeräusch eine Lade ausspuckte.

»Wahh.« Morpheus verbog seinen Rücken, damit die Lade ihn nicht gegen den Schrank gegenüber drückte.

Juna holte die Akte raus. »Jap.«

Dankend nahm ich sie an und blickte auf den Namen. »Wie kann es sein, dass es eine Akte über ihn gibt? Er ist ein Lavagolem.«

»Sicher?« Harmonia inspizierte die Akte von außen.
»Ja, ich habe euch davon erzählt. Auch von der fetten Lavakugel.«
Ich schlug die Akte auf, fand jedoch nicht viel darin.
»Zephyrus ist ein Lavagolem, aber er ist öfter in Lidwicc gewesen, da er wohl mit der Pflanzenmagierin Semele zusammen gewesen ist. Es stehen nur kurze Vermerke wie: Gute Pflanzen lehnen seinen Charakter ab; Gefährlich; Schlechter Einfluss; Beziehung unterbinden.«
»Pflanzentests zu überstehen ist nicht schwer.« Alle nickten auf Drakons Aussage hin. Ich verstand die Bedeutung mal wieder nicht.
»Was sind das für Tests?«
»Ähm, na ja, es gibt Pflanzen, die nähern sich dir unbemerkt draußen. Verfärben sich ihre Blüten, bist du ein gefährlicher Mensch. Da gehört schon was dazu. Wenn du nur bisschen was klaust oder neidisch bist, schlägt das nicht an. Du musst wirklich Potential für eine unreine Seele aufweisen.«
Diese magischen Belange sprengten meine Gehirnkapazitäten. Was es da alles gab. Und wie Drakon das erklärte, ergab es auch Sinn, dass es eine Akte über ihn gab.
»Warum Beziehung unterbinden? Ich meine, es ist doch ihre Sache, wenn sie mit einem toxischen Kerl zusammen ist, egal, ob es gut für sie ist.«
»Na ja, wegen der Babys, die entstehen könnten. Wir dürfen nicht mit Lavagolems oder Schneefrauen zusammen sein und schon gar keine Babys zeugen.« Juna behielt die ganze Zeit über ihre Hand auf ihrem Bauch.
»Hey, rück' ma' die Akte von Semele raus.« Typisch Drakon.
Selbst ein Archiv hatte wohl seinen Stolz und tat gar nichts.
»Toll gemacht, ich hoffe, das Archiv ist jetzt nicht pissed. Können wir die Akte von Semele bekommen, bitte?« Harmonia zeigte Drakon die Zunge, als die Lade sich öffnete, was Drakon nur mit einem Augenrollen kommentierte.
Wie kleine Kinder, die beiden. Wenigstens waren sie abgelenkt. Abgelenkt von Clio, abgelenkt von den Entzugserscheinungen. Denn Harmonia konnte ihr Zittern nur bedingt verschleiern.
»Semele ist vom College geworfen worden und hier als Systembrecherin vermerkt. Sie soll ebenso verurteilt worden sein, menschen-

feindliche Netzwerke aufgebaut zu haben, in denen dazu aufgerufen wurde, Magie gegen Nichtmagiebegabte anzuwenden.« Ein Schrecken huschte über Harmonias Gesicht. »Zusammen mit Zephyrus.«

»Ich habe davon noch nie gehört. Dann muss es doch mehrere Studierende gegeben haben, die ausgeschlossen worden sind. Zumindest im Laufe der Geschichte. Darüber hat noch nie jemand gesprochen.« Das Aufwachen in Morpheus' Augen zu sehen, freute mich, niemand sollte blind vertrauen, dennoch tat es mir weh, dass er seine Loyalität den Falschen geschenkt zu haben schien.

»Das ist echt krass alles.« Drakon setzte sich auf den Boden und wuschelte durch seine Haare. »Clio hatte mal angedeutet, dass sie eine Verwarnung per Mail bekommen hat, als sie sich mit vierzehn – sie ist da übertrieben aufmüpfig gewesen – mit zwielichtigen Begabten getroffen hatte. Ich habe das nicht so ernst genommen, aber eventuell ist das sowas gewesen. Eine Verwarnung, damit sie nicht vom System ausgeschlossen wird.«

»Man darf niemandem trauen«, sagte Juna.

»Ja.« Morpheus musterte sie missbilligend.

Juna ließ den Kopf sinken und begab sich hinaus in den Seitengang.

»Denkt ihr, hinter dem Angriff steckt Zephyrus, der meine Seelenrose – die ich nicht verwenden kann, by the way – für sich beanspruchen will?« Diese Vorstellung schüttelte mich durch.

»Kann sein. Ihn haben wir ja nie bei den Angriffen gesehen, das könnten auch zwei unterschiedliche Probleme sein.« Morpheus knabberte an seiner Lippe. »Obwohl es schon passen würde. Uns greifen Schneefrauen, Lavagolems und Pflanzenbegabte an. Das würde zu einem Netzwerk von Ausgestoßenen passen. Aber warum spricht darüber niemand, es heißt seit Jahren, es herrsche Frieden.«

»Es herrscht nie irgendwo Frieden.« Da sprach ich leider aus Erfahrung.

»Das merke ich auch mittlerweile. Wir müssen zu Callidora und sie darauf ansprechen.« Zwei Schläge später knallte Morph die Schubladen mithilfe einer Topfpflanze über ihm zurück in den Aktenschrank.

»Meinst du, sie gibt uns Auskünfte?« Harmonia glaubte da wohl so wenig dran wie ich.

»Ich hoffe es. Ich glaube im Moment an nichts mehr.«

»Ähm, bevor wir gehen. Ihr erinnert euch noch an die Tafel, oder?« Junas Stimme klang gehetzt, als sie vom Gang aus zu uns rief.

»Ja?« Ich bewegte mich in ihre Richtung.

»Da stand doch auch etwas von einem Archivar, den wir nicht weiter thematisiert haben. Ähm, ja, er hat uns gefunden.«

Nun folgten mir auch die anderen hinaus auf den Gang. Also diesen Anblick hatte ich nicht erwartet.

»Ach du Scheiße.« Drakon sprach aus, was wir alle dachten, aber ich hatte noch gehofft, dass es sich um eine Fata Morgana handelte, die nur ich gesehen hatte. Dieser Traum war geplatzt.

»Leute, was machen wir jetzt?« Harmonia sah hinter mir hervor und krallte sich an meinem Shirt fest.

22.

WAS WÄRE MIT EINEM BESSEREN PLAN PASSIERT?

Mist, Mist, Mist, warum blickte ich schon wieder nach hinten? Der Minotaurus folgte uns, sodass sämtliche Aktenschränke gegeneinander schepperten. Seine gewölbten Hörner aus seinem Stierkopf kamen bedrohlich näher und mir tat bereits der Rücken weh, wenn ich daran dachte, wie sie mich durchbohrten.

Wieder mit dem Blick nach vorne sah ich zu Drakon und Juna, die vor mir liefen, und verdrängte das Bild des Halbstier- und Halbmeschenwesens. Wobei ich keine Ahnung hatte, ob es wirklich das mythologische Vieh war oder nicht, da Blätter, Dornen und Zweige es völlig bedeckten. Deshalb konnte es genauso eine Pflanze sein, die uns einen Streich spielte. Dennoch stellte ich mich nicht als Testobjekt zur Verfügung.

»Wie kommen wir hier raus?« Und wenn Morpheus das noch dreimal fragend durch das Archiv schrie, hatte ich auch keine Ahnung.

»Vielleicht müssen wir ihn töten?«

»Bin mir nicht sicher, ob das die Lösung wäre. Klingt sehr brutal.«

Die Topfpflanzen um uns brachten mich auf eine Idee. Die Energie, die die Wurzeln ausstrahlten, und die Magie, die unsichtbar um die Pflanzen kreiste, schmeckte ich wie Brausepulver auf meiner Zunge. Sofort ohrfeigte ich die Luft und gab den Pflanzen einen Befehl.

Leider taten sie nichts, außer ein paar Zweige auf den Archivar zu werfen. Danach fielen sie erschöpft zu Boden, was man an den zerberstenden Tontöpfen hörte.

»Unsere Kräfte wirken nicht so stark wie sonst.« Stimmt, das hatte ich ganz vergessen, aber trotz Harmonias Hinweis wiederholte ich meine Worte.

Dieses Mal passierte gar nichts mehr. Kein Funken Kraft steckte mehr in mir. Selbst meine Beine konnte ich kaum noch anheben, als klebten sie beinah am Boden fest, und ich fiel zurück.

»Margo!« Drakon sah zu mir und bedeutete mir, aufzuholen.

Meine Anstrengungen belohnte mein Körper nur für wenige Sekunden, bis sich der Abstand wieder vergrößerte. Meine Reserven verpufften und bald stand ich mit leerem Akku da.

»Vielleicht so? Archiv, zeigst du uns das, äh, Wissen, um hier herauszukommen?« Juna hechelte wie eine Hündin, die zu lange gelaufen war, schrie dennoch ihre Frage raus.

Unweit vor uns knisterten Funken in der Luft, als ob jemand ein Lagerfeuer entzündete, danach flirrten Glitzerkugeln hoch, ehe ein lautloses Feuerwerk explodierte und sich ein Portal öffnete. Dahinter erkannte ich in der Ferne Gundels Baumhaus.

»Das ist der Ausgang!« Morpheus legte einen Zahn zu.

Ich bemühte mich auch, und eigentlich war ich Fliehen gewohnt, aber mein Körper gehorchte mir kaum noch. Meine Füße kamen mir vor, als liefen sie über aufgeheizte Nägel, die meine Haut aufrissen. Gewimmer löste sich aus meinem trockenen Mund.

Ich konnte nicht mehr. Da half kein Zusammenreißen. Ich gab dem Drang nach und glitt zu Boden.

»Margo! Nein!« Drakon hörte wohl mein Aufkommen und warf einen Blick zurück.

Morph erblickt mich erst, als er gerade im Sprung durch das Portal war, und so musste ich das Flehen in seinem Blick nicht lange ertragen.

»Margo, warte, ich komme.«

»Nichts da.« Drakon packte Harmonia am Handgelenk und schleuderte sie durch das Portal.

Mit meinem Ohr am kalten Boden hörte ich das Aufstampfen des Minotaurus. Auch wenn ich mich dagegen sträubte, sah ich zu ihm.

Das wütende Schnauben aus seiner Stiernase zeigte mir, er spaßte nicht. Es war vorbei mit mir.

»Geht. Bitte! Und wenn es euch möglich ist, rettet Daphne.«

»Ich gehe nicht ohne dich, niemals. Ich liebe dich! Juna, geh, ich hole sie.« Drakon machte ein, zwei Schritte zu mir.

Juna eilte los, stoppte wieder, schüttelte den Kopf und wandte sich zu mir. Sie schien ihre letzten Kraftreserven hinter Drakon zu mobilisieren, als sie laut aufschrie, ihre Arme hob und die Wurzeln aller Pflanzen aus ihren Töpfen platzen ließ. Mit ihnen umschlang sie Drakon und schleuderte ihn durch das Portal, danach katapultierte sie sämtliche Pflanzen wie Wurfgeschosse zum Minotaurus.

Ich versuchte aufzustehen, aber ich schaffte es nicht. Nicht nur, weil ich keine Kraft mehr hatte. Denn als ich zurückguckte, erkannte ich, dass der Minotaurus mich mit einer Liane aus einer Hand festhielt.

»Geh! Los! Du bist schwanger!«

Juna war jedoch bereits bei mir und riss die Liane entzwei. Diesen Speicher an zusätzlicher Kraft konnte sie nur dank ihres Kindes haben, das ja auch bereits Magie in sich trug. Juna half mir hoch und am Portal entdeckte ich Morph, Harmonia und Drakon, die lautlos gegen den Ausgang hämmerten.

»Schnell.« Zusammen mit Juna näherten wir uns dem Portal.

Doch der Archivar hatte sich losgerissen und stürmte in völliger Raserei auf uns zu. Sein Schnaufen, das ihn noch mehr in Rage brachte, ließ ihn schneller werden.

»Margo. Pass auf Drakon auf. Ich gebe ihn frei.«

»Was? Nein!« Als ich kurz zu Juna blickte, erkannte ich ihre geröteten Augen.

»Er liebt mich nicht. Niemand tut das und das habe ich verdient. Wie sollte ich Kinder erziehen? Die würden mich auch hassen. Drakon liebt dich und ich will euch nicht im Weg stehen.« Juna deutete auf eine Pflanze, die aus dem Topf gefallen war und am Boden lag.

»Ich habe nur mehr Energie für eine von uns.«

Die Wurzeln der Pflanze umschlangen meine Hüfte.

»Nein, nein, nein, dann geh du, Juna.«

»Bitte vergesst mich nicht und behaltet mich ein bisschen weniger verhasst in Erinnerung.«

Ihre Wurzeln hoben mich hoch und schleuderten mich nach vorne.
»Juna!«
In den Sekunden, bevor ich durch das Portal sauste, erkannte ich ein Lächeln auf Junas Lippen, ehe der Minotaurus hinter ihr sich aufblähte und zu einem reißenden Blätterwirbelsturm wurde, der Juna völlig einnahm.

Die Pflanzen um mich zogen sich zurück, verkrochen sich wie verschreckte Tiere in Löchern und Ritzen des Gemäuers, als ich vorbei trampelte. Wie hatten die anderen mich nur stundenlang schlafen lassen können?

»Margo.«

So sehr ich meinen Namen aus Drakons Mund auch genoss, er konnte mich nicht aufhalten.

Don war tot, Clio ebenso und jetzt auch noch Juna! Und ich schlief meine Erschöpfung aus? Oh, ich armes Ding. Das durfte doch nicht wahr sein. Meine Atmung ging stoßweise, beruhigen klappte nicht. Also bohrte ich meine Nägel in meine Handflächen. Gewundert hätte es mich auch nicht, wenn meine Fußabdrücke am Schlossboden eingestampft wären.

»Bitte, ich habe versprochen, ich passe auf dich auf, während Morpheus und Harmonia schlafen.«

»Ihr braucht nicht auf mich aufzupassen! Was ich brauche, ist Callidora.«

Nachdem wir in Gundels Baumhaus aufgewacht waren, hatte ich erst verstanden, dass wir körperlich nie in diesem Archiv gewesen waren. Der Duft ihrer Blume hatte uns lediglich geistig in diesen magischen Raum auf einer ganz anderen Ebene unseres Seins gebracht. Was nicht weniger gefährlich war.

»Margo, wenn du so aufgebracht reinstürmst, bringt das nichts. Wie oft hat das bisher geklappt?«

»Mir egal. Nur wegen mir ist Juna tot und ich werde das nicht so stehenlassen.«

Als hätte Callidora dazugelernt, standen zwei Frauen vor ihrer Tür, die dieses Mal wieder eine große Blume war und keine normale Tür.

Was war das bitte für ein Trick? Oder halluzinierte ich wegen der komischen Düfte vor ihrem Büro? Ob es sich tatsächlich um Pflanzen handelte, die mir mit ihrem Aroma Streiche spielten?

»Was? Lasst ihr mich nicht rein?« Vor den beiden Securityfrauen kam ich zum Stehen.

»Callidora will nicht gestört werden.« Die Frau mit den kurz geschorenen Haaren, in die sie ein Giraffenmuster gefärbt hatte, erschuf eine Barriere aus Wurzeln, die aus den Monsterapflanzen neben ihnen wuchs.

In dem Moment, in dem ich unschöne Worte aus meinem Gossenjargon – wie Juna es genannt hatte – fischen wollte, zog Drakon mich um die Ecke zurück.

»Hab ich dich.«

»Was machst du? Wie soll ich da rein, wenn du mich –«

Drakon packte mich am Nacken, zog mich zu sich und küsste mich. Ohne Vorwarnung spürte ich seine Lippen an meinen. Diese weichen Lippen, die mich so forderten, dass ich das Gefühl hatte, zu schweben. Meine Füße verloren ihren Halt. Mein Herz ebenso. Luftig und leicht hüpfte es mir aus der Brust. Musste ich Drakon erst wieder spüren, um schmerzlich daran erinnert zu werden, wie sehr ich ihn mochte?

Seine Worte im Archiv kamen mir wieder in den Sinn. *Ich liebe dich.*

Die Art, wie Drakon mich küsste, kannte ich nicht. Die Härte und die Gier, die darin lagen, als wollte er mich nie wieder loslassen, weil sein Körper mich brauchte, vermischten sich mit seinen sanften Berührungen, mit denen Drakon sich zu versichern schien, mir nicht wehzutun. Wie die Flügel eines Schmetterlings, der ihn faszinierte, den er jedoch nicht verletzen mochte.

»So kann man dich davon abhalten, mal wieder irgendwo reinzustürmen?« Drakon grinste mich an, sein Atem stieß heiß gegen mein Gesicht.

Da kannte Drakon mich schlecht, wenn er dachte, Margo Marpessa Laskaris Elláda zerfiel wie eine filigrane Blume. Ohne zu antworten, schupste ich Drakon zurück, bis er an die gegenüberliegende Wand des Flurs knallte, erschrocken ausatmete und mich mit funkelnden grünen Augen ansah.

Wieder bei ihm packte ich ihn am Kragen seines oversized Hoodies, zog ihn zu mir und küsste ihn. All die Küsse, die wir bisher verpasst hatten, die ich versäumt hatte, die ich uns nicht gegönnt hatte, holten wir in einem nach. Unsere Zungen, zwei Vertraute, die wussten, was sie voneinander wollten. Meine Hände wanderten unter seinen Kapuzenpulli und ich spürte die zarten Bauchmuskeln seines dünnen Körpers und wie er unter meinen Berührungen zusammenzuckte.

Noch zwei, drei oder sechsmal küsste ich Drakon, bis er mich erschrocken anstarrte und die Augen aufriss.

»Margo? Was soll die Scheiße?« Drakon strampelte, wollte sich von den Wurzeln, die aus der Wand gewachsen und ihn festgenagelt hatten, losreißen. Es klappte nicht.

»Ich liebe dich auch, Drakon.« Die Zeit rann mir nur durch die Finger.

Wieder um die Ecke erkannte ich die Scham in den Gesichtern der beiden Frauen, die Drakon und mich offensichtlich gehört hatten, was mir gar nicht ungelegen kam. Dieses Mal diskutierte ich nicht, fokussierte ihr Wurzelgitter und richtete es gegen sie. In der Theorie stellte ich es mir einfacher vor, denn ich kämpfte mit all meiner mentalen Kraft gegen ihren Pflanzenwillen an. Dieser sorgte normalerweise dafür, dass eine Pflanze dem Ersteren von beiden, der sie befehligte, gehorchte. Kam es von meiner Wut oder sonst woher auch immer, ich war dankbar, sie zu überrumpeln.

Zwei Handbewegungen später klebten die beiden wie Drakon an der Wand und ich eilte zur Blumentür.

»Aufmachen, Callidora. Sofort!« Ach, mir doch egal.

Da ich nun mal in Fahrt war, probierte ich dasselbe Spiel wie mit dem Wurzelgitter mit ihrer Tür und anscheinend war Callidora so abgelenkt, dass ich sie tatsächlich öffnen konnte. Mit einem Hechtsprung verschwand ich durch die Öffnung, die ich hinbekommen hatte, und landete in ihrem Büro.

»Margo.« Callidora sprang aus ihrem Stuhl hoch, der quietschend nachwippte, und rannte zu mir.

»Was fällt dir ein, in mein Büro einzudringen? Dir gehört dieses College nicht.«

»Wem dann? Deiner Tochter?« Ich war wieder auf den Beinen, stand direkt vor ihr.

Ein Zischlaut entfuhr Callidora, als sie zurückwich.

»Wie …«

»Das Archiv.«

»Sie ist im Archiv gewesen?« Nach diesem Satz erspähte ich erst Caspara in der Ecke des Büros.

Caspara erhob sich und die Stimmung im Raum wurde eisiger. Sie glitt auf einer Eisschicht am Boden zu uns.

»Passt du nicht besser auf euer Archiv auf?«

Ich sah Callidoras Gesicht nicht, aber ich konnte erahnen, dass es ihr peinlich war.

»Und du hast eine Tochter?«

»Es tut mir leid, dass ich *wieder* reingeplatzt bin. Ich lasse mich nicht mehr verarschen. Was ist mit deiner Tochter? Wer ist Zephyrus? Warum will er genau mich? Warum hast du nicht nach dem ersten Angriff besser reagiert?«

»Das würde ich auch gerne wissen, Callidora.« Caspara stellte sich auf meine Seite.

»Margo, ja, es stimmt, ich habe eine Tochter. Genau deshalb, weil ich eine Mutter bin … gewesen bin, fühle ich mich schuldig und will dich beschützen. Das ist alles, was ich jemals gewollt habe. Ich ertrage deinen Anblick nur schwer, eben weil ich deine Mutter gekannt habe. Aber ich werde auf di–«

Ein ohrenbetäubender Knall stoppte Callidoras Rede. Die Frontmauer ihres Büros platzte auf, als hätte jemand ein Puppenhaus eingerissen. Glas und Gestein vereinigten sich zu einem gefährlichen Geschoss.

Ich riss meine Arme hoch, schaute durch meine spaltbreit offenen Augen. Ich fiel zu Boden, etwas traf mich an der Schulter. Überall schwirrte Staub. Er brannte in meinen Augen. Auf meiner Zunge schmeckte ich Gestein.

Die Wucht ließ mich umkippen und ich bemerkte, dass die Blüte, die wie ein magisches Portal manchmal Callidoras Büro abschirmte, wieder zu einer normalen, offen stehenden Tür geworden war.

Ihre Securityfrauen hingen noch an dem Netz. Bewusstlos. Blut floss von ihren Köpfen. Und das nur, weil ich sie festgekettet hatte.

Der Hagel aus Steinen und Scherben ließ nach. Es lag an Casparas Eisschicht und Callidoras Riesenblatt, dass die beiden als Schutzschild nutzten.

»Es ist vorbei«, sagte Caspara, die durch ihre eisige Schicht lugte.

Beide Frauen ließen ihre Schilde fallen und bis auf die Ränder blieb nichts mehr von der Wand übrig.

In der Luft standen drei Leute auf einem Baum, den jemand hatte hochwachsen lassen. Einer von ihnen musste ein Pflanzenbegabter sein. Die drei waren maskiert und mein Magen schlug Purzelbäume vor Aufregung, verkrampfte sich nun zusätzlich, als ich eine Person trotz Maske erkannte.

»Daphne.«

Callidora kannte ihren Namen wohl noch, weswegen sie mich blitzartig ansah.

»Ach, Marpessa. Du versaust uns unseren Auftritt.« Vor lauter Verwirrung dauerte es, bis ich seine Stimme zuordnen konnte.

»Zephyrus.« Callidora kam mir zuvor.

»Du kennst die beiden?«, fragte Caspara.

»Margo?« Drakon. Zum Glück war ihm nichts passiert.

Die Angst lähmte die Reichweite meiner Kräfte, weswegen ich ihn nicht befreien konnte.

»Was ist da los?« Von draußen drangen Stimmen zu uns.

»Lass meine Studenten und Studentinnen da raus, Zephyrus.« Callidoras Stimme war kein Flehen, aber ihre Schärfe hatte sie verloren.

»Ich krümme ihnen kein Haar, was die anderen machen, weiß ich nicht.«

»Margo, komm mit, dann können wir das beenden.« Daphne nahm ihre Maske ab und sofort nahm ich ihre blutige Lippe wahr.

Meine beste Freundin blickte nach unten, als wollte sie alle bitten, abzuhauen. Sie hatte wohl gemerkt, dass Zephyrus nicht zu den Guten gehörte.

»Ich hole dich zurück, Daphne. Ich schwöre es.«

»Ah, ah, ah. Versprich nichts, was du nicht halten kannst, Marpessa.«

»Ihr Name ist Margo, wie oft noch.« Daphne war noch, oder besser gesagt, endlich wieder dieselbe, sie ließ sich nichts mehr einreden und hatte sich ihre bissige Art zurückerkämpft.

»Margo, Marpessa, wen kümmert's?« Zephyrus' türkise Haare wehten im Wind und der Irre trug einen verdammten lila Anzug, was glaubte er, wer er war? Ein extravaganter Bösewicht aus einem Film, den alle feierten?

»Lass Margo bitte bei mir, Zephyrus. Klären wir das anders. Ich brauche sie. Hier bei mir.«

»Ach, du alte Schachtel. Du bist nicht besser geworden, Callidora. Ich habe wirklich gehofft, du reifst wie ein guter Wein, leider ist das nicht der Fall. Du weißt, dass ich mir hole, was ich will. Und ich will dieses Mädchen für mich! Seitdem sie ein kleines Baby ist, suche ich nach ihr.«

»Was ist denn an mir so besonders? Hol dir doch jemand anderes aus meiner Familie, wir haben alle eine Seelenrose.«

»Margo!« Caspara beäugte mich mahnend.

»Was? Ich kenne die eh alle nicht.«

»Na ja, auch wieder wahr, aber manchmal denkt man sich Sachen lieber. Habe ich auch gelernt.« Caspara blickte wieder nach vorne.

»Was? Es hat dir noch niemand erzählt?« Zephyrus legte seine Hand mit dem weißen Samthandschuh an die Unterlippe und grinste, während er einen Blättersturm, den jemand von uns außerhalb des Gebäudes auf ihn abfeuerte, mit einem Lavaregen aus seinen Ohren abwehrte.

»Was erzählt?«

»Umso besser für mich.«

»Hallo? Was erzählt?« Ich sah zu Callidora. »Was erzählt?«

»Margo! Er will Semele!« Nachdem Daphne den Satz ausgesprochen hatte, schlug der maskierte Pflanzenmagier ihr eine dicke Wurzel auf den Kopf.

»Daphne!«

»Das reicht, mir ist die Lust vergangen, mit euch zu reden.« Zephyrus zog die Handschuhe aus und nur Sekunden später balancierte er auf seinem ausgestreckten Zeigefinger eine Lavakugel.

»Scheiße.« Caspara holte aus Callidoras Brunnen einen neuen Schwung Wasser, das sofort vereiste.

Auch Callidora machte sich kampfbereit. All ihre Pflanzen im Büro stellten sich wie verzauberte Schlangen, die einer Flötenspielerin folgten, auf und richteten sich gegen Zephyrus.

Wurzeln umschlagen mich, ohne dass ich es mitbekam. Sie drückten mir die Luft aus dem Leib und es fühlte sich an, als pressten sie mich aus wie eine Zitrone. Meine Glieder schmerzten und meine Haut riss ein. Das musste Zephyrus' Helfer sein, der sich neben ihm befand. Ein abtrünniger Pflanzenmagier.

»Margo!« Callidora drehte sich kurz um.

»Gut so, Drayden.« So hieß also Zephyrus' Lakai. »Aber ihr, hallo, hier spielt die Musik.« Zephyrus schnippte mit den Fingern und ließ die Lavakugel los.

»Finger weg von ihr!«

Die Wurzeln sprangen von mir weg, als sie hinten aufgeschnitten wurden, und das Pflanzenkorsett löste sich. Laut atmete ich ein, als Juna neben mir auftauchte.

»Du hast doch nicht geglaubt, ich lasse dich wirklich mit Drakon zurück.« Juna lächelte, doch in mir schlugen all meine Organe Alarm und ich konnte keinen klaren Gedanken mehr fassen.

»Wir hauen ab, sollen sich die Alten drum kümmern.« Juna hob mich hoch und zog mich mit sich.

»Bringt euch in Sicherheit«, kam es von Callidora.

Es gelang mir nur noch flüchtig, einen Blick auf die Collegeleiterin und Caspara zu werfen, die der Lavakugel mit Eismauern und Blätterstürmen trotzten, ehe wir um die Ecke rannten und Drakon befreiten.

»Juna? Wie kannst du noch am Leben sein?«

»Ich verdanke das deinen Kindern.«

Kindern?

23.

WAS WÄRE OHNE FLUCHT PASSIERT?

Harmonia bog einen Baum vor Morpheus, der ihm nun als Schutzschild diente. Morph selbst holte Wurzeln aus dem Boden und klammerte damit eine Eisfrau mit Fuchsmaske fest. Die Gefolgsleute von Zephyrus wollten also noch immer nicht erkannt werden. Gleich danach fixierte ich die eigens gezüchtete Oxidanzia-Blume, die sich bei Pflanzenbegabten sonst wegdrehte, damit wir nicht den giftigen Duft ihrer smaragdgrünen Blütenblätter einatmeten. Doch in der drohenden Gefahr neigte sie sich mir zu, als verschwor sie sich mit mir. Zeige- und Mittelfinger ausgestreckt bewegte ich sie in die Richtung der Eisfrau.

Die Paternostererbsen neben der Oxidanzia schüttelten sich wie von selbst ab und ich katapultierte sie in ihren Mund.

»So, das müsste sie außer Gefecht setzen.« Ohne abzuwarten, lief ich weiter.

Drakon, Juna, Morpheus und Harmonia folgten mir.

»Und Gundel konnte dich wieder zurückholen?« Morpheus fuhr mit seiner Frage vor dem Angriff wieder an Juna gewandt fort.

»Ja, wir sind ja nie wirklich dort gewesen. Nachdem wir an ihrer Blume gerochen haben, sind wir lediglich geistig dort gewesen.«

»Das schon – wobei ich mich frage, warum sie uns das nicht vorher gesagt hat und uns in ihrem Haus daran riechen hat lassen, statt unsere Körper danach in ihrem Baumhaus verteilt unterzubringen –, aber du bist doch geistig gestorben darin, oder?« Harmonia brachte etwas Abstand zwischen sich und Juna.

»Gundel hat gemerkt, dass mein Herz aufgehört hat zu schlagen. Außerdem hat sie bei der Untersuchung davor auch festgestellt, dass ich Zwillinge bekomme. Sie hat die beiden Embryos mit geräucherten Kräutern etwas stimuliert, um ihre magischen Kräfte zu erwecken. Ich kann mich nur erinnern, dass ein leuchtender Strahl aus mir herausgeschossen ist und den Archivar weggeschleudert hat. Der Strahl hat dann ein Loch in die Ebene gerissen und ich konnte entkommen.« Juna schnaufte schwer bei jedem Schritt und hielt sich ihren Bauch.

Dabei auch noch zu sprechen, musste eine doppelte Belastung sein. Na ja, oder eine dreifache, wenn ich bedachte, dass sie ja Zwillinge mit sich trug.

»Und das ist nur möglich gewesen, weil du, äh, wir Zwillinge bekommen?«

»Ja, Drakon.«

Memo an mich: Nur noch als Schwangere mit Zwillingen ins Archiv gehen.

Mit all dem Kampfgeschrei und dem Wehklagen, das die Insel beschallte, fühlte ich mich außerhalb des Colleges wie auf dem Präsentierteller, aber wir waren uns einig: Dieses Mal versteckten wir uns nicht.

»Endlich. Der Strand.« Drakon deutete vor zum Meer und bat mit einem stillen Wink die Bäume, sich zur Seite zu biegen, damit wir gerade hindurchlaufen konnten.

Sand wirbelte auf und ich bremste ab. Links und rechts von mir kämpften die übrig gebliebenen Pflanzenmagier und Pflanzenmagierinnen gegen die neuen Eindringlinge, die unseren Schutzschild überwunden hatten, als wäre es eine Wand aus Taschentüchern gewesen.

»Wie konnten sie reinkommen?« Harmonia sah sich um, doch all die magischen Pfeiler, die wir errichtet hatten, lagen verstreut im Sand.

»Weil wir vereint sind.« Noch bevor ich mich umgedreht hatte, erkannte ich Zephyrus' Stimme. »Wir vereinen die drei magischen Urelemente Lava, Pflanzen und Eis. Somit hätte euch auch nur ein Schutzwall aus all diesen Elementen etwas gebracht. Wir, die Ausgestoßenen. Wir, die ihr selbst ohne Masken nicht erkannt hättet, weil wir unsichtbar für euch geworden sind.«

»Was hast du mit Caspara und Callidora gemacht?« Harmonia ging gar nicht auf seine Erklärung ein, die er uns nur aus reiner Selbstgefälligkeit ins Gesicht geklatscht hatte.

Harmonia huschte für einen Moment hinter mich und steckte mir etwas in meine Hosentasche, ehe sie sich wieder wegbewegte. Bevor ich darüber nachdenken konnte, erkannte ich etwas, das meine Aufmerksamkeit vollständig benötigte.

»Daphne!« Meine Freundin lag auf Draydens Baumkrone, mit der er Zephyrus wie eine Wolke über die Insel trug, doch viel mehr kümmerte mich Daphne, die sich nicht bewegte.

Drayden, der Pflanzenmagier, der Zephyrus half, die Baumkronenwolke zu steuern, behielt Daphne im Blick. Seine Smokey-Eyes und der schwarze Lippenstift rundeten seinen teuflischen Look ab.

»Sie lebt noch. Mit Betonung auf noch. Zu Caspara kann ich gar nichts sagen und Callidora ist abgehauen, genau wie sie es immer macht. Sich aus der Affäre ziehen.« Zephyrus wies Drayden an, Daphne von einem Ast zu ihm hochzutragen, und streichelte ihr dann den Hinterkopf.

»Fass sie nicht an.«

»Bissig wie Katarina.«

Dass sogar er meine Mutter kannte und ich nicht, versetzte mir einen Stich ins Herz.

»Du denkst, du wärst in Sicherheit? Das ist doch nicht so.« Callidora erschien hinter ihm und streckte die Arme vor, wodurch hunderte Blätter hochschossen.

Ein Klirren hallte durch die Luft, als die Blätter ihre Ränder schärften und wie erstarrte Sticker am Himmel festhingen.

»Du hast immer noch vor, dieses Schauspiel beizubehalten?« Was meinte Zephyrus damit?

Callidora riss ihre Arme nach unten und die Blätter sausten wie Geschosse hinab.

»Pass auf Daph–«

Drakon nahm meine Hand und schüttelte den Kopf.

»Sie weiß, was sie tut.«

Als ich genauer hinsah, erkannte ich, dass der Blättertanz Daphne ausließ, während Zephyrus von umherpeitschenden Zweigen beschützt wurde, die die Blätter wegschlugen. Allerdings klappte das nicht bei jedem Blatt. Risse zogen sich mittlerweile durch seine blutgetränkte Kleidung und Callidoras Augen glühten förmlich durch den zerrissenen Schleier.

»Wir müssen ihr helfen.« Juna schien nicht mehr die Person sein zu wollen, die sich hinter den anderen versteckte.

Dieser Sinneswandel kam mir gelegen, denn ich sah es auch so und stellte mich neben sie. Doch noch bevor unser Einmischen auch nur beginnen konnte, baute sich eine Eismauer vor uns auf.

»Zuvor solltet ihr mit uns vorliebnehmen.« Eine Kugel, in der Meerwasser herum schwappte, gefangen in einer vereisten Hülle, schwebte über der Eisfrau mit dem dunkelgrünen Strumpf über dem Gesicht.

»Die Kinder sollten sich nicht einmischen.« Ein Typ, dessen Gesicht wie von Gestein umhüllt wirkte, tauchte hinter ihr auf.

Obwohl, nein, das war kein einfaches Gestein, sondern getrocknete Lava, magisches Magma, das sein Gesicht vor uns verbarg.

»Unsere leichteste Übung.« Da Morpheus den Blick zur Eisfrau schweifen ließ, überließ ich sie ihm.

Bestimmt erinnerte die Strumpffrau ihn an diejenige, die Don auf dem Gewissen hatte.

»Ich gebe dir Schutz.« Harmonia hatte das wohl auch erkannt und stellte sich neben Morpheus.

Den Strandabschnitt entlang kämpften einige Studierende von Lidwicc gegen die Eindringlinge und ich hoffte, es würde weniger Gefallene geben als beim letzten Mal.

Magmakopf spuckte zehn Lavakugeln aus, die nun über jeweils einen seiner Finger kreisten, und näherte sich uns. Seine Angst uns gegenüber hielt sich in Grenzen und seine entspannte Haltung bestätigte mir dies.

»Konzentrier dich, Margo.« Drakon nahm meine Hand.

»Wie niedlich, ein Pärchen.«

Abstreiten ließ es sich nicht, dass Juna zunächst nicht begeistert war, als sie zwischen Drakon und mir hin und her sah, aber dann nickte sie mir zu, als wollte sie mir sagen, dass es okay war. Sie eilte danach zu den anderen Begabten, die unweit von uns Lidwicc gegen andere Maskierte verteidigten.

»Wo denkst du, dass du hingehst?« Magmakopf warf drei der Lavakugeln zu Juna, die sich erschrocken umdrehte.

Eine der Palmen, die am Strand entlang standen, beugte sich dazwischen und fing die Attacke ab.

Ein lautloses *Danke* lag Juna auf den Lippen, dann reihte sie sich zwischen den anderen Studierenden ein.

»Konzentrier dich lieber auf uns.« Drakon rannte auf ihn zu und befehligte gleichzeitig die anderen Palmen um uns, die sich, als wären sie aus Gummi, zwischen Drakon und Magmakopf bogen.

»Billige Kindertricks.« Die restlichen Lavakugeln teilten sich wie Glühwürmchen, bereit, die anbrechende Nacht zu verteidigen, auf.

Ich nutzte die Chance und bedeutete einer Palme, einen ihrer langen Wedel zu mir wachsen zu lassen. Ein beherzter Sprung auf das Palmenblatt, das mich gegen Magmakopf schwingen sollte, verlief ins Leere.

Gleich danach bemerkte ich, dass Fridolin, ein straßenköterblonder Begabter, die Palme vor mir zuerst befehligt hatte und ich zu spät gekommen war. Er hob beschwichtigend die Arme, wobei ich eine blutige Strieme quer über sein Gesicht erkannte.

Ich winkte ab und suchte etwas anderes, das zum Angriff geeignet war. Gras wuchs über die Eismauer zu uns, wurde länger, breiter, als krochen Tintenfischarme auf den Magmakopf zu. Dieser bekam noch nichts mit, da er damit beschäftigt war, Lava aus seinem Rachen hochzuziehen, als versuchte er, klebrigen, festsitzenden Schleim aus seinem Hals zu spucken. Der Nachteil der Lavagolems. Ihre Magie war zerstörerisch und kaum zu bändigen, aber schwer hervorzurufen.

Nur noch wenige Meter trennte meine Graswelle von dem Magmamonster, mit ihr würde ich ihn ummanteln und ins Meer werfen. Das würde dazu führen, dass er stundenlang keine Angriffe starten könnte.

Meinen Plan hatte Drakon wohl längst durchschaut, da er den Lavagolem mit allen Mitteln ablenkte. Sei es mit Wurzelsträngen unter dem Sand, Blätter, die er aus der Luft aufgriff, oder Pollen, die er in seine Nase leitete.

Meine beiden Arme hob ich empor zum dunkler werdenden Himmel, die Graswelle, die wie eine Horde wilder Tiere unbeherrscht vor züngelte, bäumte sich auf. Leider drehte sich Magmakopf in diesem Moment um und spuckte mir seine Lavakugel entgegen.

»Margo!« Erst Drakons Ruf machte mir klar, wie gefährlich die Situation war.

Von der Kugel tropfte schleimige Lava, sie sauste auf mich zu und ich? Ich konnte mich nicht bewegen. Denn hinter mir hatte sich eine dritte Person eingemischt. Eine Eisfrau, die eine Eisspur vom Meer zu mir geformt hatte.

Daphne so nah bei mir, meine neugewonnene Liebe vor mir und eine Familie um mich. So nah war ich meinem Glück noch nie gewesen und ja, vielleicht sollte ich mich damit zufriedengeben, mit diesem Hauch eines Glücks abzutreten.

Die Lavakugel näherte sich mir unweigerlich. Bis ich im Augenwinkel die Eismauer zerbersten sah, bevor ich den Knall gleich danach hörte. Eine Everglades Palme schoss durch das Eis, wuchs weiter an und drückte die Lavakugel hinaus aufs Meer. Zwar gab die Palme unter der Lava nach, doch bis sie vollständig weggebrannt war, hatte sie die Kugel ins Wasser geschoben.

Das Meer brodelte, zischte und Wellen sprudelten hoch, wobei die untergehende Lavakugel unter kreischenden Geräuschen versank.

»Haut von unserer Insel ab!« Jemand trat auf die knirschenden Reste der Eismauer und sprang herab.

»Gundel?« Drakon eilte zwischen uns.

Gundel war bekannt dafür, Kämpfe zu hassen. Selbst sie begab sich nun in Gefahr. Für Lidwicc.

»Es ist genug. Ihr zerstört unsere Insel, die ich, ähm, wir aufgebaut haben. Zumindest weiß ich ...« Gundel zog einen Stift aus ihren wirren Haaren und einen Block aus ihrem Dekolleté, um sich etwas zu notieren. »Dass die Palme noch nicht völlig feuerbeständig ist. Ich muss die Kräutersalben noch verbessern, die ich extra dafür angefertigt hatte.«

»Was ist mit der? Ist die irre?«, fragte der Feuergolem.

»Nein, sie ist großartig!« Direkt nach meiner Antwort hob ich meine schlaffen Grastentakel wieder an, umklammerte ihn und die Schneefrau hinter mir, die dabei war, zu fliehen, und warf beide ins Meer.

Wenige Sekunden später gelang es auch Morpheus und Harmonia, ihre Schneefrau mit der Strumpfmaske dank einer Wurzelfalle in den Sand einzusperren, sodass nur noch ihr Kopf samt Maske hervorragte.

»Beeindruckend, ihr habt zu, eins, zwei, drei, vier, fünft drei meiner Leute ausgeschaltet.« Zephyrus landete in der Mitte von uns.

»Wo sind Daphne und Callidora?« Harmonia presste ihre Handflächen gegen ihren Körper, aber ihr Zittern nahm ich dennoch wahr.

»Nicht da.«

»Ach was, Witzbold. Gib sie frei.« Morpheus' grüne, kurze Haare waren nicht mehr so satt, sondern ausgeblichen, fast gelb, und die schwarzen Haare wuchsen mehr und mehr nach.

Da merkte ich wieder, wie sehr ihn Dons Ableben bedrückte. Früher hatte er sich alle paar Tage die Haare mit der pflanzlichen, unschädlichen Farbe von Gundel nachgefärbt.

»Lass meine Studierenden in Ruhe!« Mit zerfetzten Klamotten, Brandwunden und einem nicht mehr existierenden Schleier humpelte Callidora auf den Strandabschnitt.

»Ach so, wir spielen das Spielchen weiter?« Zephyrus drehte sich im Kreis und hob verwundert die Brauen, als er uns anguckte.

»Was meinst du?«, fragte ich.

»Zephyrus!« Callidoras Mahnungen interessierten Zephyrus nur insofern, dass er ein belustigtes Kichern dafür übrig hatte.

»Dann wisst ihr noch immer nicht, dass Callidora die Mutter meiner geliebten Semele ist?«

Die Bombe platzte und das ziemlich geräuschvoll. Ein Tinnitus breitete sich in meinen Ohren aus, als wollte mein Körper diese Worte vor mir verbergen. Mich vor dem Schaden, den sie anrichteten, beschützen.

»Soll das heißen, ihr macht gemeinsame Sache?« Morpheus sprach aus, was ich dachte.

»Dora? Ist das die Wahrheit?« Gundel umfasste ihre Edelsteinkette, auf die sie Kräuter geklebt hatte.

»Nein, ich —«

»Exakt, obwohl ... Nein, das ist nicht ganz die Wahrheit. Denn sowohl Callidora als auch ich wollen Margo in unsere Finger bekommen. Nur mit Margo bekommen wir Semele zurück.« Die Art, wie

Zephyrus seine schwarzen, abgebröckelten Fingernägel inspizierte und anknabberte, brachte mich noch mehr aus dem Konzept.

Er sagte das, als wäre ihm völlig egal, was er für eine Welle der Zerstörung hinter sich zurückließ. Zephyrus' banale Haltung gegenüber dem, was er mir gerade eröffnet hatte, ließ mich ratlos zurück und mein Kopf schwirrte. Überall um mich herum erspähte ich schwarze Punkte, sodass der Sand unter mir zerfloss und ich zu versinken glaubte.

»W-was habe ich denn damit zu tun?« Hatte ich das ausgesprochen?

»Margo, sie wollen dich nur verunsichern.« Drakons Hand in meiner und die Wärme, die er ausstrahlte, klammerten sich wie ein Sicherheitsnetz um mich.

»Tz, tz, tz.« Den Zeigefinger erhoben, schritt Zephyrus näher zu uns.

»Zephyrus, halt deinen Mund, du zerstörst alles.« Callidora schnellte vor und verstellte ihm den Weg zu mir.

»Nein!« In Windeseile holte ich Zweige und Äste vom Wald, veränderte ihre Eigenschaften, sodass sie wie aus Gummi um Callidora herum sausten und sie wegzogen.

»Margo!«

Keine Ahnung, ob das von Harmonia, Morpheus, Gundel, Callidora oder von allen zusammen kam.

»Sprich weiter.«

»Margo, bist du dir sicher?«

»Ja, Drakon.«

Callidora murmelte etwas. Ich hatte ihr auch ein Blatt über den Mund geklebt. Meine Wut verlieh mir Kräfte, die ich mir sonst nicht zutraute. Sie mussten gewachsen sein, sonst hätte Callidora meine Pflanzen längst ausgehebelt.

»Was denkst du, warum du deine Seelenrose nicht verwenden kannst?«

Davon konnte Zephyrus nichts ahnen.

»Das stimmt doch gar nicht, ich habe das erst gelernt! Und ich kann dich hier auf der Stelle in sie einsperren.« Sofort rutschte Drakons Hand aus meiner schwitzigen und ich hob sie über die Stelle meines Herzens, woraus die Seelenrose wuchs.

Zephyrus sog die Luft scharf ein, legte sich dann rasch den Zeigefinger auf den Mund und ich erkannte die sechs verschieden großen Ringe daran. Sie wiesen einen unterschiedlichen Durchmesser auf, sodass der erste direkt unter Zephyrus' Fingernagel endete, auf jedem fand ich einen Buchstaben, sodass sie zusammen das Wort *Semele* ergaben.

»Nicht näher.« Drakons Arm eilte vor mich wie eine Schranke und Zephyrus, der bisher wie hypnotisiert von meiner Seelenrose war, blinzelte sich aus der Trance.

»Natürlich.« Ein Räuspern von Zephyrus mischte sich unter all die anderen Kampfklänge.

Callidora wirbelte mit ihren Beinen den Sand auf, als sie zu strampeln begann. Ihre Bemühungen, sich verständlich zu machen, brachten ebenso viel wie meine, diese Puzzleteile zusammenzusetzen.

»Dann fang mich doch ein.« Zephyrus stand da und ergab sich mir wie eine Zielscheibe, die keine andere Wahl hatte, als sich den Geschützen schutzlos auszuliefern. »Gerne wäre ich lieber bei ihr als hier.«

»Was meinst du?« Gundel hatte ihre Kette noch fest im Griff.

Callidora gab einen genervten Laut von sich, woraufhin ihr Kopf auf dem Sand zur Ruhe kam, als gäbe sie auf.

»Wie kann man lieber in einer Seelenrose gefangen sein?«, hakte ich nach.

»Erstens kannst du das wie erwähnt nicht. Zweitens ist genau das der Grund, warum wir beide dich haben wollen. Niemand will dein Seelenrosengefängnis, da könnte ich mir auch jemand anderen aus deiner Family abgreifen.« Zephyrus sprach aus, was ich mir selbst gedacht hatte. Was war das Besondere an mir?

»Spuck es aus.« Harmonias Geduldsfaden war seit ihrem Entzug deutlich geschrumpft.

Dabei fiel mir wieder diese eine Nacht ein, in der Harmonia mich zuerst heulend angebettet hatte, ihr etwas Stoff zu besorgen, bevor sie mich wutentbrannt durchgeschüttelt hatte. Wir hatten nie wieder darüber gesprochen. Übel nahm ich es ihr nicht. Na gut, vielleicht ein bisschen.

»Semele. Sie ist in deiner Seelenrose gefangen.« Wieder fixierte Zephyrus meine Seelenrose und ein bitterer Ausdruck huschte über sein Gesicht.

Voller Angst, Semele könnte mir plötzlich aus meiner Rose entgegengucken, sah ich auf die Seelenrose und fragte mich, ob das stimmte. Wie konnte das sein?

»Daran würde ich mich doch erinnern.«

»Hör nicht auf ihn, Margo.« In Drakons Stimme lag eine Zurückhaltung, die ich darauf zurückführte, dass er ihm ebenfalls glaubte.

»Sag schon.« Ich überging Drakons Warnung und wollte Antworten, jetzt, hier am Strand.

»Deine Mutter, sie hat Semele und mich verfolgt, da sie einer geheimen Bewegung angehört hat, die magische Straftäter verfolgte. Katarina hat es gehasst, dass alle so taten, als wäre alles toll und friedlich. Niemand nahm sich der Straftäter an. Also hat sie den Part der magischen Agentin übernommen. Als wir in ihren Augen zu viel angerichtet hatten, hat sie nicht mich, sondern Semele erwischt. Statt diesen Fehler zu beheben, hat sie wohl gedacht, mich so in Schach halten zu können.«

»Warte, Semele, da klingelt doch etwas. Meine Eltern haben mal davon gesprochen, dass es eine mächtige Pflanzenhexe auf Lidwicc gibt, die spurlos verschwunden ist.« Drakons Einwurf gefiel mir nicht, denn er bestätigte Zephyrus'.

»Wie ist sie in mir gelandet?«

»Deine Mutter, ganz die naive Samariterin, die sie gewesen ist, hat gedacht, wenn sie deine Magie versiegelt und sich tötet, ist Semele auch verschwunden und ich gebrochen, sodass dich niemand mehr mit ihr verfolgen wird. Denn als sie schwanger geworden ist, hat sie gewusst, sie kann nicht mehr auf Verbrecherjagd gehen, ohne dich zu gefährden.«

Meine Glieder versteiften sich und ich schwankte zurück, ehe mich Drakon festhielt. Dabei wollte ich in diesem Moment nichts lieber als fallen. In ein tiefes, schwarzes Loch, in dem ich wieder ein Niemand war. Der Schmerz, der sich in meiner Brust ausbreitete, verschlang mich und erschwerte mir das Atmen. Wann hatte ich überhaupt zuletzt Luft in meine Lunge gelassen?

»Sprich nicht so über Katarina!« Gundel legte ebenfalls eine Hand auf meinen Rücken.

»Wie dem auch sei. Katarina hat sich geopfert, nur blöderweise hat sie nicht bedacht, dass Semele trotzdem in deine Seelenrose transferiert wird. Von der Mutter zur Tochter, wie es das magische Gesetz will. Dass du dein Siegel sprengen wirst, damit hat sie wohl auch nicht gerechnet. Sie hätte euch besser beide getötet.«

»Schnauze.« Drakon stampfte vor, bis Sand hoch sauste und in meinen Augen landete, weshalb ich wieder blinzelte.

Das löste eine Kettenreaktion aus, die mich dazu bewegte, zu atmen, bis meine Lunge nicht mehr brannte. Danach setzte ich ebenfalls einen Schritt vor, bis ich Drakons Arm zu fassen bekam.

»Soll das heißen, Semele ist seit einundzwanzig Jahren in mir gefangen? Bekommt sie alles mit oder schläft sie darin?«

»Zweiundzwanzig.«

Moment, was? Ich war ein Jahr älter als gedacht?

»Und nein, sie schläft nicht, sie lebt dort in der Dunkelheit, außer wenn du die Seelenrose aus dir lässt. Hallo, mein Liebling. Hörst du mich? Siehst du mich?« Zephyrus' Mundwinkel sausten nach unten. »Bist du noch nicht durchgedreht?«

Mein Fall auf den Hintern ging zu rasant vonstatten, so konnte mich niemand auffangen, aber das störte mich nicht. Ich brauchte diese Wucht sogar, da sie mir half, mich lebendiger zu fühlen. Ohne zu Callidora zu blicken, öffnete ich ihre Fesseln.

»Stimmt das?«

»Ja.« Callidoras Antwort dauerte gefühlt ein Jahrzehnt.

»Und was sollte das ganze Schauspiel, dass du Margo beschützen willst? Auf sie aufpassen?« Morpheus trat vor Callidora und sah auf sie hinab.

»Warum hast du mich nicht einfach gefragt, ob ich deine Tochter freilasse?«

Callidora lachte ohne jegliche Freude darin.

»Oh, als ob du so gnädig wärst, sie freizulassen.« Sie erhob sich beinah schwebend. »Dafür hätte ich dir alles erzählen müssen, und dann? Dann hätte sie irgendwie ihre Strafe bekommen müssen oder wäre zu diesem Nichtsnutz zurückgekehrt. Oder du hättest sie verpfiffen. Du bist genauso arrogant wie deine Mutter, die dachte, sie sei ständig im Recht.«

»Als ob ich als Straßenmädchen und Diebin jemanden an die, keine Ahnung, magische Polizei ausgeliefert hätte, die es ja nicht gibt.« Zwischen Callidora und Zephyrus sah ich öfter hin und her, damit mir keiner von beiden in den Rücken fiel.

Wobei mir wieder einfiel, ich musste Douglas fragen, wie das nochmal mit der magischen Polizei gewesen war und warum es sie nicht mehr gab.

»Selbst wenn du erfahren hättest, dass deine Mutter dafür gestorben ist?« Callidora rieb sich den Sand von der Kleidung. »Selbst dann?«

Ich zögerte.

»Wusste ich es doch. Außerdem …«

»Außerdem?« Gundels Stimme so bebend, voller giftiger Wut zu hören, erschreckte mich, war sie sonst eher ruhig, beinah lethargisch, wenn sie sprach.

»Ich wollte mich rächen. Rächen für all die verlorenen Jahre mit meiner Tochter. Für all die Jahre, in denen ich nicht gewusst habe, dass Katarina eine Tochter hat und ob sie noch lebt und für all meine und ihre Qualen.« Callidora hatte ausgesprochen, was ich ohnehin geahnt hatte.

»Semele hat dich gehasst!« Zephyrus raste vor.

»Nicht so schnell mit den jungen Pferden.« Drakon erschuf eine Klinge aus der abgebrannten Palme, die noch am Strand lag, und hielt sie Zephyrus entgegen.

»Ach, halt deine Fresse, verzogener Schnösel.«

»Was Besseres fällt dir nicht ein?« Mit einem Schnippen rief Drakon eine Rose zu sich, deren Dornen sich lösten.

Die Dornen samt den Blättern, die sich schärften, schwebten um ihn und zuckten angriffslustig vor und zurück.

»Hör auf mit deinen Taschenspielertricks.« Zephyrus schüttelte seine Hand, wodurch sie von einer hauchdünnen Lavaschicht bedeckt wurde.

Drakon duckte sich weg, doch Zephyrus war erfahrener, weshalb Drakon ihm nicht ausweichen konnte, als Zephyrus ihm eine scheuerte.

Drakons Aufschrei hatte nichts von einem schmerzhaften Ausatmen, vielmehr war es ein hohes Keuchen. Ohne auf meine Deckung zu achten, rannte ich zu ihm. Drakon drehte und wand sich, bis er seine Wange in den Sand drücken konnte. Nichts half, also stand er auf, ging in die Hocke und fiel dann wieder hin. Sein Gesicht konnte ich gar nicht ansehen, da seine Wange vernarbt und geschwollen war, Blasen schlug.

»Drakon! Drakon!« Meine Hände kreisten zitternd um ihn und ich hatte keine Ahnung, was ich machen sollte.

Die Verzweiflung fraß ein Loch in mein Herz und ich blickte sofort panisch zu Gundel, die sich über ihn beugte.

»Warte, bleib ruhig, lass mich sehen, meine Junge.« Gundel brauchte einiges an Geduld und Mühen, bis Drakon mit zusammengebissenen Zähnen von seiner Wange abließ.

Meine Hände presste ich an meinen Bauch, da der Geruch der verbrannten Menschenhaut und Drakons Anblick mich beinah zum Übergeben brachten.

»Du Monster.« Harmonia pfiff, bis sich ein paar Sträucher wie Stacheldraht zum Sand bewegten und uns schützten.

»Keine Sorge.« Gundel holte ein kleines Fläschchen aus ihrem Dekolleté hervor, zog den Korken heraus und schüttete die pinke, glitzernde Flüssigkeit über seine Wange. »Das wird nicht wehtun.«

Drakons darauffolgender Schrei durchdrang die gesamte Insel und meine Ohren stachen, bis ich mich wegdrehen musste.

»Zumindest uns nicht«, ergänzte Gundel.

»Fuck, das gibt's nicht. Argh!« Drakon wippte auf dem Rücken liegend hin und her.

»Nicht ins Gesicht fassen.« Gundel nahm seine Hand und nickte zur anderen, also tat ich es ihr gleich und hielt die andere fest.

Während ich den Verwünschungen seitens Drakon lauschte, sah ich, froh darüber, dass wir nicht mit Flüchen Magie wirkten, zu Harmonia und Morpheus. Viel passierte dort nicht, außer dass meine beiden Freunde uns beschützten wie Wachhunde. Irgendwas sprachen Callidora und Zephyrus miteinander. Leider hörte ich es nicht.

Woran Drakons Beleidigungen, die wie ein röchelnder Metallgesang aus ihm drangen, nicht ganz unschuldig waren. Noch hielt ich Drakons Hand fest, doch um nicht in sein schmerzverzerrtes Gesicht blicken zu müssen, wandte ich meinen Kopf ab und erspähte dadurch, wie viele Magiebegabte irgendwo dalagen, einige bewegten sich noch.

Die Wolkendecke über uns brach auf und Regentropfen landeten wie Federn auf meiner Haut, ehe sie stärker auf uns einprasselten. Das

Meer wurde unruhiger, als wäre es ein einziges Monster, das sich über die Welt erstreckte und unseren Todeskampf nicht guthieß. In der Luft flirrte Magie umher und zog einen Gestank von Rauch, blutigem Eisen und Salz mit sich.

Endlich wagte ich den Blick zu Drakon und erkannte, dass seine Verbrennungen weitgehend verheilt waren. Die betroffene Gesichtshälfte wies nur eine deutliche Rötung auf, die sich wie ein Handabdruck verteilte. Ebenso kleine Narben und Wölbungen.

»Die Rötung wird weggehen. Ganz perfekt wird es vielleicht nicht mehr. Das kann ich nicht sagen.« Gundel erhob sich und als ich hochblickte, bemerkte ich die zuckenden Lippen und die zusammengezwickten Augen.

Ich musste gar nicht schauen, wohin sie sah. Sie funkelte bestimmt Callidora an, der sie bisher loyal gefolgt war. Genau wie Morpheus.

»Danke.« Drakon tastete sein Gesicht ab.

»Du bist wunderschön, wie immer.«

Ein Lächeln zierte sein Gesicht, nachdem er mein Kompliment wahrgenommen hatte, was durchaus ein paar Sekunden gedauert hatte. Ich half ihm hoch und gemeinsam gesellten wir uns zu Morph und Harmonia.

»Jetzt, da ihr mit euren Doktorspielchen fertig seid, können wir ja weitermachen. Ihr habt gesehen, wozu ich fähig bin. Komm freiwillig mit mir mit oder ich töte deine Freunde.« Zephyrus knackte mit seinem Nacken.

»Margo geht nirgends hin«, sagte Harmonia.

»Leute, danke, aber das ist meine Sache. Ich kann das nicht zulassen. Niemand darf wegen mir verletzt werden.«

»Du gehst nicht mit ihm, hast du mich verstanden?« Drakon eilte vor mich und rüttelte an meinen Schultern. »Hast du gehört?«

»Drakon, ich —«

»Genug!«

Ich blickte an Drakons Gesicht vorbei und entdeckte Zephyrus, der mit seiner Hand wie mit einem Pinsel von links nach rechts strich und einen Klecks Lava in die Luft malte. Vorsichtig schürzte er seine Lippen und blies Luft in die Lava, die sich zu einer Seifenblase verformte.

»Ihr müsst weg. Schnell!« Gundel rannte vor und zog eine winzige Blume in einer Glasflasche aus ihrem Dekolleté.

Was hatte sie noch alles da drin versteckt? Sie sah mich an, entfernte den Korken und die Pflanze wuchs heraus.

»Nein! Gundel!« Callidora checkte vor mir, um was es sich handelte.

»Geht.« Ein Portal tauchte in der Blüte der Tulpe auf und ich sah Thessaloniki.

»Ich kann euch nicht allein lassen.« Meine Stimme erhob sich.

»Drakon.« Gundel nickte Drakon zu.

Er nickte ebenfalls.

»Was geht hier vor sich? Drakon? Gundel?«

»Ihr geht nirgends hin«, sagte Zephyrus.

Bevor ich verstand, sah ich ihn, der seinen langen Fingernagel in die Seifenblase steckte und sie platzen ließ. Da spürte ich einen Ruck an meinem Körper und bemerkte Drakon, der mich gepackt hatte und mit mir auf die Tulpe zu rannte. Gleichzeitig schrie Harmonia auf und drehte sich weg. Bevor ich mehr erkannte, wurde ich vom Sog der Portalpflanze erfasst und verschwand in einem weinroten, goldenen Strudel.

24.

WAS WÄRE OHNE ANGRIFF PASSIERT?

»Holt uns zurück.« Mein Schrei versiegte irgendwo zwischen Himmel und dem Autoverkehr, der mich mit seinem ständigen Gehupe krank machte, obwohl ich das von Thessaloniki nicht anders gewohnt war. »Hört ihr nicht?«

»Margo.« Drakon schnippte einen Stein von der kleinen Mauer neben dem Stand der alten, ständig gebückt laufenden Wassermelonenverkäuferin Stella, die in der Altstadt, seitdem ich denken konnte, aufzufinden und mit ihren selbstgemachten Batik-Kopftüchern bereits von weitem zu erkennen war.

»Gundel!« Ein paar Leute liefen an mir vorbei und musterten mich wie eine Aussätzige. »Morph!«

»Margo.«

Das durfte doch nicht wahr sein. Wie konnte Gundel mich in dieser Situation von Lidwicc wegschicken?

»Margo.«

Meine Nerven schossen Stromschläge durch meinen Körper, mein Auge zuckte und ich lief im Kreis. Meine Schritte wurden größer und ich beschleunigte so schnell, dass der Staub auf der Seitenstraße hochwirbelte.

»Margo.« Drakon erhob seine Stimme, sprang von der Backsteinmauer und stellte sich mir in den Weg. »Hey.«

»Was?« Ich wollte Drakon nicht anschreien, aber eigentlich wollte ich ihn doch anschreien.

Keine Ahnung, was ich wollte.

»Beruhig dich. Sie hören dich nicht.« Die Rötung in seinem Gesicht hatte nachgelassen, auf seiner Wange war jedoch eine leichte Narbe zurückgeblieben.

»Beruhigen? Was, wenn er ausflippt und Morph oder Harm tötet? Und du hast da auch noch mitgespielt.« Die Enttäuschung zog mein Herz zusammen und ich blickte Drakon wie einen Feind an, der mich hintergangen hatte, und wich zurück.

»Ich habe nur reagiert und dich gerettet. Gundel macht das nicht ohne Grund. Zephyrus will dich und wenn er dich hat, denkst du, er würde aufgeben? Er wäre mit Semele nur eine schlimmere Bedrohung als allein.« Zwei, dreimal kratzten Drakons Schritte auf der Kieselsteinstraße, ehe er bei mir ankam und mein Gesicht umfasste. »Ich kann dich nicht auch noch verlieren, Margo. Du bist die erste Person, die unter all dem Gestrüpp, das ich um mich aufgebaut habe, sofort mich gesehen hat. Du hast all die Blätter, Dornen, Wurzeln und Zweige weggeschoben und bist bis zu mir vorgedrungen.«

Drakons Worte riefen Tränen in mir hervor, die ich nicht vergießen wollte. Ein Weinen, das ich mir nicht erlauben wollte. Nicht, solange die anderen in Gefahr waren. Wem machte ich etwas vor? Ich hätte ohnehin nicht geweint.

»Clio ist nur gestorben, weil sie mich suchen.« Das lag mir auf dem Herzen und bevor sich Drakon dessen nicht bewusst war, wollte ich nicht mehr zulassen.

»Es ist nicht deine Schuld.« Drakon küsste mich auf die Stirn.

»Aber Juna –«

»Es ist auch nicht Junas Schuld, so gern ich das auch glauben würde. Es ist Pech gewesen. Nach Clios Tod wollte ich so unbedingt einen Schuldigen dafür finden, jemanden, auf den ich meine verzweifelte Wut richten konnte. Aber wenn, dann ist Zephyrus dafür verantwortlich.« Es freute mich, dass er Juna verziehen hatte.

»Und Juna und du …«

»Es gibt Juna und mich nur im Zusammenhang als Eltern unserer Kinder. Nicht als Paar. Ich will nur dich, Margo. Außerdem … Hast du ihr gesagt, sie soll so anhänglich sein?« Ich schluckte und sagte nichts.

Drakons Finger und meine verkeilten sich ineinander. Er zog mich zu sich, sanft, aber bestimmt, nur um mir einen Kuss auf die Lippen zu pressen, der mich von all meinen Sorgen erlöste.

Für ein, zwei Augenblicke.

Mehr Zeit bekamen wir auch nicht geschenkt, denn ein Knall, der nicht weit von uns entfernt ertönte, und das darauffolgende Geschrei entzweite uns.

»Er ist da.« Drakon und ich sprachen das beinah gleichzeitig aus.

»Wir müssen –«

»Wir müssen dich in Sicherheit bringen.«

»Die Menschen dürfen nicht darunter leiden, Drakon.«

»Er wird es nicht zu auffällig machen. Zephyrus ist selbst kein Fan davon, Menschen in die Magie einzuweihen, dafür hasst er sie zu sehr.« Je mehr Drakon sprach, desto leiser und langsamer wurde er, als er wohl merkte, dass er mir gerade etwas erzählte, das er mir bisher vorenthalten hatte.

»Woher weißt du das?« Ich drehte mich zu Stella. »Drapetévo!« Stella hörte auf mein *Lauf Weg!* und flüchtete.

»Ich habe ein bisschen über ihn nachgeforscht. Er ist aus der Lavagolem-Akademie geflogen, weil er ständig so 'ne menschenfeindliche Sachen gesagt hat. Demos veranstaltet und so weiter. Da hat er sich dafür eingesetzt, dass Menschen unsere Magie nicht kennenlernen dürfen. Da ja seit Jahrzehnten die Stimmen lauter werden, dass wir uns den Menschen öffnen sollen, um friedlich zusammenzuleben.«

»Verstehe. Und –«

Ein Mann stolperte zu uns in die Gasse und fuchtelte mit den Händen herum.

»Was sagt er?«

»Wir sollen abhauen, es fliegen aus heiterem Himmel irgendwelche Gegenstände durch die Luft.«

»Zumindest macht er es unauffällig. Wo können wir uns verstecken?«

»Ich weiß etwas, da können wir sogar noch eine Rechnung begleichen.«

Die Croissantverpackungen spiegelten die Kerzenflammen wider, die Drakon und ich entzündet hatten. Zum Glück schien nicht wirklich viel zu fehlen und auch wenn wohl ein, zwei andere Leute von der Straße in Daphnes und meinem Versteck gehaust hatten, fand ich das Wichtigste vor. Daphnes liebevoll gestaltete Wand.

»Hier habt ihr gewohnt?« Drakon sah sich um.

Die entsetzte Tonlage in seiner Stimme nahm ich sofort wahr. Sein Gesicht wirkte undurchsichtig wie eine Maske. Verbergen konnte er seine Verwunderung nicht, aber ich verübelte es ihm nicht.

»Nichts für einen verwöhnten Arsch, was?« Ich drehte mich nicht zu ihm um, da ich an der Croissantwand all die schönen Momente wie einen Film vor mir ablaufen sah.

»Pah! Von wegen. Ist doch gemütlich.« Die Matratze quietschte, als er sich wohl darauf fallen ließ und ich wartete nur auf das …

»Aua! Was … Hat mich da etwas gestochen? O Gott. Ich werde sterben, oder? Ist das ein Skorpion?«

Da war es schon.

Jetzt musste ich mich doch zu Drakon drehen und mein Lächeln hinter meiner Hand verbergen. »Die Federn stehen raus.«

»Es hat noch jemand Matratzen mit diesen eisernen Spiralfedern drin?« Die zartgrünen Augen weit geöffnet, sah er von der Matratze zu mir und überspielte seine Überraschung mit einem Räuspern. »Kein Ding. Kenne ich natürlich auch.«

Ich schnaubte belustigt. »Ernsthaft? Skorpione?«

Drakon zuckte mit den Schultern.

»Denkst du nicht, dass Zephyrus dich hier sucht? Du hast doch gesagt, er hat euch damals hier aufgespürt.« Drakon spielte an der Plastikflasche mit den Löchern herum, ehe er daran roch und sie mir mit einem Fragezeichen im Gesicht hinhielt.

»Das ist unser Duschkopf gewesen, den haben wir unter Dachrinnenöffnungen gehalten, oder wenn wir einen Wasserschlauch gefunden haben.« Eine Hand legte ich auf die Halskette, der nun, nachdem ich noch mehr über meine Mutter erfahren hatte, noch mehr Bedeutung innewohnte. »Um auf deine andere Frage zurückzukommen: Entweder er kommt nicht, weil er denkt, ich würde doch nicht wieder hierherkommen, oder wenn er kommt, ist es nicht seine erste Wahl. Wir haben Zeit. Finden wird er uns ohnehin.«

Drakon sagte nichts. Vorsichtig setzte er sich nochmal auf die Matratze, die ihn dieses Mal verschonte. Ich setzte mich zu ihm und bettete meinen Kopf auf seine Schulter. So saßen wir da. Er, ich, die blinkende Lichterkette, deren Batterie offensichtlich langsam das Zeitliche segnete, die bunte Croissantwand und Kerzen, deren Flammen die Dunkelheit zu verdrängen versuchten. Leider gewann dafür die Finsternis in mir die Oberhand.

»Wie soll es weitergehen, Drakon? Wenn er uns findet, wie bekämpfen wir ihn? Zu zweit?«

»Bevor ich zulasse, dass er dir etwas tut, reiße ich ihm den türkisen Kopf ab.« Drakon schlug sich mit der Faust in die Handfläche und gab einen selbstgefälligen Laut von sich, der irgendwas zwischen Lachen und Grunzen darstellte.

»Okay und in echt jetzt?« Ich zeichnete die Streifen seiner Hose mit dem Zeigefinger nach.

»Uns fällt etwas ein, uns ist immer etwas eingefallen. Außerdem wird uns jemand zu Hilfe kommen.« Seine Hand an meinem Hinterkopf und die Fingerkuppen, die mit kreisenden Massagebewegungen meine Verspannungen lösten, ließen mein Herz auftauen.

»Wieso glaubst du das?«

»Sieh doch, wie schnell er in Thessaloniki gewesen ist. Denkst du, er hat mit einer riesigen Lavawelle alle auf einen Streich umgebracht? Dann hätte er das längst. Er hat sie links liegen lassen und ist zu uns gekommen.« Das klang logisch.

»Wie teleportieren sich Schneefrauen, äh Eisfrauen, wie auch immer, und Lavagolems?«

»So genau weiß ich das gar nicht.« Drakon kratzte meinen Kopf, als benutzte er ihn stellvertretend für seinen. »Schneefrauen glaube ich über spezielle Eiswürfel, die sie verteilt haben. Und nicht schmelzen dürfen. Die Golems haben es da noch schwerer, die brauchen eine Verbindung zum Erdkern. Da das nicht oft möglich ist in der Praxis, können sie in die Lava eines anderen Golems springen, die er ausspeit, aber nur, wenn die sich bedingungslos lieben – irrelevant, ob freundschaftlich, elterlich oder partnerschaftliche Liebe. Das macht das auch ein vielfaches riskanter und schwerer umzusetzen.«

»Da haben wir es ja noch leicht.«

»Na ja. Unsere Teleportpflanzen zu züchten dauert oft Jahre und ob sie wirklich funktionieren, sieht man erst, wenn sie das erste Portal öffnen. Viele werden zehn Jahre gezüchtet und wenn sie dann benutzt werden, verwelken sie einfach und zerfallen zu Staub. Das kann auch passieren, während man sich teleportiert. Dann ist man tot.«

Daran, wie gleichgültig Drakon darüber sprach, erkannte ich wieder den Unterschied darin, in dieser Welt aufgewachsen oder wie ich eine Quereinsteigerin zu sein.

»Sterben da viele?«

»Schon einige jährlich.« Drakon trommelte mit seinen Füßen auf den Boden. »Können wir vielleicht über etwas anderes als übers Sterben reden?«

»O Gott, klar, sorry.« Ich richtete mich wieder auf und sah Drakon an. »Weißt du, was du nach dem College machen willst, jetzt, wo deine Eltern dir nichts mehr vorschreiben können?«

Drakons verwuschelte Haare standen ab, das Platinblond weit herausgewachsen. Ich konnte es nicht lassen und strich sie zurück, damit sie aussahen wie damals, als ich ihn kennengelernt hatte. Das schien Jahre her zu sein.

»Da wird es schwer, nachzudenken, wenn du mich so berührst und ansiehst.« Ein Funkeln blitzte in seinen Augen, die tief in mich blickten, als sähe er wirklich mich, meine Seele.

»Versuch es.« Meine rechte Hand wanderte hinab zu seinem linken Ohr, das oben einen kleinen Knick hatte und nicht perfekt abgerundet war.

Doch das machte Drakon noch perfekter. Denn wir waren doch alle nicht perfekt, wir alle trugen unsere Makel mit uns, seien sie nach außen hin sichtbar oder auch nicht. All diese Makel fügten sich wie Farbkleckse zusammen und ergaben das, was uns ausmachte: unsere Seele.

Unabsichtlich geriet ich an sein Orbitalpiercing. Der Ring, an dem eine kleine Kette hing, stieß gegen das Piercing an seinem Ohrläppchen.

»Ich würde gerne Immobilienmakler werden mit meinem eigenen Unternehmen.« Drakon sagte das so ernst, verzog dabei keine Miene, dass ich mit meiner Hand zurückzuckte und auf einen Lacher wartete. Nichts.

»Du meinst das ernst? Ich dachte, es kommt etwas mega Philosophisch-Poetisches wie Dichter oder Autor oder so.«

Drakon schnaubte belustigt. »Ich präzisiere. Immobilienmakler für Magiebegabte. Ich habe so oft reiche Bekannte meiner Eltern gehört, die gejammert haben, weil sie nicht wissen, wohin sie ziehen sollen. Auch auf Lidwicc.«

»Warum das?«

»Wo leben andere Magiebegabte? Gibt es in der Nähe einen Wald? Manchmal braucht man für magische Pflanzen besonderen Dünger aus Tannenblut, äh, Harz und so weiter. Oder: Ist alles abgeschottet genug, um eine Teleportpflanze zu haben? Ist in der Nähe eine Stadt mit einem idealen Trainer für die pflanzenbegabten Kinder? Das sind essentielle Fragen und viele Familien ziehen sich da zurück. Da kann man nicht googeln: Dorf mit mehrheitlich Pflanzenbegabten.«

Beeindruckt nickte ich bei Drakons Ausführungen und stupste ihm gegen die Brust. »Du bist gar nicht mal so unklug.«

»Hey!« Drakon schnippte mit den Fingern, bis eine verzauberte Pflanze mich an den Händen fesselte.

Er begann mich zu kitzeln. »Nimm das zurück.«

Drakon setzte sich auf mich und ich prustete laut los, da ich mich nicht mehr zusammenreißen konnte. »Niemals!«

Wild strampelnd schaffte ich es nicht, Drakon von mir zu bekommen, bis ich vor Lachen meine Augen schloss. Irgendwann wurde das Kitzeln weniger, bis ich wieder seine Lippen auf meinen fühlte, wie eine Mischung aus Honig und der rauen, wilden See, aus der in der Mitte auf einem kantigen Felsen eine einzelne, salzgetränkte Rose wuchs.

Drakons Hände fanden ihren Weg unter mein Shirt. Seine Berührungen waren nun gar nicht mehr kitzelig, sondern hinterließen überall, wo er mich berührte, heiße Striemen voller Leidenschaft. Langsam, ohne dass er den Kuss unterbrach, rutschte er zurück, drängte sich mit seinen Beinen zwischen meine und drückte sie auseinander.

Ein Hauchen, das tief aus mir kam, drängelte sich mitten in unseren Kuss. Drakon griff wohl meine Erregung auf, um den Kuss zu unterbrechen und sich aufzusetzen. Denn erst als nichts mehr geschah, sah ich in sein grinsendes Gesicht.

»Na, willst du mehr?«

Ich zog an den Pflanzenfesseln.
»Streng dich etwas an.«
»Du bist ein Arsch.«
»Und trotzdem liebst du mich?«
»Ja, und trotzdem liebe ich dich, Drakon.«
Etwas in seiner Mimik veränderte sich, wurde vom Schalk, der aus seinen Augen blitzte, zu einem wehmütigen Schmachten. Vielleicht, weil er geglaubt hatte, mit Clio die letzte Person verloren zu haben, die ihn wahrhaftig liebte?

Mit einem Ruck hob Drakon mein Shirt hoch, über meinen Kopf, bis es sich in meinen Pflanzenfesseln verfing. Er beugte sich hinab und küsste die Stelle zwischen Bauchnabel und Hosenbund. Mein Körper bäumte sich ihm entgegen, egal, wie sehr ich mich auch dagegen gewehrt hätte, es geschah.

»Willst du das auch?«
»Drakon, mach weiter, sonst schlage ich dich.«
»Wie denn?«, fragte er belustigt.

Drakon hatte seine Frage kaum ausgesprochen, da schlug ich ihm auch schon mit einem Fuß sanft gegen den Rücken.

»Au, ja, ja, schon gut.«

Das Geräusch meiner Hose, die geöffnet wurde, pulsierte durch meinen gesamten Körper und ich zuckte zusammen. Doch noch bevor er sich weiter nach unten arbeitete, küsste er sich seinen Weg zu mir hoch.

Seine Hände krabbelten wie eigenständige Lebewesen meine Arme hoch. Seine Lippen, die sich mit der Zunge abwechselten und an meinem Hals angekommen waren, brachten mich um den Verstand. Noch nie hatte mich jemand so angefasst. Mein Herz begann sofort wieder zu rasen, meine Zehen verkrampften sich und ich suchte seinen Blick mit meinem, der ihm signalisierte, dass ich mehr wollte. Jetzt!

»Ausnahmsweise.« Das Wort lag schwer in meinem Ohr, als sich die Fesseln lösten und ich keine Sekunde vergeudete, bevor ich ihn umschlang und an mich zog.

Drakons Körper an meinem. Nein, das war nicht genug. Ich zog ihm das Oberteil aus, drückte ihn wieder an mich. Haut an Haut.

Verschwitzt klebten wir aneinander. Gewollt zu werden kannte ich, aber wenn ich in Drakons Augen sah, erkannte ich mehr als pure, animalische Lust. Es war ein Mix aus Leidenschaft sowie melancholisch und quicklebendig zugleich.

»Können wir hierbleiben, in dieser Situation? Für immer?« Seine Frage lag schüchtern in der Luft.

»Nichts lieber als das.«

Unser Atem verband sich miteinander, heiß und vollgepumpt mit alles verzehrender Sinnlichkeit. Drakons Kuss heilte so viele Wunden in mir, die Abweisungen und Abfälligkeiten mir zugefügt hatten. Zeitgleich stach er mir damit einen Dolch getränkt in Chili und Honig in die Brust, da mit der wachsenden Zuneigung auch die Angst stieg, ihn zu verlieren.

Seine Lippen auf meinen wurden immer mal wieder unterbrochen, als er sich selbst in aller Eile die Hose abstreifte, nur um danach auch meine runterzuziehen. Ich musste kurz lachen, als ich bemerkte, wie sehr er damit zu kämpfen hatte, uns zu entkleiden, ohne von mir abzulassen.

»So stürmisch?«

»Du weißt nicht, wie oft ich mir in meinem Zimmer diese Situation vorgestellt habe. Oder unter der Dusche.«

»Da wäre ich gern dabei gewesen.« Nachdem mein Satz gefallen war, fiel auch Drakons Unterwäsche.

Mit diesem Startschuss übernahm ich auch bei mir das Ruder und zog sie aus, bevor ich ihn wieder an mich zog. Die Hitze in der Mitte seines Körpers drückte sich gegen meine und ich spürte sein Verlangen mehr denn je.

»Warte kurz.« Mit meinem Zeigefinger bat ich eine der Wurzeln, die über die Baustelle wanderten, zu mir und lockte sie unter die Matratze.

Drakon sah hin, dann wieder zu mir und legte den Kopf schief.

»Da ist es noch.« Mein Kopf nickte wieder zur Wurzel und Drakon folgte meiner Aufforderung.

»Kondome?«

»Klar, die habe ich dort immer versteckt gehabt.«

»Ich mag Ihre Art zu denken, Frau Laskaris.«

Drakon strich mir meine Haare aus dem Gesicht, seine Hände fühlten sich dabei an, als beschützte er mich vor der Außenwelt, gleichsam erkannte ich seine drängende Gier nach mehr von mir. Dabei verzehrte ich mich nach ihm, so sehr, dass in meinem Körper alle Nerven zum Zerreißen gespannt waren und lichterloh brannten.

Zunächst fand ich es gar nicht schön, dass Drakon von mir abließ, bis ich bemerkte, dass er sich mit seinen Lippen wieder abwärts bewegte. Seine Nasenspitze streichelte dabei sanft über meine Haut.

Wie ein Instinkt in mir, der sich automatisch einmischte, krallte ich meine Finger in seine Haare, nur um Drakon noch näher bei mir zu spüren. Irgendwann verlor ich das Zeitgefühl. Schwindelerregende Wärme schoss in meinen Kopf und mit einem verschwommenen Blick nahm ich den Vollmond durch das Loch in der Mauer wahr.

In dem Augenblick, in dem Drakon sich das Kondom schnappte, beschloss ich, mich vorerst noch für seine anfängliche Aktion zu rächen und schickte die Wurzeln los, die ich vorbereitet hatte. Sie schlängelten sich wie eine angreifende Natter, die nur auf ihre Chance gewartet hatte, um seine Hände und Füße und fesselten Drakon an die Mauer.

»So schnell sind wir noch nicht fertig.«

»Ich habe es noch nie so geliebt, ausgeliefert zu sein.« Drakon nackt an der Wand vor mir zu sehen, wissend, er wollte es wie ich, beschleunigte mein Vorgehen, den Abstand zwischen uns rasch zu verringern.

Scheue Sonnenstrahlen kitzelten meine Nase und als ich meine Augen öffnete, erspähte ich Staub, der in dem Lichtkegel tanzte und ich fragte mich, wie lange wir wohl geschlafen hatten. Bei jedem meiner Atemzüge hob und senkte sich Drakons Kopf auf meiner Brust. Als hätten wir es abgemacht, streichelte er beinah gleichzeitig meinen Bauch, als ich begann, mit meinen Fingernägeln seinen Kopf zu kraulen.

»Guten Morgen, Margo.« Drakons raue Morgenstimme jagte mir einen wohligen Schauer über den Körper und als er mich mit seinen verschlafenen Augen anblickte, folgte der nächste.

»Guten Morgen, Drakon.«

»Hast du geschlafen?«

»Komischerweise ja, was mir auch ein wenig ein schlechtes Gewissen bereitet. Und du?«

Drakon bejahte meine Frage. Nach und nach löste die griechische Hitze die morgendliche Kühle ab. Der Duft der Olivenbäume und Zikaden von draußen durchflutete mein Versteck. Überall an meinem Körper klebten noch die Küsse von Drakon wie eine verblassende Berührung, die ihre Unterschrift auf mir hinterließ.

Zephyrus schien die Nacht lang im Stillen nachgeforscht zu haben. Oder ich hatte so tief geschlafen, dass ich nicht mitbekommen hatte, dass Thessaloniki nicht mehr existierte. Erst lachte ich innerlich, bis ich Angst bekam, es könnte tatsächlich so sein, also lenkte ich meine Gedanken auf ein anderes Thema.

»Betreuerin.«

»Hm?« Drakon sah wieder zu mir hoch.

»Du hast mich gefragt, was ich machen will, nachdem wir von Lidwicc runtergehen.« Meine Finger kreisten um Drakons Bartstoppeln, die ihn nochmal verführerischer machten.

»Wie meinst du das?«

»Ich würde gerne das gründen, was uns offensichtlich fehlt. Eine Organisation für Magiebegabte, die wegen ihrer Absichten aus dem College geschmissen werden oder sich auch ohne die komisch verhalten. Es bringt nichts, wenn wir weiterhin die Augen verschließen und so tun, als gäbe es nur Frieden und die paar Leute, die aus dem Raster fallen, machen schon nichts Böses.«

»Das finde ich eine grandiose Idee. Sonst können wir Zephyrus auch gleich auf freiem Fuß lassen. In ein paar Jahren hätten wir dann die nächste Gruppierung.« Drakon drehte sich um und legte sich neben mich.

Ich tat mich schwer dabei, seinen nackten Körper nicht zu mustern, also sah ich an die Betondecke.

»Warum ist das so romantisiert worden? Dass sowas in der magischen Welt nicht passiert?«

»Die sind alle so stolz drauf gewesen, dass wir in Frieden leben, dass jede Partei jeden Zwischenfall totgeschwiegen hat. Außerdem sind wir auch nicht besser als normale Menschen, die auf Macht, Geld und Ansehen aus sind. Meine Eltern konnten ihre teilweise illegalen

Machenschaften durchführen, ohne behelligt zu werden. Callidora konnte nach ihrer Tochter suchen, da totgeschwiegen wurde, dass sie zu Zephyrus gehörte. Da haben die einflussreichsten Begabten überall mitgespielt.« Drakon sprach darüber, als wäre den jüngeren Begabten ohnehin allen klar, dass es unter der Oberfläche längst brodelte, nur hatte niemand von den Verantwortlichen etwas unternommen.

»Krass nur, dass Zephyrus schon so lange an Semele festhält, sie sucht und nicht aufgegeben hat. Und was er da alles mobilisiert hat.« Staub, Steinchen und keine Ahnung, was da noch alles am Boden lag, spürte ich unter meiner Hand, als ich nach der Wasserflasche suchte, sie aber nicht fand.

»Durchhaltevermögen kann man ihm nicht absprechen. Nur ist dem leider Clio zum Opfer gefallen.« Drakon drehte sich auf die Seite und von mir weg.

»Es tut mir so leid.« Ich räusperte mich, da mein Hals ausgetrocknet war.

»Du kannst nichts dafür, nochmal. Du hast dir nicht ausgesucht, dass Zephyrus dich sucht.«

Mit dem Zeigefinger fuhr ich Drakons Wirbelsäule nach. »Ich weiß, ich fühle mich trotzdem schuldig.«

»Das hätte auch Clio nicht gewollt, sie hat oft von dir gesprochen. Nicht nur einmal hat sie mir den Kopf gewaschen, weil ich dich von mir gestoßen habe.«

Ich beschloss, nichts mehr zu sagen, grinste aber in mich hinein. Schade, dass Clio nicht mehr bei uns war.

Ein Scheppern ließ mich hochschrecken.

Draußen flogen Holzkisten oder Paletten durch die Gegend, die zersplitterten. Der Krach zog sich bis zu uns. Spätestens als Glas auf Beton aufschlug und zerbrach, sahen Drakon und ich uns an.

»Zephyrus.« Wie ich es hasste, seinen Namen auszusprechen.

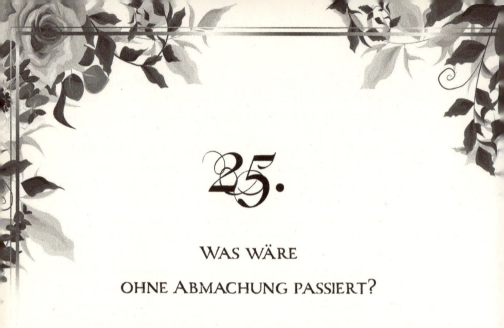

25.

WAS WÄRE OHNE ABMACHUNG PASSIERT?

»Ich kann das nicht.« Das Säckchen, das Harmonia mir am Strand noch in die Hose gesteckt hatte, sollte endlich seinen Zweck erfüllen.

»Harmonia hat es dir anvertraut, weil sie an dich glaubt, Margo.« Drakon streichelte mir über die Schultern.

Im Rücken hatte ich nicht nur meinen Freund, sondern das unendlich wirkende Meer im Hafen Thessalonikis und den Wind, der durch meine Lockenmähne wirbelte. Vor mir meine Heimat, meine Stadt und deren Einwohner und Einwohnerinnen, die mich mein ganzes Leben über begleitet hatten.

»Die Brise, die vom Meer kommt, stünde perfekt.« Selbstverständlich hatte Drakon recht, aber die Panik, es zu versauen, zwickte an meinen Innereien.

Allein dass Harmonia so weit vorausgedacht hatte, zeigte mir, was für tolle Menschen ich um mich wissen durfte. Das samtige, senfgelbe Säckchen mit der weinroten Schleife wog mit all seiner Verantwortung schwer in meiner Hand. Dazu das uralte Gestein des weißen Turms, auf dem wir standen. Ich musste an mich glauben.

»Muss ich etwas beachten?«

»Denkt fest daran, wo der Zauber wirken soll.«

»Und du kannst das echt nicht?«

»Ich kenne Thessaloniki nicht so wie du. Keine Ahnung, wo die Grenzen liegen.«

Einen Atemzug später behielt ich die Luft in mir, bis ich nicht mehr konnte, und stieß sie aus, bis nichts mehr aus mir herauskam.

»Ich will dich nicht drängen, aber Zephyrus wird uns bald wieder finden.« Drakon drückte meine Schultern, und ihn in meiner Nähe zu haben, verlieh mir Zuversicht.

Mir selbst Mut zunickend, öffnete ich die Schleife und zog das Säckchen auseinander. Das Pulver aus den verschiedensten Sporen magischer Pflanzen funkelte wie zermahlener Sternenstaub, der nachts am Himmel glänzte.

Die Arme, Handflächen sowie meinen Kopf nach oben gestreckt, hob ich das Säckchen hoch. Ganz fest dachte ich an Thessaloniki mit all seinem historischen Charme, den kleinen, verwinkelten, antiken Gassen, die mehr Geschichte erlebt hatten als so manches Geschichtsbuch, und rief mir jede Erinnerung an mein Straßenmädchenleben ins Gedächtnis.

Das Sporenpulver tanzte zögerlich aus dem Säckchen, ehe es wie eine bunte Bombe auf einem Holifestival in den Himmel schoss. Weit über Thessaloniki explodierte es feuerwerksgleich und erwischte einige Leute, die unter mir ihre Köpfe hochstreckten, die Hände als Sonnenschutz an der Stirn.

»Perfekt, weiter so, Margo.«

Die Sporen, die laut Drakon aus Harmonias eigener Mischung bestanden, da er sie nicht identifizieren konnte, breiteten sich überall aus. Sie folgten meinen Gedanken und legten allmählich ihre magische Wirkung über Thessaloniki. Die Menschen legten oder setzten sich sachte auf den Fleck, auf dem sie standen, und schliefen ein. Die Autos vor dem weißen Turm kamen nach und nach zum Stehen, auch wenn ich hie und da ein leises Krachen hörte. Blech an Blech. Die Menschen Thessalonikis wurden mit größter Behutsamkeit in den Schlaf gewiegt und bekamen somit nichts mehr mit. Niemand sollte mehr zu Schaden kommen.

»Schon etwas selbstgefällig, so ein Pülverchen zu verstreuen, das mich direkt zu euch führt, oder?« Zephyrus stand unterhalb des Turms und sah zu mir hoch.

Schade, insgeheim hatte ich gehofft, es würde auch bei ihm wirken. Vermutlich tat es das nur bei nichtmagischen Lebewesen.

Neben mir tauchte Drakon auf, der über die Brüstung guckte. Blanke Wut zierte sein Gesicht, als er Zephyrus erblickte.

»Du wirst für alles bezahlen, was du getan hast.« Drakon spuckte vom Turm, ohne ihn zu treffen.

»Die Erziehung deiner Eltern hat kaum was gebracht, Koni.«

Das Pulver hörte auf, aus dem Säckchen zu flitzen, weshalb ich es wieder einsteckte. Direkt danach sprang ich neben Drakon auf die Steinmauer des Turms.

»Wir laufen nicht mehr davon, so viel sei dir gesagt.« Nach diesem Satz hüpfte ich in den Kampf.

»Margo!«

Die Bäume um den weißen Turm am Hafen fingen mich mit ihren Ästen auf, bremsten den Fall und setzten mich ab. Drakon folgte direkt neben mir.

»Beeindruckend. Habt ihr euch mal überlegt, in den Zirkus zu gehen?« Wie gern ich Zephyrus für seine Überheblichkeit in die Fresse geschlagen hätte.

»Lass deine Sprüche.« Drakons Zornesfalte zwischen seinen Brauen vertiefte sich.

Ein dicker Ast, der jahrzehntelang in Ruhe gewachsen war, schwenkte herum und schoss auf Zephyrus zu. Der muskulöse Holzarm sauste in einer Windeseile auf ihn hinab, doch Zephyrus wich mit einem gekonnten Sprung zur Seite aus. Gleich danach spuckte er neonorangen Speichel auf den Ast, der sofort schmolz und kleine Flammen fing.

Der Baumast verband sich mit Drakon und ahmte seine Bewegungen nach. Die Spitze sauste zu Zephyrus und schleuderte ihn gegen den weißen Turm. Bevor er sich wieder sammeln konnte, rief ich geistig die Blumen vom Springbrunnen gegenüber, der als Kreisverkehr diente. Ohne Umschweife begruben sie Zephyrus unter sich, hoben ihn eingewickelt hoch und schmissen ihn zurück zu Drakons verlängertem Holzarm.

Glücklicherweise reagierte er sofort darauf und donnerte ihn wie einen Baseball von uns weg.

Zephyrus' Schreie währenddessen erfüllten mich ehrlicherweise mit so viel Freude, dass ich es selbst für bedenklich hielt.

Noch bevor Zephyrus am Boden aufkam, schmolzen die Pflanzen um ihn herum und nach einem kleinen Salto in der Luft landete er auf den Füßen, direkt auf der kleinen Mauer um den Springbrunnen.

»Wenn ihr denkt, ich lasse so mit mir umspringen, dann seid gewarnt. Würde nicht Semele in dir stecken, wärst du längst ein Häufchen geschmolzenes Elend.« Zephyrus' Augen weiteten sich, als er sich über den Mund wischte und Blut auf seinem Handrücken erkannte.

»Wenn Semele mich so sieht, alt und voller Schrammen, was wird sie nur denken?«

Das war seine größte Sorge? Zephyrus führte seine Finger an die Wange und strich sich über sein Gesicht. Sein plötzlicher Stimmungswechsel und die Art, wie er völlig abzudriften schien, verwunderten mich. Zusätzlich zu seinem Gemurmel, das ich nicht mehr verstand, war er wie in Trance, in der er in einer anderen Welt verweilte. Diese Chance sollten wir nutzen, weshalb ich Drakon bedeutete, ihn anzugreifen.

Meine Hände versteckte ich hinter meinem Rücken und dirigierte so die Äste an den Zypressen hinter Zephyrus zu ihm. Lautlos streckten sie ihre hölzernen Arme nach ihm aus, fünf Zweige breiteten sich wie Finger aus und griffen nach ihm. Neben mir brachte Drakon die Blumen an den Fenstern, Balkonen und vor den Cafés und Restaurants am Hafen mit Willenskraft dazu, sich auszubreiten.

»Was denkt ihr euch nur dabei, mich für so ahnungslos zu halten?«

Diesen Satz von Zephyrus hatte ich deutlich verstanden und meine pflanzenmagischen Sinne schlugen Alarm.

Laut ausatmend hob Zephyrus seine Arme von sich weg. Lavasprenkel schossen aus seinem Körper und flogen in alle Richtungen davon.

»Drakon!« Die Verbindung zu den Zypressen unterbrach und ich schnappte mir stattdessen Drakons Arm und sprang hinter die kleine Sitzmauer vor dem weißen Turm. Dabei beeilte ich mich so sehr, dass ich mir beim Sprung das Schienbein stieß und meine Hände am rauen Untergrund aufschürfte. Dass diese Schmerzen bei weitem nicht die schlimmsten waren, bemerkte ich erst, als ich Schreie hörte. Ohrenbetäubende Schreie von einer Frau. Woher kamen sie? Noch traute ich mich nicht hervor und auch Drakon hielt sich noch geduckt, die Arme schützend über dem Hinterkopf.

Seitlich erkannte ich, wie die Lavaspritzer gegen die Mauer des weißen Turms, einem wichtigen Tourismusmagnet Thessalonikis, schlugen und dort Löcher hinterließen.

»Warum versteckt ihr euch vor mir?«

Nachdem ich Zephyrus' Stimme wahrgenommen hatte, wagte ich einen Blick über die Mauer, auch wenn ich Drakons warnendes Ziehen an meinem Shirt bemerkte. Da sah ich auch, woher das Geheule kam. Eine Frau sowie drei weitere Frauen hinter ihr, die in der Nähe des weißen Turms einen Spaziergang unternommen hatten, waren von der magischen Lava getroffen worden. Zu sehen, wie ihre Haut vom Gesicht schmolz, versetzte mich in eine Schockstarre. Um mich nicht zu übergeben, blickte ich rasch weg, ehe ich sah, dass die Lava auch drohte, Leute hinterm Steuer zu erwischen, da sie sich durch die Autos gefressen hatte. Zephyrus konnte seine Magie steuern, ihr befehlen, nur sein Ziel zu verletzen, aber ihm war das egal. Er nahm es sogar hin, alles um sich herum zu zerstören.

»Drakon, Rückendeckung.« Ich lief los, ohne auf Zephyrus zu achten.

»Margo!« Obwohl Drakon davon nicht begeistert wirkte, erkannte ich nach dem Loslaufen, wie sich die Bäume um uns herum in meine Richtung bewegten, um mich zu schützen.

»Du kannst sie nicht alle retten, Marpessa.«

»Tz.« Mehr brachte ich während des Laufens nicht hervor.

Die Bäume verknoteten sich und bauten sich vor mir auf. Sie waren zwar kein Schutz vor der Lava, aber so konnte mich Zephyrus nicht gezielt angreifen. Noch auf dem Weg zu den vordersten zwei Autos rief ich die Pflanzen, die zuvor Drakon befehligt hatte, zu ihnen. Unter lautem Knacken öffneten sie die Türen und ich zog einen Mann mit Hut und langem Bart auf der Beifahrerseite nach draußen.

Mehr und mehr Schichten von Zweigen, Ästen, Blättern und Blumen reihten sich vor mir auf. Das Zischen und Rascheln nahm dahinter zu.

»Beeil dich, die Schichten reichen bald nicht mehr.« Drakons Stimme erreichte mich dumpf.

»Was willst du mit deinen Ästchen? Seilspringen mit mir üben?« Wie gern ich Zephyrus für seine Provokation angebrüllt hätte.

Eine Monstera, die im Eingang eines Restaurants stand, holte zwei Kinder von hinten aus dem Auto heraus und legte ihre Körper übereinander in das Lokal.

Die letzte Frau im Lieferwagen daneben verfing sich mit ihren riesigen Ohrringen in den Pflanzen, als ich sie rauszog. »Sorry, falls dein Ohr später wehtut.« Ich riss sie los und holte einen Ast zu mir, der sie wegbringen sollte. »Sorry nochmal!«

Endlich konnte ich mich wieder zu Drakon begeben. Schwer atmend hielt dieser sich seine Hand gegen die Schulter, an der er gestreift worden sein musste.

»Alles okay?«

»Mehr oder weniger.«

»Na? Bereit für die nächste Runde?« Zephyrus kam mir nicht vor, als wäre er auch nur ansatzweise erschöpft.

Die Zerstörungen an den Gebäuden, dem weißen Turm – wobei ich an die Dienstage denken musste, an denen Stelios den Einlass bewachte und Daphne und mich stets gratis reinließ –, die Restaurants, die Schäden davontrugen, die Menschen, die gestorben waren. All diese Schäden schlugen mir wie eine Faust aus vermischten Schicksalen in den Magen und ich konnte das nicht mehr verantworten. Drakon, der neben mir die Zähne zusammenbiss, zu verlieren, wäre mein Untergang. So konnte das nicht mehr weitergehen. Das musste beendet werden.

Meine Seelenrose öffnete sich, als würde sie meinen Hilferuf erhören. Ihre Kraft durchflutete mich und das Licht, das sie ausstrahlte, verdrängte all die Finsternis in meinen Gedanken.

»Semele …« Ich hörte genau, wie Zephyrus ihren Namen aussprach, und es verhalf mir zu dem gewünschten Effekt.

Zephyrus wieder in Trance zu versetzen. Ich griff an eines meiner Blütenblätter und pflückte es ab.

»Margo!«

»Nein!«

Drakons und Zephyrus' Schreie ertönten gleichzeitig. Den Schmerz hatte ich mir schlimm vorgestellt. Ja. Aber nicht, dass es sich anfühlte, als würde einem jemand mit einem stumpfen, rostigen Dolch mitten ins Herz stechen. Noch ein wenig darin herumstochern und drehen, ehe ein Blitz von unten bis ins Gehirn schoss. Da erinnerte ich mich wieder daran, was es bedeutete. Dass wir starben, sobald das letzte Blütenblatt unserer Seelenblume abgefallen war. Mein Finger wanderte dennoch an das Nächste.

»Wenn du noch jemand verletzt, bringe ich mich um und mit mir deine geliebte Semele.« Meine Drohung verfehlte seine Wirkung nicht, denn Zephyrus fiel auf die Knie, die Hände flehend hochgehalten.

»Tu das nicht.«

Zum Glück verbanden sich Drakons und meine Ideen perfekt miteinander – zumindest im Kampf. Denn hinter Zephyrus hatte Drakon unzählige Dornen aus verschiedenen Pflanzen gerufen.

»Drakon, jetzt.«

Nach meinem Startsignal schleuderte Drakon all seine Dornen auf Zephyrus, der unter den Schmerzen quälende Brüller in die Welt entließ. Doch dieses Mal sah ich nicht weg. Im Gegenteil: Wieder rief ich die Zypressen hinter ihm. Sie entwurzelten sich und tapsten auf den Wurzeln, die wie kleine Füße wirkten, zu ihm. Sie bereitete sich darauf vor, ihn wie eine Fliege zu erschlagen. Dafür blähte ich ihre Stämme auf, bis ein Schatten über uns geworfen wurde.

Ich war drauf und dran, ihn zu töten, egal was das mit mir, meiner Psyche und meiner Seele machen würde. Bis ich wieder einen Stich spürte, nicht direkt in meinem Herzen, sondern in meiner Seelenrose. War das Semele?

Gleich danach stoppte jemand den Dornenhagel und durchtrennte die Baumstämme mit scharf angespitzten Blättern. Das Markenzeichen von …

»Callidora?«

Ich folgte Drakons Blick, bis ich sie auch erkannte.

»Was soll das?« Ich guckte wieder zu Zephyrus, der verschwunden war.

»Wenn …«, neben Callidora wuchs das Blatt einer Efeuranke an, beugte sich in unsere Richtung, »… ich Semele nicht für mich gewinnen kann, muss ich andere Wege einschlagen. Manchmal muss man sich dafür …«

Das Blatt wanderte langsam zu ihr zurück. Nur dieses Mal mit Zephyrus auf ihm.

»Mit dem Feind verbünden.«

»Passt auf, Callidora will – Oh.« Caspara, die aus einem Café stürmte, das wohl einem Magiebegabten gehörte, wenn sie dort Teleporteis hatten, erkannte Callidora und stoppte vor einem der Autos, aus denen ich die Menschen evakuiert hatte.

»Timing, Caspara. Sage ich dir seit Jahren.« Callidora hatte ihre übliche Kleidung abgelegt und trug ein weites, weißes Kleid, ihre Haare wehten um die freien Schultern.

»Ich bin froh, dass du zur Vernunft gekommen bist.« Die letzten Dornen in seinem Körper zog sich Zephyrus noch immer raus, während er sich mit dem Heilmittel von Callidora einrieb.

»Lehn dich nicht zu weit aus dem Fenster.« Callidora würdigte ihn keines Blickes.

»Wie kannst du das nur machen, Callidora? Hast du vergessen, was er auf Lidwicc alles angerichtet hat?« Drakon sprach vorrangig bestimmt von Clio.

»Dann schalten wir euch eben beide aus. Ihr seid eine Schande für die magiebegabte Welt der drei eigentlichen Urelemente.« Caspara formte einen Eisspeer über ihrem Kopf, dessen Spitze gefährlich in Callidoras Richtung zeigte.

»Kleines, du wirst mir nie das Wasser reichen.« Callidoras Blätter glänzten in der Sonne und versammelten sich um sie.

»Eis und Lava. Nicht die beste Kombi. Lernt man das auf eurem College nicht?« Zephyrus' Lavakugeln schwebten auch wieder über ihm.

Drakon bereitete sich ebenfalls vor, doch ich konnte das alles nicht mehr mit ansehen. Diese Zerstörungswut, die um mich tobte, ohne je rasten zu wollen.

»Nein.« Es lag an mir, diesen Teufelskreislauf zu durchbrechen. »Halt!«

Callidora, Zephyrus, Drakon und Caspara sahen mich an, erstarrten mitten in ihren Angriffen. Rundum die Menschen, die nichts für all das konnten, und die Stadt, die nicht nur heute, sondern auch durch den Sturm in Mitleidenschaft gezogen worden war.

»Ich gebe euch Semele.«

»Margo. Ich weiß, das sieht nach der leichtesten Lösung aus, aber sobald sie Semele haben, werden sie ohne Schwäche ihre Pläne verfolgen.« Caspara näherte sich mir, behielt mit einem Auge Callidora und Zephyrus im Blick.

»Hör nicht auf sie, komm zu uns, meine Liebe.« Als ob Callidoras Süßholzgeraspel nun noch Wirkung zeigte.

»Danke, danke, dass du mir Semele wieder zurückgibst.« Zephyrus wollte gerade seine Hand an seinen Mund legen, als er noch bemerkte, dass da die Lavakugeln waren.

»Margo, überlege dir das.« Drakon griff nach mir.

»Ich gebe niemandem etwas. Zuerst will ich, dass wir von hier abhauen. Niemandem soll mehr etwas geschehen. Wir treffen uns an einem Ort, an dem keiner zu Schaden kommt. Dort werde ich euch Semele geben, unter der Bedingung, dass ihr dann ein zufriedenes Leben führt, ohne jemals wieder jemanden zu belästigen.«

»Selbstverständlich werden –«

Ich hob den Zeigefinger und Zephyrus verstummte.

»Ich meine es ernst. Wenn ihr euch nicht daran haltet, werde ich euch finden und einen von euch für immer wegsperren. Koste es, was es wolle.«

Casparas und Drakons Blick sagten aus, was ich erwartet hatte. Ungläubigkeit, und aus ihren Augen glühte die Frage, ob ich durchgedreht war.

»Ich verspreche es dir.« Callidora ließ ihre Blätter zu Boden gleiten, während sie mit einem Zweig vom Baum hinter ihnen Zephyrus anstupste, damit er seinen Angriff stoppte.

Es wunderte mich, aber er tat es. Die Lavakugeln verpufften in der Luft, zurück blieb eine orangefarbene Lichtspur, bis auch diese versiegte.

»Wo können wir uns treffen?«

»Ich kenne ebenfalls einen abgeschotteten Ort wie eure Insel, dort finden wir bestimmt eine Übereinkunft.« Nach Zephyrus' Worten erntete er ein »Was?« von Callidora, die das bestimmt nicht erwartet hatte.

»Ihr habt auch einen Ort mit magischer Kuppel darüber?« Caspara senkte ihren Eisspeer, der nun in der asphaltierten Straße steckte.

»Jawohl, wir sind nicht nur eine Horde ungehobelter Deppen. Wir sind perfekt organisiert.« Diese Neuigkeit von Zephyrus war nicht unbedingt die beste Voraussetzung, aber besser als nichts.

»Warum nicht bei uns?« Caspara stemmte ihre Hände in die Hüften.

»Ja, und dann bringt ihr uns um, sobald Semele da ist.« Klar, dass Zephyrus daran dachte.

»Oder ihr uns bei euch.« Drakon stahl sich das Heilmittel der Wunden von Callidora mit einer Kletterpflanze, wofür er einen bösen Blick von ihr erntete.

»Nein.« Als ob ich Zephyrus Glauben schenkte. Vielleicht war dieser Ort gar keine schlechte Idee.

»Ich stimme zu.«

»Margo!« Wenn ich nochmal meinen Namen – egal, wie schön Drakon ihn aussprach – im Zusammenhang mit einer Empörung hörte, würde ich wirklich durchdrehen.

»Ich weiß, was ich mache.« Spoiler: Ich hatte keine Ahnung.

»Und wann?« Zephyrus wollte das Thema bestimmt vorantreiben, damit ich es mir nicht anders überlegte.

»Morgen Nachmittag, gegen sechzehn Uhr?« Etwas Besseres fiel mir gerade nicht ein.

»Fein.« Callidora schnappte sich Zephyrus und holte ihre Teleportpflanze hervor, die sie in einem kleinen Glasfläschchen aufbewahrte und deren Glas beim Wachsen in kleine Scherben zerbrach.

»Bis bald, ich freue mich.« Das waren die letzten Worte, ehe Zephyrus mit Callidora verschwand.

Drei … Zwei … Eins …

»Was hast du dir nur dabei gedacht?« Caspara eilte zu mir, packte mich und schüttelte mich durch, sodass sich all die Farben um mich vermengten und meine Haare mir ins Gesicht peitschten.

»Lass sie.« Drakon schob sich zwischen uns.

»Margo?«

»Ich weiß es nicht, aber Drakon, warum hast du mir nicht gesagt, dass du Zephyrus schon länger kennst?«

Drakon trat einige Schritte zurück.

»Was?«

26.

WAS WÄRE MIT ZWANG PASSIERT?

»Kannst du mir endlich sagen, was du in Thessaloniki gemeint hast? Mit Zephyrus?« Dass Drakon extra gewartet hatte, bis wir wieder auf Lidwicc angekommen waren und Caspara uns allein gelassen hatte, bedeutete nur, dass er Zeit gehabt hatte, um sich eine Handvoll Ausreden zu überlegen.

Mit meinen Händen streifte ich die hunderten Blumengestecke in senfgelb und lila, die an den Geländern der Treppe in der Eingangshalle angebracht waren. Sie verbreiteten einen süßlichen Duft von Safran, Johannisbeere und Mandarine, doch selbst das beruhigende Parfüm konnte mich nicht sanft stimmen.

»Willst du das Spiel durchziehen?« Ich blieb auf dem cremefarbenen Teppich mit den goldenen Ornamenten, der über den Stufen lag, stehen und drehte mich zu ihm um. »Hm? Koni?«

Drakons Schritte zu mir hinab wurden langsamer und drei Stufen über mir hielt er an.

Er suchte mit seiner Hand Zuflucht zwischen den Sträußen an dem Holzgeländer, wohl um nicht zu fallen.

»W-was?«

»W-Was? Ja, ich bin nicht unwissend. Deine Eltern haben dich damals, als sie uns in die Falle gelockt haben, Koni genannt. Und wer noch? Zephyrus vorhin. Und ich habe nicht nur komische Papiere bei euch im Anwesen gesehen. Nein. Zufällig auch ein Bild. Ein Gruppenbild, um genauer zu sein. Du weißt doch, wovon ich rede, oder?«

»Hör auf.« Drakons Ausdruck im Gesicht zeigte, dass er sich ertappt fühlte.

Nur ein kleines, stetiges Größerwerden seiner Augen und das Aufblähen seiner Nasenlöcher.

»Das Bild mit den reichen Leuten, die vor eurem Springbrunnen stehen – da trugen Leute Monokel, Monokel! –, und abseits am Rande ein Typ mit türkisfarbenen Haaren und einem Zylinder auf.« Genervt davon, dass meine Kopfschmerzblüten noch nicht wirkten, strich ich meine feuchten Haare zurück. »Ich habe das lange verdrängt und mir eingeredet, dass ich mir da in meiner Panik nur etwas eingebildet habe, aber das ist Zephyrus gewesen, oder? Du kennst ihn besser, als du zugibst, nicht wahr?«

»Margo, ich –« Ein paar Studierende eilten die Treppe hinauf, an uns vorbei, und Drakon lächelte ihnen zu, bis sie weg waren. »Ich wollte dich nicht beunruhigen.«

»Okay, alles klar, dann erzähl es mir. Ich bin hier. Klär mich auf, was ich ungebildetes Straßenmädchen wieder nicht kapiere.« Ausgepowert warf ich meine Arme hoch und ließ sie ungebremst gegen meine Seiten klatschen. »Hm?«

Die Stille brachte mich auf komische Gedanken, wie: Warum konnte der Kronleuchter, der aus der Villa eines Riesen stammen musste, sich nicht lösen und mich unter sich begraben?

»Ja, ich kenne Zephyrus, –«

»O mein Gott, ihr lebt!« Harmonia eilte mit ihrer einbandagierten Schulter auf uns zu.

Noch im Laufen wurde sie langsamer und atmete schwer. »Au, scheiß Schmerzen.«

Morpheus folgte Harmonia und half ihr zu uns. »Sie will nicht langsamer machen.«

»Und Schmerzmittel sind für mich tabu. Fühl mich ätzend.« Stimmte ja, Harmonia durfte sie wegen ihres Entzugs nicht nehmen. »Ich komme natürlich trotzdem mit und helfe euch.«

»Auf keinen Fall! Du bleibst hier. Woher wisst ihr davon?«

»Caspara hat uns eine Rundmail über das Intranet geschickt.« Morpheus ließ eine Pflanze von unten seitlich über das Treppengeländer hochwachsen.

Pollen stiegen hoch, die sich im Licht brachen und eine Nachricht in die Luft malten. Tatsächlich, Caspara hatte die wichtigsten Infos bereits auf den Weg geschickt.

Morph fuhr mit seinen Fingern mit dem abgeblätterten türkisen Nagellack über sein Tränentattoo, um die Stelle zu kratzen.

»Sag, Morph, was bedeuten deine Tattoos?«

»Ihre Bedeutung? Bitte, ist doch offensichtlich. Die–«

»Moment!« Harmonia unterbrach ihn und stellte sich zwischen Drakon und mich. »Mit euch zwei Dramaqueens stimmt doch wieder etwas nicht, oder?«

»Was meinst du?« Drakon lehnte sich lässig gegen das Geländer.

»Ich fühle es auch. Was ist los?« Morpheus sah zwischen uns hin und her. »Wir können das nicht gebrauchen.«

»Drakon aka Koni kennt Zephyrus.«

Drakon sah mich mit weit aufgerissenen Augen an, als wollte er *Verräterin* rufen.

»Was?« Harmonia stieß Drakon gegen die Schulter.

»Ist das so?« Morpheus legte seine strenge Mentorenmiene auf.

»Ja. Ich habe mich nicht getraut, es zu sagen, weil ich nicht wollte, dass es falsch rüberkommt.« Drakon setzte sich auf die Stufe vor uns. »Zephyrus ist Meister der Manipulation. Er hat sich eine Fake-Identität geschaffen und sich in die Kreise meiner Eltern geschlichen. Vermutlich hat er seine Anhänger oder so um Geld gebeten. Spenden, um seine Rache zu finanzieren, keine Ahnung.«

»Und wie ist er aufgeflogen?« Harmonia setzte sich neben ihn.

»Meine Eltern und ihre Bekannten geben auch alles, um ihren Gewinn zu maximieren, aber sogar ihnen sind Zephyrus' Ansichten zu weit gegangen.«

»Und niemand hat ihn gemeldet?« Drakons Erklärung hörte sich schlüssig für mich an.

»Na ja, mittlerweile kennst du doch unser System. Augen verschließen vor Problemen, weil wir sind -«

Harmonia unterbrach Drakon, griff seinen Arm und sagte mit einem gespielten, passiv-aggressiven Unterton: »Alle friedlich und haben keine Probleme. Vor allem sind wir so viel besser als die barbarischen Menschen.«

»Eine schauspielerische Meisterleistung, Harmonia«, kommentierte Morpheus ihre Darbietung. »Ich bin selbst jahrelang nicht besser gewesen. Bin Callidora gefolgt wie ein Hund.«

»Morph, du hast es nicht besser gewusst und Callidora ist wie ein Mutterersatz für dich gewesen.« Ich nahm seine Hände und suchte seinen Blick, bis er mir nicht mehr auswich. »Hör auf, dich zu verurteilen, verstanden? Für alles.«

»Ja.« Morpheus' Kinn zitterte, weshalb er wohl sofort zu Boden guckte. »Wie ist es mit ihm weitergegangen?«

»Irgendwann ist er untergetaucht und wir haben nichts mehr von ihm gehört. Ich habe ihn nur am Rande kennengelernt. Aber er hatte sich stets bemüht, sich mit mir gut zu stellen. Komisch habe ich ihn trotzdem gefunden.«

»Ich werde ihn töten.«

»Morph …«

»Nein, Harmonia. Ich werde ihn umbringen. Dafür, was er Don angetan hat. Clio und allen anderen.« Morph trat mit den Füßen abwechselnd gegen das Geländer und einige Blüten rieselten dabei hinab. »Ich habe so eine unbändige Wut in meinem Bauch, dass ich bald selbst vor lauter Sodbrennen Lava spucke.«

»Rache ist keine Lösung, glaub mir, ich weiß es.« Drakon erhob sich und legte seine Hand auf Morphs Rücken. »Wir werden ihn aufhalten und, wenn nötig, besiegen. Aber sein alleiniger Tod macht den Tod unserer Lieben nicht ungeschehen.«

Ein Wimmern stolperte über Morpheus' Lippen, als hätte er es versucht zu unterdrücken, bevor er sich nickend auf die Stufe setzte. »Ich kann das nicht mehr.«

Sein Leiden mit anzusehen brach mir mein Herz. Es schlug mir auf den Magen. Am liebsten hätte ich mich vor Mitleid übergeben. Harmonia und ich eilten zu Morpheus und umarmten ihn. Drakon von der linken Seite, Harmonia von hinten und ich von der rechten Seite.

»Margo?« Juna blickte über die Galerie und sog die Luft scharf ein, als sie uns sah. »Oh, sorry. Habe nicht gewusst, dass ihr alle da seid und gerade so ein Freunde-Ding habt.«

»Nein, nein.« Ich erhob mich. »Was gibt es?«

»Gundel. Sie will die Studierenden davon abhalten, nach Hause zu gehen. Sie haben Angst.«

»Ich komme.«

Bei Juna angekommen, packte sie mich, ehe ich um die Ecke eilen konnte. »Dein Tipp mit Drakon und der Anhänglichkeit. Ich habe mich sowas von krass blamiert. Das wirst du noch bereuen, Schätzchen.«

»Wir können niemanden zwingen, sich einem Kampf anzuschließen, den er nicht führen will.« Morpheus sprach aus, was wir alle dachten, und da er Gundel als Mentor am besten kannte, war ich froh, dass er diesen Part übernahm.

»Es ist genauso auch ihr Lidwicc und sie alle sind gekommen, um danach in der Magiebranche zu arbeiten. Jetzt, wo es schwer wird, hauen sie ab?« Gundel lief im Turm aufgebracht im Kreis.

Douglas saß auf einem riesigen, purpurfarbenen Seidenkissen, das einer Wolke glich, und verfolgte Gundels Lauf mit den Augen.

»Gundel, ich habe dir oft genug gesagt, dass wir etwas ändern müssen. A: Die Geschichte lügt nicht. Und B: Sie wiederholt sich, wenn wir nichts daraus lernen. Genau das ist der Grund, warum wir wie von einem Hurrikan mitgerissen werden, der uns die Schuhe auszieht, weil wir die Augen vor ihm verschlossen und die Anzeichen ignoriert haben. Die Aufruhre haben sich längst angedeutet.« Dafür, dass Douglas mit Alzheimer kämpfte, hatte er heute einen klaren Tag.

»Wir müssen die Abreise freigeben.« Morpheus ging auf Gundel zu. »Ich bin genauso geschockt über Callidoras Verrat. Dennoch können wir das nicht auf den Rücken der Studierenden austragen.«

Gundel lachte verbittert auf, schnappte sich ein Gänseblümchen von ihrem Haargestrüpp und roch daran. »Was schlägst du dann vor?« Ihre Haltung wurde etwas lockerer.

Nach dieser Frage erstarrte Morpheus.

»Ich weiß es nicht.«

»Allein schaffen wir das nicht?« Harmonia, die wir ohnehin nicht mitnähmen, kühlte ihre Schulter.

Gundel hatte für ihren Vorschlag nur ein Grunzen übrig.

»Lasst mich mit ihnen reden.«

»Margo? Was hast du vor?« Drakon stieß sich von dem Fensterbrett ab und strich mir meine Haare hinters Ohr. »Willst du sie überreden?«

Ich schüttelte den Kopf.

»Ich werde ihnen die Sachlage erklären und diejenigen, die danach gehen wollen, sollen gehen, und der Rest kann uns helfen.«

»Und wenn sie alle gehen?« Gundels gerötete Augen und die Falten, die noch tiefer wirkten als sonst, ließen sie krank aussehen, als wäre sie nicht mehr Frau ihrer Sinne.

»Dann ist es so.«

»Macht doch, was ihr wollt.« Gundel massierte ihr Gesicht und setzte sich seufzend auf einen Holzstuhl an der Steinwand. »Da, Doug, das halte geschichtlich fest. Wie sie uns zerstört haben.«

Douglas kam ihrer Aufforderung nicht nach und tat wohl, als überhörte er Gundel.

»Du bist immer so dramatisch.« Morpheus drehte sich zu mir um. »Das ist wohl ein Go von ihr.«

»Okay, dann wünscht mir Glück.« Ich überkreuzte meine Mittel- und Zeigefinger und hielt sie hoch.

Sofort danach drehte ich mich um und schritt zum Turmfenster. Die Gesichter der Studierenden zu sehen und ihre Ängste, die sich darin widerspiegelten, ließen mein Herz einen Takt aussetzen. Selbst laut schlucken konnte ich nicht, da ich einen Kloß im Hals hatte, der sich so festsetzte, als wäre er die klebrigste Masse unter der Sonne. Was hatte ich auch erwartet? Ich dumme Straßengans hatte mich da auch selbst hineinmanövriert. Großes Kino mal wieder von mir – wobei ich mir eingestehen musste, bisher nie für einen Kinobesuch bezahlt zu haben. Davor hatte mein Herz auch gerast, aber ich war stets erfolgreich gewesen. Wieder einmal wunderte ich mich selbst darüber, wo ich meine absurden Beschwichtigungsversuche hernahm.

Ohne noch mehr Zeit zu vergeuden, öffnete ich mit einem Ruck das Turmfenster und streckte meinen Kopf hinaus.

»Hey.«

Natürlich hörte mich niemand. Keiner sah zu mir hoch. Unter mir erkannte ich nur eine Zusammenkunft von Studierenden in einem unsauberen Dreieck, zu denen ich nie wirklich dazugehört hatte. Für sie war ich nur das Straßenmädchen, das zufällig zu den Laskaris gehörte und in ihre Welt gedrungen war. Nun gut, das war auch so ziemlich die perfekte Beschreibung dafür, wer ich war. Aber wenn ich nur das und nicht Margo für sie war, gab ich ihnen, was sie wollten.

Drei Sekunden gönnte ich mir noch, um in meine Rolle zu schlüpfen. Meine angepisste Straßenklappe, check. Mein Resting-Bitch-Face, check. Dramatischer, klischeehafter Straßenjargon, check.

»Hey, ihr Drecksärsche, Schnauze da unten.«

Mit einer flüchtigen Handbewegung ließ ich die halbvertrockneten Mohnkapseln wachsen, öffnete ihre Deckel und schoss mit den inneren Kügelchen vor die Füße der Studierenden. Sie sprangen herum, als befeuerte ich sie mit Pistolenkugeln, aber hey, ich hatte ihre Aufmerksamkeit.

Lautes Gemurmel empfing mich, zusammen mit liebevoll in die Höhe gestreckten Mittelfingern und kreativen Beschimpfungen, die ich mir für später abspeicherte. Die Aggression, die von ihnen wie eine Welle ausging, durchfuhr mich und ich sog sie in mich auf.

»Danke für eure freiwillige, unproblematische Aufmerksamkeit. Ich weiß, die Zeiten sind gerade scheiße.«

»Nur wegen dir stecken wir in Schwierigkeiten«, brüllte ein Typ, der von wo auch immer Kräfte bezog, mich anzufahren, die ihn bestimmt wie durch Zufall verlassen würden, sobald er nicht mehr in der Herde abtauchen könnte.

»Auch das weiß ich.«

»Geh zurück, wo du hergekommen bist, Miststück.«

»Das ist ein wenig besser als Pflanzenbiest. Ganz ehrlich, was ist das für ein Schimpfwort? Wir sind nicht in einem Kinderbuch.« Hach, wie schön, sich mal wieder so abzureagieren, ganz ungeniert.

Da ich spürte, wie sich Drakon mir näherte, hielt ich meine Hand nach hinten, um ihm zu signalisieren, dass er sich raushalten sollte. Bald resignierten sie mit ihren Flüchen, nachdem sie merkten, ich hatte ihnen stets etwas zu entgegnen, weswegen sie mir nun mit vor der Brust verschränkten Armen endlich zuhörten.

»Ich verstehe eure Angst, die habe ich auch, und ich verspreche euch, ihr dürft alle gehen, wenn ihr das wollt.«

Gundel schob den Stuhl hinter mir über den Steinboden und ich hörte Morph, wie er sie zurückhielt.

»Passt, dann tschau!«, rief ein Mädchen lachend und schälte sich aus der Menge.

Ein paar folgten ihr bereits.

»Wartet, ihr Feiglinge!« Ich schob die Bäume vor sie. »Hört mir noch kurz zu. Einen Moment. Bitte.«

Allesamt verschränkten sie nach und nach ihre Arme, woraufhin ein kollektives Seufzen folgte. Ich wartete ab, bis Ruhe einkehrte.

»Danke. Lidwicc ist für mich auch eine Art Heimat geworden und ich habe hier eine neue Familie, nein, meine erste Familie gefunden.« Nun gönnte ich mir doch einen Blick zurück zu Harmonia, Morpheus und Drakon. »Lidwicc braucht uns. Ich weiß, dass Zephyrus sein Versprechen nicht einhalten wird. Er wird uns eine Falle stellen und ich weiß nicht, ob wir allein da durchkommen werden. Falls wir scheitern, dann seid ihr nirgends mehr in Sicherheit.« Meine Euphorie, in den Kampf zu ziehen, kam mir falsch vor, gleichzeitig hatte mein letzter Satz bei den verschlossenen Ohren meiner Mitstudierenden endlich den gewünschten Effekt erzielt.

Erneut brach Genuschel in der Gruppe aus, Köpfe drehten sich zu anderen, Blicke wurden ausgetauscht. Ihre naive Vorstellung, zu Hause wären sie sicher, bröckelte. Sie auf meiner Seite, nein, Lidwiccs Seite zu wissen, freute mich, aber ich wollte sie nicht durch Einschüchterung für die Sache gewinnen.

»Ich will euch keine Angst einjagen und ihr sollt frei entscheiden. Niemand muss danach ein blödes Gefühl haben. Furcht lähmt uns und knipst selbst den stärksten Strahlen das Licht aus, aber sie ist auch ein Teil von uns, den wir nicht einfach ablegen können. Hört auf euer Selbst, tut das, was sich für euch richtig anfühlt. Reflektiert nicht das Handeln, das euch heldenhaft dastehen lässt, denkt über eure Entscheidungen nach, die euch mit dem bitteren Geschmack eines schlechten Gewissens nachts wach halten. Ist die Schuld, dir wir uns so oft aufbürden und uns unsere Nacken verkrampfen lassen, unbegründet oder müssen wir nachbessern? Denkt darüber nach und wenn ihr wollt, treffen wir uns morgen am Strand Richtung Norden, dann, wenn der Krieg, der in unsere Geschichte eingehen wird, beginnt.«

Meine Ansprache laugte mich aus, sodass ich mit einer Zunge, die an meinem Gaumen klebte, zurückblieb und mich erschöpft von all den Ratschlägen fühlte, die ich gab. Selbst jedoch nicht befolgte.

Von meinen Mitstudierenden hörte ich nichts. Nur starre Blicke, die durch mich hindurchschauten. Einige wenige verabschiedeten sich mit einem abfälligen Schnauben von der Gruppe und blieben in ihrer Bubble. Was ich ihnen nicht übel nahm. Ehrlich gesagt, wäre ich vermutlich die Letzte gewesen, die bei einem Aufruhr auf der Straße gegen einen straßenmenschenfeindlichen Ladenbesitzer oder unfaire Ausführende der Exekutive dabei gewesen wäre. Doch diese Margo gab es nicht mehr.

Das Fenster klickte, als ich es schloss und den vergoldeten Verschluss einhakte. Ich drehte mich um und Drakon empfing mich mit einem breiten Grinsen.

»Das hast du großartig gemacht.«

»Danke.«

»Das waren leere Worthülsen. Morgen sind alle weg und wir schreiten allein in den Tod.« Gundel lief wieder ihren imaginären Kreis entlang, einige ihrer Blumen im Haar rieselten zu Boden. »Ich ziehe mich zurück, bevor ich etwas sage, das ich nicht sagen sollte.«

Ohne eine Chance auf Versöhnung knallte die Holztür zu und wir blieben zurück. Harmonia sah mich an und in ihrem Gesicht hing die Frage, ob sie sich nach der Ansprache wieder bewegen dürfte.

»Nehmt sie nicht so ernst, sie ist komplett überfordert. Sie ist nach Callidora die neue Schulleiterin und absolut nicht dafür geschaffen.«

»Du solltest das College übernehmen, Morph.« Harmonia setzte sich neben ihn auf den Schreibtisch.

»Ja, klar, ein depressiver Mentor, der den Tod seines Ehemannes nicht verarbeiten kann, den brauchen wir alle.« Sein bitteres Auflachen stand Morpheus nicht.

»Was wir brauchen, ist ein Leiter, der empathisch, brillant auf seinem Gebiet und organisiert ist. Nicht irgendeine alte Schreckschraube, die nur aufgrund ihres Alters das alles übernimmt.«

»Drakon hat recht – und das sage ich nicht gerne.« Für meinen Spruch erntete ich einen Knuff mit seinem Ellbogen in meine Seite.

»Danke, das sehe ich anders. Aber, ich in meiner Position als Don't-Wannabe-Schulleiter sage, dass wir uns alle jetzt besser ausruhen. Was auf uns zukommt, wird hart genug.« Morpheus verknotete Harmonias Hand mit einer Ranke, mit der sie sich einen Kaugummi aus ihrer Weste rausholte. »Das gibt's hier by the way auch nicht mehr, sollte ich als Collegeleiter regieren.«

»Hey!« Harmonia zog ihre gelbe Weste fester um sich.

Morpheus machte einen Filmbösewicht nach, der laut »Muhahaha« brüllte, und öffnete die von Gundel beschädigte Tür. »Raus mit euch.«

Es war schön, Morph wieder scherzen zu sehen, und als Harmonia sowie Drakon den Raum verlassen hatten, stahl ich Morpheus noch einen Wangenkuss. »Danke für alles, Morpheus.«

Lächelnd schob er mich liebevoll von sich weg und mit einem letzten, sanften Kick gegen meinen Hintern schloss er hinter mir die Tür.

»Bedanke dich nicht zu früh, Nervensäge«, hörte ich ihn noch durch die Tür sagen.

Gleich danach fiel mir ein, dass ich Morph um eine Trainingsstunde am Morgen bitten wollte.

»Ich komme gleich, geht schon mal vor.«

»Beeil dich.« Drakon ließ sich rückwärts den Turm hinunterfallen und für mich war der Zeitpunkt noch weit entfernt, an dem ich das normal fand. Hätten sie nicht einfach trotzdem eine Treppe im Turm anbringen können? Einfach für die Ästhetik? Nein, wir hatten nur einen Turm mit hunderten von Pflanzen, die uns in die jeweiligen Räume tragen sollten.

»Morph, ich habe ganz vergessen, dass die Nervensäge noch etwas von dir br–« Den Griff der Tür bereits in der Hand, erstarrte ich.

Geräusche, die ich noch nie gerne von meinen Lieben gehört hatte, drangen durch das morsche Holz.

Langsam öffnete ich die Tür, nur einen Spalt breit, und streckte meinen Kopf hindurch. Morpheus saß auf der Fensterbank des hinteren Fensters, die Beine angezogen und die Stirn auf die Knie gebettet. In seinen Ohren Kopfhörer, die so laut dröhnten, dass sogar ich seine Lieblingssängerin *Alexz Johnson* mit *Weight* raushörte. Lauter als das dröhnte jedoch sein Weinen in meinen Ohren.

»Wieso bist du nicht mehr da? Wieso hast du mich allein gelassen? Ich hasse dich so sehr, Don. Ich hasse, hasse, hasse, hasse, hasse ...«

Sein Hassen verlor sich in einem Schluchzen, das kurzfristig von einem Laut, der sich anhörte, als würde er ertrinken oder ersticken, abgelöst wurde.

Mein Herz brach erneut. Die tausend Splitter, in die es sich geteilt hatte, rieselten in meinen Magen und zogen ihn zusammen, während ich meine Lippen einsaugte. Ich kaute auf ihnen, um nicht auch noch loszuheulen. Vermutlich wollte Morpheus seine Ruhe. Ihn wie ein Häufchen Elend dort sitzen zu sehen, ließ mich hilflos zurück.

WAS WÄRE
OHNE MITHILFE DES FORSCHERS PASSIERT?

Harmonia wand sich im Schlaf in ihrem Bett, der Bezug war wieder klitschnass geschwitzt, und ihr Mund, der sich bewegte, gab nur gequältes Stöhnen von sich.

»Wird der Entzug sie noch lange begleiten?«

Drakon, der hinter mir stand und seine Hand auf meine Schulter gelegt hatte, griff seitlich an mir vorbei, um die Tür zu schließen.

»Ich denke schon. Er wird sie ihr ganzes Leben begleiten. Es wird nur leichter werden.« Nachdem die Tür zu war, erhob sich Drakons Stimme langsam.

»Ich weiß nicht, ob ich schlafen kann.« Ich drehte mich zu ihm und schlüpfte in seine Umarmung.

»Willst du ans Meer gehen?«

»Ja, lass uns das machen.«

Wir schnappten uns die weiche Decke vom Sofa, die sich zwischen meinen Händen wie eine Wolke anfühlte, zwei Wasserflaschen und eine Packung Cracker – die so krümelten, dass vermutlich die Hälfte davon nie in irgendjemandes Mundes landete –, die nach Linsencurry schmeckten.

Hand in Hand mit Drakon durch das College zu laufen, das die letzte Zeit meine Heimat geworden war, kam einem Verrat gleich. Clio und Don würden niemals mehr diese Flure entlang schreiten. Sie lebten in uns weiter und deshalb schuldeten wir es ihnen, das Lottosechserglück, geboren worden zu sein, auszukosten.

Die Pflanzen wiegten zum sanften Klang der Nachtgeräusche mit und senkten ihre Blütenköpfe, sobald wir uns ihnen näherten. Mit meinen Fingerkuppen erforschte ich nochmal die Holzfasern der Kommoden, das kühle Gestein, die Messinglaternenhalterungen und die Geländer der wenigen Treppen. Selbst das Umschlingen der Ranken, die mich in den ersten Stock runter hoben, genoss ich. Wie eine Umarmung einer antiken Kraft, die ich vermisst hatte, ohne es zu ahnen.

Der Wind, der uns draußen empfing, sobald die schweren Tore von den Pflanzen geöffnet wurden, erfrischte meine glühenden Wangen und ich war froh, das Mondlicht über die Insel huschen zu sehen. Es beruhigte mich. Das alles mit Drakon genießen zu können, ohne dem Aufkommen einer unangenehmen Stille, die mich dazu drängte, Blödsinn zu reden.

Am Strand zog ich meine Schuhe aus und spürte den von der Nacht abgekühlten Sand zwischen meinen Zehen, der noch eine Restwärme in sich gespeichert hatte, wie eine vage Erinnerung an eine bessere Zeit.

Diesem ruhigen Moment wohnte eine friedliche Magie inne. Alles verlangsamte sich. Wie wir die Decke gemeinsam ausbreiteten und sie im sanften Meereswind wehte oder die Flaschen, die wir darauf betteten, sanftmütig aneinander klimperten – ja, das alles schätzte ich kurz vor diesem Kampf mehr denn je. Denn es sind die Zeiten, in denen wir uns der Endlichkeit bewusst werden, in denen wir uns schmerzlich nach trister, stumpfer Normalität sehnen.

»Denkst du, es wird unsere letzte gemeinsame Nacht?« Ich wollte es nicht aussprechen und den Moment nicht ruinieren. Doch der Gedanke nahm so viel Platz in meinem Kopf ein, dass ich glaubte, er explodierte, spräche ich ihn nicht aus.

Drakon zögerte. Zuerst setzte er sich und bat mich zu sich. Wieder in seinen Armen, fühlte sich die Wahrscheinlichkeit, morgen qualvoll zu verrecken, ein bisschen weniger möglich an.

»Wir werden morgen für unsere Zukunft kämpfen und ich werde alles dafür tun, dass es nicht unsere letzte Nacht ist. Und ja, Angst habe ich auch, wenn ich ehrlich bin.«

Nach diesen zwei Sätzen fühlte ich mich leichter.

Drakon hatte keine klischeehaften Worte, die mich in Sicherheiten wiegen sollten, abgespult, keine lächerlichen, mittelalterlichen

Reden geschwungen, dass er mich beschützte, sondern mit Ehrlichkeit meine Dämonen in die Schranken gezwungen.

»Ich auch. Wir werden alles geben. Für uns. Für Clio. Für Don und für alle anderen.« Bei allen anderen dachte ich auch an Daphne und ich wünschte mir nichts sehnlicher, als sie endlich wieder zu riechen, lachen zu hören und sie in meine neue Familie als vollwertiges Mitglied zu integrieren.

Daphnes Wunsch nach einer lieben Freundin würde sich erfüllen, koste es, was es wolle. Niemand durfte sterben, ohne eine große Liebe erlebt zu haben.

»Denkst du an Daphne?«

»Auch.«

Das Mondlicht schwang sich über die Meeresoberfläche, als spielte es ein melancholisches Lied auf einer Ukulele und tapste dabei auf Zehenspitzen über das Wasser. Der salzige Wind, der uns umhüllte, überzog mich mit einer Gänsehaut, die meinem aufgeheizten Gemüt guttat, und die Sterne, die über uns strahlten, zeigten mir, trotz des großen Kampfes, der anstand, wie winzig und unbedeutend wir im unendlichen Universum waren. Und dabei lag genau auf diesem kleinen Fleckchen, das unbeschreiblich winzig im großen Raum aller Galaxien erschien, alles, was mir wichtig war.

»Können wir vielleicht noch ein letztes Mal -«

»Klar!« Drakon sprang auf und öffnete seine Hose, ließ sie halb offen hängen, um sich das Shirt auszuziehen.

»Hab auch daran gedacht. Wollte nicht unpassend wirken. Aber ich meine, da wir morgen vielleicht sterben ...«

Grinsend sah ich dabei zu, wie er doch wieder das Shirt losließ, das nun über seinem Kopf hing und ihm die Sicht versperrte, während er die Hose runterzog und dabei die Shorts darunter mit rutschte. Das gewährte mir einen himmlischen Blick auf die obere Hälfte seines besten Stückes und ich gönnte mir noch ein, zwei Sekunden, ehe ich den armen Kerl stoppte.

»Trainieren. Ich wollte trainieren sagen. Damit ich meine Kräfte morgen besser kontrollieren kann.«

»Oh.« Drakon stolperte über seine halb runtergezogene Hose und fiel mit dem nackten Hintern in den Sand.

Endlich schaffte er es, auch sein Shirt vom Kopf zu ziehen und es auf die Decke zu werfen. »Ich auch.«

»Nackt?«

»Ja, weil, ich meine, wer weiß, wie die Bedingungen morgen sind.«

»Natürlich, es besteht immerhin die Möglichkeit, dass Zephyrus uns die Klamotten vom Leibe brennt und auf einen Nacktfight besteht.«

»Exakt meine Gedanken.«

Schmunzelnd krabbelte ich zu ihm in den Sand und begab mich über ihn. »Verstehe, und wie sieht das dann aus? Zeig mal.«

»Nein, ich will noch nicht aufhören.« Schwer atmend beruhigte ich meinen Körper, indem ich dem Stechen in der Lunge nachgab und die Atemtechniken von Morpheus befolgte, die er mir damals beigebracht hatte.

»Du brauchst deine Kraft heute, Margo. Wir sollten uns nicht auspowern.« Drakons Haare standen ab und sein Shirt war völlig zerfetzt.

Würden wir nicht gerade seit Stunden trainieren, könnte man meinen, wir hätten unser drittes Mal Sex in dieser Nacht gehabt.

Wobei Nacht nicht mehr stimmte, der Morgen war längst angebrochen und die Sonne schlich sich aus ihrem Bett, warf hellgelbe Strahlen über das Wasser, als würde ein Eigelb über die Wasseroberfläche zerfließen.

»Ich muss meinen Fokus schneller auf die verschiedenen Pflanzen aufteilen können, sonst bin ich Zephyrus nicht gewachsen.«

»Hast du daran gedacht, dass Zephyrus kaum Pflanzen haben wird?« Drakon schüttete sich die letzten Tropfen aus der Wasserflasche in den Mund.

»Ja, aber er hat auch Pflanzenbegabte an seiner Seite, ein paar wenige muss er haben. Außerdem habe ich gedacht, wir könnten uns alle mit ein paar Ranken ausstatten, die wir mit uns tragen.«

»Sowas wie eine Kaktuspistole?«

»Zum Beispiel.« Crackerkrümel knackten zwischen meinen Zähnen.

»Und denkst du, wir können die anderen auch dazu bewegen, sich mit Kaktus … Kaka– Kaktussen, Kakti, ähm.«

»Kakteen?«

»Ja, sich mit Kakinpistolen auszustatten?« Drakon schmunzelte frech.

»Wer weiß, ob es andere geben wird.«

Im Laufe des Gespräches merkte ich durch diese Pause, dass ich erschöpfter war, als ich mir eingestand. Vielleicht war es doch besser, sich die Kräfte einzuteilen.

»Das sehen wir dann einfach, okay?«, fügte ich hinzu und legte mich zurück. »Vielleicht sollten wir doch noch ein wenig schlafen, bevor es losgeht.«

»Prima Idee. Es bringt nichts, wenn wir aus dem letzten Loch pfeifend aufbrechen. Dann …« Drakon hatte noch nicht zu Ende gesprochen, da fielen mir meine Augen zu.

Bleierner Schlaf legte sich um mich, Ambosse hefteten sich an meine Lider, zwangen sie, sich zu schließen, und mit ihnen fiel ich in einen tiefen Abgrund.

Stimmenwirrwarr waberte wie eine Wolke aus Mündern in der Schwärze meines Schlafes umher. Zunächst konnte ich sie unmöglich zuordnen. Wie hinter Zuckerwatte lag mir ein Name auf der Zunge, süß und klebrig. War es Daphne? Meine Wahrnehmung ummantelte mich mit dem Gefühl, das ich oft hatte, wenn ich wusste, dass ich träumte. Dadurch erkannte ich, dass ich über mir schwebte, als ich mich auf dem Boden liegen sah.

Eingreifen war unmöglich, aber ich begriff, dass ich meine nebulöse Existenz, von der aus ich mich beobachtete, ebenfalls sah. Blinzelnd schaute ich mich an. Um uns herum ploppten Bilder im schwarzen Raum auf. Daphne und ich auf der Fähre von Thessaloniki nach Neoi Epivates. Wir hatten uns unter den Sitzbänken versteckt, naschten eines ihrer Croissants – Minze, eklig – und immer im Blick das Essenverbotsschild. Der Staub unter der Sitzbank und die Füße der Einheimischen, die uns wie Straßenköter nicht beachteten, stanken nach altem Leder. Wir fühlten uns wohl als der nicht beachtete Abschaum der Gesellschaft, solange wir uns hatten.

Das nächste Bild schoss seitlich in den unendlichen Raum der Finsternis. Wir in Athen. Wir nannten es Urlaub, aber es war mehr. Es verstärkte unsere Bindung auf einer spirituellen Ebene. Wir wurden eine Einheit beim hollywoodverdächtigen Schauspiel, uns ein gratis Zimmer in einem Hotel zu ergaunern, beim Bestechen mit dem zuvor geklauten Geld der Zimmermädchen, damit sie uns nachts die Personaltür offen hielten, oder beim Fotomachen in der Fotokabine, um uns bei den Straßenleuten Athens einen gefälschten Uniausweis erstellen zu lassen, um gratis zur Akropolis zu kommen. Wobei ich auf die schmerzenden Füße vom Hochwandern und das Übergeben von der brennend heißen Mittagssonne hätte verzichten können. Aber all das gehörte dazu.

Wieder verschwamm diese Erinnerung und es erschien eine verblasste, weit entfernte an den Tag, an dem ich bei einer Messerstecherei verletzt worden war und Daphne mich ins Krankenhaus geschleppt hatte. Nur um mich, nachdem ich stabil war, aus dem Krankenhaus zu stehlen und mich tagelang in unserem damaligen Versteck zu pflegen. Als ich danach die geklauten Medikamente, Verbände und Heilkräuterbücher, die sie gelesen hatte, um mir auch so zu helfen – wobei das bei mir Wunder gewirkt hatte und ich als Pflanzenmagierin jetzt auch wusste, woran das lag –, entdeckt hatte, ließ ich Daphne in meine Seele.

»Margo!«

Ja, Daphne, ich höre dich. Ich rette dich.

»Margo!«

Warte. Das war doch gar nicht Daphnes Stimme. Das dunkle Zimmer bebte, Staub rieselte von der Unendlichkeit über uns auf mich und mein Geister-Ich hinab.

»Margo!«

Harmonia?

Schwarz, gelb, schwarz, gelb, schwarz, wolkig. Nach und nach erkannte ich erst, dass ich aufwachte und auf den Morgenhimmel blickte.

»Margo, wach auf.« Drakons Gesicht tauchte über mir auf, danach gesellte sich auch Harmonias dazu.

»Ja?« Ich rieb mir die Augen und setzte mich auf.

»Morpheus.« Harmonias Blick verhieß nichts Gutes, weswegen ich urplötzlich wacher und sofort auf den Beinen war.

Die kühle Meeresbrise tat ihr Übriges und ich schlang die sandige Decke um mich. »Was ist mit ihm?«

»E-er hat die Teleportpflanze genommen, die, in die Callidora einprogrammiert hat, wo wir uns heute treffen sollen.«

»Dieser scheiß, saublöde Wichser.« Drakon trat in den Sand, die Körnchen nahmen auch sofort den Gegenwind an, um auf uns zu fliegen.

Wir spuckten alle aus und rieben uns die Augen, ehe wir Drakon böse anfunkelten.

»So ein Arsch. Was machen wir jetzt? Wie finden wir ihn? Und den Ort?« Morphs beschissene Heldentat würde ihn töten und uns die Möglichkeit für einen Sieg nehmen.

»Gundel ist noch so aufgebracht und überfordert mit ihrer neuen Position, die ist keine Hilfe. Sie staubt gerade den Keller ab. Den Keller!« Harmonia schüttelte ihre zitternden Hände, die ich mir sofort schnappte und knetete.

»Ruhe bewahren! Atme ein.«

Harmonia hörte auf meinen Befehl.

»Halten.«

Auch das tat Harmonia.

»Halten.«

Harmonia hüpfte auf und ab, ehe sie sich aus meinen Fängen riss und wie eine dramatische Schauspielerin ausatmete, als käme sie aus einem zweiminütigen Unterwassertunnel. »Scheiß auf diese Atemübungen. Morph wird auch noch sterben. Und wir können nichts machen.«

»Kann man ihn nicht irgendwie orten? Als mein Siegel gebrochen wurde, haben Zephyrus sowie Callidora meine Magie gespürt und sind gekommen.« Mein Vorschlag stoppte Harmonias weiteres Ausrasten, jedoch sah sie Drakon an, da sie selbst nichts davon zu wissen schien.

Da wir kaum noch Zeit hatten, wickelte ich inzwischen die Decke ein und hob meine Schuhe auf.

»Schwere Frage, ich weiß es gar nicht. Wir könnten Gustavson fragen. Er bekommt Fördergelder von den Magievereinigungen dafür, dass er am College forscht und neue Erkenntnisse vorbringt. Vielleicht weiß er, wie Callidora und Zephyrus dich entdecken konnten.«

»Gustavson, hm? Denkst du, er ist noch da?« Wir verließen den Strandabschnitt und ich zog meine Schuhe wieder an.

»Müssen wir nachgucken.« Drakon schlüpfte ebenfalls in seine Schuhe.

»Geht ihr beide? Ich sehe nach, ob Callidora in ihrem Büro irgendwelche Hinweise versteckt hat. Vielleicht hat sie Zephyrus auch heimlich beschattet oder so.«

»Gute Idee. Wir treffen uns spätestens vor der Abreise, denn dann sollten wir eine Möglichkeit gefunden haben, ansonsten können wir die restlichen Studierenden nicht mehr länger überzeugen, mit uns zu kommen. Falls überhaupt jemand mitkommen will.«

Harmonia nickte meinen Vorschlag ab und nach einem kurzen Moment, in dem wir uns nur ansahen, fielen wir uns in die Arme.

»Danke für alles.«

»Ich danke dir.« Harmonia löste sich, rief sich einen Ast vom erstbesten Baum, der sie aufnahm und sie zum nächsten Baum trug.

»Fertig?« Drakon nahm meine Hand.

»Fertig.«

Gemeinsam liefen wir durch eine Erdhöhle, die von Holzpfeilern und Balken getragen wurde. Einzelne Kabel, an denen Lichter unter Eisengittern hingen, stellten sich einmal mehr als Stolperfallen heraus, aber ich konnte mich wieder fangen.

»Warum versteckt der sich so weit unter dem College?«

»Keine Ahnung, ich habe mal gehört, er sei paranoid und habe ständig Angst, seine Forschungen werden ausspioniert oder so.« Drakon eilte durch den Tunnel, als wäre er schon öfters hier gewesen.

»Drakon. Nichts verheimlichen.«

Seufzend eilte Drakon den Weg entlang und gab nach.

»Callidora hat mich mal bestraft und ich musste ihm eine Woche lang sein Essen bringen, aber ich habe ihn nie wirklich kennengelernt.«

»Wofür bestraft?«

»Sie hat mich mit Juna erwischt, als wir im Mentoringprogramm sein sollten.«

»Oh.« Bilder in meinem Kopf, die ich schneller verdrängte als so manches Essen, das ich in meinem Leben schon vom Boden aufgehoben und gegessen hatte. Außerdem sollte ich mich bei Juna für meinen manipulativen Tipp entschuldigen.

»Ja.«

Stillschweigend und nur begleitet von unseren Schritten, brechenden Erdklumpen und kratzenden Steinchen stürmten wir vorwärts.

»Sag, wenn er so Angst hat, warum geht er dann unter die Erde? Es gibt doch diese Wurzeln, die gezüchtet werden, die an ihrem Ende so empfindlich sind, dass sie Leute abhören können, und an der Blüte kann man wie bei einem Telefon mithören.«

»Du hast ja echt einiges gelernt. Ja, aber die sind noch nicht so ausgereift, außerdem hat Gustavson sie erfunden und …« Wir bogen um eine Ecke und Drakon zeigte auf eine schwere Eisentür, die sich rundlich mitten in der Erde befand und wie die Tür eines Tresors wirkte. »Er ist so paranoid, dass er daran gedacht hat.«

Ich kratzte mich an der Stirn. »Okay.«

»Hoffen wir nur, dass er aufmacht.« Drakon klopfte zweimal kurz, Pause, einmal lang und zehnmal kurz, bevor er unten mit dem Fuß dagegen trat.

Einige Sekunden verstrichen.

»Es ist nicht Essenszeit.« Eine deutlich jüngere Stimme, als ich sie von einem alten Wissenschaftler erwartet hatte, drang aus einer kleinen Luke, die sich nun öffnete.

»Ich weiß, ich bin Drakon, der dir vor ein paar Monaten dein Essen gebracht hat. Es ist ein Notfall.«

»Das kann jeder sagen, um mich dann zu überfallen und umzubringen, um meine Arbeiten zu klauen.«

Drakon schwankte von einem Bein auf das andere, kratzte sich am Hinterkopf und formte hinter seinem Rücken die Hand zur Faust. Dann atmete er hörbar ein und aus.

»Verstehe ich, aber Callidora ist böse geworden und Gundel dreht durch, weil sie jetzt das College leitet. Mega viele Studenten sind tot und meine Freundin, Margo, hat Callidoras Tochter in ihrer Seelenrose, weswegen Callidora und Zephyrus sie killen wollen, um Semele zu bekommen.«

O mein Gott, hatte Drakon mich gerade seine Freundin genannt?

Und: O mein Gott, warum war das das Einzige aus dem Vortrag, den Drakon – mein Freund – sehr komprimiert vorgetragen hatte, das ich mitgenommen hatte?

»Das klingt tatsächlich nach einem kleinen Notfall.«

»Hast du nichts mitbekommen?« Meine Geduld ordnete ich niedriger als Drakons ein.

»Nein, juckt mich nicht so. Ich bekomme Geld fürs Forschen, nicht dafür, um darauf zu achten, dass die Menschen und Magiebegabten nicht die Geschichte wiederholen, weil es ihnen zu gut geht.« Okay, Gustavson war pragmatisch.

»Bitte, hilf uns. Wir brauchen den Standort von Zephyrus und Callidora. Morpheus ist allein aufgebrochen, weil Don zusammen mit meiner Schwester Clio gestorben ist und wir können ihn nicht sterben lassen.« Drakons Nerven gaben ebenfalls nach und seine vorhin noch ruhige Stimme zitterte.

Das gusseiserne Drehkreuz, das aussah wie das Steuerrad eines Piratenschiffs, oder wie man auch dazu sagte, drehte sich und mit einem Rums öffnete sich die Tresortür.

»Clio ist tot?« Gustavson trat aus seinem Versteck und ich erhaschte einen kurzen Blick auf einen tiefen, schlauchartigen Gang, der moderner aussah als ein NASA-Forschungszentrum. Oder zumindest, wie ich mir das vorstellte.

Aber das wunderte mich weniger als Gustavson selbst. Vor mir stand ein mindestens ein Meter neunzig großer Typ, übersät mit Muskeln, Jason Momoa Haaren und einem gierigen Blick, der manche Menschen schwach werden lassen könnte.

»Hallo, hallo.« Drakon sah wohl mein Kinn leicht nach unten klappen und schnippte mit seinen Fingern vor meinem Gesicht herum. »Hier spielt die Musik.«

Drakon umkreiste mit seinem Zeigefinger sein Gesicht und ich liebte den Anflug von Eifersucht.

»Machst du da drin auch was oder treibst du nur Sport?« Drakon stellte sich breitbeinig vor ihn und ich konnte bei seinem peinlichen Alphatiergehabe nicht anders und verkniff mir ein Grinsen. Spoiler: Klappte nicht.

»Drakon, du bist nett, aber dein mittelalterliches Männertheater bringt uns nicht weiter. Natürlich treibe ich Sport, welcher Depp würde das nicht, wenn er in einer Höhle rund um die Uhr forscht und dabei gesund bleiben will?« Gustavson wandte sich von Drakon ab und zu mir. »Clio ist tot?«

Drakon folgte ihm – jetzt selbst mit entsetzt aufgerissenem Mund – und stemmte die Hand in seine linke Hüfte.

»Ja, leider.«

»Woher kanntest du meine Schwester?« Drakon eilte zu mir und legte seinen Arm um meine Hüfte.

Ich drehte meinen Kopf zu ihm und tat so, als kratzte ich mein Kinn, indem ich es an meiner Schulter rieb. »Drakon, hör auf, das ist peinlich«, wisperte ich.

»Clio ist auch oft hier gewesen. Sie hat sich für die Forschung interessiert. Wir haben uns gut verstanden.«

»Oh.« Drakon brauchte wohl etwas Zeit zum Nachdenken, da noch ein »*Oh!*« folgte.

Dieses Gespräch verlief in eine völlig falsche und für die ernsthafte Dringlichkeit der Situation unpassende Richtung, weswegen ich wieder einlenkte.

»Äh, ja, kannst du uns helfen?«

»Komisch, vor einiger Zeit wollte Callidora noch so ein Gerät von mir haben, das Magieausbrüche anzeigt. Ja, ich kann euch helfen, aber mein Radar zeigt nur gigantische Magievorkommen. Ich bin leider umtriebig und sobald ich eine neue Idee habe, lass ich alles andere stehen und widme mich nur noch der Neuen. Deshalb ist das Radar noch nicht fertig. Mehr kann ich euch nicht bieten.«

»Egal, besser als nichts.« Drakon klatschte in die Hände. »Dann los. Wir haben keine Zeit.«

»Bitte«, fügte ich hinzu, als Gustavson sich umdrehte und ging.

»Bringt Morpheus wohlbehalten nach Hause, er ist einer von den Guten.«

»Gefällt der dir etwa?« Drakon flüsterte so laut, dass es mir peinlich war und ich Gustavson mit dem Blick verfolgte.

Dieser war jedoch in seinem Labor beschäftigt.

»Natürlich sieht er toll aus, ich wäre eine Lügnerin, wenn ich das bestreiten würde. Das heißt nicht, dass ich über ihn herfalle, Drakon.«

»Sorry. Du hast ja recht.«

Wieder schmunzelte ich, aber behielt das für mich.

»Ich habe es gefunden.« Gustavson bedeutete uns, zu ihm zu kommen.

28.

WAS WÄRE OHNE DIE BABYS PASSIERT?

»Seid ihr auch ganz sicher bereit für diesen Schritt?« Mein Handballen fuhr über meine Wange. Keine Tränen.

Die Rührung darüber, dass so viele Studierende auf Lidwicc geblieben waren und beschlossen hatten, mit uns zu kämpfen, blieb und zeigte mir, dass ich endlich dazugehörte. Nicht dazugehörte auf eine Ich-Habe-Mich-Angepasst-Weise, sondern ich hatte Menschen und einen Ort gefunden, zu denen ich als Margo dazu passte.

»Wie oft fragst du uns das noch?«, meinte Megumi und zwinkerte mir zu.

»Du hast recht, sorry.« Die letzte Träne war getrocknet. »Danke.«

Die anderen zwanzig um sie lachten und beglückten mich mit gütigen Augen, als wollten sie mir sagen, dass es ihnen leidtäte, mich anfänglich ausgeschlossen zu haben. Nun stünden sie zu mir. Und das bedeutete mir eine Menge. In mir schlug einer meiner Komplexe Alarm und sagte, ich könnte es nicht zulassen, dass sie für mich in den Kampf zogen. Allein konnte ich es nicht schaffen. Außerdem taten sie es nicht nur für mich. Selbst wenn ich Semele freigäbe und Zephyrus mich tötete, mit ihrem neu gewonnen Mut würden sie mit ihrem Größenwahn einfach fortfahren und dann ginge es nicht mehr nur um mich.

Der Sonnenuntergang zeichnete uns allen einen halbseitigen Blutorangenschimmer ins Gesicht und die abschwächende Wärme wusste nicht, ob sie mir einen wohligen Schleier aus den letzten Sonnenstrahlen oder eine Gänsehaut verpassen sollte. Noch ein tiefer

Atemzug, dessen frische Meeresbrise mich durchflutete, ehe ich den neonblauen Pilz neben die Teleportpflanze stellte.

»Dieser Pilz ist von Gustavson. Er funktioniert wie ein Radar.« Ich tippte auf den Pilz und die Radaroberfläche erschien.

Die Funktionsweise verstand ich nicht so richtig. Irgendetwas mit einem magischen Pilzsporensystem, das sich weltweit vernetzte.

Ein Lichtschein platzte aus dem Pilz und malte eine Radaroberfläche vor uns in die Luft. Die weiße Oberfläche mit dem roten Gitter zeigte Magie punktförmig auf einer Weltkarte an. Die meisten Punkte befanden sich hier auf Lidwicc.

»Warum ist der Großteil der Welt ohne Magiepunkte?« Veronica, die ständig ihre bronzefarbene Mütze trug, hockte sich vor den Pilz und inspizierte die Karte.

»Weil kaum noch jemand von uns Magie anwendet im normalen Leben und wenn, dann in so einer geringen Konzentration, dass das Radar sie nicht wahrnimmt. Das klappt bei diesem Prototyp nur mit einer mega Magieansammlung.« Wow, Drakon hatte sich Gustavsons Erklärungen echt gemerkt.

»Wir müssen eine Ansammlung mit mehreren Punkten finden. Vielleicht etwas, das auch einer Insel gleicht? Morpheus müsste mittlerweile mit denen in einen Konflikt geraten sein und Magie ausstoßen.«

»Ja, Margo, wenn er nicht längst –«

»Sag es nicht.« Tigran schreckte bei Harmonias Warnung zurück und zog sich seinen weinfarbenen Cardigan enger um den Körper.

»Ich sehe nirgendwo eine Magieansammlung auf dem Meer.« Eine junge Frau mit übergroßem Holzfällerhemd, die ich noch nie gesehen hatte, richtete sich ihre Hornbrille mit den dicken Gläsern und drehte den Pilz in alle Richtungen.

»Ich auch nicht, und wenn, dann nur kleine Punkte, aber die sind immer mitten in Städten oder Dörfern.« Juna, der wir noch nicht gesagt hatten, dass wir sie nicht mitkommen ließen, deutete die Pünktchen richtig, denn das konnte unmöglich Morpheus bei Zephyrus und Co sein.

»Ähm, keine Insel, aber was ist damit?«, fragte Aoi, die zwar nur selten Seminare am College hielt, uns jedoch bei diesem Kampf trotzdem zur Seite stand.

Die meisten Erwachsenen konnten ihre Fähigkeiten gar nicht für den Kampf anwenden und die, die es konnten, blieben lieber in ihren Städten, falls wir nicht überlebten und Zephyrus sich ausbreitete.

»In der Wüste?«, hakte Harmonia nach.

»Niemand sagt, dass, nur weil wir uns auf geheimen Inseln aufhalten, Zephyrus das auch gemacht hat.« Aoi, die sich mit Pilzen auskannte und Gustavsons Kreation kritisch begutachtete, hatte bestimmt mehr Ahnung als wir. »Pilze haben ein Gespür. Damit meine ich nicht, dass sie feinfühlig oder wie Jagdhunde sind, sie haben ein Geflecht in ihnen, das mit unserer pflanzenmagischen Komponente ihre jeweiligen Kräfte präzisieren lässt. Wenn der Genpilz das dort anzeigt, als einzige magische Quelle, neben dem Lavagolem- und dem Schneefrauencollege, dann wird das so sein.« Ich musste wieder an Caspara denken, die in ihrem College nun die Stellung hielt, und ich hoffte, es ging ihr einigermaßen gut.

»Wenn das so ist, dann auf in die Wüste.« Drakon krempelte die nicht vorhandenen Ärmel hoch.

»Aber gibt es in der Wüste Pflanzen, die wir benutzen können?« Trudi knabberte an ihren ewig langen Fingernägeln, die vorne einen kleinen Ring eingearbeitet hatten.

»Sie haben auch Pflanzenbegabte auf ihrer Seite, ja?«

Ich bejahte Aois Frage.

»Dann bestimmt, und in der Wüste haben wir ohnehin Tamarisken, Akazienbäume, Köcherbäume, Kakteen und so weiter. Die überleben dort, weil sie sich über die Jahre angepasst haben. Entweder mit Wasserspeichern oder tiefgehendem Wurzelwerk, das sich wie eine eigene Metropole unter der Erde verzweigt hat.« Aoi strich sich die Haare hinter die Ohren und verband den Pilz mit der Teleportpflanze. »Wir sammeln noch etwas Wüstenequipment zusammen und dann geht es los.«

»Dann konnte Zephyrus das Wetter in Thessaloniki verändern, weil er quasi eine Kombination aus Lavagolem-, Schneefrauen- und Pflanzenbegabtenangriff in den Himmel gefeuert hat?« Diese Schlussfolgerung von Drakon war mir noch gar nicht in den Sinn gekommen.

»Das wäre eine Erklärung.« Aoi schien selbst nicht sicher zu sein.

»Wie auch immer: Jeder, der doch abhauen will, geht! Es wird niemand verurteilt.« Niemand sollte mit mir kommen, wenn ihn die neue, ungewisse Lage doch störte.

»Ähm, na ja, ich bin nicht so der Hitzetyp und Wüste und kein Wasser und, äh, mein Kreislauf.« Maurizio machte paralysiert einige Schritte zurück. »Also, ich, vielleicht helfe ich lieber in Rom mit?«

»Klar, super Idee, Maurizio.« Ich streckte dem Daumen hoch und Maurizio, der sonst eigentlich einer der fancy Volleyball-Typen war, der ständig seinen Bodybuilderkörper am Strand stählte und andere für zu wenig Sport verarschte, machte einen Rückzieher.

Das verurteilte ich auch nicht, sondern eher seine Art, wie er sonst zu uns gewesen war, aber schön zu sehen, dass Mut nichts mit Muskeln zu tun hatte.

»Macht euch bereit, dass es sofort losgehen kann, sobald wir angekommen sind«, sagte Drakon und klatschte in die Hände. »Das ist keine mentoringübergreifende Übung. Wir könnten sterben und einige werden es auch.«

»Morph! Morph!« Egal, wie oft ich an seinem Körper rüttelte, er wachte nicht auf.

»Schlägt sein Herz noch?« Harmonia, die Mühe hatte, den Schutzwall um uns aufrechtzuerhalten, wurde mit jedem Nachfragen gereizter.

Harmonia stöhnte auf, da sie Unmengen an Kraft aufbrachte, um den Schild aus Agavenbäumen zu erhärten und somit die Angriffe der beiden feindlichen Pflanzenbegabten aufzuhalten.

»Harmonia, ich weiß nicht, verdammt! Alles bebt und ich zittere, ich fühle keinen Puls, oder doch? Keine Ahnung.« Aus mir sprach pure Verzweiflung.

»Lass mich.« Drakon schloss die Augen, legte seinen Finger zuerst an Morphs Hals, dann an seinen Oberarm, danach an sein Handgelenk und zum Schluss auf seine Brust. »Sein Bauch hebt sich und einen Puls habe ich auch gespürt. Er lebt noch.«

»Wir müssen Morpheus in Sicherheit bringen.« Ich sah Drakon an. »Nur wohin?«

»Wie hat er überhaupt so lange gegen die alle ankommen können?« Schweiß lief über Drakons Gesicht, der gleiche Schweiß, den ich an mir gar nicht mehr wahrnahm.

»Morph hat wohl seine ganze Kraft aufgewandt und seine Wut hat ihm übermagische Fähigkeiten verliehen. Ich mein, guck doch, wie es aussieht.« Ich deutete um uns, zumindest auf das, was ich so durch Harmonias Schutzwall sah.

»Was für ein tapferer Kerl.« Drakon sprach die Wahrheit, trotzdem musste ich an den alten Morph denken, der mir gesagt hatte, Mord sei nie eine Lösung. Tja, so konnten sich Menschen verändern.

»Ich nehme ihn mit zurück.«

»Juna?« Ich sah sie ungläubig an, als sie einige Eisbälle abwehrte und zu uns schlüpfte.

»Ihr habt gesagt, ich darf nicht mitkommen, aber ich konnte nicht rumsitzen. Und – Au!« Juna hielt ihren Bauch. »Die Kinder wollen wohl heute nicht kämpfen.« Juna zwickte mich in den Oberarm.

»Nicht meine beste Rache, aber ja.«

Wir lächelten uns zu. »Danke und sorry!«

»Du bist unsere Heldin, Juna. Nimmst du ihn mit und bitte ruh dich aus, ja?« Drakon verpasste ihr einen Kuss auf die Stirn, der in mir keine Eifersucht auslöste, sondern Freude darüber, dass die zukünftigen Eltern sich annäherten.

»Danke, Juna.«

»Ich hasse dich trotzdem, Straßenmädchen.« Juna streckte mir die Zunge heraus, schnallte sich dann Morph mit einer Pflanze, die sie dabeihatte, um und lief zurück zur Teleportpflanze.

»Ich sage es immer wieder, manchmal ist es nicht schlecht, sich Regeln zu widersetzen.« Mit zwei Handgriffen half ich Harmonia mit der Barriere und Drakon tat es mir nach.

»Ja, ja, aber wie schlagen wir zurück?« Drakon hatte wohl ebenso wenig Ahnung wie ich.

»Pflanzenbegabte, die gegen Pflanzenbegabte kämpfen, wie konnte es so weit kommen?« Harmonia traf den Nagel auf den Kopf. Ich konnte auch nicht verstehen, wie Callidora und Co die ganzen Leute, die sie aus den Colleges geschmissen hatten, nie kontrollieren konnten. Musste denn immer erst etwas passieren, bevor jemand eingriff?

»Margo, was ist das? Margo?« Drakons Stimme schlug um und die Hektik alarmierte mich.

Ich blickte in die Richtung, in die Drakon deutete, und erkannte sofort, was er meinte. Der rot-orangefarbene Himmel wurde noch röter.

»Juna!« Der Schrei kam von Drakon und mir gleichzeitig.

Juna hörte etwas, stoppte und sah zu uns, dann erst nach rechts. Zu spät. Ihre Gesichtszüge entglitten ihr. Der Anblick ließ sie erstarren, nur kurz, dann eilte sie weiter vor. Doch die Lavakugel, die auf Morph und sie fiel, war zu groß. Sie hüllte beide völlig ein. Der Sandboden um uns wackelte, bebte und meine Beine fanden keinen Halt mehr.

Das Nächste, das ich bemerkte, war der Sand in meinem Gesicht, in meinem Mund, in meinen Augen und zwischen den Fingern. Drakon schlug auf den Boden ein, was den heißen Sand noch mehr aufwirbelte.

Harmonia lag neben mir. Seit wann? Hatte ich das gar nicht mitbekommen? Baumstämme, die Pflanzenbegabte auf uns abfeuerten, sausten auf uns zu.

»Nein.« Mein *Nein* hallte in meinem Kopf, dröhnte, dass ich glaubte, mein Trommelfell platzte, und dennoch hob ich meine Hand und streckte sie den Baumstämmen entgegen.

Sie blieben in der Luft stehen, drückten gegen meine Willenskraft an. Dass ich die Stämme mehrerer Begabter aufhalten konnte, und das nur mit meinem Magiewillen, erstaunte mich zunächst, aber es blieb keine Zeit zum Grübeln. Also erhob ich mich.

»Weg da.« Aois Stimme näherte sich.

Glücklicherweise reagierte auch Drakon, schnappte Harmonia sowie mich und wir sprangen so weit es funktionierte nach hinten. Nur wenige Augenblicke danach schossen zwei gigantische Kakteen vor und stellten sich den Stämmen entgegen. Als wären Aois Pflanzen aus Gummi, drückten die Stämme die Kakteen ein und wurden sofort zurückkatapultiert.

»Und deswegen müsst ihr besser im Mentoring aufpassen, wie man Eigenschaften von Pflanzen verstärkt«, sagte Aoi mit einem

Augenzwinkern, klopfte mir seitlich auf den Oberschenkel und lief zu den anderen Begabten, die in Nöten waren.

»Danke«, rief Harmonia ihr nach.

Sofort erhoben wir uns und eilten zu Juna und Morpheus. Der magische Lavaball hatte sich einstweilen aufgelöst.

»Ist das Juna?« Drakon rieb sich die Augen, sah zu mir und wieder vor. »Oder eine Fata Morgana? Oder der Sand in meinen Augen?«

Tatsächlich. Eingehüllt in einer Barriere aus Licht, dessen Partikel über Juna und Morpheus tanzten, schienen sie bewusstlos.

»Das muss durch eure Kinder kommen.« Harmonia lachte ungläubig auf.

»Tja, sie haben die besten Gene.« Drakon scherzte zwar, aber ich sah seine Tränen von der Seite.

»Juna? Alles klar?« Ich rüttelte an ihr. Danach schreckte ich zurück, da die Barriere ziemlich heiß war.

Blinzelnd sah Juna uns mit halb offenen Augen an.

»Juna, du musst aufwachen. Die Kinder«, flüsterte Drakon und endlich schaffte sie es, bei Bewusstsein zu bleiben.

»Die Kinder?« Ihre Augenlider flatterten und mit ihrer Hand, die fest an ihrem Bauch lag, streichelte sie über die Wölbung.

»Sie haben euch gerettet.« Ich half ihr auf und inspizierte Morpheus, dem es unverändert schlecht ging. Zumindest hatte sich sein Zustand nicht noch verschlimmert.

»Megumi.«

Der Ruf ihres Namens ließ mich nach links gucken.

Dort stürzte Megumi und die Angst stand ihr ins Gesicht geschrieben, als sie zur Lavakugel guckte, die auf sie zusteuerte.

Ronaldo, der ihren Namen gerufen hatte, schien überfordert mit der Situation. Er stand nur da, die Hände vors Gesicht geschlagen.

Sofort ließ ich die Pflanze, die Juna mit sich trug, wachsen und peitschte einen Eiskegel, der eine Gruppe unserer Pflanzenbegabten verfolgte, in Megumis Richtung. Er traf auf die Lavakugel und eine zischende Explosion verpuffte in der Luft. Dampf umhüllte die Szenerie.

Doch für Gustavius – den zweiten Zwilling aus Wien –, der verdreht dalag, halbverdeckt vom Sand, kam jede Hilfe zu spät. Nun verstarb auch er, nachdem bereits sein Bruder den ersten Angriff nicht überlebt hatte. Ebenso Esmeralda in ihrer grün-pinken Uniform, deren leere Augen mich anstarrten.

»Gute Reflexe.« Drakon packte die Wasserflasche weg, die er Juna an den Mund gehalten hatte.

»Danke. Juna, ihr müsst jetzt weg. Geht das?«

»Muss.« Juna blickte um sich, als orientierte sie sich neu, und eilte dann vorwärts zur Teleportpflanze.

»Wir sollten weiter vor, Zephyrus wird sich nicht im Getümmel befinden.« Im Laufen ließ Drakon Wurzeln aus dem Boden schießen, die uns vor Eiskugelhagel schützten und es den Lavabomben schwerer machten, uns zu orten. »Morph hat mir das mal erzählt. Die Lavagolems können ihre Lava schwerer kontrollieren, wenn ihre Magie das Ziel nicht sieht.«

Ach, Morph. Es gab kaum einen besseren Mentor. Kopfschüttelnd verdrängte ich sein Bild, das mein Herz schwer werden ließ. Er würde noch viele Studierende trainieren.

Im Sand der Wüste zu laufen, stellte sich als größere Herausforderung dar, als es dank meiner mangelnden Kondition ohnehin schon war. Die Hitze brachte mich öfter mal in einen Zustand, in dem ich glaubte, neben mir zu stehen. Das Langarmshirt flatterte längst nicht mehr um mich, sondern klebte an mir fest. Lieber würde ich es ausziehen, aber es galt, die Haut vor der Sonne zu schützen. Wobei es uns bestimmt noch besser erging als den Eisfrauen, die gegen uns waren. Wir hatten immer noch die anpassenden Eigenschaften unserer Pflanzenmagie, die halfen, in vielen Umgebungen zu überleben. Wenn ich das Mädchen unweit von uns, das gegen Aoi kämpfte, ansah, schien ihr Körper langsam selbst zu zerfließen. Aber Zephyrus musste sie trainiert haben, hier besser durchzuhalten. Denn laut Casparas Training dürften Eisfrauen nach der Kampfdauer und Anstrengung mittlerweile gar nicht mehr stehen können.

»Ist dir auch aufgefallen, dass sie ihre Masken nicht mehr tragen?«

»Jetzt, wo du es sagst.«

Diese Schlacht mitten in der Wüste irgendwo in Ägypten hätte ich mir vor wenigen Monaten nicht in meinen kühnsten Träumen vorgestellt, und nun? Nun rannte ich im Wüstensand umher, die Sonne brannte auf mich herab, dass sich regelmäßig eine Schwärze um mein

Sichtfeld aufbaute. Die Hitze über dem Sand glühte und legte sich wie ein Weichzeichner über den Boden.

Bei jedem Knall, Aufschrei und dumpfen Aufprall musste ich mich zwingen, nicht mehr hinzusehen. Allein der Gedanke, dass hier Magiebegabte starben, stach in meinem Bauch, verknotete ihn und drückte ihn zusammen. Dabei kannte ich von der Straße, dass es kein Schwarz und Weiß gab. Sie waren nicht böse, sondern vom System verstoßen, vergessen und degradiert worden. Das musste sich ändern.

In der Ferne erregte ein Schatten meine Aufmerksamkeit. Die Sonne brach sich auf nichts und warf einen schwarzen Schein auf den Boden. Ähnlich wie auf das Meer vor Lidwicc. Ich legte meine Hand an meine Stirn, um die Sonne auszublenden, die mich ständig mit halb zugekniffenen Augen herumlaufen ließ.

»Drakon, ich glaube, dort hinten müsste das Versteck von Zephyrus und Co liegen. Die Barriere –«

»Ja, ich sehe es.« Ich war Drakon für jedes Wort, das ich nicht sprechen musste, dankbar.

Ich fischte meine Wasserflasche aus meiner olivgrünen Hose mit den tausend Taschen. Wir sollten nicht zu viel trinken. Stoppen konnte ich mich nur schwer. Mein Gaumen war so trocken, dass es wehtat, wenn sich meine Zunge löste, die sich selbst ohnehin geschwollen anfühlte, als passte sie nicht mehr in meinen Mund. Meine Lippen, von denen wollte ich gar nicht reden. Existierten die noch oder waren die längst abgebröselt?

Gerade als ich die Wasserflasche öffnen wollte, traf mich ein eiskalter Faustschlag mitten auf die Wange und ich stürzte in die heißen Körnchen am Boden.

»Du Bastard.« Drakon hatte wohl längst ausgemacht, wer mich angegriffen hatte, während ich mich erst wieder zu fokussieren versuchte.

Hinter einer Wurzelmauer, die uns schützen sollte, stand eine Frau mit weißen, langen Haaren, die zu einem seitlichen Zopf geflochten waren, auf einer vereisten Wasserwelle, die ihren Ursprung in ihrer Ledertasche hatte. Das mussten diese isolierten Behälter sein, von denen Caspara gesprochen hatte. Dort bewahrten sie Wasser für den Kampf auf.

Meine Sinne ordneten sich wieder und ich wollte Drakon beim Kampf helfen, als mich eine andere Wurzel zu Boden warf.

Meine Finger krallten sich um die gestählte Wurzel, aber ich bekam sie nicht ab. Ich setzte mich auf und folgte ihr bis zu der Person, die sie befehligte.

»Casey?« Mehrmals blinzelnd erkannte ich dort noch immer Casey, die doch auf unserer Seite war.

»Casey?« Wie sie mich nachäffte, hatte nichts mehr von der zurückhaltenden Casey, die ich kennengelernt hatte und alle als aufstrebenden Star am Pflanzenmagiehimmel beschrieben.

»Tja, die schüchterne Streberin, die nie einen Fehler macht, wechselt die Seiten, blöd, was?« Sie warf ihre Brille auf den Sand und zertrat sie. »Ich habe es satt, von allen nur als die perfekte Casey gesehen zu werden. Niemand fragt auch mal, ob ich etwas unternehmen möchte!«

»Dafür musst du doch nicht zu Zephyrus überwechseln.« Gleich nach meinem Satz drückte mir die Wurzel die Luft aus dem Körper.

»Hör auf mit deinen Manipulationsversuchen. Ich bin zu klug für diese Gehirnwäsche.«

Wut, die ich bisher versucht hatte zu unterdrücken, schäumte hoch und ich kämpfte mich trotz der Schmerzen und der pochenden Wange auf meine Beine.

»Wie kannst du aufstehen?« Casey zog die Wurzel noch enger zusammen.

Die neue Enge kam so plötzlich, dass ich mich erbrach. Zwar nur Wasser und Magensaft, aber es reichte, um jeglicher Aggression alle Türen in mir zu öffnen. Ich wischte über meinen Mund und sah zu Casey hoch.

»Ich werde meine beste Freundin Daphne retten und sie nach Griechenland bringen und wenn du wegen ein paar Trotteln meinst, auf deren Seite wechseln zu müssen, dann hast du dir deinen Weg selbst ausgesucht.« Meine Seelenrose öffnete sich, durchzog mich mit Energie, die es mir möglich machte, Caseys intensive Verbindung zu ihren Pflanzen zu durchbrechen, die Wurzel zu lösen und hinauszuspringen.

Danach erfühlte ich telepathisch zwei Wurzelstränge unter Casey und ließ sie hochschießen.

»Warte, nein, das geht nicht, ich mache nie Fehler.« Casey merkte wohl, was ich vorhatte, und sprang wie von der Tarantel gestochen hin und her, die Augen auf den Boden gerichtet.

Ich stieß einen angestrengten Schrei aus und riss meine bleischweren Arme hoch. Die Wurzeln schossen angespitzt durch den Sand, durchbohrten Caseys Arme, knickten in der Luft um, taten das Gleiche mit ihren Füßen, sausten zu Boden und ketteten sie auf dem heißen Sand fest.

»Mal sehen, ob Zephyrus dich rettet.« Ohne auf Caseys Rufe zu hören, eilte ich zu Drakon, der gerade voller Schürfwunden über die Wurzel kletterte, hinter der er wohl die Eisfrau fertiggemacht hatte.

»Na, fertig, Bonnie?«

Ich lachte heiser auf. »Ja, du auch, Clyde?«

»Immer. Bereit für Zephyrus?« Drakon sah zur Barriere, die im Sonnenlicht schimmerte.

»Nein, äh, ja. Denkst du, deine Eltern sind dort?«

»Nein, die sind zu feige. Sie spielen lieber die Manipulierenden. Egal, ich habe mit ihnen abgeschlossen. Was sie getan haben, wird rauskommen, und das wissen sie. Deshalb werden sie sich zurückziehen und irgendwo neu beginnen. Aber jetzt heißt es: Wir gegen Zephyrus.«

Dass Zephyrus mich erwartet hatte, war mir klar, aber dass er Drakon und mir die Barriere ohne Widerstand geöffnet hatte, wunderte mich.

Die letzte Stufe vor dem Betonviereck hatten wir erklommen, da blickte ich auf das Eisentor, das sich mit krächzenden Geräuschen öffnete und am Sandsteinboden entlang kratzte. Drakon und mich erwartete ein weitläufiger Platz, ebenfalls gepflastert mit Sandsteinen. Sie reflektierten die Sonne, als wären Diamanten eingearbeitet. Wir warfen uns einen flüchtigen Blick zu und schritten hinein.

Drinnen merkte ich erst, dass der Betonkomplex ein viereckiges Gebäude mit Zimmern rund um den Sandsteininnenhof war. Auf den drei Stockwerken erblickte ich rundum eine Galerie. Neben jeder Tür ins Innere standen Betonschalen mit Flammen darin.

Wie es sich für einen Bösewicht gehörte, schloss sich das Tor hinter uns und rastete mit einer lauten Mahnung an unsere Naivität ein.

»Niedlich. Das Liebespaar besucht mich.« Zephyrus schritt aus dem gegenüberliegenden Tor, als wären wir in einer alten Kampfarena in einem meiner wenigen Gladiatorenfilme, die auf dem alten Laptop funktioniert hatten.

Neben ihm: Callidora, die, unüblich für sie, in einem engen, grauen Trainingsanzug steckte. Hatte Zephyrus mit ihr trainiert?

»Ich wollte nie, dass es so weit kommt, Margo.«

»Doch, Callidora, du wolltest genau, dass es so weit kommt. Sonst hättest du mit mir geredet. Dir ist nicht deine Tochter wichtig, sondern deine Rache.« Komischerweise spürte ich in diesem Augenblick eine Ruhe in mir, wie ich sie nicht erwartet hatte.

»Wie kannst du es wagen?« Callidora schnellte vor. Zephyrus hielt sie sofort mit erhobener Hand auf.

»Wir vollziehen unseren Tausch. Du bekommst Daphne und ich …«, Zephyrus atmete tief ein und schüttelte sich, »… meinen Liebling, Semele.«

»Ich will wissen, ob Daphne noch lebt.«

»Habe ich mir gedacht. Warum du mir nicht glaubst, verstehe ich nicht.« Zephyrus rollte mit den Augen und klatschte.

Dreimal. Danach öffnete sich auf der Galerie über uns eine Tür und ein goldener Käfig wurde herausgeschoben.

»Lass mich raus, du, du, Monster.« Das konnte nur Daphne sein. »Hey! Hörst du mich, ich stech dir die Augen aus.« Definitiv Daphne.

»Daphne.«

»Margo?« Daphne stand im Käfig auf. Die Gitterstäbe klingelten, als sie sich den Kopf stieß, woraufhin sie sich wieder setzte und mich erst erblickte, als sie ganz vorne ankam. »Margo!«

Keine Magie der Welt hätte meine Wut halten können. Sie so abgemagert, mit tiefen Augenringen und aufgeplatzten Lippen zu sehen, schürte meinen Zorn. Würde Zephyrus noch eine Schippe drauflegen, wäre ich diejenige, die in Lava aufgehen und ihn töten würde.

»Ich werde dich befreien.«

»Hau ab, ich –«

»Nein. Alles, was ich getan habe, tat ich, um hier zu stehen und dich zu retten. Ich hole dich da raus und dann suchen wir dir eine süße Freundin, die du mit Croissantpapier nerven kannst. Dann klauen wir wieder Sachen und laufen vor Männern mit Aggressionsproblemen weg.« Meine Kehle schnürte sich zu und die Worte kamen nur holprig aus mir. Dagegen halfen auch keine Streicheleinheiten von Drakon.

»Raus mit Semele, Margo.« Callidora spuckte meinen Namen verächtlich aus.

»Gleichzeitig.«

»Als wärst du in einer Verhandlungsposition. Denkst du, ihr beide könntet gegen uns ankommen?« Zephyrus hielt sich nicht mal an diese Abmachung.

Dabei lag meine Hoffnung darin, dass wir erst kämpften, nachdem wir getauscht hatten, aber okay, dann eben so.

»Du weißt, wir gehen darauf nicht ein«, sagte Drakon, der genau wusste, wie wichtig Daphne mir war.

»Dann sagt nicht, ich sei der Böse, denn ihr lasst mir offensichtlich keine andere Wahl, als euch zu töten.«

Die Tür, aus der der Käfig mit Daphne gekommen war, knallte zu, ohne dass ich gesehen hatte, wer sie rausgeschoben hatte.

Ich tippte auf einen seiner Gehilfen, aber das spielte keine Rolle, denn dieses Türknallen war der Startschuss unseres Kampfes.

Callidora und Zephyrus rannten auf uns zu und mit ihnen ein Schwall aus Lava und Rasierblätter.

29.

WAS WÄRE OHNE PILZE PASSIERT?

Der Boden ist Lava hatte nun eine ganz andere Bedeutung für mich als dieser Social-Media-Trend, bei dem Leute auf Dinge sprangen, um den Boden nicht zu berühren. Überlebte ich das hier und jemand rief jemals wieder »*der Boden ist Lava*« zu mir, würde ich durchdrehen.

Mein Herz machte Anstalten, aus meiner Brust zu springen, Beine zu bekommen und wegzulaufen, um nicht mehr in Gefahr zu sein. Drakon und ich waren in einen der seitlichen Gänge gelaufen, die in den Innenhof mündeten. Offene Durchgänge, in denen Sitzbänke sowie Tische für Feiern, Außendeko und Lichter aufbewahrt wurden.

Drinnen sahen Drakon und ich uns in die Augen, nachdem wir auf die Steinmauer gesprungen waren, um der magischen Lava zu entkommen. Unter uns ploppten heiße Bläschen auf, die platzten, und ich zuckte jedes Mal zusammen, da ich Angst hatte, ein Tropfen davon könnte mir ins Auge spritzen. Meine schwitzigen Hände rutschten fast von den herausstehenden Steinen, an denen ich mich festhielt. Meine Fingernägel kratzten über das Gestein und sie brannten höllisch, da ich sie um mein Leben ringend in die harte Oberfläche krallte.

»Da! Die Lava zieht sich zurück. Halt durch, Margo.« Drakon, der selbst dauernd wegrutschte, sich jedoch noch schnell an einem anderen Stein der alten Mauer fangen konnte, als wären wir in einem mittelalterlichen Kletterpark, wirkte nicht weniger aufgebracht als ich.

Die Kraft, die Zephyrus für diesen Angriff aufbringen musste, verließ ihn glücklicherweise. Auch wenn die Magie der Golems nur eine Ähnlichkeit mit Lava hatte, wollte ich nicht darin baden.

Schleimig zog es sich zurück. Leider zu langsam. Meine Strategie, immer wieder die Steine zu wechseln, bröckelte wortwörtlich, als sich der nächste Stein, den ich griff, löste und in meiner Hand lag.

»Scheiße.« Mein Schrei unterstrich diesen Fluch noch, als ich mit meiner anderen Hand abrutschte und auf den Boden zu flog.

Bisher hatte ich angenommen, dass dieses *Man sieht sein ganzes Leben an einem vorbeilaufen, bevor man stirbt* irgendein poetischer, pathetischer Müll war, aber nein, ich heulte gerade noch als kleines Kind auf der Straße, weil ich nicht verstand, warum alle eine Familie hatten, nur ich nicht, da aß ich schon Eis mit Daphne und hatte danach Sex mit Drakon.

Instinktiv drehte ich noch mein Gesicht zur Seite, doch zu spät. Es erwischte mich. Ich kam am Boden auf, meine Wange brannte wie Feuer. Mein Schlüsselbein schmerzte nach dem Aufprall und ich brüllte von den Schmerzen der lodernden Lava, die mich verspeiste, gefolgt von einem Todesschrei, der bald versiegen würde.

»Margo, die Lava ist weg«, sagte Drakon.

Oh.

Ich öffnete die Augen und erblickte die Lava, die sich gerade aus den beiden Durchgängen zurück in den Innenhof schleimte.

Wieder auf den Beinen rieb ich meine Wange, spürte den Dreck, den ich von meinen Klamotten klopfte, und massierte mein Schlüsselbein, um sicherzugehen, dass es nicht geprellt war.

»Habe ich natürlich gewusst.«

Drakons hochgezogenen Brauen verrieten, dass er mir nicht glaubte.

»Was machen wir, Drakon? Die beiden sind so verflucht stark.« Ich machte mich auf den Weg zum Durchgang mit dem Rundbogen und linste nach draußen.

»Ich weiß es nicht.«

Die Lava sammelte sich wieder in Zephyrus, während Callidora sich an der Steinmauer dahinter an Kletterpflanzen festhielt. Viel mehr als dieses Bild schockierte mich aber Daphne, die Callidora wie einen Schild vor sich hielt. Eine Ranke um ihren Hals und zwei um ihre Hände.

»Daphne!« Ohne Plan rannte ich hinaus.

»Margo, nicht.« An seinen Schritten hörte ich, dass Drakon mir dennoch folgte.

»Was macht ihr mit ihr?«

»Was wohl, Margo? Ich habe die Spielchen satt. Rück meine Tochter raus oder sie ist tot.« Callidoras Stimme klang roboterhaft, als wäre sie selbst weit weg in den Tiefen ihres Unterbewusstseins.

»Was soll das, Call? Wir bringen die beiden schon dazu, uns Semele auszuhändigen.« Der letzte Tropfen Lava schlüpfte aufgeteilt in Zephyrus' Poren, bevor er sich umdrehte.

»Wenn du sie tötest, bekommt ihr Semele nie.« Gut, dass Drakon antwortete, ich war zu vertieft in den Anblick von Daphne, die ihre Hände um die Ranke an ihrem Hals schloss und daran zog, während Würgegeräusche ihre mangelnde Luftzufuhr unterstrichen.

»Call!« Zephyrus näherte sich Callidora.

Seine schweren Stiefel kratzten über den Sandstein, der wie dieser Unterschlupf aus eigenem Lavagolem-Material sein musste, da es nicht beschädigt worden war. Denn obwohl Lavagolems mit ihren Gedanken steuern konnten, was ihre Lava angriff und was nicht, verwendeten sie oft magisches, lavafestes Material für ihre Kleidung oder Baustoffe. Immerhin gab es Leute, die ihre Magie nicht ausgezeichnet beherrschten.

»Zurück!« Callidora drückte fester zu und ein krächzendes Gurgeln ertönte aus Daphnes Mund.

Die Augen meiner besten Freundin waren blutunterlaufen, ihr Gesicht fahl und die Lippen zitterten. Dieser Anblick zerriss mich innerlich. Tausend Schnitte in meinen Nervensträngen, die Blitze durch mich schickten, brachten mich zum Einknicken.

»Ihr bekommt sie!«

»Margo?« Drakon nahm meine Hand und zwang mich, ihn anzusehen. »Du weißt, dass ...«

»Schwöre es.« Callidora zog die Schlinge um Daphne enger.

Nur ein qualvolles Hauchen quetschte sich aus Daphnes Mund.

»Ja! Ja, verdammt.«

Die Pflanzen lösten sich und Daphne schlug auf dem Boden auf. Doch gleich danach hörte ich ein lautes Aufatmen, gefolgt von weinenden Schluchzern. Meine Beine bewegten sich automatisch in ihre Richtung.

»Das würde ich nicht machen.« Zephyrus stellte sich neben Daphne.

»Her mit meiner Semele.«

»Ich, ähm, es ist nur …«

»Was?« Zephyrus' Geduld wollte ich nicht überstrapazieren, aber es gab ein Problem, das ich bis heute nicht gelöst hatte.

»Ich weiß, es klingt nach einer Ausrede. Nur ich, ich weiß nicht, wie ich meine Seelenrose nutzen kann. Ich habe keine Ahnung, wie ich Semele aus dem Rosengefängnis holen kann.« Ständig hatte ich das trainiert, auch mit Drakon. Nie hatte es geklappt und jetzt stand ich da und wusste nicht, was zu tun war.

»Das ist doch ein Scherz, oder?«

»Nein, Zephyrus. Sie ist öfter bei mir gewesen und hat mich gefragt, wie sie ihre Fähigkeit benutzen kann. Hättest du nicht dazwischengefunkt, hätte ich ihr Vertrauen mir gegenüber bewahren können, bis ich es ihr beigebracht hätte.« Das war nicht der Support, den ich mir von Callidora gewünscht hatte. Wenigstens schien Zephyrus mir zu glauben.

Gleichzeitig kam es mir vor, als wäre es ihm auch ein wenig unangenehm, dass er derjenige war, der schuld war, dass ich Semele nicht befreien konnte.

»Ist doch egal, dann lernst du es. Hol deine scheiß Rose raus.«

»Pass auf, wie du mit meiner Freundin sprichst, du nutzloses Stück Dreck mit türkisen Haaren und Zaubererkaninchenhut.« Drakon schnellte vor und hob seine Hand, die die Kletterpflanzen um uns unruhig werden ließ.

»Drake, nicht.« Obwohl mir Drakons Worte schmeichelten, wollte ich nichts zerstören.

Niemand sprach mehr. Wie sollte es weitergehen? Machte ich auch keinen Fehler, Semele befreien zu wollen? Die Hitze machte es mir schwer, mich zu konzentrieren, sie briet durchgehend meine Schädeldecke. Auch die Kampfschreie meiner Freunde und Freundinnen außerhalb von Zephyrus' Unterschlupf brachten mich aus dem Konzept.

»Margo, hör auf mich und alles wird klappen.« Callidora ließ sich von den Ranken zwischen Zephyrus und mich tragen.

»Okay.« Was hatte ich auch sonst für eine Wahl?

Wohltuende Frische durchflutete mich, als ich meine Seelenrose rief. Funkelnde Glitzerpartikel tanzten vor mir, ehe die Seelenrose erschien. Halbtransparentes Rot schimmerte auf.

»Jetzt?«

Callidoras Brust hob und senkte sich rasch. Sie war ja auch kurz davor, ihre Tochter wiederzusehen. Ich hasste sie. Trotzdem konnte ich mir vorstellen, wie sie sich fühlte.

»Hör in dich hinein. Ganz tief. Folge den magischen Adern, den Wurzeln deiner Pflanzenmagie, bis in die Seelenrose hinein. Suche Semeles Verlies und öffne die Gitterstäbe.«

In dieser Lage in mich zu gehen, kam mir wie ein schlechter Witz vor, aber mir blieb nichts anderes übrig. Also schloss ich meine Augen, beruhigte meine Atmung, entspannte nach und nach meine Beine, Arme, Kiefer sowie den Rest meines Körpers. Nach und nach wurde das Rauschen meiner Magie, die ich wie einen Tinnitus wahrnahm, lauter und ich folgte ihr. Die Magie in mir strömte aus der Finsternis wie ein goldener Fluss aus schimmernden Glühwürmchen, denen ich feengleich hinterherflog.

Immer tiefer drang ich in meinen Körper ein, doch mein Geist wurde von den Kampfgeräuschen von draußen gestört und wieder zum Anfang geschleudert, bis ich die Konzentration verlor und der Fluss versiegte.

Nein. Das innerliche Rufen fing den letzten Funken des Flusses auf und holte ihn zurück. So erging es mir einige Male, bis ich es schaffte, zu meiner Seelenrose vorzudringen, deren Innerstes wie ein kleiner eigener Planet aussah. Ein winziger Planet, den man innerhalb weniger Minuten umrundet hatte, der aus hunderten roter Rosen und einem rosafarbenen Himmel bestand. Mitten darauf ein goldener Käfig mit Gitterstäben, an denen Diamanten funkelten.

Im Käfig ein Mädchen mit langen schwarzen Haaren, zierlich und in einem weißen Kleid, das bis zur Mitte ihrer Oberschenkel reichte.

So lag es auf den wohl ungemütlichen Stäben des Bodens, die sich auf ihren Beinen abzeichneten.

Als sie mich bemerkte, sprang sie auf.

»Margo …« Ihre Stimme war sanft wie Honig und kam mir bekannt vor.

»Bist du Semele?«

Sie nickte. »Ja.«

Da fiel es mir wieder ein. Ihre Stimme war es, die beim ersten Angriff auf die Insel gesagt hatte, ich solle loslassen, damit meine Seelenblume erscheinen könne. Ob Callidora deshalb damals so geguckt hatte? Hatte sie die Stimme ihrer Tochter ebenfalls gehört?

Ihre Haare fielen bis zum Boden, glatt, schwer, wie Seide aus Dunkelheit in der Nacht gewoben und in Tinte getränkt. Eine mystische Schönheit, deren Haut wie Glas wirkte, unter der die Adern blau durchschimmerten.

»Ich, ich wusste nicht, dass -«

»Shht.« Semele hob ihre Hand.

Ihre Stimme schmiegte sich sanft in meine Ohrmuscheln, als trüge sie keine Gräuel in sich.

»Ich habe dich beobachtet, dein Leben lang.«

Ich schluckte und Wärme stieg in meine Wangen.

»Immer?«

Semele kicherte. »Ich wusste schon, wann ich mich zurückzuziehen hatte.«

»Veralberst du mich oder warum wirkst du so, na ja, äh, nett?«

Semele umfasste die Gitterstäbe und bedeutete mir, zu ihr zu kommen.

Bei ihr angekommen, wollte sie mich noch näher wissen. Ich kam der Bitte nach. Noch weiter, ein kleines bisschen mehr.

»Margo?«

»Ja?«

Ihre dünne Hand sauste durch die Gitter und umfasste meinen Hals, bevor ich auch nur ansatzweise erahnen konnte, was sie vorhatte.

»Ich werde dich vielleicht umbringen müssen. Zephyrus ist ein völliger anderer Mensch geworden …«

Semele schmiegte sich an Zephyrus' Körper. Ihn so hingebungsvoll zu sehen, mit all der Güte in den Augen, die aus einer Zeit stammen musste, in der er noch nicht von Zorn zerfressen war, machte ihn beinah liebenswürdig.

»Semele, mein Schatz, ich habe dich nie aufgegeben. All die Jahre habe ich dich gesucht, meine geliebte, vertraute Semele. Die Einzige, die mich je verstanden hat.«

»S-Semele.« Callidora streckte die Hand nach ihrer Tochter aus und bewegte sich keinen Zentimeter.

Semele löste sich von ihrem Geliebten und sah ihre Mutter an. Ihre Miene verriet nicht, wie sie ihr gegenüber eingestellt war. Sie wirkte eher wie ein kleines Kind, den Zeigefinger an der Lippe, das eine Fremde beobachtete.

»Mutter?«

»I-Ich habe dich gesucht und nie aufgegeben.«

»Du hattest mich schon aufgegeben, bevor ich verschwunden gewesen bin.« Bittere Worte, die Semele sich bestimmt zurechtgelegt hatte.

Eine erdrückende Mattheit überkam mich, als ich diese Szene beobachtete. Nachdem ich Semele wortwörtlich ausgespuckt hatte, zerrte nicht nur eine Erschöpfung an meinen Lidern. Nein, was sich ebenfalls in mich schlich, war ein Gefühl der Leere, der tiefen Traurigkeit, die eine graue Atmosphäre um mein Herz legte. Jegliche Freude, Lebensmut und Hoffnung flackerten auf Sparflamme und ich wusste nicht, woher dieses depressive Gefühl, das ich nur zu gut von meinen Zeiten als Jugendliche auf der Straße kannte, kam.

»Margo, alles klar?« Drakons Flüstern, gefolgt von den Blicken, die er zu den anderen warf, zeigte mir, dass sie meinen Zustand noch nicht gecheckt hatten.

»Das sind die Nachwirkungen der jahrzehntelangen Gefangenschaft. Semele ist wie ein Teil deiner Seele geworden, den du verloren hast.« Das klang doch nach Gundel, oder?

Ich drehte mich um, hoch zur Galerie.

»Gundel?« Drakon sprach ihren Namen aus, der wie Blei auf meiner Zunge lag.

»Ich habe das vermutet und es gibt ein paar wenige Aufzeichnungen darüber aus dem Mittelalter, in denen die Laskaris gezwungen worden sind, jemanden jahrelang in ihrer Rose zu beherbergen.« Sie hatte ihre grauen Haare geglättet und trug ein Gänseblümchenmusterkleid, das so gar nicht zur Situation passte.

Wie konnte es dazu gekommen sein, dass sie aussah wie ein völlig anderer Mensch?

»Was machst du hier?« Schwarze Punkte blinkten um mein Sichtfeld, und diese Worte auszusprechen, kam mir vor wie ein Marathonlauf.

»Du hast vorhin Daphne aus dem Zimmer geschoben, stimmt es?« Hatte Drakon recht?

»Tausend Punkte.« Gundel bewegte sich geschmeidig in ihren braunen Stiefeln die Wendeltreppe seitlich der Galerie zu uns hinab. »Ihr seid ja doch nicht so blöd wie gedacht.«

»Was machst du hier?« Okay, Zephyrus schien überrascht, das hatte ich nicht erwartet.

»Das passt dir nicht in den Kram, du peinlicher Schmarotzer, oder? Etwas, das nicht so läuft wie geplant.« Gundel erreichte den Sandsteinboden und klackerte auf uns zu.

»Naiv zu denken, ich würde mich nicht absichern.« Callidora schoss eine Ranke vor, umfasste ihre Tochter und schleuderte sie zu Gundel.

Diese fing Semele mit einem vergrößerten Bett aus angewachsenen Gänseblümchen, die sie in mehrere Strähnen eingeflochten hatte, auf.

»Ihr seid doch auf unserer Seite?« Ein Funken schwach glimmender Hoffnung schürte sich wieder auf, als ich daran dachte, doch noch eine Chance zu haben.

»Tut mir leid, nein.« Gundels schiefes Lächeln vertiefte sich. »Callidora und ich haben lediglich eine Interessensgemeinschaft gebildet. Sie will ihre Tochter und ihre Rache und ich das College, ich habe keine Lust mehr, die zweite Geige zu spielen. Ich bin diejenige, die das College vorantreibt. Ich bin diejenige, die forscht, die Pflanzen behütet und die Pläne zusammenstellt.« Gundel stand vor mir, als hätte sie sich teleportiert, dabei setzte wohl nur meine Wahrnehmung alle paar Sekunden aus, sodass ich ihre Schritte wie unter Stroboskoplicht wahrnahm.

Drakon merkte das und stützte mich.

»Warum muss das so passieren? Du hättest das College übernehmen können, wenn rauskommt, dass Callidora mit Zephyrus gemeinsame Sache macht.« Drakons Stimme in meinem Ohr half mir, nicht durchzudrehen.

»Aber dann wäre Zephyrus noch am Leben«, erklärte Gundel.

»Das heißt?« Die Worte krochen wie zäher Schleim aus meinem Mund.

»Das heißt, dass ich Callidora helfe. Wir bringen Zephyrus, Drakon und dich um, Callidora sowie Semele tauchen unter und ich habe die Anerkennung der Magiebegabtenwelt, da ich uns allen den Arsch gerettet habe. Als die etwas neben sich stehende Gundel würde mich niemals jemand ernst nehmen. Bereits vor Jahren habe ich es aufgegeben, diese Gundel zu sein. Versteht ihr nicht? Ich will nur das Beste für die Pflanzenmagierschaft und will uns voranbringen, das gelingt aber nicht, wenn die Mächtigen«, Gundel blickte zu Drakon, der für seine ganze Familie stand, »mit miesen Tricks arbeiten. Also habe ich dazugelernt. Wer fair spielt, verliert.«

Kaum zu glauben, was ich da hörte, vor allem, wenn ich dabei Zephyrus unweit von Drakon und mir erspähte, der dem Ganzen wohl so ungläubig wie wir lauschte. In welches Paralleluniversum waren wir geraten, in dem wir nun mehr auf einer Seite mit Zephyrus, statt auf der von Callidora und Gundel waren?

»Mir ist egal, was ihr wollt, gebt mir nur Semele zurück.« Zephyrus sprach gezwungen ruhig, aber ich erkannte sofort, wie die Wut in ihm brodelte.

»Zeph.« Semele hechtete vor, doch Gundel packte sie noch rechtzeitig und riss sie zurück.

»Das würde ich nicht machen.«

»Gundel! Fass sie nicht so an.« Callidoras herrschaftlicher Befehlston kam zurück, als löste sie sich aus ihrer Paralyse.

Gundel hob abwehrend die Arme.

»Meiner Mutter würde das nicht gefallen. Ihr seid Freunde gewesen.« Meine Stimme hörte sich wie von weit weg an.

»Hä?« Callidora legte den Kopf schief. »Die beiden?«
Gundel lachte auf und hielt sich die Hand vor den Mund. Semele sah sie ebenfalls fragend an.

»Du glaubst das noch immer? Dann bist du wirklich dümmer als gedacht. Die Geschichte über deinen Namen – der übrigens von Callidora gekommen ist – hast du auch geschluckt?« Gundel ließ den Kopf etwas hängen, den Rücken gebeugt, die Schultern nicht mehr zurückgezogen, die aufrechte Haltung verschwand.

Sie wirkte wieder wie die alte Gundel, abgesehen vom Aussehen. »Deine Mutter und ich sind beste Freunde gewesen.«

Gundel sagte den Satz so wie damals, damit ich in ihr Baumhaus kommen sollte.

»Du hast mich verarscht?« Meine Kräfte kehrten nach und nach zurück, da dieser Verrat meine Lebensgeister nicht nur weckte, sondern mit Pauken und Trompeten aus dem Tiefschlaf riss.

»Stell dir vor.« Gundel zuckte mit den Schultern, als wäre ihr das völlig egal.

»Margo. Margo, sieh mich an.« Drakon nahm mein Gesicht zwischen seine Hände und drehte mich zu sich. »Wer auch immer dich hintergangen hat, ich nicht, ich bin bei dir. Wir schaffen das, okay?«

All die Vorkommnisse hatten Drakon Augenringe ins Gesicht gezeichnet, Falten zierten seine Stirn, die Haare waren ausgeblichen, vom Ansatz ganz zu schweigen, und das blitzende Zartgrün, das mich verzauberte, wirkte abgeschwächt. Das hatte er alles mir zu verdanken. Ich musste mich zusammenreißen, und wenn es nur für Drakon war.

Für diesen letzten Kampf schüttelte ich meine Antriebslosigkeit ab und mobilisierte meine letzte Energie. Ich übergoss mich mit diesen Reserven und schenkte Drakon ein aufrichtiges Lächeln.

»Mhm.«

Drakons Gesicht wurde unscharf und meine Instinkte fokussierten den Hintergrund. Von dort aus näherte sich uns etwas.

»Pass auf!« Ich packte Drakons Hände und stieß ihn seitlich weg. Gleichzeitig streckte ich meinen Arm nach links weg, damit ich die Kletterpflanze erwischte, die ich in dem Moment zu mir rief, und ließ mich zur Wand ziehen. Gerade noch rechtzeitig, um der angespitzten Wurzel zu entkommen, die auf uns zuschoss. Mit voller

Wucht prallte ich gegen die Steinwand an der Rückseite von Zephyrus' Unterschlupf.

»Lektion Nummer eins: Kehre deinen Feinden nie den Rücken zu.«

»Ganz genau!« Drakon hatte sich Gundels Ratschlag zu Herzen genommen und ihre Wurzel mit einem Efeublättersturm umgeleitet, als Gundel sich mir gewidmet hatte.

Die Wurzel samt Sturm schoss an Callidora vorbei, die rückwärts sprang.

Callidora fixierte Daphne nun nicht mehr mit ihrer Magie und ich ergriff die Gunst der Stunde. Ich rannte los, bedeutete den Ranken, die Daphne gefangen hielten, sie zu mir wachsen zu lassen. Glücklicherweise war Callidora zu abgelenkt, also gehorchten sie nun mir.

»Nein!« Callidora bemerkte es nun doch und hob wieder ihre Hände.

Sie würde sich die Kontrolle zurückholen, weshalb ich die Blätter um mich befehligte, sich zu schärfen, loszufliegen und die Ranke um Daphne durchzuschneiden.

Es gelang ihnen, die Verbindung war gekappt und ich hechtete nach vorne. Im Sprung drehte ich mich auf den Rücken, prallte auf dem harten Untergrund auf und Daphne landete auf mir. Sie drückte mir sämtliche Luft aus dem Körper und auch Daphne stieß einen überraschten Laut aus.

»Margo.«

»Ich habe doch gesagt, ich rette dich.«

»Das hast du.« Daphnes Augen füllten sich mit Tränen und ihr bebendes Kinn brachte ihr teils gebräuntes, teils gerötetes Gesicht zum Zittern.

»Margo!«

Eine Lavakugel flog an uns vorbei und die zischende Hitze riss mich aus unserem Willkommensgruß.

»Was denn, Zephyrus? Ich habe gedacht, dass das unser Tausch sei? Ich kann nichts dafür, wenn du Semele nicht mal vier Sekunden lang beschützen kannst.« Ich drängte Daphne hinter mich.

»Mach dich nur lustig, am Ende des Tages seid ihr beide tot.« Zephyrus wandte sich an Callidora. »Du wirst es bereuen, mich hintergangen zu haben.«

»Leere Worte und das ...« Callidoras Antwort verstummte für mich, da ich mich auf Drakon konzentrierte, der sich mit Gundel angelegt hatte.

Ihre Gänseblümchen schlugen wie die Schlangenhaare der Medusa um sich, während sie Semele im Griff behielt und Drakons Angriffe abwehrte. Seine messerscharfen Blätter hatten kaum eine Chance gegen Gundels perfekt trainierte Pflanzen. Wodurch ich das erste Mal den Vorteil darin erkannte, mit wenigen Pflanzen, die man bei sich trug, zu kämpfen. Sie wurden über die Jahre zu echten Waffen und waren nicht mehr nur Pflanzen, zu denen man keinen Bezug hatte. Gundels Forschungen auf diesem Gebiet fanden kaum Beachtung, dabei waren sie genial.

»Hör zu, Daphne, such dir ein Versteck da drinnen, irgendwo, wo es keine Pflanzen, Eis oder Feuer in der Nähe gibt, und komm nicht zurück, was du auch hörst, okay?«

»Ich kann dich doch nicht -«

»Doch, du kannst.«

Daphne zögerte, doch nachdem sie einen Blick hinter mich geworfen hatte, schien sie zu begreifen, dass sie nur im Weg stünde. Ihre Schritte wirkten zunächst unbeholfen, aber sie schaffte es ins Gebäude.

Wenige Augenblicke später stand ich Rücken an Rücken bei Drakon.

»Na, nimmst du an der Party auch endlich teil?« Drakons Spruch brachte meinen Herzschlag auf ein weniger tödliches Niveau.

»Kann dir doch den Spaß nicht allein lassen.«

Die Nacht brach langsam an, Gelb verwischte sich mit dunklem Orange, das in Rot überlief und wie verlaufene Wasserfarbe mit Dunkelblau eine Einheit bildete. Die Hitze nahm ab und mein Verstand kühlte sich herunter. Das Kampfgeschehen meiner Freunde draußen leider nicht.

Zephyrus stand weiter weg, Callidora vor mir und Gundel vor Drakon. In diesem Dreieck der Feindschaften reihten wir uns in die wohl ungünstigste Position ein, aber wenn ich eines gelernt hatte, dann, dass der richtige Weg immer der schwerste und undankbarste war. Doch an seinem Ende wartete stets das meiste Licht.

»Los?« Drakons Frage schwebte über unseren Köpfen.

»Los!«

Wieder war ich dankbar, so viel mit Drakon trainiert zu haben, da wir mittlerweile einige Strategien einstudiert hatten. So auch diese.

Ich lief auf Callidora zu und ließ das Wurzelgeflecht, das ich bereits seit Minuten beschworen hatte, zwischen den Ritzen aus dem Boden schießen. Danach nutzte ich eine verhärtete Kletterpflanzenmauer, um Zephyrus abzuschotten.

Sofort spürte ich auch Drakons magische Sinne, die meine Kletterpflanzenmauer übernahmen. Ich übergab ihm die Kontrolle, sodass er sie fortführte und auch einen Schutz gegen Zephyrus hatte.

Es dauerte nicht lange, da zahlte sich meine Falle aus. Die spitzen Wurzeln schalteten den Rasierblattangriff von Callidora aus und brachten sie nun dazu, den Wurzelspießen mit immer größer werdenden Sprüngen auszuweichen.

Die Kletterpflanzenmauer schützte mich natürlich nicht vor Lava, aber davor, dass Zephyrus mich als Ziel fokussieren konnte.

Callidora, die Zephyrus gegen sich aufgebracht hatte, hatte nun mit beiden Angriffen zu tun. Das gab mir die Zeit, um auf den Wurzeln, die sich zwischen die Sandsteine gruben, wie bei einer Treppe hochzulaufen. Der aufziehende Wüstenwind trübte meine Sicht, doch ich ignorierte es und sprang in die Luft. Neben mir zog sich auch die Kletterpflanzenmauer hoch.

Meine Hände verkeilte ich ineinander, wodurch sich Blätter vor mir zu einer Art Kugel formten, und exakt diese schleuderte ich nun auf Callidora.

Sie wich den Wurzelangriffen sowie Zephyrus' Lavahagel aus. Erst der Schatten, den meine Blätterfaust auf sie warf, brachte sie zum Hochgucken und ihre geweiteten Augen befriedigten die kleine böse Straßenmargo in mir.

Ich traf sie mit voller Wucht, doch ein Schmerz durchzuckte mich, als spürte ich den Fausthieb selbst, bis ich erkannte, woher er kam. Ich fiel von meinem Sprung zurück auf den Boden, sah hinter mich und erkannte die winzige Lavakugel, die mein Shirt aufgerissen und eine Wunde an der Seite hinterlassen hatte.

Der Schmerz kam in Wellen, bis er kaum noch auszuhalten war. Er hatte mich getroffen. Mit beiden Händen griff ich an die Stelle und drückte gegen den Schmerz, sodass ich vergaß, auf meine Landung zu achten und seitlich auf dem Boden aufkam. Der Schmerz breitete sich von diesem Punkt über meinen Körper aus. Das magische Adrenalin und die Robustheit durch die Pflanzenmagie verschafften mir den Vorteil, wieder aufstehen zu können.

Wieder bei Callidora sah ich ihre zerfetzte Kleidung sowie das Blutrinnsal, das vom Kinn tropfte.

Zephyrus stampfte durch die Lava, als wäre sie eine Regenpfütze. Langsam fehlte es mir an Kreativität, um mir neue Taktiken zu überlegen, wie wir gewinnen konnten.

»Schluss mit dem Mist. Ich will meine Semele zurück und ich verliere keine Sekunde mehr.« Zephyrus ließ seinen Kopf in den Nacken fallen.

Er öffnete seinen Mund und würgte.

»Drakon, ich glaube, die einzige Chance, das zu überleben, ist, die drei sich gegenseitig ausschalten zu lassen.« Hoffentlich hörte niemand meinen Plan, denn durch das pulsierende Blut in meinen Ohren konnte ich nicht einschätzen, wie laut ich sprach.

»Hab ich mir auch gedacht.« Drakon schluckte und formte seine Lippen zu einem Trichter, durch den er stoßweise Luft raus pustete.

»Los!« Gundel gab Callidora ein Startsignal für was auch immer, woraufhin Callidora vorstürmte und hochsprang.

Gundel formte aus Blättern eine Treppe nach oben, die gerade rechtzeitig erschien, damit Callidora die erste Stufe erwischte. Dem Himmel lief sie entgegen und beschwor eine Schlange aus Kletterpflanzen, die sich verdickte und auf Zephyrus' Mund zuraste.

»Komm schon!« Callidora drückte ihre Hände tiefer nach unten, als könnte sie den verdickten Kletterpflanzenkörper, der aussah wie ein Rammbock, rascher in Zephyrus' Rachen schieben.

Drakon schnappte sich meine Hand.

Nur wenige Zentimeter über Zephyrus' Mund scheiterte der Plan, da er einen Schwall Lava erbrach, der die Pflanze sofort auffraß, sich zu Callidora hochkämpfte und kurz davor war, sie zu erwischen.

»Mama!« Semele eilte vor, bis sie von Gundels Arm zurückgerissen wurde.

Callidora traf dieses Wort offensichtlich, sodass sie von der Lavasäule wegsah und Semele anguckte. Freude huschte über ihr Gesicht.

»Es tut mir leid, Drakon. Ich kann das nicht.« Ich riss mich los, hob meine Hände, damit sich die Blättertreppe löste.

Callidora fiel, aber ich ummantelte sie mit den Blättern und schmetterte sie in diesem Blättersarg zu Boden.

»Was hast du getan?« Ja, Drakon, das fragte ich mich auch.

Nicht nur wir beide. Auch Gundel, Semele und Callidora sahen mich überrascht an.

»Ich konnte sie nicht sterben lassen, sie hat mich auch einmal vor ihm gerettet.« Ich sah zurück zu meinem Freund. »Es tut mir leid.«

Drakon fing sich, da er mir ein kopfschüttelndes Lachen zuwarf. »Du bist unglaublich.« Er seufzte schwer. »Egal, dann bringen wir sie jetzt um.«

»Ich liebe dich, Drakon.«

»Ich dich auch, Margo.«

Schmunzelnd blickte ich zu Boden, hoffentlich war das nicht das letzte Mal, dass ich das gehört hatte. Erst dadurch erkannte ich die runden Schatten unter uns, die aussahen wie kleine Regentropfenabdrücke. Mir schwante Böses und ich sah hoch.

»Drakon!« Mit meinem Zeigefinger deutete ich empor in den Himmel.

»Fuck.«

Lavaregen stoppte am Himmel und war gerade dabei, umzudrehen und auf uns hinabzustürzen.

»In den Unterschlupf«, rief Drakon, aber dann schüttelte ich den Kopf.

»Zu spät.« Mein Rachen fühlte sich rau und trocken an. »Wir müssen ausweichen.«

Anscheinend hatte Gundel unsere Blicke verfolgt, denn ich hörte im Hintergrund ihre Warnung. »Callidora! Sieh nach oben.«

Aufgeben war keine Option. Stattdessen sprang ich zwischen den Lavakugeln hin und her. Einige fielen nur knapp an meinem Kopf, meiner Schulter oder meinen Beinen vorbei, dennoch spürte ich die unsägliche Hitze, als hätten sie mich erwischt.

»Willst du mich treffen?« Gundel blieb stehen und hielt Semele dicht an sich.

»Was machst du da?« Callidora konnte sich kaum noch auf ihre Sprünge weg vom Lavahagel konzentrieren.

»Ich kann nicht mehr und ich glaube nicht, dass er mich angreifen wird, wenn ich seine Geliebte habe, außerdem -«

»Margo!« Ich hörte Gundel nicht mehr zu, da mich Drakons Ruf in Alarmbereitschaft versetzte.

Er war gestürzt.

»Drakon!« All die Ranken, die ich zur Abwehr schicken wollte, fielen der Lava zum Opfer und schafften es erst gar nicht bis zu ihm. »Nein!«

Doch kurz vor Drakons Körper stoppten die Lavakugeln, als hätte jemand die Zeit eingefroren. Die Kugeln waberten über uns und erhellten den Sandsteinhof. Der Geruch von Feuer lag in der Luft und die aufgeheizte Stimmung brutzelte um uns.

»Ich lasse mich nicht verarschen, zum letzten Mal.« Zephyrus spannte seinen Körper an, Adern traten an seinem Hals hervor. »Und niemand benutzt meine Semele als Schutzschild.«

Die Lavatropfen sausten in die Mitte. Gerade so schaffte ich es noch, auszuweichen.

Eine Sekunde später und ich wäre durchlöchert gewesen. Die Masse sauste im Hof herum und wir folgten ihr, gebannt, was er vorhatte. Nachdem sie eine gefühlte Ewigkeit wie ein Jagdtier umhergepirscht war, schoss sie hoch in den Himmel.

»Wieder dasselbe Spiel?« Gundel lachte verächtlich.

»O nein.« Was meinte Zephyrus?

Im Augenwinkel erkannte ich einen orangefarbenen Blitz, doch es war zu spät. Zephyrus musste vorhin, als wir es nicht bemerkt hatten, die Lava in zwei Hälften aufgeteilt haben. Denn die zweite blähte sich hinter Gundel zu einem gierigen Schlund auf und verschlang sie gerade so, dass sie Semele nicht berührte. Diese sprang sofort weg, als hätte sie gewusst, was ihr Geliebter vorhatte.

Die quälenden, gurgelnden Schreie von Gundel würden mich bis an mein Lebensende in meinen Träumen verfolgen. Sie brannten mir eine Gänsehaut auf den Rücken. Ich wandte mich ab, bis von Gundel nichts mehr übrig geblieben war.

»Und wenn wir gerade dabei sind.« Zephyrus vermengte die Lavateile wieder miteinander und hoch am Himmel wirkten sie wie ein

Planet kurz vorm Explodieren. »Dann hole ich mir noch ein paar andere von euch.«

»Er will den Lavaregen auf unsere Freunde und auf seine Verbündeten hetzen?« Mist!

Drakon teilte meine Vermutung.

»Margo, links von dir!« Daphne tauchte auf der Galerie hinter Callidora auf, die sich ihre Tochter geschnappt hatte, und hielt einen Dolch in der Hand.

Ich sah leicht nach links und entdeckte die Wurzelspitze, die auf mich zu sauste.

»Mist.« Das war also Callidoras Vorstellung von Dankbarkeit.

Da es nicht klappte, ihren Willen zu brechen und die Wurzel zu übernehmen, wich ich aus.

Ich kippte um, landete auf meinem Hintern und rutschte zurück, während die Wurzellanze immer wieder zwischen meinen Beinen auf den Boden einstach.

Drakon rannte auf mich zu, bis eine Lavahand ihn stoppte und verfolgte. Er lief weg. Meine Hände rissen auf, da ich so hektisch nach Halt suchte, um zurückzurutschen.

»Lass Margo in Ruhe!«

Warum versteckte Daphne sich nicht?

Die Wurzelspitze richtete sich auf und blickte mir direkt ins Gesicht. Dahinter erkannte ich Callidora, die mich mit gierigem Blick musterte und wiederum dahinter erspähte ich Daphne, die ihren Arm hob und den Dolch in Richtung Callidora warf.

Wer kam zuerst ans Ziel? Der Dolch bei Callidora oder die Wurzelspitze bei mir?

Ich stieß mich zurück. Meine Arme zitterten und jegliche Kraft verließ mich bei der Erwartung meines Todes. Die Lanze stach zu. Gerade so schaffte ich es noch, mich komplett hinzulegen. Die Wurzel schüttelte sich, entdeckte mich unter sich, nahm das Ziel wieder auf und war bereit, mich zu erstechen, als ich ein Brüllen wahrnahm.

Die Wurzel wurde schlaff und sackte über mir zusammen. Ich schob sie von mir und erkannte den Dolch in Callidoras Schulter. Neben mir war etwas Leuchtendes aus meiner Hosentasche am Oberschenkel gefallen. Ein fluoreszierender Dingsbumspilz.

»Aoi …« Sie musste ihn mir vorhin zugesteckt haben.

»Nicht schlecht, deine Freundin. Jetzt wird's Zeit, euch allen Lebewohl zu sagen.« Zephyrus wollte gerade seine Hände zusammenklatschen, um mit dem Lavahagel zu beginnen.

Alle meine Freunde, Freundinnen und sogar seine Verbündeten waren völlig schutzlos. Da erkannte ich Drakon, der vor einer Lavakugel davonlief, direkt auf mich zu, und etwas in der Hand hielt.

»Fang!«

Ein Blick von mir genügte und die Teleportpflanze öffnete sich. Ich konnte kaum einen klaren Gedanken fassen, aber ich musste uns alle samt Zephyrus von hier wegbringen.

»Nein!« Zephyrus erkannte ebenfalls, was ich vorhatte, doch da war es zu spät.

Die Teleportpflanze saugte uns binnen Sekunden ein und alles, was ich noch schaffte, war, Daphne mit den Kletterpflanzen festzuketten, damit sie nicht mit uns kam, sowie den Pilz Richtung Zephyrus' Mund zu werfen.

30.

WAS WÄRE

BEI WENIGER OPFERN PASSIERT?

Der Geruch von Erde und Blut stieg auf und ich fühlte die Rillen der Baumrinde, gegen die ich mich stemmte.

Drakon lag allein auf dem Strand. Sein Bauch war von der Teleportation mit einem Loch versehen und mit Pflanzen verwachsen – eine der Risiken bei Pflanzenteleportationen und gerade jetzt musste sie auf ihn zutreffen.

»Versteckst du dich immer noch vor mir?« Zephyrus rannte knapp an dem Baum, hinter dem ich mich versteckte, vorbei und mein Herz schlug dabei so heftig, dass ich mir sicher war, er hörte es durch all meine Poren hindurch.

Wie konnte ich ihn besiegen? Und dass Morpheus und Juna bereits leblos am Strand lagen, unweit von Drakon entfernt, machte es nicht unbedingt besser.

Es lag nun an mir.

Beruhig dich, Margo. Es ist wie es ist. Drakon wird noch leben, genau wie Morpheus und Juna. Ich kann sie retten, wenn ich mich zusammenreiße und Zephyrus aufhalte.

»Buh.«

»Ah!« Ich schreckte seitlich weg, als Zephyrus mich entdeckt hatte.

»Naives Kind. Als würde dir ein Versteck helfen. Was willst du erreichen? Deinen Tod hinauszögern? Das jahrelange Training nachholen, mit dem du bei mir im Rückstand bist?« Warum musste Zephyrus nur die Wahrheit aussprechen und mich noch mehr runterziehen?

»Du wirst mich nicht besiegen.« Rückwärts schritt ich zwischen den Bäumen hinweg und dank meiner Pflanzenseele konnte ich ihnen ausweichen, ohne sie zu sehen, als flüsterten sie mir zu, wohin ich gehen musste.

»Aber, Liebes, das habe ich doch längst. Ich spiele nur noch mit meinem Essen, bevor ich es mit Haut und Haar verschlinge.«

»Deine Arroganz wird dir ein Bein stellen.«

»Und dir deine Naivität. Du bist keine Superheldin.«

»Das nicht, aber ich komme von der Straße.«

Zephyrus hatte damit wohl nicht gerechnet und zog die Augenbrauen zusammen. Diese Verwirrung verschaffte mir die Zeit, die Dinge auf die gute, alte Weise zu handhaben. Ich machte einen großen Schritt vor und schlug ihm mit der Faust mitten ins Gesicht. Es knackte. Waren das meine Finger oder sein Gesicht?

»Au.« Ich schüttelte die Hand und als Zephyrus zurücktaumelte, sprintete ich los.

»Du Schlampe! Fuck! Ich bringe dich um.« Zephyrus' Stimme wurde schrill.

Mit einer Sache hatte Zephyrus recht: Weglaufen brachte nichts. Deshalb würde ich mich ihm stellen. Mein Weg führte mich zum Strand.

Dort stürzte ich zu Morpheus und Juna.

»Juna? Juna?« Ich schüttelte sie.

»Morph?«

Juna öffnete ihre Augen, sie rollten sofort wieder zurück und es dauerte ein, zwei Sekunden, bis sie benommen zu sich kam. »Margo?«

Morpheus, der neben ihr lag, regte sich. »Au, mein Kopf. Habe ich zu viel gesoffen?«

»Wäre es nur das.« Schön, dass die beiden lebten.

»Na warte nur.« Zephyrus kam näher.

»Er wird euch töten.« Ein ersticktes Lachen kam von Callidora, die auf dem Bauch lag und noch Daphnes Dolch in der Schulter hatte.

Neben ihr befand sich Semele, die nicht verletzt, sondern nur bewusstlos wirkte. Vielleicht war das auch alles zu viel Anstrengung für ihren Körper gewesen.

Die Wellen des Meeres schwappten hoch bis zu Callidoras Schulter. Sie sog die Luft scharf ein, vermutlich brannte das Salz in ihrer Wunde.
»Halt die Klappe, Callidora.« Und das von Morpheus.
»Könnt ihr teleportieren und Drakon mitnehmen? Ist sonst noch jemand auf der Insel?« Meine Fragen überschlugen sich fast in meinem Mund.
Juna schüttelte den Kopf. Ihre Lippen waren rau, trocken und aufgeplatzt. »Jemand hat ein Giftpulver in die Pflanze geschmissen, als wir wegteleportiert sind, und es hat uns erwischt.«
Scheiße. Und Drakon konnte auch keinen Teleport mehr ertragen.
»Hätte nicht gedacht, dass du so blöd bist und zu deinen Freunden zurückkehrst.« Zephyrus kam zwischen den Bäumen hindurch, einzig die verletzte Nase erfreute mich an seinem Anblick.
»Morpheus, kannst du deine Seelennelke rufen und einen Schutzschild um euch aufrechterhalten?«
»Ich weiß nicht. Ich versuche es.« Morpheus' Stimme klang erstickt vom Gift und sein Atem verursachte pfeifende Geräusche.
»Gut, das reicht mir.«
Morpheus' Seelennelke erschien und ich bemerkte, dass er kaum noch Blütenblätter dran hatte, was bedeutete, er war dem Tod näher als dem Leben. Kurz darauf tauchte ein schwacher, transparenter Lichtschild über Juna, Drakon und ihm auf.
Dann war es an der Zeit, mich Zephyrus entgegenzustellen. Ich breitete meine Arme aus und machte mich bereit für den letzten, alles entscheidenden Kampf.
»Hier bin ich, Zephyrus.«
»Wurde auch Zeit.« Er blickte auf seine nicht vorhandene Uhr.
Zephyrus spuckte mir eine Lavakugel entgegen, die mich verfehlte. An seinem zufriedenen Gesichtsausdruck erkannte ich sofort, dass sie mich nie treffen sollte, und ein Blick nach hinten genügte, um zu erkennen, worauf er es abgesehen hatte.
»Verdammt.« Hinter mir fackelte unsere verbliebene Teleportpflanze ab.
Der Überlebenswille und das Adrenalin in mir gaben sich die Hand und vermischten sich zu einer Dosis Wahnwitz, die mich all meine Schmerzen verdrängen ließ, damit ich auf Zephyrus losstürmen konnte.

Ich riss die Arme hoch und die Bäume um Zephyrus standen kurz danach kahlen Hauptes hinter ihm. Die Blätter breiteten sich aus. Er sah um sich, als ich die Blätterränder rasiermesserscharf zauberte.

»Alter Hut, ganz alter Hut, Margo.«

Tja, wäre es, wäre ich fertig.

Ich ließ die Blätter in der Luft schweben, um danach die Ranken und Lianen aus dem Inselinneren mit einem Augenaufschlag zu mir zu rufen.

Die Blätter samt Gewächse vermischten sich zu einem Hurrikan, mittendrin: Zephyrus.

»Was? Was soll das?«, hörte ich ihn noch schreien, bevor der tosende Hurrikan alles übertönte und Zephyrus in seine Mitte nahm.

Der Wirbelsturm aus Blättern, Ranken, Lianen, Wurzeln und Samen verwandelte sich in eine reißende Gewalt, die die umstehenden Bäume ausriss. Der Sand wirbelte auf, sodass ich mir meine Arme schützend vors Gesicht hielt. Dann steuerte er auf das Zentrum von Lidwicc zu.

»Tut mir leid.« Das galt den Pflanzen, die ich damit tötete und die wir laut Kodex eigentlich nicht für unsere Zwecke beschädigen sollten, aber hier ging es um Leben oder Tod.

Ich rannte dem Sturm hinterher, bis er aufleuchtete. Zephyrus musste wohl seine Lava eingesetzt haben, um den Wirbel aufzuhalten. Glücklicherweise gelang es ihm nicht.

»Das ist meine letzte Chance.«

Ich holte meine Seelenrose heraus, öffnete sie und begab mich wieder tief in mein Unterbewusstsein, auf den winzigen Planeten mit den Rosenfeldern, dorthin, wo ich Semele gefunden hatte, öffnete den goldenen Käfig erneut und bat meine Seelenrose, mir zu helfen.

Danach kehrte ich wieder zurück und ein roter Strudel brach aus meiner Seelenrose hervor.

»Schnapp dir Zephyrus!« Mit diesem Befehl hoffte ich, endlich meine Seelenrose unter Kontrolle zu haben.

Der Rosenstrudel stülpte sich wie ein zweiter, größerer Hurrikan über den, in dem Zephyrus steckte, und ich spürte, wie er begann, sich in mich zurückzuziehen.

»Auuu!« Semele zu befreien hatte sich nicht so schmerzhaft angefühlt, wie jemanden darin einzufangen.

Die Schmerzen waren kaum auszuhalten. Wobei es mir keine körperlichen Wunden bescherte, es waren mehr seelische Narben, die zurückblieben. Ich blickte an mir hinab und erkannte nichts. Dennoch fühlte es sich an, als schnitt Papier meine Haut entlang, riss sie auf und streute Salz hinein.

Die glühende Seelenrose, die immer ein wenig wirkte, als wäre sie samt ihrer Transparenz nie richtig da, erhielt einen Schnitt an einer ihrer Blüten und erst da kapierte ich, dass es mich töten könnte, jemanden in mich aufzunehmen.

Der Morgen war längst angebrochen und die Sonne stand grell am Himmel. Die Wärme hüllte mich ein. Noch hatte sich die Lage nicht gebessert.

Mein Körper verkrampfte sich regelmäßig, da Zephyrus gegen seine Gefangenschaft ankämpfte und ich beinahe zu schwach war. Mal wieder.

Mein Körper bäumte sich auf und die Luft, die ich angehalten hatte, platzte aus meinem Mund. Ich schrie auf, als schnitt sich mein Körper entzwei. Wieder rammte ich meine Hände in den Sand und suchte irgendwas, um wieder Halt zu finden. Die Schmerzen machten mich schwindelig und trieben mich an den Rand des Durchdrehens.

»Gib doch endlich auf.«

Callidoras Worte schlichen leise zu mir.

»Niemals.« Ich sah zu Drakon, der noch atmete, aber sich nicht regte, und Juna sowie Morpheus, die kaum noch die Augen offen halten konnten.

Selbst Morphs Schutzschild hatte sich verabschiedet und Semele bekam auch von alldem nichts mit. Indessen machte mein Körper Anstalten, wieder ohnmächtig zu werden, wie so oft in dieser Nacht, wenn der Krampf in meinem Herz etwas nachließ.

»Margo, du kannst das.«

Bildete ich mir Morpheus' Worte nur ein?

»Gib nicht auf.«

Wollte mir Juna wirklich Mut machen?

Ich wusste nicht mehr, was Realität war und was nicht.

Meine Augen flatterten und die Sonne über mir strahlte so kräftig, dass man meinen könnte, an so einem wundervollen Tag konnte nichts Schlimmes passieren. Bis sich eine Wolke vor die Sonne schob.

Ein Ast schnalzte mir unerwartet mitten ins Gesicht. Der Schmerz ließ mich erschrocken zur Seite drehen und ich landete mit dem Gesicht im Sand. Ich erhob mich und spuckte mehrmals aus, bis ich den Sand nicht mehr von Lippen, Zunge und Gesicht brachte, da mir die Kraft fehlte. Ich blickte nach links und entdeckte Semele, die einen Ast in der Hand hielt.

»Ich habe gedacht, meine Magie wäre nach so langer Gefangenschaft verloren gegangen, aber nach stundenlangem Willenstraining hat es doch noch geklappt.« Semele sah mich grinsend an und ließ den Ast los.

»Ich hätte dich töten sollen.«

»Ich habe dir, als du mich befreit hast, prophezeit, dass ich es tun werde.« Semele zwinkerte mir zu.

»Du weißt nicht, was du getan hast, Semele.«

»Sie hat recht, Schatz.«

Callidora stimmte mir zu?

»Du weißt nichts, Mutter!« Semele wandte sich an ihre Mutter.

»Doch, dass ich dich liebe, und egal, was du anstellst, ich werde es immer tun.« Callidora schob einen Arm unter sich und richtete sich ein wenig auf.

Die Güte in Callidoras Gesicht kannte ich so gar nicht.

»Hör auf, Mutter.«

»Alles, was ich seit deinem Verschwinden getan habe, habe ich nur eingefädelt, um dich zu finden.«

Ob meine Mutter mich auch so geliebt hatte wie Callidora ihre Tochter?

»Ist mir egal und ich weiß sehr wohl, was ich mache, Mutter.« Mit diesen Worten ließ Semele ihre Mutter links liegen und wandte sich mir zu.

Semeles Tritt fühlte sich an, als würde er den nicht vorhandenen Inhalt meines Magens aus mir drücken. Mir blieb die Luft weg, weswegen nichts als ein ersticktes Hauchen aus mir kam.

»Lass ihn raus.«

»Semele, bitte, vielleicht …«

Der nächste Tritt folgte, und da bemerkte ich, was ich nicht wahrhaben wollte. Ich war zu schwach.

Meine Seelenrose baute sich wieder vor mir auf, doch das Glitzern dabei täuschte. Denn es würde etwas ganz Schlimmes passieren und das musste ich mir spätestens eingestehen, als erneut ein roter Rosenstrudel aus mir schoss.

»Nein …«

Der Strudel aus meiner Seelenrose stoppte und ich konnte gerade so aufstehen, als auch Zephyrus wieder vor mir auftauchte.

»Meine Liebe.« Zephyrus breitete seine Arme aus und Semele eilte auf ihn zu.

Die beiden wieder vereint zu sehen, bereitete mir noch mehr Bauchschmerzen als zuvor. Es war vorbei. Ich hatte keine Kraft mehr.

»Du bist wieder bei mir.« Semele roch an ihm, als wollte sie sich selbst bestätigen, dass er noch derselbe war.

»Semele. Ich habe dich nie aufgegeben.«

»Ich weiß. Ich weiß, mein Held. Jetzt können wir gehen. Gehen und allein irgendwo von vorne anfangen. Erinnerst du dich an das alte Cottage, das wir uns angesehen haben und -«

»Gehen?« Zephyrus sah sie verwundert an und drückte Semele von sich weg. »Wir können nicht gehen. Ich habe eine Armee aufgebaut, weißt du noch? Wir gegen den Rest der Ignoranten. Wir werden uns an allen rächen, die uns nicht ernst genommen haben.«

Semele verbarg ihr Gesicht vor Zephyrus, was er zu bemerken schien, weshalb er ihr Kinn anhob und sie zwang, ihn anzusehen. »Sie haben dich zwei Jahrzehnte weggesperrt, Semele.«

Was passierte dort gerade?

Semele schluckte. Zephyrus' Hand an ihrer Kehle erschwerte das.

»Was? Semele?« Zephyrus' Stimme wurde tiefer, wie ein Donnergrollen. »Sag, was du denkst.«

»Es, es ist vielleicht die beste Therapie für mich gewesen.«

»Was?« Dieses Was kam gleichzeitig von Callidora, Zephyrus und mir.

»Margo hat nicht gewusst, dass ich in ihr bin, und so, wie ich sie kennengelernt habe, hätte sie mich sofort befreit, hätte sie es geahnt.

Durch ihre Augen habe ich gesehen, wie schön die Welt ohne Zorn sein kann, wie wenig böse Lidwicc ist und wie kindisch wir gewesen sind. Wir haben uns ständig nur missverstanden gefühlt, rebelliert, anstatt Lösungen aktiv zu suchen und anzubieten.«

Semeles Monolog führte mir erstmals vor Augen, dass sie tatsächlich mein ganzes Leben an meiner Seite, dass ich eigentlich niemals alleine gewesen war.

Befremdlich und unheimlich, aber auch ... Okay, es war creepy. Vielleicht mit einem Hauch Trost.

»Hörst du, was du da sagst? Ihre Mutter ist schuld, dass du da drin eingeschlossen warst.« Zephyrus ließ von ihr ab und trat einen Schritt zurück.

»Ja, das ist auch verdammt beschissen gewesen, glaub mir, niemand weiß das besser als ich. Trotzdem haben wir damals schon damit begonnen, Magiebegabte zu foltern. Wir haben gestohlen und Existenzen ruiniert. Und ich wäre noch auf genau demselben Trip wie du. Zephyrus, ich weiß, wie du sein kannst, werde wieder zu diesem Mann.« Semele verringerte den Abstand zwischen ihnen, packte seine trainierten Unterarme und sah ihm hoffnungsvoll in die Augen.

»Semi, soll das heißen, du bist froh, dass die dich eingesperrt haben?« Callidoras kaltschweißiges Gesicht, das völlig fahl wirkte, war vom Schock gezeichnet.

»Mutter.« Semele drehte ihren Kopf zu Callidora. »Du bist auf demselben Irrweg. Ich danke Margo dafür. Sie ist ... wie eine Tochter oder Freundin für mich gewesen. Ich habe sie aufwachsen sehen, und auch wenn ich es dort drin gehasst habe und ich mir mehr als nur einmal gewünscht habe, zu sterben, hat es meine Sicht auf die Dinge verändert. Wenn ich heute ein anderer Mensch bin, dann nur dank Margo und ihrer Mutter.«

Callidora sah mich an, als wäre ich das achte Weltwunder – oder keine Ahnung welches, da ich null Wissen darüber besaß, wie viele es gab, aber ja.

»Ähm, um das nur kurz zu unterbrechen ...« Ich kratzte mich am Kopf, auch wenn es völlig unangebracht war. »Du hast also ... *Alles* in meinem Leben gesehen?«

»Nochmal: An den wichtigsten Stellen wusste ich mich auszuklinken.«

»Okay, danke, Semele. Ich werde mir einreden, dir das zu glauben.«
»Mein Liebling, ist das dein neues Ich?« Zephyrus legte seine Hände an Semeles linke und rechte Wange.
»Ja und ich bitte dich, mit mir diesen Weg zu gehen.«
»Ich werde dich für immer lieben, Semele.«
»Ich dich auch, Rus.«
»Zumindest die alte Semele.«
»Was meinst du?« Semele wollte sich aus seinem Griff rauswinden. Er hielt sie wie in einer Schraubzwinge gefangen.
»Du bist nicht mehr meine Semele.« So bizarr es auch war, eine Träne vergoss er tatsächlich für sie.
»Lass sie gehen!« Ich hatte sofort erkannt, was er vorhatte.
»Semele, hau ab!« Auch ihre Mutter gewann beim Anblick der drohenden Gefahr für ihre Tochter wieder einige ihrer Kräfte zurück.
Zephyrus streckte seinen Daumen aus. Aus seinem Finger quetschte sich Lava und formte sich zu einer Kugel.
»Rus! Zephyrus, tu das nicht. Du kannst von vorne anfangen, wir können –« Als Zephyrus ihr die Lavakugel in die Stirn drückte, verstummte sie.
Ihre Augen schmolzen und aus deren Höhlen, aus dem Mund, aus den Ohren und den Nasenlöchern leuchtete sie orangefarben auf, ehe ihre gesamte äußere Hauthülle auf dem Sand zusammensackte. Knochenstaub verpuffte aus dem Hautsack und vermischte sich mit der Meeresbrise.
Mein Geist löste sich von meinem Körper. Ich sah die Szene von weit weg, als wäre ich nicht beteiligt. Die Schreie von Callidora nahm ich wie unter Watte gepackt wahr. Meine Schultern hingen hinab, mein Kiefer klappte nach unten und ich wankte zurück. Mein gesamtes Bewusstsein schaffte es nicht, mit dieser Szene klarzukommen. Mit dieser Skrupellosigkeit konnte ich nicht umgehen, das war zu viel für mich. Ich brach zusammen, fiel auf die Knie und übergab mich auf den Sand vor mir.

Es fühlte sich an, wie auf einer dünnen Linie zu balancieren, von der ich nicht fallen durfte, während ich Zephyrus' Angriffen auswich. Der Lava, die er wutentbrannt und ziellos in der Gegend herumschleuderte, hatte ich nichts entgegenzusetzen. Zum Glück hatte ich Morph nochmal wach bekommen, der Juna, Drakon und sogar Callidora unter seinen schwachen Schutzschild nahm.

Bald verlöre ich auch meine restliche Kraft. Wenn ich daran dachte, wozu er selbst bei Semele fähig war, hatte ich die Hoffnung aufgegeben, irgendetwas in ihm wecken zu können.

»Ich habe nie so werden wollen.« Was meinte Zephyrus?

»Diese Person, die ich heute bin, hätte ich damals gehasst. Alles, was ich jemals zu erreichen versucht habe, ist schiefgegangen. Doch meine Werte vertrete ich weiter. Muss ich auch. Es gibt kein Zurück mehr.« Zephyrus redete zu sich selbst, blickte an mir vorbei, wo er wohl in Erinnerungen an damals schwelgte.

Ehe ich mich's versah, fing Zephyrus sich wieder und ein Lavapfeil schoss auf mich zu. Ich rettete mich hinter den nächsten Baum. Ein Schaudern überflog mich, als mir wieder einfiel, dass Semele mir in ihrem Käfig noch gesagt hatte, dass sie durch mich mitbekommen hätte, dass Zephyrus ein anderer Mensch geworden sei. Vermutlich hatte sie gehofft, ihn wieder ändern zu können und mich deshalb ausgetrickst.

Zephyrus war völlig verblendet von seiner Ideologie, dass alle ihm etwas Böses wollten und nur er die richtigen Ansichten hatte. Nichts und niemand konnte ihn noch aufhalten. Er hatte sich ganz und gar dem Bösen verschrieben, nachdem alle Menschen ihn hintergangen hatten.

»Komm heraus!« Auf sein Rufen folgte ein erneuter Lavahagel, der mich meine allerletzten Reserven kostete.

Ich sprang von einem sicheren Platz zum nächsten, bis Ruhe einkehrte.

»Dann töte ich eben deine Freunde. Und dann bist du allein. Allein, wie ich es mein ganzes Leben gewesen bin. Ihr habt mir auch noch meine Semele genommen. Nachdem schon mein Bruder sich umgebracht hat, weil seine Kräfte zu schwach gewesen sind und ihn niemand im Golemcollege wollte. Nachdem meine Eltern mich verstoßen hatten. Nachdem alle meine Genialität fürchteten und mich niedermachen wollten.« Zephyrus' Realität basierte auf einer Wahrnehmung, die ihm niemals wieder jemand nehmen konnte.

»Okay! Ich komme.« Mit erhobenen Händen schritt ich zurück zum Strand und stellte mich ihm gegenüber. »Tu ihnen nichts.«

»Okay, dann erst, wenn du tot bist.«

»Dann werde ich nicht sterben.«

»Noch besser: Ich bringe euch gleichzeitig um.« Zephyrus' Körper glühte orangefarben, rot und gelb auf, eine Lavaaura umgab ihn, ähnlich wie unsere Seelenrose.

»Margo, er will uns alle umbringen.«

Was meinte Juna und seit wann war sie wieder so wach, um reden zu können?

»Sie hat recht, er will uns mit einem Lavaausbruch töten. Es ist eine Art Lavastrahl, der sich mit seiner Lavaseele verbindet.«

Danke, Callidora, machte mir ja gar keinen Druck.

»Was soll ich machen? Ihm ein Blatt vorhalten?«

»Margo ...«

»Drakon?«

»Ich glaube an dich.« Drakon atmete schwer.

»Wir glauben an dich«, fügte Morpheus hinzu.

»Ich kann nicht mehr.« Ich massierte meine Schläfen.

Zephyrus' Lavaaura hob ihn in die Luft und er schwebte meterweit über uns. Eine brodelnde Lavakugel formte sich über seinem Mund.

»Was soll ich machen?« Ich sah zu meinen Freunden, die sich auf mich verließen.

»Die Sonne.«

War Juna in einen Wahn gefallen?

»Was?«

»Nein, Juna hat recht.« Morph deutete nach oben.

»Es gibt doch diese Magierinnen, die Sonnenstrahlen speichern wie Pflanzen und sie als Energiestrahl abschießen können, so wie ich im Archiv.«

Ach, davon sprach Juna.

»Aber dir ist das gelungen, weil du zwei Pflanzenbegabte in dir trägst und ihr euch verbunden habt.« Wie sollte ich das allein schaffen?

»Du bist eine Laskaris«, sagte Callidora.

»Nein, du bist Margo.« Drakon lächelte mir zu und das gab mir den nötigen Wagemut, es zu versuchen.

Der letzte Funken an Kraft in mir rief meine Seelenrose hervor und ich drehte meine Handflächen vor mir nach oben hin zur Sonne.

»Bitte, bitte, liebe Pflanzenmagie in mir, bitte, liebe Seelenrose, Mutter, Semele, helft mir und lasst mich die Kraft der Sonne in mir speichern.« Ich schloss die Augen, tauchte in meine Seelenrose ein, nur um ihren glitzernden Funken, die sie versprühte, hoch zur Sonne zu folgen und dort anzudocken.

Was war das? Diese Wärme, diese unendliche Energie, die mich durchströmte. Ich riss meine Lider blitzschnell auf und merkte, wie ein feiner Regen aus Energie von der Sonne auf meine Handflächen fiel, der auch mich durchflutete. Die Energie der Sonne verband sich mit meiner Magie und ließ mich ebenfalls aufsteigen, bis ich auf gleicher Höhe mit Zephyrus über Lidwicc schwebte.

»Was tust du da?« Zephyrus hatte etwas von meinem Vorhaben mitbekommen und ließ seinen Blick zwischen mir und der Sonne hin und her wandern. »Nein, das kannst du nicht können. Nicht du.«

»Ich habe dir gesagt, ich gebe nicht auf!«

Zephyrus warf seine Arme vor und der Lavastrahl, umgeben von seiner Lavaaura, schoss auf mich zu.

Ich tat es ihm nach, reckte meine Hände vor und ohne es zu erwarten, platzte ein gewaltiger Lichtstrahl aus meinen Handflächen. Unsere Magien prallten aufeinander und an der Stelle, an der sie sich trafen, zischte, krachte und knisterte es. Blitze schossen seitlich weg.

Immer wieder knickten meine Arme ein, doch ich drückte sie wieder von mir. Trotzdem merkte ich rasch, dass Zephyrus mir mit seiner Lava näher kam und ich mich kaum noch dagegenstemmen konnte.

Daphne wartete auf mich. Harmonia kämpfte mit den anderen in der Wüste und ich musste Drakon, Juna sowie Morpheus beschützen, die alle wegen mir in Gefahr gebracht worden waren. Ich konnte sie nicht aufgeben. Meine Familie, die mich nahm, wie ich war, mit all meinen gebrochenen Scherben, die meine Traumata verursacht hatten. Aber da war dann noch mein Körper, der sagte: *»Es geht nicht mehr, lass los.«*

»Margo!«

»Drake?«

»Versprich mir, dass du einen gut aussehenden netten Typen findest. Bitte nur nicht besser aussehend als ich.« Was meinte er?

Ich sah zu ihm hinab. In seiner Hand, die er zu mir hochstreckte, erblickte ich sein Seelenmaiglöckchen.

»Drakon, was machst du?«

»Du musst überleben und uns alle retten. Ich liebe dich, mein Straßenmädchen.« Nach diesen letzten Worten pustete er in seine Hand und seine Seelenblume flog hinauf zu mir, bis sie in mir verschwand.

Eine Welle der Kraft durchströmte mich und floss dann aus meinen Händen in den Sonnenstrahl, der mir wieder etwas Vorsprung schenkte. Nur zu welchem Preis?

»Drakon! Drakon, nein. Ich verbiete dir das.« Doch in seinen Augen herrschte nur noch Leere und sein Körper erschlaffte.

Mein Körper bebte und der Tränenschleier, der meine Augen bedeckte, ließ die Magie vor mir verschwimmen.

»Nein.« Ich brüllte mir all den Schmerz aus der Seele.

Da, im denkbar schlechtesten Moment, kamen sie zu mir zurück. Meine Tränen. Einst versiegt, brachen sie aus mir hervor und ich heulte schluchzend auf.

Ich konnte wieder weinen.

»Drakon hat recht, und ich bin echt sauer, Margo. Beinah wäre ich damit zurechtgekommen, kugelrund zu werden. Aber ich kann keine Mutter sein. Stirbst du, würde Zephyrus uns ohnehin töten und somit auch meine ... Babys.«

»Juna, nein, wir schaffen das alle und dann ...«

»Du weißt, dass das nicht stimmt.« Juna hob auch ihre Hand, worauf ich ihren Seelenmärzenbecher erspähte. »Bitte, töte ihn.«

»Unterstehe dich und –« Es war zu spät.

Junas Magie flutete meinen Körper, ohne dass ich es hätte verhindern können, was wiederum meinen Strahl gegen Zephyrus verstärkte.

»Ihr seid lächerlich! Niemals werdet ihr mich besiegen.« Hörte ich da Zweifel in seinen Worten?

»Du weißt, was jetzt kommt.«

»Morpheus, bitte tu mir das nicht an.«

»Ich bin so stolz auf dich. Hey, ich war der Mentor der Retterin. Ein cooler Abgang, oder?«

»Morph ...«

»Sei nicht traurig. Was soll ich hier ohne Don?«

Es kostete mich zu viel Kraft, den Angriff aufrechtzuerhalten, sodass ich nicht zu Morpheus gucken konnte, aber als ich seine enorme Kraft in mir spürte, wusste ich, er war von mir gegangen.

»Du hast all die Menschen auf dem Gewissen, die mir etwas bedeuten.«

Zephyrus' Stimme wurde von Wort zu Wort verzweifelter. »Wie kann ich schwächer sein als du?«

»Wie das sein kann? Wegen meiner Liebsten und außerdem ... Hast du einen pilzigen Geschmack im Mund?«

»Was soll das? Hör auf. Ich werde gewinnen, ich bin der Gute und das Gute siegt immer!«

»Du sagst es. Das Gute! Und jetzt, Zephyrus, für alles, was du getan hast: Stirb!«

Ich streckte meine Arme so stark ich konnte durch und presste jedes Fünkchen Magie in mir aus meinem Körper, legte es in den Sonnenstrahl. Die Breite des Strahls verdoppelte sich und ich spürte, dass ich kaum noch Widerstand von seiner Lavasäule wahrnahm.

Das Letzte, das ich hörte, war Zephyrus' ohrenbetäubender Schrei. Danach verpuffte mein Energiestrahl und ich fiel zu Boden.

»Wenn du mir noch einmal helfen kannst, Seelenrose, dann wünsche ich mir, dass du meinen Freunden ihre Lebenskraft zurückgibst, auch wenn du dafür meine nehmen musst.«

Mein Sichtfeld wurde schwarz, doch ich sah, wie die Blütenblätter meiner Rose eines nach dem anderen abfielen und sich vom Meereswind davontragen ließen.

Dann konnte ich endlich gehen. Mit einem Lächeln auf den Lippen und der Hand an der Stelle der alten Kette, genau so, wie ich gekommen war.

Epilog

WAS WÄRE OHNE DIE ERWECKUNG VON MARGOS MAGIE PASSIERT?

DRAKON

»Nein, nein, nein. Das ist nicht fair.« Meine verzweifelte Wut knurrte ich hinaus und schlug mit meiner geröteten Faust auf den Sand ein.

Ich hatte keine Ahnung, wohin mit mir. Ich stand auf, drehte mich im Kreis, rieb meine verheulten Augen, die bestimmt bereits rot umrandet waren.

»Scheiße!« Jetzt hatte ich auch noch Dreckssand in die Augen bekommen. »Fuck.«

»Wie konnte sie das machen?« Harmonia streichelte Margos Haare aus dem Gesicht und sah mich an, als wäre es meine Schuld. »Du hättest auf sie aufpassen müssen.«

»Ich weiß.« Dabei wollte ich sie nicht anschreien. »Ich weiß.«

Harmonia, die sofort zu uns gestoßen war, nachdem Zephyrus' Armee aufgegeben hatte, strich sich die Haare zurück.

»Das darf nicht wahr sein. Ich hatte sie endlich wieder und jetzt ist sie weg? Nur weil sie mich gerettet hat?« Daphne hatte Margos Kopf auf ihren Schoß gebettet, weinte aber nicht, da sie viel zu geschockt wirkte.

Bei jedem Geräusch blickte sie um sich, als würde sich gleich der nächste Feind erheben oder eine andere Magie ihr das Leben nehmen.

»Danke nochmal für die Heilkräuter.« Juna rieb sich den Bauch, den Bauch mit unseren Kindern. »Sie hat meine Kinder gerettet. Schon wieder.«

Morph, dem es nach den Heilkräutern ebenfalls besser ging, hielt sie Harmonia hin. »Willst du keine mehr?«

»Hab 'ne kleine Menge genommen, mehr darf ich wegen des Entzugs nicht.« Harmonia versuchte gar nicht, ihr Zittern zu verbergen.

»Müsst ihr so viel Mist reden? Margo ist tot! Sie ist ... sie ...« Meine Stimme versagte und nur ein quietschendes Krächzen kam hervor, wie bei einem Mädchen, würde mein Vater jammern. »Sorry.«

»Kann man gar nichts machen? Ihr seid doch Hexen.«

»Wir sind – wenn überhaupt – Magier und Magierinnen, aber eigentlich nennen wir uns Pflanzenbegabte«, erklärte Morpheus.

»Und wenn ihr Nacktmulle seid! Lasst euch was einfallen.« Daphne kniff Margo in die Wange, sodass sie rot anlief, wohl in der Hoffnung, sie würde aufwachen und ihr eine scheuern.

Morph kam zu Daphne. »Was denn? Wir –«

Daphne ohrfeigte ihn, was Morph unterbrach.

»Macht etwas!«

»Wie denn? Margo hat mit ihrem Sonnenstrahl das gesamte College weggeräumt. Wenn, dann hätten wir dort eine Antwort gefunden.«

Auf Junas Erklärung hin, sah Daphne nach links.

»Wo war hier ein Schloss?«

»Ja, du sagst es. Es war hier. Margos Sonnenstrahl und der Lavastrahl von Zephyrus haben sich vermischt und so eine Reaktion erzeugt, die das gesamte College verschwinden ließ. Puff.« Morpheus deutete den Puff mit seinen Händen an, als machte er mit ihnen eine Explosion nach.

Ob Gustavson unter dem College noch da war und nichts mitbekommen hatte? Oder hatte er sich in Sicherheit gebracht?

Ich folgte ihrem Blick dorthin, wo nur noch ein dunkler, verbrannter Streifen an die Stelle erinnerte, an der das Lidwicc College für Pflanzenmagie gestanden hatte. Hie und da entdeckte ich noch einen Baum oder eine Pflanze, die sich noch an ihren alten Positionen befanden. Sonst standen wir hier beinah auf einer nackten Insel.

»Was ist mit dem Archiv?«

Junas Idee war vielleicht ein prima Ansatz, nur wie kämen wir in diese Dimension?

»Ohne Gundel?« Harmonia knabberte an ihrem Fingernagel.

»Das muss doch auch anders gehen.« Morpheus überlegte lange. Nach einiger Zeit schüttelte er den Kopf. »Mir fällt nichts ein.«

»Das würde ohnehin zu lange dauern. Oder wollt ihr sie verlieren?« Callidora sprach seit Semeles Tod nun zum ersten Mal wieder.

»Hast du eine bessere Idee? Du verräterisches Biest. Nicht besser als Gundel.« Morpheus eilte auf sie zu, packte sie an ihren Schultern, da sie zum Meer hinausblickte, und drehte sie zu sich.

»Nicht besser? Gundel wollte nur Leiterin werden und ist so besessen von ihren Entwicklungen gewesen, weil sie nur dadurch Anerkennung erfahren konnte, die ihre Eltern ihr nicht gegeben hatten, so als ehemalige Vorsitzende des Magiesymposiums in Paris. Sie ist so weit gegangen, ihre Züchtungen an Menschen und Magiebegabten durchzuführen. Ja, ja, vergleiche mich nur mit ihr.«

»Ihr schenkt euch beide nichts.« Morpheus schüttelte den Kopf, die Mundwinkel angewidert nach unten gezogen.

Ich fand es keine tolle Idee, sie nicht einfach verrecken zu lassen, aber mich fragte ja keiner. Okay, sie hatten mich gefragt, ich wurde nur überstimmt. Außerdem durfte ich auch kein zweiter Zephyrus werden.

»Ja, eine bessere Idee habe ich und zügele dich, Morph. Ich habe dich aufgenommen und dich großgezogen. Kein Mensch ist nur nett oder nur böse. Was ist aus dir geworden, nachdem Don gestorben ist, und wie weit bist du gegangen?« Callidoras Worte trafen Morpheus, das erkannte ich daran, dass er seine Lippen kräuselte und die Arme verschränkte.

»Mit dir rede ich nicht mehr.« Morpheus begab sich wieder zu Margo. »Dir kann man ohnehin nicht vertrauen.«

»Nein, Leute, ich will das wissen.« Falls sie eine Idee hatte, wollte ich davon hören. »Was können wir machen?«

Callidora lächelte, legte dann ihre Hand auf ihre Brust und ließ ihre Seelenblume erscheinen.

»Das Seelenveilchen.«

Woher kannte Daphne ein Seelenveilchen?

Alle blickten zu Daphne.

»Woher kennst du das?« Das interessierte wohl nicht nur Harmonia.

Juna setzte sich in den Sand und öffnete ihre Hose. Ihr Bauch war deutlich zu sehen und wieder konnte ich nicht glauben, Vater zu werden.

»Zephyrus hat davon gesprochen. Falls ich sterbe, würde er dich zwingen, es einzusetzen, um noch eine Chance zu haben, mich gegen Semele zu tauschen.«

»Warum falls du stirbst?« Normalerweise kannten wir alle Bedeutungen der Seelenblumen, aber das Seelenveilchen hatte ich auch gerade nicht im Kopf, da es selten war. Außerdem hütete Callidora wie viele Ältere im Magiesystem ihre Seelenblume wie einen Schatz, um nicht das Opfer einer Entführung zu werden.

»Warte, willst du dein Seelenveilchen einsetzen?« Morpheus schien die Bedeutung zu kennen.

»Wovon redet ihr?« Gab es eine Chance?

Wenn ich auf Margos leblosen Körper sah, wie sie dalag, einfach nur, als würde sie schlafen und jeden Moment aufwachen, bemerkte ich erst, wie tief sich Margo in mein Herz gegraben hatte und dass ich nicht ohne sie leben wollte.

»Ja. Und nein. Ich will nichts dafür.« Callidora erhob sich, badete ihr Gesicht in den letzten Sonnenstrahlen und drehte sich dann zu Margo um.

Die ehemalige Collegeleiterin legte sich neben Margo und rief mich zu sich.

»Mein Seelenveilchen kann kürzlich verstorbene Menschen wiederbeleben, wenn ich im Gegenzug mein Leben opfere. Ich habe es für Semele aufgehoben, aber der Körper muss lebensfähig sein. Und da Margo sowas wie die Heilung für meine Semele gewesen ist, nein, nicht nur das, sie hat uns wieder zusammengebracht. Dafür will ich ihr das zurückgeben. Ich habe nun alles gehabt, alles erreicht und alles verloren.«

Zwischen Callidora und Margo stürzte ich auf die Knie. Eine Träne tropfte auf Callidoras Wange und es dauerte eine gefühlte Ewigkeit, bis ich die Worte rausbrachte, ohne loszuschluchzen. »Danke, Callidora.«

Callidora schmunzelte. »Beeilt euch, bevor es zu spät ist.«

Das Seelenveilchen öffnete sich und ein kleiner Diamant kam aus der Blüte. Er überstrahlte alles, was ich jemals gesehen hatte. Kein Wunder, in ihm steckte Leben.

»Legt ihn ihr auf die Zunge.« Callidora schloss ihre Augen. »Und behaltet mich wenigstens ein bisschen in guter Erinnerung, ja?«

»Natürlich.« Harmonia nahm mir das Wort ab. »Danke.«

Ich nahm den Seelenveilchendiamanten zwischen Daumen und Zeigefinger, währenddessen hatte Daphne Margos Mund geöffnet und ich bettete ihn voller Hoffnung auf ihre Zunge.

»Und jetzt?« Ich sah wieder zu Callidora, doch ihr Kopf war zur Seite gefallen.

Harmonia griff an Callidoras Hals. »Sie ist tot.«

»Ähm, wir haben das nicht ernst gemeint, dass wir sie ein wenig in wohlwollender Erinnerung behalten, oder?« Die Gesichter der anderen zeigten mir, dass sie ähnlich dachten wie ich.

»Ich hoffe, ihr sprecht nicht von mir.«

»Margo!« Nach und nach fiel Margos Name von uns allen, je nachdem, wann wir realisierten, dass sie wieder lebte.

Daphne legte sich quasi auf ihre beste Freundin und endlich löste sich auch bei ihr der Knoten, der sie weinen ließ.

»Hey, wenn du so weitermachst, sterbe ich wirklich.« Margos Lachen, dass ich es nochmal hören durfte, brachte mein Herz zum Tanzen.

»Sorry.« Daphne setzte sich wieder auf und ich half Margo, sich ebenfalls wieder aufzurichten.

»Drakon.« Niemals hätte ich gedacht, dass sie jemals wieder meinen Namen aussprach.

Wir fielen uns in die Arme und auch wenn ich ihren erneuten Tod riskierte, küsste ich sie, bis mir die Luft wegblieb.

»Nehmt euch ein Baumhaus.«

»Juna.« Margo löste sich von mir, stand auf und eilte zu Juna, um nach ihr auch Harmonia zu umarmen. »Harmonia.«

»Du lebst. Und dass wir das Callidora zu verdanken haben, ist ein Wunder.« Harmonia hatte recht.

»Callidora?« Margo sah zur Leiche der ehemaligen Collegeleiterin und strich sich verwundert ihr Haar hinters Ohr.

»Erzähle ich dir später. Komm her.« Morpheus zog Margo an sich.

»Hey, hey, hey.« Margo löste sich und trat zur Seite. »Wo ist das College?«

»Du hast es weggepustet.« Daphne sagte das so voller Stolz, wohl ihrer besten Freundin etwas erklären zu können, dass es irgendwie unpassend wirkte. Wer konnte es ihr verübeln, Daphne kannte Lidwicc nicht wirklich.

»Aber was machen wir jetzt?« Margo suchte meinen Blick und ich erkannte die Verzweiflung darin.

»Wir werden es wieder aufbauen. Ein Neuanfang, und wir werden dieses Mal alles richtig machen.« Ich nahm die Hand meiner Freundin und die von Morpheus. »Und einen Collegeleiter haben wir auch schon.«

»Ich?«

»Klar, Morph.« Harmonia nahm seine Hand und mit der anderen die von Juna, die sie mit sich zog. »Wer sonst?«

Daphne kam zu uns und nahm Margos freie Hand. »Sind Menschen hier auch erlaubt?«

»Wenn ich der neue Leiter bin, bekommst du eine Sondererlaubnis, Daphne.«

»Dann, Morpheus, bin ich auch dafür, dass du der Leiter wirst.«

Wir lachten alle und es tat so gut, endlich einen Grund dafür zu haben.

»Seht mal.« Harmonia deutete zum rechten Rand der Insel.

»Ist das ...«, begann ich.

»Der Hekatenbaum.« Margo sprach es aus, und als hätte der Baum es gehört, wurde aus dem feinen, frisch erblühten Strang ein kleiner Baum.

Die Blätter wuchsen nach, als guckten wir im Zeitraffer beim Erneuern zu. Der Hekatenbaum hatte den Angriff überlebt und symbolisierte unsere Vergangenheit, Gegenwart sowie Zukunft.

»Morph, du bist es mir schuldig.« Margo unterbrach den Moment und sah Morpheus tief in die Augen. »Was bedeuten deine Tattoos?«

Unser Mentor und baldiger Collegeleiter prustete los und es freute mich, ihn so zu sehen. »Ernsthaft, Margo?«

»Keine Ausreden.«

»Also gut. Das Yen-Zeichen steht für die Hochzeitsreise von Don und mir durch Japan.« Morph tippte auf das verblasste Tattoo.

»Die Träne für – na ja, wenn ich ehrlich bin: Ich wollte härter wirken. Nicht mehr so oft verprügelt werden, dafür, dass ich auf Männer stehe.«

»Wer ist Jessica?«, wollte Margo wissen.

»Jessica ist eine Betrunkene in einer Bar gewesen, die mir einen Rat gab, der mich geprägt hat: Glücklich ist man, wenn man nicht mehr darüber nachdenkt, es zu werden.«

»Wow. So simpel, aber irgendwie fühl ich das voll.«

Da stimmte ich Daphne zu, die die Nase hochzog, als wäre sie verschnupft.

»Okay, die Frage aller Fragen. Wofür steht das ABE? Und die beiden X auf deinen Augenlidern?« Margo rieb sich die Hände.

Ein Schmunzeln entkam Morph, ehe er antwortete. »X steht für unbekannte Zeit an Tagen, die wir brauchen, bis wir erkennen, dass es uns scheißegal sein sollte, was andere über uns denken. ABE steht für drei Fetische von Don und mir, die ich hier nicht breittreten werde.«

»No way! Sag!«

Natürlich schüttelte Morph auf meine Nachfrage hin den Kopf.

»Und dein Vorhangschloss?« Morph deutete zu Margo.

»Bitte, als würde ich das verraten.«

»Margo!«

Ich musste es wissen.

»Ja, ja, ja, Leute. Alles schön und gut, nur wie erklären wir den alten Säcken in unserem Magiesystem, dass wir ein College weggepustet haben, Gelder für ein Neues brauchen und ein Typ in den Enden seiner Zwanziger der Leiter wird?« Junas Dämpfer waren auch mit ein Grund, warum wir wohl nie zusammenpassen würden.

»Musstest du mein Alter erwähnen?« Morpheus reckte seinen Kopf vor und strafte sie mit einem bösen Blick.

»Sorry, aber ist so.« Juna duckte sich weg.

»Das kriegen wir hin. Genauso wie wir bisher auch alles hinbekommen haben.« Das meinte ich auch genau so, denn zum ersten Mal in meinem Leben war ich unabhängig von meiner Familie und mit Margo an meiner Seite konnte ich alles schaffen.

»Kommst du kurz mit mir mit, Margo?«

Margo ließ nach meiner Frage Daphne los und folgte mir zum Meer, während die anderen begannen zu philosophieren, wie das neue College aussehen sollte.

»Gelb!«, kam es von Harmonia.

»Was?« Margo legte ihre Hände in meine und Meerwasser umspülte unsere Füße, als wüsche es uns rein.

»Wir haben tatsächlich überlebt, Margo, und jetzt hält uns nichts mehr auf.«

»Clio und Don und so viele andere leider nicht.« Da sprach Margo die Wahrheit und Clios Name verpasste mir noch immer einen Stich in die Brust.

»Dafür genießen wir das Leben doppelt für sie alle, denn es kann zu schnell vorbei sein und das müssen wir schätzen lernen.« Ich breitete meine Arme aus und nahm danach wieder Margos Hände. »Und wenn ich mal wieder ein Griesgram bin und das vergesse, erinnere mich daran.«

»Mach ich, und jetzt halt endlich die Klappe und küss mich, Drakon.«

WAS WÄRE OHNE DANKSAGUNG PASSIERT?

Wenn ihr die Danksagung zuerst lest: Viel Spaß mit dem Abenteuer, das vor euch liegt!
Wenn ihr die Danksagung danach lest: Ich hoffe, euch hat die Geschichte um Margo und Co gefallen.
Diese Idee hatte ich schon seit Ewigkeiten in meinem Kopf. Das Straßenmädchen, das College für Pflanzenmagie, in dem die Seminare teilweise über Onlineunterricht gehalten werden, das griechische Setting und die Seelenblumen. Deshalb gilt dieser Dank auch Astrid!
Vielen lieben Dank, dass du wieder ein Buch mit mir machen wolltest und dir diese Idee sofort gefallen hat.

Danke an Nina und Stephan Bellem, die meiner Idee grünes Licht gegeben haben. Danke an den Rest des tollen Drachenmond-Teams.

Danke an meine Lektorin Michaela Retetzki, die dem Buch mit ihren Anmerkungen den letzten Schliff verpasst hat. Deine Kommentare haben mich an den richtigen Stellen nochmal zum Nachdenken gebracht. Ich hoffe, du hast auch Spaß mit Margo gehabt.

Ebenso ein Danke an Nina Hirschlehner für das Korrektorat und deine tolle Hilfe.

Das Buch habe ich innerhalb von siebenundvierzig Tagen geschrieben. Einerseits bin ich durch die Geschichte geflogen, weil ich sie eben schon ewig im Kopf hatte, und andererseits, weil ich sooo dankbar bin, dass ich mich in diesen verrückten Zeiten (Januar bis März 2021) in diese Geschichte flüchten konnte. Nicht nur wegen des bösen C, sondern auch bei mir im privaten Bereich ist nicht alles perfekt gelaufen. Deshalb hat es mir gutgetan, auf Lidwicc ein Zuhause zu finden, das mich aufnimmt und ablenkt. Ich hoffe, auch für euch konnte Lidwicc ein Ort sein, an dem ihr abschalten konntet.

Danke auch an Alexander Kopainski, der das perfekte Cover für Lidwicc gestaltet hat, liebt ihr es auch so sehr?

Übrigens ... Es würde mich interessieren, ob es jemand bemerkt hat. Wenn nicht: Hat euch der Nebencharakter Caspara gefallen, die ein paar wenige Auftritte gehabt hat? Kanntet ihr sie schon? Falls ihr wissen wollt, wie Casparas Vergangenheit ausgesehen hat, bevor sie zur Leiterin des Schneefrauen Colleges geworden ist: Lest mal in mein Buch Snow Heart (auch im Drachenmond Verlag erschienen) hinein. Dort könnt ihr nachlesen, wie die Anfänge der kleinen, mürrischen Irin so ausgesehen haben.

Selbstverständlich möchte ich mich auch noch bei den Leser*Innen bedanken. Ihr, die ihr meine Bücher empfehlt, lest, teilt, bewertet und kauft. Ohne euch wäre all das nicht möglich und ich hätte niemals gedacht, dass ich jemals so viel wert sein werde, dass Leute etwas kaufen, lesen und mögen, das von mir kommt. Von mir!
    Margo mit ihren Vertrauensproblemen, ihren Verlustängsten. Morpheus mit seiner Anhänglichkeit. Don mit Exzentrik. Harmonia mit ihrer Überschwänglichkeit und ihren Verdrängungen. Clio mit ihren Beschützerinstinkten und ihrer rebellischen Art. Juna, die mit ihrer Arroganz das Verhalten ihrer Eltern spiegelt. Drakon, der allem und jedem gefallen will, Angst hat, peinlich zu sein, sowie der toxischen Männlichkeit, der er glaubt, erliegen zu müssen. Callidora mit ihren unstillbaren Rachegelüsten. Zephyrus mit seinem Wunsch, die einzige Person, die ihn je geliebt hat, zurückzubekommen.

Sie alle haben ihre Probleme. Sie alle machen Fehler. Sie alle haben Ängste. Und haben wir nicht alle einen Teil von ihnen in uns?

Wichtig ist nur, welche Entscheidungen wir treffen, wie wir unser Handeln reflektieren und wie wir mit unserem Denken die Welt verändern.

Falls euch das Buch gefallen hat, würde ich mich über ein, zwei Sätze und eine Bewertung auf den verschiedenen Portalen freuen. Ich weiß, ich weiß. Es dauert ein paar Klicks und viele fragen sich, ob sie ihre Meinung gut niederschreiben können. Ein, zwei Sätze und eine Bewertung zu teilen bringt mir als Autor sehr viel, sei es nur ein wenig mehr Sichtbarkeit in den Algorithmen des Internets.

Gerne könnt ihr mir auch auf meinen Social Media Accounts

IG: brividolibro – TikTok: AndreasDutterAutor

folgen und mir schreiben. Ich freue mich immer über Nachrichten.

Danke auch an meine Mutter, meine Oma, meinen Onkel und seiner Frau, meinem Baby Boy Cousin Jakob sowie meinem Opa.

Auch an all die anderen tollen Menschen in meinem Leben: Stavo und Lisa, die immer für mich da sind.

Danke an alle, die diese Worte lesen.

Euer Andi, 2021

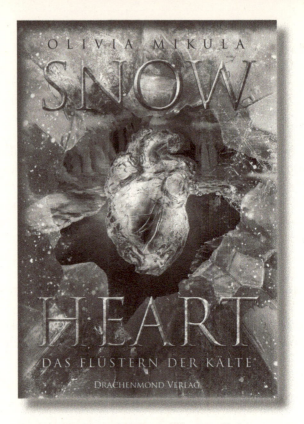

Andreas Dutter schreibt als Olivia Mikula
Snow Heart – Das Flüstern der Kälte
ISBN: 978-3-95991-110-8, kartoniert, EUR 12,90

Zwei wie Schnee und Feuer!
Caspara steht kurz vor ihrem Studienabschluss und bestreitet ihr Leben wie jede andere junge Frau - bis auf einen Unterschied: Sie ist die Wiedergeburt einer Schneefrau. Jedoch führen die Eiskräfte auch unweigerlich zu ihrem Tod. Aus diesem Grund setzt sie ihre Fähigkeiten nur selten ein. Das ändert sich, als sie Wyatt kennenlernt. Mit ihm tauchen Wesen auf, die Casparas Macht erlangen wollen. Dringend braucht sie einen Plan, um ihre Feinde zu vernichten, ohne ihr Leben dabei zu verlieren.
Doch lohnt es sich tatsächlich, für Wyatt zu sterben?

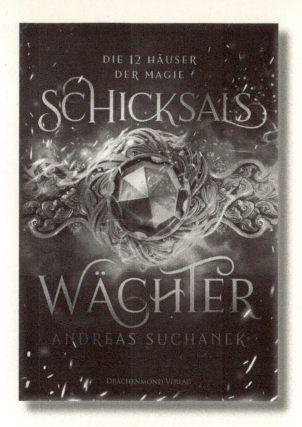

Andreas Suchanek
Die 12 Häuser der Magie – Schicksalswächter
ISBN: 978-3-95991-691-2, kartoniert, EUR 14,90

Das Schicksal kennt kein Erbarmen!
Nicholas Ashton weiß ziemlich genau, was er will. Schicksalswächter werden gehört nicht dazu! Trotzdem wählt ihn das Orakel der 12 Häuser für die Rolle eines dieser besonderen Magier aus. Er wird mit uralten Mächten, dem geheimnisvollen schwarzen Glas, einem verlassenen magischen Haus und feindlichen Magiern konfrontiert – und vielen Fragen. Was hat es mit dem verschwundenen Egmont Chavale auf sich? Und was ist mit dem geheimen Sanktum und der mysteriösen Frau, die in einem steinernen Sarg schläft? Gemeinsam mit seinen Freunden Matt und Jane geht Nic den Geheimnissen auf den Grund und stellt sich der Gefahr.
Mit allen Konsequenzen!

Janina Schneider-Tidigk
Witches & Hunters – Verbranntes Vertrauen
ISBN: 978-3-95991-824-4, Klappenbroschur, EUR 14,90

Wenn der Mensch, den du liebst, dir den Tod bringen kann ...

Ein neues Leben und eine neue Identität. Das ist es, was Cataleya braucht, um ihre magischen Fähigkeiten zu verstecken, nachdem ihre Familie einem Verrat zum Opfer fiel.
Was sie ganz und gar nicht gebrauchen kann, ist Alistair. Der junge Mann mit dem einnehmenden Lächeln und den grellgrünen Augen, hinter denen sich ebenfalls ein dunkles Geheimnis verbirgt. Denn Alistair ist ein Hexenjäger. Dazu geboren, um Wesen wie Cataleya zu töten. Sie wäre die perfekte Beute – wenn da nur nicht dieses verfluchte Gefühlschaos wäre.
Keiner von ihnen ahnt jedoch, dass er nicht der Einzige ist, der die junge Frau jagt ...

Helena Gäßler
Die Seele eines Spukhauses
ISBN: 978-3-95991-773-5, Klappenbroschur, EUR 14,90

Der Schlüssel zu einem Spukhaus ist zu begreifen, dass es eine Seele besitzt.
Und lange genug zu überleben, um sie zu heilen.
In einer Welt voller Luftschiffe und Dampfmaschinen wirken Geister wie ein lästiges Überbleibsel der Vergangenheit. Als Exorzistin liegt es an Magnolia Feyler, Gebäude von ihrem Spuk zu befreien. Sie versteht die Häuser wie keine andere, erkundet ihre Geschichte und heilt ihre Wunden. Doch alles ändert sich, als sie den größten Auftrag ihrer Karriere annimmt: Shaw Manor, ein Schloss, in dem es seit Jahrzehnten spukt.
Magnolia steigt tief hinab in die verwinkelten Gemäuer und die Vergangenheit des Anwesens. Hinab in ein Netz aus Familiengeheimnissen, vergessenem Leid und Maschinen, die ein bedrohliches Eigenleben entwickelt haben. Wird sie den Spuk lüften oder am Ende selbst von den Mauern verschlungen werden?

Du brauchst Lesenachschub und möchtest dich überraschen lassen
oder wünschst Empfehlungen? Da können wir helfen!
Wir stellen für dich ganz individuell gepackte Buchpakete zusammen – unsere

DRACHENPOST

Du wählst, wie groß dein Paket sein soll, wir sorgen für den Rest.

Du sagst uns, welche Bücher du schon hast oder kennst und zu welchem Anlass es sein soll.
Bekommst du es zum Geburtstag #birthday
oder schenkst du es jemandem? #withlove
Belohnst du dich selber damit? #mytime

Je mehr wir wissen, umso passender können wir dein Drachenmond-Care-Paket schnüren.
Du wirst nicht nur Bücher und Drachenmondstaubglitzer vorfinden, sondern auch Beigaben,
die deine Seele streicheln. Was genau das sein wird, bleibt unser Geheimnis …

Die Wahrscheinlichkeit ist groß,
dass sich das ein oder andere signierte Exemplar in deiner Box befinden wird. :)

Wir liefern die Box in einer Umverpackung, damit der schöne Karton heil bei dir ankommt und
als Geschenk nicht schon verrät, worum es sich handelt.

Lisan bringt das kleinste Drachenpaket zu dir, wobei *klein* bei Drachen ja relativ ist. € 49,90
Djiwar schleppt dir in seinen Klauen einen seitenstarken Gruß aus der Drachenhöhle bis vor die Tür. € 79,90
Xorjum hütet dein Paket wie seinen persönlichen Schatz und sorgt dafür, dass es heil bei dir ankommt –
und wenn er sich den Weg freibrennt! € 99,90

Zu bestellen unter www.drachenmond.de